CHRIS LANDOW

PARCEVAL

SEINE JAGD BEGINNT

CHRIS LANDOW

PARCEVAL

SEINE JAGD BEGINNT

THRILLER

blanvalet

iese Publikation Links auf Webseiten Dritter enthalten, übernehmen wir für deren Inhalte keine Haftung, uns diese nicht zu eigen machen, sondern lediglich auf Stand zum Zeitpunkt der Erstveröffentlichung verweisen.

MIX
Papier aus verantwortungsvollen Quellen
FSC® C014496

Verlagsgruppe Random House FSC® N001967

1. Auflage

Neumarkter Str. 28, 81673 München
Dieses Werk wurde vermittelt durch
die Literarische Agentur Thomas Schlück GmbH,
30161 Hannover
Redaktion: René Stein
Umschlaggestaltung und -motiv: © Johannes Wiebel | punchdesign,
unter Verwendung von Motiven
von Olek Mikhaylov/Shuttertsock.com und table/Photocase.de
WR · Herstellung: sam
Satz: Uhl + Massopust, Aalen
Druck und Bindung: GGP Media GmbH, Pößneck
Printed in Germany
ISBN 978-3-7341-0589-0

www.blanvalet.de

1

»Erzählen Sie mir, was Sie letzte Nacht geträumt haben.«

»Ich habe nichts geträumt.«

»Unsinn. Jeder Mensch träumt.«

»Ich nicht. Wenn ich wach bin, bin ich wach. Wenn ich schlafe, schlafe ich.«

»Im Traum arbeitet das Unterbewusste die Geschehnisse des Tages auf.« Der Gefängnispsychologe bewegte sich verkrampft auf seinem Stuhl. Er fühlte sich unwohl in der Nähe des Häftlings, den er gerade vor sich hatte, und bemühte sich vergeblich, es nicht zu zeigen. Der Mann sah nicht gefährlich aus – schlank, drahtig, schmales Gesicht, hohe Stirn, kurzes braunes Haar, keine Tattoos, keine bizarre Bartmatratze, keine entstellenden Narben – außer einem feinen weißen Strich, der seine rechte Braue teilte und im Augenwinkel endete. Auf den ersten Blick ein Nobody.

»Das hier ist der Knast«, sagte der Gefangene. »Hier gibt's keine *Geschehnisse.* Jeden Tag das Gleiche. Mein Unterbewusstsein hat Ferien.«

»Das stimmt nicht«, widersprach der Psychologe. »Vor zwei Tagen haben Sie drei Mithäftlinge krankenhausreif geschlagen. Einer wird monatelang Krücken brauchen, einer wird auf einem Auge blind bleiben, und einem mussten die Hoden in einer Notoperation amputiert werden. Sie waren völlig zerquetscht.«

»Sie wollten leider nicht von allein abreißen, sosehr ich auch draufgetreten habe«, sagte der Gefangene.

Der Psychologe fühlte eine kurze Anwandlung, den Raum zu verlassen. Er riss sich zusammen. »Warum haben Sie das getan?«

»Was steht denn im Protokoll der Gefängnisaufsicht?«

»Dass Sie zu den Vollzugsbeamten, die Sie von Ihren Opfern weggezerrt haben, sagten: Die Kerle standen mir in der Sonne.«

»Ich mag die Sonne.«

»Als Sie das getan haben, war es später Abend!«

»Vielleicht standen sie mir ja im Mondlicht. Ich hab nicht so genau aufgepasst.«

»Sie wissen doch, dass sich so eine Sache für das Wiederaufnahmeverfahren total negativ auswirkt. Warum haben Sie den drei Männern das angetan? Denken Sie nicht, dass die Gefängnisleitung und ich nicht genau wissen, welcher Abschaum der Gesellschaft die sind! Aber das berechtigt Sie nicht, einfach auf sie loszugehen.«

Der Gefangene seufzte. »Es gibt noch ein viertes Opfer.«

»Was? Wann haben Sie das denn …?«

»Nicht mein Opfer. Deren Opfer. Besuchen Sie ihn mal im Krankenhaus. Wurde erst letzte Woche hier eingeliefert. Junger Kerl. Notorischer Autoknacker. Vorgestern wurde er morgens in der Dusche gefunden. Sah übel aus.«

»Sie können sich doch nicht zum Richter und Henker aufspielen!«

»Sonst hätte es ja keiner getan.«

»Wenn Sie wussten, dass es die drei Männer waren, die Ihren Mithäftling misshandelt haben, hätten Sie sie bei der Gefängnisleitung anzeigen müssen!«

Der Gefangene sagte ohne äußere Regung: »Misshandelt? Sein Arsch musste zugenäht werden. War auf zehn Zentimeter Länge aufgerissen. Ein Stück vom Darm musste entfernt werden. Das nennen Sie *misshandelt*?«

»Aber warum haben Sie denn die Männer nicht angezeigt?«

»Weil ich erst dann genau wusste, dass sie es waren, als sie es zugaben. Da redeten sie allerdings schon ein bisschen undeutlich, um ehrlich zu sein.«

»Ich glaube, wir beenden das Gespräch jetzt«, sagte der Psychologe. »Die Zeit ist um.«

»Ich möchte eine Wiederaufnahme meines Verfahrens«, sagte der Gefangene und stand auf. »Das ist der einzige Grund, warum ich mich zu diesen Gesprächen bereiterklärt habe.«

»Ich werde Ihr Anliegen vorbringen.«

»Sie sollen es nicht vorbringen, Sie sollen dafür sorgen, dass mein Antrag endlich durchgeht. Es sind wichtige Beweismittel nicht gewürdigt worden …«

»Jaja, das Handyvideo. Ich hab Ihren Bericht gelesen. Abgesehen davon, dass er krank ist, bringt es keine neuen Erkenntnisse in Ihren Fall. Und das Handy liegt nicht einmal vor, wir haben nur Ihre Aussage.«

»… außerdem hängen mehrere Menschenleben davon ab, dass ich hier rauskomme und ihre Spur aufnehme!«

Der Psychologe seufzte. Er hatte das alles schon mehrfach gehört, aber heute nervte es ihn noch mehr als sonst. »Denken Sie das immer noch? Dass Sie die Leute retten können? Nach sechs Jahren? Wenn es sich überhaupt so verhält, wie Sie zu wissen glauben.« Er wusste, dass er zu viel gesagt hatte, als er sah, wie still der Gefangene wurde.

»Kann ich sonst noch etwas für Sie tun?«, fragte er, beinahe verlegen.

»Bis zum nächsten Mal«, erwiderte der Insasse und stapfte hinaus.

Der Psychologe blieb allein zurück. Nach einer Weile holte er ein Formular heraus und begann es auszufüllen. Neben der Zeile »Wiederaufnahme befürwortet« kreuzte er das Kästchen »Nein« an. Er steckte das Formular in die Akte, die er über den Gefangenen angelegt hatte. Dort befanden sich etliche weitere Formulare mit dem gleichen Kreuzchen in der gleichen Zeile. Der Name, der den Aktendeckel zierte, lautete: Ralf Parceval.

2

Emir Yaviz, geprüfter Meister für Schutz und Sicherheit (IHK) und Angestellter der P.S.B. GmbH (das P.S.B. stand für Protection Services Berlin), seufzte. Irgendwann war es einfach nicht mehr lustig, an einen PKW heranzutreten, der nachts auf dem menschenleeren Busparkplatz des Flughafens Berlin Brandenburg stand, beschlagene Scheiben hatte und rhythmisch schaukelte. Irgendwann war es auch nicht mehr lustig, an die Seitenscheiben zu klopfen und mit der Taschenlampe ins Innere des Wagens zu leuchten und dort live eine Szene aus einem Amateurporno zu sehen, die Augen überrascht aufgerissen und mit erschrockenen Gesichtern.

Unter den Kollegen, die hier Streife gingen, hatte der Name »Verkehrsflughafen« mittlerweile eine ganz eigene Bedeutung.

Der Wagen, den sie heute hier etwas abseits der beleuchteten Zufahrtsrampe kontrollierten, war ein stiller, dunkler Schatten mit geschwungenen, großzügigen Formen.

»BMW 750Li xDrive«, sagte Maik Wenzke. Er war heute Nacht Emirs Begleiter im Streifendienst. »Hatten wir noch nicht, eh? Sonst sind's immer nur kleine Kisten. Wieso hat 'n Typ, der so 'ne Karre fährt, kein' Platz daheim, um seine Schlampe dort zu vögeln?«

»Weil da die Alte auf ihn wartet«, knurrte Emir.

»Ey, echt, Mann«, sagte Maik. »Gleich komm' mir die Tränen.«

Emir betrachtete den Wagen. Irgendetwas stimmte nicht, aber er hätte den Grund für sein komisches Gefühl nicht benennen können. Wahrscheinlich war es tatsächlich der Umstand, dass auch er keinen Wagen dieser Klasse hier erwartet hätte. Die bisherigen Schäferstündchen, denen sie ein Ende gesetzt hatten, hatten in deutlich billigeren fahrbaren Untersätzen stattgefunden.

»Bist du dir sicher wegen der Marke?«, fragte er Maik. »Auf die Entfernung? Man sieht doch kaum was.«

»BMW 750Li xDrive«, wiederholte Maik. »Mann, ich kenn mich aus, ja?«

Der einsame Wagen war von dunkler Farbe, so viel ließ sich feststellen. Ein paar Chromteile glitzerten. Er stand in seiner eigenen schwarzen Schattenpfütze, als würde er sich an den Boden schmiegen.

»Was machen wir?«, fragte Maik.

»Wir gehen hin und sagen ihnen, sie sollen woanders weiterpoppen«, seufzte Emir.

»Mann, eigentlich hätten wir in fünf Minuten Schichtende!«

»Dann überziehen wir eben 'ne Viertelstunde.«

»Wer zahlt mir das, eh? Zahlst du mir das? Wer zahlt dir das, Mann?«

Emir Yaviz zögerte. Die eigentliche Frage war: Warum sich die ganze Arbeit machen? Man musste das Kennzeichen notieren, sich entweder blöd anreden oder bedrohen lassen, in der Schichtstube musste man ein Formular ausfüllen, und was passierte dann? Nichts. Ein Haufen Arbeit für nichts. Nicht, dass Emir es sich gewünscht hätte, dass den Leuten irgendwelche Schwierigkeiten entstanden. Hey, er hatte schließlich auch schon im Auto rumgevögelt!

Er zögerte aber auch, weil er immer noch das Gefühl hatte, irgendetwas stimmte nicht. Es war nicht der Umstand, dass der Wagen ganz still stand. Es gab einen Haufen Dinge, die man miteinander anstellen konnte auf dem Rücksitz so einer Limousine, ohne sich heftig bewegen zu müssen.

Er schüttelte den Kopf und versuchte, das Gefühl abzuschütteln. »Wir haben die Karre nicht gesehen«, beschloss er dann. »Die sind erst hierhergekommen, nachdem wir schon vorbei waren.«

»Sag ich doch«, bekräftigte Maik.

Sie wandten sich ab und stapften ein paar Schritte weiter. Dann drehte Emir sich doch noch mal zu dem Wagen um und blieb stehen. Er fingerte nervös an seiner Taschenlampe herum. Je länger er das Fahrzeug betrachtete, desto unnatürlicher schien es ihm. Zuerst war es nur ein Gefühl gewesen, das man hatte, wenn man etwas aus dem Augenwinkel wahrnahm. Etwas war unstimmig, eine so nebensächliche Kleinigkeit, dass man sie übersah, wenn man direkt hinblickte, weil der Mensch, wenn er etwas aus dem Augenwinkel betrachtete, es nicht nur mit den Augen, sondern vor allem mit seinem Fluchtreflex wahrnahm, und dieser Reflex erkannte Dinge, die das normale Bewusstsein nicht registrierte.

Emir klickte die Taschenlampe an. Der Strahl reichte nicht bis zu dem Fahrzeug, aber er beleuchtete den Weg bis dorthin und ließ die gelb-grünen Bushaltestellenschilder aufglimmen.

»Echt jetzt, Mann!«, stöhnte Maik.

»Ich schau doch mal kurz nach«, murmelte Emir. »Du bleibst hier.«

Plötzlich schwitzend, schlich Emir auf den BMW zu. Sein Herz schlug bis zum Hals. Er drehte sich zu Maik um, aber der stand nur da und strahlte Ungeduld und Genervtheit aus. Auf einmal hatte Emir das Gefühl, dass sich genau jetzt, während er nicht hinsah, etwas bei dem Fahrzeug bewegte. Er fuhr so schnell herum, dass es ihm einen Stich ins Genick versetzte. Nichts an dem BMW hatte sich verändert, er stand einfach nur da, schweigend und sich an den Boden kauernd. Der Wagen konnte alles Mögliche sein, von einer Sprengfalle bis zu einem Versteck, in dem vier Killer der Russenmafia darauf warteten, ihm den Kopf von den Schultern zu pusten.

Warum zum Teufel kam er jetzt ausgerechnet auf so etwas?

»Hier ist der Sicherheitsdienst«, quiekte er, als er auf fünf Schritte herangekommen war. Scheiße, Mann! Wie ein Auszubildender im ersten Lehrmonat! Er räusperte sich. »Hier ist der Sicherheitsdienst des Flughafens Berlin Brandenburg!«, rief er dann. »Öffnen Sie die Tür.«

Mittlerweile war er nahe genug heran, um zu sehen, dass der Wagen getönte Scheiben hatte. Weder wurde eine davon heruntergefahren, noch öffnete sich die Tür.

Emir hob die Taschenlampe und leuchtete in die Wagenfenster, aber die Tönung schluckte das Licht. Der Lichtkegel der Taschenlampe wanderte über die Flanke des BMW, die Reifen … Emir starrte.

Das war es, was ihm vorher aufgefallen war: Das Auto hatte an der linken Seite zwei Platten. Deshalb schmiegte es sich so unnatürlich flach an den Boden. Und da es nicht schräg stand… Er wanderte zur rechten Seite hinüber. Auch dort war die Luft aus den Reifen, und sie sahen nicht so aus, als hätte sie jemand aufgestochen, sondern als wären sie förmlich geplatzt. Der BMW konnte auf diesen zerfetzten Pneus keinen Meter weit gefahren sein, ohne die Felgen völlig zu zerstören. Die Reifen mussten hier, an der Stelle, an der er stand, geplatzt sein. Was konnte vier Reifen auf einmal zum Bersten bringen?

Emir holte tief Luft und näherte sich der Fahrertür. Nun entdeckte er, dass sie an der Unterkante aufgeklafft war. Etwas war herausgeronnen. Er schluckte und richtete den Taschenlampenstrahl darauf. Es war eine grobporige, helle Substanz, die auf dem Boden kleine flache, überlappende Teller gebildet hatte, wie ausgelaufenes Wachs.

Emir packte die Taschenlampe mit einer plötzlich schwitzigen Hand fester und klopfte dann mit dem Batteriefach der Lampe gegen die Scheibe.

»Was'n da los bei dir, ey?«, rief Maik. »Hör'n die Wichser nich, oder was?«

Emir klopfte fester. In der Dunkelheit sah er undeutlich sein eigenes Spiegelbild, verzerrt und gestaucht von der leichten Wölbung der Scheibe. Er beugte sich über die Motorhaube und spähte durch die Windschutzscheibe. Auch sie war getönt, als gehöre die Karre irgendeinem verdammten Rockstar oder Politiker. Aber wem sie auch gehörte, sie stand still, ganz still auf ihren zerplatzten Pneus, und die Wagenfarbe, aus der Nähe ein dunkles Kaffeebraun, sah aus wie geronnenes Blut.

Er sollte die Polizei benachrichtigen.

Aber verdammt nochmal, die Karre stand in ihrem Revier! Die Polizei ließ die privaten Sicherheitsdienste ihre Verachtung oft genug spüren. Am Ende pennte dort drin bloß seinen Rausch aus, und die Beamten würden Emir und seine Meldung auslachen und der Firma eine satte Rechnung für den Einsatz zusenden. Emir stellte sich vor, dass er seiner Chefin zu erklären versuchte, wie die Rechnung zustande gekommen war. In eine solche Situation mit dem Miststück von Chefin wollte er garantiert nicht hineingeraten.

Emir klopfte erneut an die Scheibe und drosch zugleich mit der flachen Hand aufs Dach des BMW.

Keine Reaktion außer der Stille, die noch etwas stiller geworden schien.

»Scheiße«, murmelte Emir. Er war nun überzeugt, dass etwas ganz und gar nicht stimmte.

Er versuchte, die Fahrertür zu öffnen. Abgesperrt. War das die Erklärung dafür, dass sich dort drin nichts rührte? Weil niemand drinsaß? Aber Emir betrachtete die erstarrte Pfütze auf dem Boden und wusste, dass einfache Erklärungen hier nicht anzuwenden waren.

Er stellte sich so hin, wie er es einmal gelernt hatte, packte die schwere Maglite-Taschenlampe am Kopf und drosch mit dem verstärkten Ende des Batteriefachs auf die Scheibe ein. Nach drei Versuchen blühte ein Spinnennetzmuster auf. Er schlug noch einmal zu. Die Scheibe fiel in Hunderten von achteckigen Splittern Verbundglas in sich zusammen. Emir sprang zurück. Auf dem Fahrersitz saß jemand. Reglos.

»Sicherheitsdienst!«, rief er. »Steigen Sie sofort aus!«

Die Person gab keinen Mucks von sich.

»Bist du irre geworden?«, hörte er Maik rufen. »Mann, ey, du bringst uns so was von in Verschiss!«

Emir klickte die Taschenlampe an. Er keuchte erschrocken auf. Das Licht erfasste eine schwarze, amorphe Gestalt, ein Ding ohne Gesicht, ohne Arme, ohne… Er blinzelte. Über den Oberkörper eines Menschen hatte man einen schwarzen Sack gezogen.

»Hallo?«, fragte Emir. »Sicherheitsd…« Er verstummte. »Hallo?«, wiederholte er dann nach ein paar Augenblicken.

Die Gestalt unter dem Sack rührte sich nicht. Er leuchtete das Innere des BMW aus.

Was zum Teufel…?

Er beugte sich näher heran, weil er es nicht glauben konnte. Es gab kein Fahrzeuginneres!

Die Fahrerkabine des BMW war bis zur Höhe des Armaturenbretts eine einheitliche, bucklige, porige Fläche, aus der die oberen Teile der Vordersitze, die Kopfstützen und die obere Rundung des Lenkrads ragten wie Wrackteile eines Schiffes aus einer spiegelglatten See. Emir gaffte. Nun wusste er, woraus die Masse bestand, die unten aus der Fahrertür getropft war; nun wusste er, warum die Reifen geplatzt waren. Das schiere Gewicht des Wagens hatte sie bersten lassen.

Der Wagen war randvoll mit Beton ausgegossen.

Emirs freie Hand bewegte sich beinahe wie von selbst. Seine Finger zupften an der schwarzen Umhüllung, zogen sie nach oben, zogen sie von dem Körper, der darunter versteckt war.

Der Lichtstrahl seiner Taschenlampe begann zu zittern. Dann taumelte er vom Wagen weg und übergab sich.

3

Kriminaldirektor Martin Zach, Chef vom Dezernat LKA11 des Berliner Landeskriminalamts, ging durch das Spalier aus Polizeibeamten, Fotografen, Spurensicherungsfachleuten und Pressevertretern. Sein Ziel war eine grell erleuchtete Insel des Lichts mitten in der Nacht. Die Nacht selbst – jedenfalls hier auf dem zukünftigen Busparkplatz des Flughafens Berlin Brandenburg – wurde stroboskopartig von den lautlos zuckenden Blaulichtern der Einsatzfahrzeuge zurückgedrängt. Er ignorierte die Bitten der Pressevertreter, die von den Polizisten am weiteren Vordringen gehindert wurden, sie durchzulassen. Im Stillen fragte er sich, wieso die Medienleute so schnell Wind von dem Fund bekommen hatten. Irgendwo in der langen Informationskette zwischen den am Fundort eingetroffenen Polizeibeamten und seinem eigenen Büro musste jemand Zeit gefunden haben, der Presse etwas zu stecken. Es war schon phänomenal. Der Kriminaldirektor hatte keine zwanzig Minuten hierher gebraucht; bis er vom Fund erfahren hatte, waren etwa zehn Minuten vergangen. Dreißig Minuten für die Presseleute, alles stehen und liegen zu lassen und hierherzukommen. Alle Achtung. Nicht, dass Kriminaldirektor Zach sie nicht trotzdem alle zum Teufel wünschte.

Eine Frau, die zwischen den Pressevertretern stand, hob grüßend die Hand. Zach nickte ihr zu. Ksenia Orian. Er hatte schon erwartet, die Deutschrussin hier zu treffen. Die Wachleute waren Angestellte ihrer Firma. Ksenia Orian war immer vor Ort, wenn ihre Mitarbeiter irgendwie in eine polizeiliche Angelegenheit gerieten. Es war, als ob sie nie schlief und nie Freizeit hatte. Er würde nachher mit ihr reden – nicht, weil er glaubte, dass sie etwas beitragen konnte, sondern aus Höflichkeit unter ehemaligen Kollegen. Ksenia Orian war Polizistin gewesen und hatte vor etlichen Jahren drei Einsätze als Ausbilderin mit dem German Police Protect Team in Afghanistan verbracht. Zach fühlte Respekt vor den Männern und Frauen, die sich für diese Einsätze gemeldet hatten; und noch mehr Respekt, wenn er daran dachte, wie ablehnend die afghanischen Kollegen wohl am Anfang einer Frau gegenübergestanden haben mussten, noch dazu mit russischen Wurzeln.

Der diensthabende Rechtsmediziner war heute Doktor Sagstötter. Er rauchte am Rand des Lichtkreises, den mehrere starke Scheinwerfer aus Stativen warfen, eine Zigarette. Im Zentrum des Lichts stand ein kaffeefarbener BMW, dessen Fahrertür offen stand.

»Wollten Sie nicht aufhören damit?«, begrüßte Zach den Arzt. Er mochte ihn nicht. Dr. Sagstötter war für seinen Sarkasmus bekannt und dafür, schon mit einer vorgefertigten Meinung am Tatort zu erscheinen.

Der Arzt wedelte mit der Zigarette. »Ich hör schon seit zehn Jahren damit auf.«

Zach deutete auf das Fahrzeug. »Kommen Sie, bringen wir's hinter uns.«

»Ich hab's schon hinter mir«, sagte Dr. Sagstötter. Er hielt den Dezernatsleiter am Arm fest, als dieser sich dem BMW nähern wollte. »Warten Sie.«

»Weshalb? Glauben Sie, mir kommt es hoch, wenn ich die Leiche anschaue?«

»Würde mich nicht wundern. Sogar mir wär's beinahe hochgekommen.«

Zach blieb stehen. »Was muss ich wissen?«

Dr. Sagstötter nahm einen langen Zug von seiner Zigarette. »Das meiste ist nur Spekulation«, sagte er. »Trotzdem nehme ich an, dass es der Wahrheit ziemlich nahekommt. Fest steht: Das Innere des Wagens wurde mit Beton ausgegossen, mit dem Toten auf dem Fahrersitz. Womöglich werden wir feststellen, dass er mit mehreren Kabeln oder Stricken an den Sitz und mit den Händen ans Lenkrad gefesselt worden ist. Er muss ungeheure Panik gehabt haben. Jemand, um den herum der frische Beton hochsteigt, will nur noch weg.«

»Sie meinen, er hat noch gelebt?«

»Warum sollte sich jemand die Arbeit machen, ihn bis zur Brust einzugießen, wenn er schon tot war? Das war kein Mord, das war eine bestialische Hinrichtung.«

»Sprechen Sie weiter ...«

»Sie müssen sich Folgendes vorstellen: Sie sitzen gefesselt auf dem Fahrersitz eines Autos. Um sie herum steigt der Beton an, der direkt vom Betonmischer zu einem offenen Seitenfenster hereingeleitet wird. Wie lange dauert es, den Innenraum einer großen Limousine auf diese Weise zu füllen? Fünf Minuten? In diesen fünf Minuten wird der Unterleib vom Gewicht der nassen, eiskalten Masse eingeengt, gequetscht, zerdrückt. Sie spüren, wie es Ihre Eingeweide abschnürt. Wie Ihre Lunge immer mehr zusammengedrückt wird. Wie Sie bei lebendigem Leib erdrückt, ja erstickt werden und dabei zusehen, wie der Beton langsam, langsam das Wageninnere füllt, wie die kalte Masse an Ihnen hochsteigt, Sie erleben, wie Ihre Hüftknochen nachgeben und die Oberschenkel brechen und wie allmählich, ganz allmählich Ihre Lunge immer weniger Raum findet, um sich auszudehnen, wie Ihr Körper kämpft, kämpft um einen letzten Atemzug, und ihn nicht bekommt. Es dauert eine Weile, auf diese Art zu sterben.«

»Sie hätten Romane schreiben sollen, Doktor«, bemerkte Zach. »Kann ich jetzt?«

Dr. Sagstötter deutete einladend auf den BMW. »Ich kann Sie beruhigen: Falls Sie sich danach Ihr letztes Essen wieder durch den Kopf gehen lassen, Sie sind nicht allein.«

4

Als Zach losgehen wollte, hörte er eine Frauenstimme hinter sich rufen: »Herr Zach – warten Sie!«

Er blieb stehen und drehte sich um. Ksenia Orian war bis an das Absperrband getreten, das die Streifenpolizei um den Fundort des Wagens errichtet hatte. »Nehmen Sie mich mit?«, fragte sie.

Zach nickte nach kurzem Zögern. Die Streifenpolizisten, die Ksenia in den Weg getreten waren, wichen zurück, und Ksenia bückte sich unter dem Absperrband hindurch.

Aus ein paar Metern Abstand wirkte Ksenia Orian wie eine attraktive junge Frau. Kam man näher an sie heran, sah man die Kerben um die Mundwinkel und wusste, dass sie kein junges Mädchen mehr war. Dann erst erkannte man das feine weiße Narbengeflecht auf ihrer linken Gesichtshälfte. Es schien absurd, aber es war eine Tatsache, die Martin Zach ebenso bestätigt hätte wie die meisten Männer, die Ksenia zum ersten Mal sahen: Die Kerben um die Mundwinkel und die Narben machten aus einem hübschen erst ein atemberaubend schönes Gesicht. Wo die Narben herrührten, wusste Zach nicht. Als er nach seiner Versetzung zum ersten Mal mit Ksenia zu tun gehabt hatte, konnte auch keiner seiner Kollegen, die schon länger hier Dienst schoben, ihm darüber etwas sagen. Eigentlich kein Wunder. Ksenia Orian besaß eine Ausstrahlung, dass sich eine Frage, die intimer war als die nach dem heutigen Datum, von ganz allein verbot.

Das Einzige, das Zach von der Deutschrussin mit Sicherheit wusste, war ihre Tätigkeit als Geschäftsführerin einer Sicherheitsfirma. Angeblich besaß sie auch diverse Gürtel und Grade in Kampfsportarten und wurde ab und zu von Hackervereinigungen wie dem Chaos Computer Club zu Vorträgen eingeladen. Aber das waren alles nur Gerüchte. Fest stand außerdem, dass es Ksenia Orians Sicherheitsfirma war, die derzeit unter anderem das Milliardengrab des BER überwachte.

»Sind Sie ihretwegen hier?«, fragte Zach. Er deutete auf die zwei Security-Mitarbeiter, die die Besatzungen der Streifenwagen bei ihrem Eintreffen hier vorgefunden hatten.

Ksenia nickte und wies dann auf den BMW. »Und seinetwegen.«

»Der Wagen?«

»Nein. Das arme Schwein am Steuer.«

»Etwa einer von Ihren Leuten?«, fragte Zach verblüfft.

»Wir vermitteln auch Chauffeure und Leibwächter.«

»Woher wollen Sie wissen, dass es einer Ihrer Mitarbeiter ist? Sie haben noch gar nicht in den Wagen reingeschaut. Woher wollen Sie so genau wissen, dass *er* nicht eine *sie* ist?«

»Fahrzeugkennzeichen«, sagte Ksenia und klang gelangweilt. Als Zach nicht darauf einging, sondern sie nur musterte, zuckte sie mit den Schultern. »Unser Wachbüro hier hat unsere Leitstelle benachrichtigt. Deshalb bin ich hergefahren. Als ich den Wagen sah, habe ich das Nummernschild überprüft – reine Routine. Der Akteneintrag dazu hat mir verraten, dass einer unserer Leute den Wagen als Chauffeur und als Leibwächter für einen Kunden fährt. Können wir jetzt …?« Sie gestikulierte zum BMW.

»Dr. Sagstötter sagt, der Kerl dort drin sieht richtig schlimm aus«, warnte Zach.

»Der Doktor sieht selber schlimm aus«, versetzte Ksenia. »Sollte mit dem Rauchen aufhören.«

Zach wandte sich ab und trat um die offene Tür herum. Einer der portablen Scheinwerfer der Spurensicherung beleuchtete den Innenraum des BMW und hatte den Beton und den Mann am Steuer mit gnadenlos kaltem Licht aus der Dunkelheit gerissen.

Zach und Ksenia betrachteten ihn schweigend.

»Scheiße«, sagte Zach schließlich.

Ksenia schwieg.

»Und, ist es Ihr Chauffeur?«, fragte Zach.

»Ja«, sagte Ksenia.

»Scheiße«, wiederholte Zach. Der Arzt trat zu ihnen. Der Rauch seiner Zigarette brannte Zach in den Augen, aber er sagte nichts.

Dr. Sagstötter tippte die Asche in einen Pappbecher. »Er hat etwas im Mund. Ich hab es drin gelassen. Die Spurensicherer haben es schon fotografiert, so gut sie konnten. Sie dürfen es jetzt rausholen.«

»So wie Sie das sagen, hört es sich an, als wollten Sie mir damit einen Gefallen tun.«

»Ich weiß, dass es keiner ist«, bemerkte der Arzt trocken.

Martin Zach trat an den Toten im BMW heran. Er holte

eine kleine Taschenlampe heraus, versuchte den Anblick zu verdrängen und leuchtete in den offen stehenden Mund. Ein weißes Röllchen lag auf der Zunge des Toten. Er griff automatisch in die Jackentasche, um Gummihandschuhe herauszuholen, aber er hatte vergessen, welche einzustecken.

Ksenia war an seiner Seite. Sie schnalzte demonstrativ mit den Gummirändern der sterilen Handschuhe, die sie gerade angezogen haben musste. Zach trat beiseite und hielt die Hände auf. Ksenia ließ mit knappem Lächeln ein zweites Paar Handschuhe hineinfallen.

Zach nickte einladend. »Aber ich werfe den ersten Blick darauf«, sagte er.

Ksenia angelte das Röllchen mit spitzen Fingern aus dem Mund des Toten, während Zach sich in die Handschuhe quälte. Der Kriminaldirektor griff vorsichtig nach dem Beweisstück. Es war ein durchsichtiges Plastikröhrchen, etwa so dick und lang wie der kleine Finger eines männlichen Erwachsenen. Er hatte keine Ahnung, wofür es normalerweise verwendet wurde. In dem Röllchen steckte ein eng zusammengerolltes weißes Stück Papier.

»Ein Diluter-Röhrchen«, sagte der Arzt. »Für medizinische Proben.«

»Sagt uns das was über den Täter? Seinen Beruf, zum Beispiel?«

»Nein«, sagte Ksenia. »Heute kann jeder alles im Internet bestellen.«

Zach winkte einem Mitarbeiter der Spurensicherung. Das Röhrchen wurde auf eine Matte gelegt, neben einen Maßstab, und mehrfach fotografiert. Es wurde mit Fingerabdruckpulver behandelt, aber außer zwei verwischten

Flecken war nichts zu erkennen. Mit Hilfe eines Wattestäbchens pulte Martin Zach das Papier heraus. Erneute Fotos, erneute erkennungsdienstliche Behandlung, mit dem gleichen Ergebnis. Keine verwertbaren Fingerabdrücke.

»Das liegt daran, dass man heutzutage auch Gummihandschuhe überall bestellen kann«, erklärte der Arzt resigniert.

»Konnte man immer schon«, knurrte Ksenia.

Martin Zach rollte das Papier vorsichtig über der Matte auseinander. Nichts fiel heraus, kein Haar, keine Brotkrümel, keine sichtbaren Pflanzensamen oder Ähnliches. Man würde es später noch auf Pollen und unsichtbare Spuren untersuchen. Er schob es in einen Plastikbeutel, den der Spurensicherer ihm reichte, dann strich er das Röllchen darin glatt und las die winzige Schrift darauf. Sie war ein Computerausdruck, auf Schriftgröße sechs oder sieben reduziert, und Zach musste sich ganz nahe heranbeugen, damit er sie entziffern konnte. Dann richtete er sich auf.

»Ihr Mitarbeiter«, sagte er zu Ksenia. »Für wen hat er gearbeitet?«

»Fayaz Durrani«, erwiderte Ksenia. »Haben Ihre Leute das Kennzeichen denn noch nicht überprüft?«

Zach ignorierte die Bemerkung. »Der Bauunternehmer?«

Ksenia nickte. »Was steht auf dem Papier?«

Zach blickte in das Gesicht des Toten. Ohne Ksenia anzusehen, reichte er ihr das Beweisstück.

»Verdammt«, sagte sie, nachdem sie den Text gelesen hatte.

5

In Berlin gab es jede Woche so viele Benefizveranstaltungen, dass man sich fragen musste, wieso noch jemand zu Events ging, die keinem wohltätigen Zweck dienten. Es gab Buffets mit Livemusik zugunsten von Kinderhospizen, Fußballturniere für kranke Kinder, Auftritte von Fernsehphilosophen für die Sanierung von Kirchengebäuden, die Singenden Ärzte sangen zugunsten der Lebenshilfe, DJs legten für die Nachbarschaftshilfe auf, Trommler trommelten für Brunnenbauprojekte im Tschad.

Die Veranstaltung an diesem Abend war eine Modenschau. Für die Flüchtlingshilfe.

Die Aufmerksamkeit des Publikums hätte der Mode gelten sollen, die von Models aus Afghanistan, Pakistan, Albanien und Eritrea vorgeführt wurde. Aber die meisten der rund sechzig Zuschauer orientierten sich mehr oder minder auffällig in Richtung des Buffets, vor dem ein Paar von *ALEX* und *TV.Berlin*, zwei Berliner Fernsehsendern, simultan interviewt wurde.

Das Paar war um die fünfzig, beide stammten offensichtlich aus unterschiedlichen Herkunftsländern. Er war ein schlanker, samthäutiger Mann mit grauen Schläfen, der auch aus einem Bollywood-Film hätte stammen können. Sie war die hiesige Antwort auf Catherine Deneuve, nur etwas kantiger. Fayaz und Britta Durrani waren die Veranstalter und Gastgeber des Events. Sie lächelten und beantworteten die Fragen der Fernsehjournalisten mit der Aura von Menschen, die etwas nur ungern tun, aber wissen, dass es hilfreich ist, und sich deshalb in ihr Schicksal ergeben.

»Der Anteil von Frauen und Mädchen unter Asylantragstellern in Deutschland liegt bei etwa dreißig Prozent«, erklärte Fayaz Durrani. Er sprach beinahe akzentfrei, aber man konnte sehen, dass er es sich gut überlegte, bevor er die Worte wählte. »Von denen haben knapp zwanzig Prozent keinerlei Schulbildung.«

»Daher versuchen wir, die Integration über den Arbeitsmarkt zu fördern«, fuhr Britta Durrani fort. »Wir sind da im Einklang mit entsprechenden Programmen der Bundesregierung. Auch das ist schwieriger als bei den Männern, weil nur die Hälfte der geflüchteten Frauen und Mädchen eine Berufserfahrung mitbringen.«

»Und Sie glauben, dass mit Veranstaltungen wie diesen die berufliche Integration der weiblichen Flüchtlinge gefördert wird?«, fragte einer der Journalisten.

»Eine Arbeit zu haben ist immer gut«, antwortete Fayaz Durrani. »Ich bin das beste Beispiel. Ich bin auch ein Einwanderer in Ihrem schönen Land. Ich hatte doppelt Glück – ich habe die Chance bekommen, mich selbständig zu machen, und ich habe hier eine Frau gefunden, die mich dabei unterstützt.« Er lächelte Britta an, und die Fernsehjournalisten lächelten pflichtschuldig mit.

»Wenn Sie sagen, Sie hätten sich selbständig gemacht, ist das aber eine Untertreibung, Herr Durrani«, merkte einer der Journalisten an. »Sie haben mit Ihrem Unternehmen mehrere Gewerke am Flughafen BER übernommen – das sind Millionenprojekte, nicht wahr?«

»Und wissen Sie was?«, sagte Fayaz strahlend. »Wir werden auch rechtzeitig damit fertig werden.«

Gelächter unter den Journalisten und den Neugierigen. Das halbe Dutzend jugendlicher und junger Models schritt im Hintergrund des Saals routiniert über den Laufsteg, nickte dankbar für den spärlichen Applaus, wiegte die Schultern im Rhythmus der Musik von einer Festplatte.

»Die Kleidung, die hier gezeigt wird, ist samt und sonders von den Models selbst angefertigt worden«, kehrte Britta wieder zum Thema der heutigen Veranstaltung zurück. »Berliner Schneidereien und kleinere hiesige Modelabels haben dafür Arbeitsplätze und Ausrüstung zur Verfügung gestellt. All diese Mädchen dort auf dem Laufsteg haben keine Schulbildung – aber sie haben Talent und Fantasie. Wir verstehen uns für diejenigen, die wir unter unsere Fittiche nehmen, als Helfer auf dem Weg. Wir sorgen dafür, dass ihre Fähigkeiten entdeckt und gefördert werden; und dann bringen wir sie an die Orte und zu den Menschen, wo sie diese einsetzen können.«

Mit der Erwähnung, dass die Models die Kleidung selbst geschneidert hatten, schaffte Britta es, die Aufmerksamkeit wieder auf die Modenschau zu lenken. Die Journalisten und die Neugierigen wandten sich ab. Fayaz und Britta Durrani wechselten einen Blick. Jetzt, wo niemand mehr auf sie achtete, erlosch beider Lächeln wie auf Knopfdruck. Fayaz zog ein Handy aus der Tasche und aktivierte es, Britta tat es ihm nach. Er spähte auf die Icons der verschiedenen Nachrichten-Apps. Nirgendwo war eine neue Nachricht angezeigt, auch nicht als Voicemail. Er ließ das Gerät sinken.

»Und?«, fragte Britta.

Fayaz schüttelte den Kopf und zeigte ihr gleichzeitig das Display. Er holte tief Luft und ließ sie langsam entweichen.

»Ich versteh das nicht«, meinte er mit rauer Stimme. »Die hätten sich längst melden müssen. So was ist noch nie passiert. Lass uns das hier zu Ende bringen. Ich kann nicht länger in irgendwelche Kameras und blöde Gesichter lächeln.«

»Fahr du nach Hause«, sagte Britta. »Das ist kein Problem. Ich ziehe das hier durch. Ich hab bessere Nerven als du.«

Fayaz Durrani widersprach nicht. Er nickte, dann drehte er sich um und ging langsam zum Ausgang. Bevor er den Saal verließ, winkte er ihr noch einmal zu. Britta lächelte trotz der Anspannung, die sie empfand.

Dann sah sie ihren Mann wieder hereinkommen, das Telefon in der Hand, und ein Blick in sein Gesicht ließ jede Spur eines Lächelns auf ihren Lippen ersterben.

6

Dreißig Stunden nach dem Fund der Leiche und der Modenschau lauschte Ralf Parceval auf das Geräusch von schnellen Schritten, die den Zellentrakt durchmaßen und sich anscheinend auf seine Tür zubewegten. Es war sechs Uhr am Morgen. Er war seit mindestens zwei Stunden wach.

Träume?

Wozu brauchte man Träume, wenn sich das Unterbewusstsein Tag und Nacht mit nichts anderem als dem befasste, was es nach Meinung des Psychologen verarbeiten sollte?

Die klare, trockene Luft von Kunduz.

Der Sonnenschein, so intensiv, wie er zu Hause in Deutschland nie war.

Der Himmel, so blau und rein, wie der Himmel über dem Garten Eden gewesen sein musste.

Im Inneren der Polizeistation: Blut. So viel Blut. Auf dem Boden, an den Wänden. Bis zur Decke hoch war es gespritzt, es tropfte in zähen Fäden vom frisch geweißelten Beton. In jedem Raum Leichen.

Vor dem Tresen, an dem normalerweise ein freundlicher Beamter die Besucher empfangen hätte: zwei angeschossene Männer. Sie waren zurückgelassen worden. Ihre Aufgabe war gewesen, Parceval und den anderen vorzugaukeln, dass auch alle ihre Kumpane sich immer noch im Inneren der Polizeistation befänden. Es war ein Himmelfahrtskommando. Sie starrten Parceval trotzig an, als er von seiner Runde durch die Innenräume zurückkam. Er hatte nicht gefunden, was er gesucht hatte. Er hatte vieles gefunden, was er niemals hatte suchen wollen, darunter den abgeschnittenen Kopf seines Stellvertreters und besten Freundes. Er hatte ihn in dem Raum gefunden, wo die anderen Köpfe lagen.

Parceval war auf die beiden Verletzten zugetreten, hatte ihren Blick erwidert, hatte gesehen, wie sich ihre Augen im Schock weiteten. Dann hatte er sie erschossen, für jeden zwei Kugeln. Niemand von denen, die sich ebenfalls im Inneren der Polizeistation aufhielten, hielt ihn davon ab.

Die Schritte stoppten vor seiner Zellentür. Sie wurde aufgeschlossen.

»Besuch für Sie«, erklärte der Justizvollzugsbeamte.

»Um diese Tageszeit empfange ich üblicherweise nicht«, sagte Parceval.

»Dann ändern Sie heute mal Ihre Gewohnheiten.«

»Wer ist es? Wenn es der Psychologe ist, sagen Sie ihm, ich hätte leider wieder nicht geträumt.«

»Heben Sie sich den Scheiß für die Tagschicht auf.«

»Wer ist mein Besucher?«

»Das werden Sie dann schon sehen.«

Als Parceval in den Besuchsraum trat, stand der Mann auf, der bereits auf ihn gewartet hatte. Er grüßte nicht, er sagte nur: »Ich brauche Ihre Hilfe.«

Parceval kannte ihn von den Bildern der Tagespresse, auch wenn er dort nicht oft zu sehen war. Aber er gehörte zu den Männern, deren Aussehen sich bei jemandem wie Parceval eingeprägt hatte.

Sein Besucher war der Berliner Kripochef. Kriminaldirektor Martin Zach.

7

Der Justizvollzugsbeamte, der Parceval hierher gebracht hatte, baute sich in einer Ecke des Besuchsraums auf, die Hände in das Koppelschloss seines Gürtels gehakt.

»Lassen Sie uns bitte allein«, befahl Martin Zach.

»Das ist gegen die Vorschriften«, widersprach der Beamte.

»Tragen Sie in das Protokoll ein, dass ich es verantworte.«

Der Beamte zögerte, dann zuckte er mit den Schultern und verließ den Raum.

Parceval, der den kurzen Austausch interessiert verfolgt hatte, ließ sich nicht anmerken, wie befremdlich er die Situation fand. Er betrachtete die Hand, die Martin Zach ihm jetzt entgegenstreckte, und schlug nach kurzem Nachdenken ein. Zachs Hand war warm und trocken, aber der Händedruck war einen Tick zu fest und verriet seine Nervosität.

»Sie sehen gut aus«, sagte Zach.

»Macht der viele Schlaf«, antwortete Parceval. Er musterte seinen Besucher ungeniert. »Sie sehen auch gut aus«, sagte er dann. Es war gelogen, und er wusste, dass Zach das auch wusste. Sein Besucher war grau im Gesicht vor Schlafmangel und schlecht rasiert.

Zach seufzte. »Ich weiß, das hier ist alles in höchstem Maß an den Regularien vorbei. Aber ich habe ein paar Strippen gezogen. Sie kommen für vierundzwanzig Stunden hier raus. Ich nehme Sie gleich mit.«

»Feiert der Innenminister einen runden Geburtstag und hat mich eingeladen?«, fragte Parceval.

»Haha. Nein. Ich brauche Ihre Hilfe.«

»Haben Sie schon gesagt.«

»Ich weiß. Und jetzt kommen Sie.«

»Warum?«

»Erklär ich Ihnen unterwegs.«

Parceval trat zu einem der beiden Stühle an dem kleinen Tisch, der in der Reihe des halben Dutzends weiterer Tische stand, an denen sich die Insassen der Strafanstalt mit ihren Besuchern treffen konnten. Er zog den Stuhl zurück, setzte sich, lehnte sich zurück und machte die Beine lang. Dann nickte er zur Tür, durch die der Justizbeamte hinausgegangen war. »Sie haben ihn rausgeschickt. Er kann nichts hören. Erzählen Sie.«

Zach sah Parceval entgeistert an. »Wir haben keine Zeit!«, stieß er hervor.

»Zeit ist alles, was man hier drin hat«, widersprach Parceval.

Zach starrte ihn an, dann tippte er sich mit dem Finger ans Ohr und wies mit der anderen Hand an die Decke. Parceval grunzte. »Wir wissen beide, dass die Gespräche hier drin nicht elektronisch überwacht werden. Abgesehen davon – wenn Sie ein paar Strippen ziehen mussten, ist Ihr Besuch hier auch kein Geheimnis. Ein Haufen Leute weiß, dass Sie hier sind.«

»Aber sie dürfen nicht wissen, was ich von Ihnen will.«

»Interessant.«

»Parceval, ich brauche Ihre Hilfe. Jetzt. Es eilt.«

»Was kann ich draußen für Sie tun, was nicht einer Ihrer Leute auch tun kann?«

»Genau das, was meine Leute eben nicht tun können.«

»Gut, dass wir jede Menge Zeit für solche Wortspielereien haben«, sagte Parceval und tat so, als würde er seine Fingernägel begutachten.

»Sie können einem Kind das Leben retten«, sagte Zach.

Parceval blickte auf. »Wie kann ich das?«

»Indem Sie aus einem Drecksack herausholen, in welchem Loch er es vergraben hat, bevor es erstickt ist.«

8

Keine Stunde später saßen sie in einem Zivilfahrzeug, das offensichtlich Martin Zach gehörte, einem silbergrauen Audi A5 Sportback. Zach steuerte den Wagen auf der A111 am Flughafen Tegel vorbei in Richtung Wedding. Der Verkehr war dicht, sie kamen nur im Stop-and-go vorwärts. Zach nutzte alle Lücken und wechselte oft die Spur, um voranzukommen, aber ebenso oft blieben sie auch stecken.

Parceval betrachtete die Stadtlandschaft aus eintönigen Gebäuden sowie Straßenkreuzungen und dachte, dass es eine Verschwendung von kostbarer Zeit in Freiheit war, einen Mann, der mehrere Jahre hinter Gittern gesessen hatte, nach dem Verlassen des Gefängnisses mit einem solchen Anblick zu belästigen. Unwillkürlich sah er den blauen Himmel, die braune Erde und die strahlend weißen Berggipfel im nordöstlichen Afghanistan vor seinem inneren Auge. Das war eine Landschaft, die der Freiheit würdig war. Nur, dass dort statt Freiheit Armut, Gewalt, Intoleranz und Fanatismus vorherrschten. Die einzig echte Freiheit, die er in Afghanistan kennengelernt hatte, war die innere Freiheit im bedingungslos schlichten Glauben an die Güte Gottes und an die Unabänderlichkeit des Schicksals.

Diese Freiheit war ihm immer wieder begegnet. In dem kleinen Jungen, der vor Glück gelacht hatte, als er eine Prothese erhielt, anstatt in seinem Kummer zu verharren, dass ihm zuvor eine Mine ein Bein abgerissen hatte. In dem Familienvater, der vier seiner fünf Söhne bei einem Bombenanschlag verloren und zu Parceval gesagt hatte, Gott sei voller Gnade, denn er habe ihm ja einen Sohn gelassen.

Martin Zach hatte geschwiegen, seit sie in den Audi gestiegen waren. Nach außen hin schien es, als würde er sich auf den Verkehr konzentrieren. Parceval ahnte jedoch, dass den Kriminaldirektor plötzlich Zweifel befallen hatten, ob er das Richtige tat. Sobald sie im Wagen gesessen hatten, hatte Zach ihm in knappen Worten die Lage geschildert. Parceval wusste nun, dass Zach sich seit dem Moment, in dem er mit Parceval aus dem Gefängnistor gefahren war, auf der falschen Seite des Gesetzes befand.

Vor gut dreißig Stunden war ein Anruf bei der Berliner Polizei eingegangen, mit verstellter Stimme und von einem öffentlichen Telefonanschluss aus. Der Anrufer hatte erklärt, dass ein Fahrzeug mit einer Botschaft, in der es um Leben und Tod gehe, auf dem Busparkplatz der Flughafenbaustelle stehe. Er hatte der Polizei geraten, so schnell wie möglich dort aufzukreuzen. Dann hatte er aufgelegt.

Die Polizei war mit mehreren Fahrzeugen an Ort und Stelle gerast und hatte dort zwei Werkschutzmitarbeiter gefunden, die das Fahrzeug bereits inspiziert hatten.

»Da hat der Drecksack uns zum ersten Mal verarscht«, knurrte Zach.

In der Leitstelle, die die Einsatzfahrzeuge zum Busparkplatz geschickt hatte, hatte man angenommen, es gehe für jemanden im Fahrzeug um Leben und Tod. Doch der Mann, der auf dem Fahrersitz saß, war bereits tot.

»Erschossen?«, fragte Parceval. »Erstochen? Erdrosselt?«

»Tot«, wiederholte Zach. »Toter als tot, um genau zu sein.«

Parceval schwieg. Er erlebte das Verhalten des Kripochefs nicht zum ersten Mal. Er hatte es in Afghanistan gesehen, bei Kollegen, die zu ihren ersten Eindrücken vom Ort eines Bombenanschlags befragt worden waren.

Frage: Wie viele Opfer haben Sie gesehen?

Antwort: Meinen Sie am Stück oder Körperteile?

Frage: Waren alle tot?

Antwort: Toter als tot, Sie Arschloch. Wollen Sie sonst noch was wissen? Ich geh jetzt kotzen.

Er erinnerte sich, dass er beim ersten Mal auch nicht viel anders reagiert hatte. Wie mochte der Mann im Auto zu Tode gekommen sein, wenn der Kripochef noch immer so erschüttert war?

»Was war mit der Botschaft?«, fragte er.

»Der Tote hatte sie im Mund. Er war Chauffeur und Leibwächter eines Bauunternehmers namens Fayaz Durrani. Schon mal gehört, den Namen?«

Parceval schüttelte den Kopf.

»Fayaz und Britta Durrani. Seiner Frau gehört die Hälfte des Unternehmens. Er ist als Kind aus Pakistan eingewandert, sie ist eine Deutsche. Sie sind das High-Society-Benefizveranstaltungen-Paar Berlins.«

»Ich war in letzter Zeit nicht auf vielen Galas.«

»Kennen Sie die P.S.B. GmbH? Ein Werkschutzunternehmen hier in Berlin?«

»Nein. Versuchen Sie mir mitzuteilen, dass der Justizvollzug in meinem Knast an die ausgesourct wird?«

Zach ignorierte den Sarkasmus. »Ksenia Orian? Sagt Ihnen der Name was? Sie ist dort eine der Geschäftsführerinnen. War früher Polizistin und in Afghanistan im Ausbildungseinsatz, wie Sie damals.«

»Es waren Hunderte von deutschen Polizisten dort unten«, sagte Parceval. »Ich habe nicht jeden einzelnen davon kennengelernt.«

»Nein«, sagte Zach, »Sie haben sich auch mehr mit den Einheimischen abgegeben.« Als Parceval schwieg, fuhr Zach fort. Er klang feindselig. Der Stress brachte einen dazu, am nächstbesten Gesprächspartner Dampf abzulassen – vorzugsweise dem, dem man es verdankte, dass man sich an den Anblick von zerrissenen Leichen auf einem Marktplatz erinnern musste. Oder an den Anblick eines Toten in einem Auto auf dem Flughafen-Busparkplatz. »Ich habe Ihre Akte gelesen.«

»Ich kenne meine Akte«, sagte Parceval.

»Ich habe sie gelesen, weil Ksenia Orian mir empfohlen hat, mich an Sie zu wenden. Deshalb habe ich Sie gefragt, ob Sie sie kennen.«

Parceval zuckte mit den Schultern.

»Ihr Fall war damals in aller Munde, aber ich erinnerte mich erst wieder, als ich die Akte vor mir hatte. Dabei müsste einem ein Name wie der Ihre eigentlich im Gedächtnis bleiben. Und eine Tat wie die Ihre.«

Parceval schwieg weiter eisern.

»Haben Sie gar nichts dazu zu sagen?«, stieß Zach hervor.

»Wenn Sie jetzt wenden und mich zurückbringen«,

sagte Parceval, »schaff ich noch das Frühstück. Die machen ein ganz passables Rührei mit Speck dort.«

Eine Weile fuhren sie schweigend dahin. Es ging immer noch nicht schneller. Zach hupte wütend einen Wagen an, der ihn geschnitten hatte, und schnitt dann seinerseits einen anderen, als er sich in eine Lücke schob. Schließlich räusperte er sich.

»Entschuldigung«, sagte er.

»Wie lautete die Botschaft?«, fragte Parceval.

Der Inhalt der Botschaft informierte die Polizei darüber, dass der tote Chauffeur nicht allein unterwegs gewesen war. Er hatte die sechzehnjährige Tochter von Fayaz Durrani gefahren. Der Verfasser der Botschaft hatte die Tochter entführt und verlangte sechzehn Millionen Euro Lösegeld – eine für jedes Lebensjahr des Mädchens. Er hatte detaillierte Anweisungen für die Lösegeldübergabe hinterlassen.

Er hatte geschrieben, dass er sich mit seiner Forderung direkt an die Polizei gewendet hatte, weil Fayaz Durrani sie sowieso eingeschaltet hätte. Auf diese Weise sparten sie Zeit, und Zeit war ein wichtiges Element in der gesamten Situation, denn das Entführungsopfer läge gefesselt in einem Sarg und dieser wiederum in einem Erdloch. Die Luftzufuhr sei unzureichend, und es sei daher zu erwarten, dass das Mädchen nicht länger als zwei Tage durchhielt, bevor es erstickte.

Sobald das Geld übergeben wäre, würde die Polizei die GPS-Koordinaten des Verstecks erhalten. Ende gut, alles gut.

»Der Typ hört sich wie ein schlauer Kopf an«, meinte Parceval.

»Ist er aber nicht – oder nur auf dem Papier. Wir haben ihn bei Übergabe des Geldes geschnappt.«

Parceval nickte. Ihm wurde langsam klar, worauf Zach hinauswollte – und weshalb er ihn um Hilfe gebeten hatte. »Oktober 2002«, begann er. »Frankfurt am Main. Magnus Gäfgen entführt den elfjährigen Jakob von Metzler und verlangt Lösegeld. Bei der Übergabe des Geldes wird er beobachtet, beschattet und später geschnappt. Da er sich weigert, das Versteck des Jungen zu verraten, und die Frankfurter Polizei um die Gesundheit Jakobs fürchtet, droht der Polizeivizepräsident, Gäfgen zu foltern. Gäfgen gibt klein bei und nennt das Versteck Jakobs. Der ist aber schon tot. Gäfgen hatte ihn sofort nach der Entführung umgebracht.«

Diesmal nickte Zach, nachdem er tief Luft geholt und sie wieder ausgestoßen hatte. »Wir beten alle, dass Zainab Durrani noch lebt.«

»Der Entführer will das Versteck nicht preisgeben?«

»Er sagt: Gebt mir das Geld und setzt mich in einen Flieger in ein Land, in dem es kein Auslieferungsabkommen mit Deutschland gibt. Sobald ich dort in Sicherheit bin, sende ich euch die Koordinaten. Viel Zeit habt ihr nicht mehr.«

»Mit sechzehn Millionen kann man sich überall Sicherheit erkaufen«, sagte Parceval.

»Ich möchte, dass Sie den Kerl überreden, das Versteck zu verraten.«

»Lassen Sie mich das mal zusammenfassen«, entgegnete Parceval. »Sie möchten, dass ich den Entführer in die Mangel nehme, bis er singt. Natürlich wird er später aussagen, dass er gefoltert worden sei. Man wird die

Spur zu mir zurückverfolgen und mich befragen, und ich werde sagen, Sie haben mich extra dazu für vierundzwanzig Stunden aus dem Knast geholt. Daraufhin wird man Sie befragen, ob das stimmt.«

»Ich werde aussagen, ich hätte Sie auf Anraten von Ksenia Orian aus dem Gefängnis geholt, weil wir irrtümlich dachten, Sie hätten damals in Afghanistan Erfahrung mit solchen Situationen gesammelt und wir Ihnen eine Chance geben wollten, der Gesellschaft einen Dienst zu erweisen.«

»Und natürlich wird man Ihnen eher glauben als mir.«

»Darauf kommt es gar nicht an. Sie werden die gleiche Aussage zu Protokoll geben wie ich, nämlich dass Sie den Verhafteten mit Samthandschuhen angefasst haben.«

»Und warum werde ich diese Aussage machen?«

»Weil ich zum Ausgleich dafür alles tun werde, um ein Wiederaufnahmeverfahren für Sie einzuleiten, wie Sie es schon seit Jahren verlangen. Steht in Ihrer Akte.«

Parceval lächelte knapp. »Ein Teil von jener Kraft, die stets das Böse will und stets das Gute schafft.«

»Was soll das bedeuten?«

»Nichts, nichts.«

»Halten Sie mich nicht für blöd. Das ist aus dem *Faust.* Mephisto sagt das. Soll das heißen, ich bin Mephisto? Und Sie sind Faust?«

»Ich bin nur ein armes Schwein, das aus dem Knast will. Ist das mit dem Wiederaufnahmeverfahren ein Versprechen?«

»Ja.«

»Gut, dann bringen Sie mich zu dem Verhafteten.«

»Was werden Sie tun?«

»Ich überlege noch.«

Zach schnaubte. »Wir haben keine Zeit für Experimente. Hauen Sie dem Dreckschwein ein paar in die Schnauze, wenn es sein muss.«

»Dann hätte er etwas, worauf er sich bei seiner Beschwerde wegen Folter berufen könnte. Ich mache es auf meine Weise.«

»Ich dachte, das sei Ihre Weise.«

»Denken Sie nicht, fahren Sie«, sagte Parceval.

9

Parceval wusste, dass die Berliner Kriminalpolizei ihr Gebäude im Nikolaiviertel hatte. Daher war er überrascht, als Zach beim Schillerpark plötzlich nach links abbog, statt auf dem kürzesten Weg geradeaus zur Kripo zu fahren. Doch er sagte nichts. Hier herrschte nicht so viel Verkehr, und sie kamen ohne weitere Staus bis zur Kreuzung Schönhauser Allee/Bornholmer Straße, wo Zach sich rechts einordnete und dann nach Süden fuhr. Schließlich erreichten sie einen hässlichen Gebäudekomplex in einem von anderen hässlichen mehrstöckigen Gebäuden eingerahmten Geviert, einen Katzensprung vom Alexanderplatz entfernt.

»Ist die Kripo umgezogen?«, fragte Parceval, nachdem Zach den Motor abgeschaltet hatte.

»Das hier ist der Sitz der SE Technik und Mobilität«, erwiderte Zach.

»Die Autowerkstatt der Berliner Polizei.«

»Wenn Sie so wollen.«

»Was tun wir hier?«

»Ich möchte Ihnen zeigen, was für ein Mensch der Verhaftete ist. Außerdem befindet er sich auch in diesem Gebäude. Sie können sich gleich hier mit ihm befassen.«

Parceval fragte nicht nach, wieso der Verhaftete nicht in einer der U-Haft-Zellen im Kripogebäude saß. Er ahnte, dass Zach damit einen Hintergedanken verfolgte, aber hauptsächlich war es wohl deshalb, weil der Kripochef hier freier agieren konnte – weniger Mitarbeiter und Untergebene, die ihm auf die Finger schauten.

Niemand hielt Zach auf oder fragte nach der Legitimation seines Begleiters, als sie ein großes Werkstattgebäude betraten. Das Erdgeschoss bestand aus einer großen Halle mit einer mindestens vier Meter hohen Decke. Faltwände an Schienen in Decke und Boden ermöglichten, einzelne der mindestens zwanzig Arbeitsstationen von den anderen abzutrennen – vermutlich, wenn geschweißt wurde oder lackiert. Jede Arbeitsstation verfügte über eine Hebebühne und eine kompliziere Apparatur an der Decke, von der Schläuche und Kabel und Anschlüsse für Elektrowerkzeug hingen. Parceval dachte an die Autowerkstatt in Kunduz direkt außerhalb ihres Quartiers, dessen Besitzer sich vergeblich um eine Konzession bemühte hatte, die Fahrzeuge der GPPT zu warten. Der Mann war stets verzweifelt freundlich zu den Beamten gewesen, aber niemand hatte ihm auch nur einen Roller anvertraut. Von den Kollegen der Bundeswehr, die in Kunduz stationiert waren, war man gewarnt worden: Einheimische Reparaturwerkstätten, die die Fahrzeuge der Regierung und ihrer Gäste warteten, wurden gern zur Zielscheibe von Terroristen. Ehe die Besitzer sich versahen, waren ein Sohn oder eine Tochter gekidnappt. Die Botschaft lautete, dass das Kind erst dann wieder lebend zurückkehren würde, wenn der Vater bei der nächsten Reparatur eine Bombe im Fahrzeug platzierte. Man war, hatte der Bundeswehrbefehlshaber erklärt, natürlich schnell dahintergekommen und hatte Fahrzeuge, die in einheimischen Werkstätten repariert wurden, nach Bomben untersucht, bevor man einstieg. Aber was hatte es geholfen? Wenn man eine Bombe gefunden hatte, wurde sie entschärft, der Werkstattbesitzer verhaftet, die Werkstatt geschlossen, das entführte Kind tauchte nie wieder auf, und die Taliban versuchten es bei der nächsten Werkstatt von Neuem. »Wir schützen damit gar nicht uns«, hatte der Offizier erklärt. »Wir schützen die Einheimischen. Wenn die Taliban irgendwann merken, dass es keinen Sinn hat, hören sie vielleicht auf damit.«

Die Werkstatt vor den Toren des deutschen Polizeihauptquartiers war ein freier Platz vor einem leeren alten Öltank gewesen. Es hatte keine Hebebühne gegeben, sondern nur eine flache Grube im Staub, in die der Werkstattbesitzer kroch, wenn er an der Unterseite eines Fahrzeugs zu tun hatte. Der leere Öltank hatte als Büro gedient. Elektrowerkzeug hatte es nicht gegeben; das manuelle Werkzeug, das er besessen hatte, war mit Aufschriften in Kyrillisch verziert und wies Überreste der braungrünen Standardfarbe der russischen Armee auf.

Die Werkstatthalle hier war nur schwach belegt. An drei Stationen wurde gearbeitet, und am anderen Ende der Halle war vor einer Station eine Faltwand vorgezogen. Parceval hörte das Geknatter eines kleinen Presslufthammers und das Klingen von Meißeln, das dahinter hervordrang.

Zach brachte ihn dorthin und hämmerte gegen die Faltwand. Das Geknatter verstummte. Ein Schloss wurde entriegelt. Die Faltwand wurde ein kleines Stück zurückgeschoben. Die Arbeitsstation dahinter war von starken Baustrahlern taghell erleuchtet. Was er dort zu sehen bekam, hatte Parceval nicht erwartet.

In dem gleißend hell erleuchteten Raum stand ein Containerlaster einer Entsorgungsfirma. Die Hebearme, mit denen normalerweise volle Container auf die Ladefläche gezogen wurden, ragten schräg in die Höhe. Ketten baumelten daran. Auf der Ladefläche stand eine BMW-Limousine, deren Lack ein dunkles Kaffeebraun sein musste. Jetzt war sie zum größten Teil von hellem Staub bedeckt. Das Dach des BMW war mit Schneidbrennern abgetrennt worden, als wollte man aus der Limousine ein Cabrio machen. Etwas saß auf dem Fahrersitz, zunächst undefinierbar und ebenso staubig wie alles andere.

Der Staub bedeckte auch den LKW und die rollbaren Gerüstplattformen, die links und rechts an den LKW herangeschoben waren. Auf ihnen standen zwei Mechaniker mit Staubmasken und -brillen vor den Gesichtern, die Zach und Parceval anblickten. Sie waren ebenfalls staubbedeckt. Erneut erinnerte Parceval sich an den afghanischen Werkstattbesitzer vor dem Polizeihauptquartier. Er war tagtäglich so in Staub eingehüllt gewesen wie die beiden Mechaniker auf der Plattform.

An einer Seite des Werkstattraums stand ein Tisch, auf dem kleine und mittlere Betonbrocken lagen, noch größere daneben auf dem Boden. Eine Kriminaltechnikerin saß am Tisch und untersuchte jeden Brocken genau.

Zach nickte dem uniformierten Polizisten zu, der die Falttür geöffnet hatte. Die Tür wurde wieder geschlossen und abgesperrt.

»Der Containerlaster war das einzige Fahrzeug, das

stark genug war, den BMW auf die Ladefläche zu ziehen und zu transportieren«, sagte Zach.

Er gab den beiden Mechanikern ein Handzeichen. Diese legten ihre Werkzeuge weg, schoben die Brillen hoch und die Staubmasken herunter, bevor sie von der Plattform kletterten.

»Halben Tag noch, Chef«, sagte einer von ihnen zu Zach. »Dann haben wir ihn draußen.«

»Gute Arbeit«, sagte Zach. Er wandte sich an Parceval. »Schon gefrühstückt?«

Parceval ahnte, was die Frage bedeutete: Ein Anblick stand ihm bevor, der einem den Magen heben konnte. Er folgte Zach auf die Plattform.

Die erste Überraschung war: der Innenraum des BMW war bis in Höhe der Fenster mit Beton ausgegossen. Er musste damit mindestens zehn Tonnen wiegen. Die Gestalt auf dem Fahrersitz befand sich unter einem großen dunklen Sack. Der tote Fahrer, in Beton eingegossen. Die Mechaniker waren offensichtlich damit beschäftigt, ihn herauszumeißeln. Die Pietät und die Vorgaben der Rechtsmedizin erforderten, dass man den Leichnam möglichst nicht beschädigte. Deshalb waren die Arbeiten immer noch nicht beendet.

Zach blickte Parceval von der Seite an. »Sie haben bestimmt jede Menge Scheiße in Afghanistan gesehen.«

Parceval nickte langsam. Er betrachtete die stille Gestalt auf dem Fahrersitz des BMW, nur entfernt menschenähnlich unter ihrer Vermummung.

»Voilà«, sagte Zach und zog den Sack langsam nach oben, damit der Staub nicht zu sehr aufwirbelte. »So was haben Sie noch nicht gesehen.«

»Stimmt«, sagte Parceval nach einer Weile.

Der tote Fahrer hatte schwarzes Haar, geschnitten zu einem Undercut, auch als Wehrmachts-Gedächtnisfrisur bekannt. Das Haar war nach hinten gegelt gewesen und jetzt zerzaust. Er trug einen dunklen Anzug mit weißem Hemd und Krawatte. Obwohl der Sack ihn davor hätte schützen sollen, war er überall mit einer feinen Staubschicht belegt.

Er war bis zum Brustbein eingegossen gewesen, doch die Mechaniker hatten ihn bereits bis zur Hüfte befreit. Seine Hände waren mit Kabelbindern ans Lenkrad gefesselt. Die Plastikbänder waren tief in die Handgelenke eingeschnitten – nicht, weil man sie so fest angezogen hatte, sondern weil der Fahrer mit aller Kraft versucht haben musste, sich zu befreien. Ein leichter, süßlicher Geruch stieg von ihm auf, kaum vernehmbar über dem allgegenwärtigen, beißend trockenen Geruch von Betonstaub – der Duft des Todes.

Parceval blickte dem Leichnam ins Gesicht. Er stellte sich vor, wie es auf den Sicherheitsdienstmitarbeiter gewirkt haben mochte. Zach hatte erklärt, dass der Sicherheitsmann den Stoffsack abgezogen und dem Toten gleichzeitig mit der Taschenlampe ins Gesicht geleuchtet hatte.

BUH!

Der Effekt musste der einer Geisterbahn gewesen sein, nur wesentlich monströser.

»Der Polizeiarzt hat gesagt, es kommt vom Druck«, erklärte Zach. »Der aufsteigende frische Beton quetscht den Körper zusammen. Der Druck entweicht dorthin, wo er kann. Das war in diesem Fall der Kopf.«

»So sieht es aus«, sagte Parceval.

»Was denken Sie jetzt?«

»Soll ich eine Haltungsnote abgeben, oder was erwarten Sie?«

»Ich sagte Ihnen ja, ich zeige Ihnen, mit was für einem Typen wir es bei dem Entführer zu tun haben. Der Rechtsmediziner hält es für möglich, dass er den Fahrer lebendig in den Beton eingegossen hat.«

»Wie hat er das angestellt?«

»Mit einem Betonlaster. Wir haben Spuren auf dem Asphalt des Busparkplatzes gefunden und Kratzer am Fensterrahmen der Beifahrerseite. Er hat den Stutzen des Betonlasters einfach durchs offene Seitenfenster eingeführt und dann den Beton ins Wageninnere laufen lassen.«

»Sagt der Entführer das, oder sagen das die Spuren?«

»Der Entführer sagt immer nur eines: Die Zeit läuft euch davon.«

»Wie heißt der Mann?«

»Wer? Der Fahrer?«

»Nein, der Entführer.«

»Wozu müssen Sie das wissen? Sie sollen keinen Small Talk mit ihm veranstalten.«

»Der Name …«

»Adrian Russ.«

»Wie viel Zeit bleibt uns, bis dem Entführungsopfer die Luft ausgeht?«

»Jetzt noch um die zwölf Stunden, wenn man ihm glauben kann. Aber es geht nicht nur darum. Das Mädchen ist jetzt seit mindestens dreißig Stunden in einer Kiste unter der Erde vergraben, sofern Russ die Wahrheit sagt. Sie muss unvorstellbare Ängste …«

»Ja, ich weiß. Erzählen Sie mir was über den Mann.«

»Was Sie wissen müssen, habe ich Ihnen schon erzählt. Tun Sie endlich, wozu ich Sie geholt habe. Retten Sie das Mädchen.«

Parceval gab nach. »Wo ist Russ?«

»In einem leerstehenden Meisterbüro im ersten Stock.«

»Gut. Wie viel Geld haben Sie in der Tasche?«

Zach blinzelte verwirrt. »Was?«

»Wie viel Geld? In großen Scheinen.«

»Ich …« Zach schüttelte verwirrt den Kopf. »Was soll das jetzt?«

Parceval schaute ihn abwartend ab. Zach stieß die Luft aus und holte seine Geldbörse hervor.

»Zweihundert Euro in Fünfzigern und …«

»Das sollte reichen. Geben Sie mir die Fünfziger.«

»Was soll das werden, verdammt noch mal?«

»Geben Sie mir das Geld«, sagte Parceval geduldig. Er streckte die Hand aus.

Zach klatschte ihm die Scheine grob in die Handfläche. Sie waren glatt und neu; der Kripochef musste sie erst vor Kurzem am Geldautomaten gezogen haben. »Verraten Sie mir mal, was Sie vorhaben?«

»Ich möchte, dass Sie mich in den Raum begleiten, in dem sich Russ befindet. Sie gehen nur mit hinein und stellen sich dort hin. Sie sagen kein Wort. Verstanden?«

»Ich will nicht in dem Raum sein, wenn Sie …«

»Wenn die Zeit kommt, werde ich Sie rausschicken«, unterbrach Parceval ihn. »Sie zeigen kein Erstaunen. Sie nehmen meine Anweisung entgegen und verlassen den Raum. Sie lassen mich mit Russ allein. Und kommen nicht wieder herein, bevor ich nicht nach draußen trete und es Ihnen erlaube. Egal, was Sie von drinnen hören – von Russ oder von mir.«

Zach kämpfte offensichtlich mit der Vorstellung, von Parceval Befehle erteilt zu bekommen. Er fuhr sich mit dem Finger in den Hemdkragen, als sei er ihm zu eng. »Verstanden«, sagte er schließlich.

Bevor sie den Werkstattraum verließen, trat Parceval zu dem Tisch, an dem die Assistentin die Betonbrocken katalogisierte, und riss von einem Notizblock eine Handvoll Blätter ab. Die Frau blickte erstaunt auf, und als Parceval ihr zublinzelte, lächelte sie überrascht zurück.

Jenseits der Faltwand fragte Zach: »Und das Geld, das ich Ihnen gegeben habe? Wofür ist das?«

»Das ist für Sie«, sagte Parceval.

10

Russ' Erscheinung überraschte Parceval, aber er ließ es sich nicht anmerken. Er trat mit Schwung in den Raum und ließ die Tür absichtlich hinter sich zufallen, sodass Zach sie erneut aufstoßen musste. Russ blickte von einem zum anderen.

In der Polizeischule hatten Parceval und seine Kameraden gelernt, dass man sich keine Vorabmeinung von einem Verdächtigen oder einem Tathergang bilden sollte. Die vorgefasste Meinung verstellte nur den Blick auf die Tatsachen. Natürlich war es nur menschlich, sich dennoch ein Bild zu machen.

Parceval war auch darauf hereingefallen. Er hatte bereits für sich beschlossen, dass der Täter ein frustrierter oder entlassener Angestellter von Fayaz Durrani sein musste, der seinen Chef mit allen Mitteln schädigen wollte. Insgeheim hatte er sich einen Buchhaltertypen vorgestellt, klein, mager, hohlwangig, nervös wie eine in die Enge getriebene Ratte, der sich an seiner letzten Option, nämlich das Versteck seines Opfers nicht zu verraten, mit verzweifelter Hartnäckigkeit festhielt.

Adrian Russ war jedoch groß. Der Stuhl, auf dem er saß, wirkte bei ihm, als hätte man ihn aus einem Kindergarten geborgt. Seine Hände glichen Pranken, die einen großen Teil des Tischs bedeckten. Tattoos zogen sich über seine Unterarme bis unter die straff gespannten Ärmel seines T-Shirts. Aber seine Muskelpakete gingen bereits in Speck über, er musste mit dem Training aufgehört haben. Parceval ahnte, dass er noch genügend Kraft hatte. Adrian Russ war ein gefährlicher Gegner.

Der Raum, in den die Kripo Russ gebracht hatte, war leer bis auf einen Resopalschreibtisch, einen Schreibtisch und einen Besucherstuhl sowie einen Haufen toter Fliegen unter dem Fenster. Russ saß auf dem Schreibtischsessel. Parceval setzte sich auf den anderen Stuhl. Zach ließ er stehen, ohne ihn eines Blickes zu würdigen. Er ärgerte sich über sein eigenes Vorurteil.

Zwei Kripobeamte, eine Frau und ein Mann, hatten Russ bewacht – die Beamtin vor der Tür, der Beamte im Zimmer. Der Kriminaler im Zimmer war auf ein Kopfnicken Zachs nach draußen gegangen. Parceval lehnte sich zurück und streckte seine langen Beine aus. Er wusste, dass der Blick, mit dem er Russ musterte, völlig ausdruckslos war. Zach, der neben Parceval stand, räusperte sich. Parceval hoffte, dass der Kripochef sich an die Anweisung hielt und schwieg. Zach schien es tatsächlich schwerzufallen, denn er räusperte sich erneut, hielt aber den Mund.

Russ hielt nicht den Mund. »Verstärkung mitgebracht, Herr Kriminaldirektor?«, fragte er höhnisch. »Ist das Ihr Top-Bulle? Sieht aus wie der kleine Bruder des Dorftrottels bei mir zu Hause. Sie sehen übrigens aus wie sein großer Bruder.«

Zach bewegte sich. Parceval hielt unmerklich den Atem

an. Doch der Kriminaldirektor riss sich zusammen und blieb stumm.

In einer Situation wie dieser konnten der zu Verhörende und der Verhörende nur einen großen Fehler begehen. Sie konnten zu viel reden. Parceval beging den Fehler nicht. Russ beging ihn. Er wartete ab, ob Parceval oder Zach auf seine Beleidigungen eingingen, und als sie es nicht taten, höhnte er weiter.

»Soll mich das einschüchtern?«, stieß er hervor. »Da habt ihr euch geschnitten. Ihr könnt die Klappe halten, so lange ihr wollt. Dann halte ich sie eben auch. Mir läuft die Zeit nicht davon.«

Parceval schwieg.

Russ grunzte und lehnte sich in seinem Sessel zurück. Die Lehne knarrte. »Das kann ich auch«, sagte er und verschränkte demonstrativ die Arme vor der Brust.

Parceval betrachtete ihn immer noch schweigend.

Russ beugte sich plötzlich nach vorn. »Was soll das werden?«, fragte er Parceval. »Bist du der harte Hund der Berliner Kripo? Oder haben sie dich nur mal kurz aus deinem Gehege geholt? Mir kannst du mit der Schweigemasche keine Angst machen. Ihr dürft mich nicht anfassen, und alles andere lässt mich kalt.«

Parceval erwiderte Russ' Blick gelassen. Russ lehnte sich wieder zurück. Die Lehne knarrte erneut. Russ starrte Parceval an. Erneutes Schweigen. Parceval hörte das schwache Summen einer Fliege und wie sie gegen die Fensterscheibe stieß. Wahrscheinlich flog das Insekt schon seit Stunden gegen das Glas. Es würde demnächst bei den anderen auf dem Fensterbrett liegen, die diese Phase schon hinter sich hatten.

Russ explodierte in einer heftigen Bewegung, indem er mit der Hand auf den Tisch schlug. »Was soll der Scheiß, verdammt noch mal?«, brüllte er.

Parceval spürte, dass Zach im Gegensatz zu ihm das Schweigen nicht mehr lange durchhalten würde. Außerdem war durch Russ' Ausbruch das Spiel auf ein neues Level gehoben worden. Zeit, dem Verdächtigen zu beweisen, dass er sehr wohl Angst hatte.

Er griff mit einer schnellen Bewegung an seine Gesäßtasche und sah aus dem Augenwinkel, wie Russ zusammenzuckte. Parceval holte die Fünfziger heraus, die er sich von Zach geliehen hatte. Auf dem Weg vom Erdgeschoss hier herauf hatte er die Notizblätter so gefaltet und zwischen die vier Geldscheine geschoben, dass es bei flüchtigem Hinsehen so wirkte, als zöge Parceval ein ganzes Bündel Geldscheine aus der Tasche. Er hielt sie Zach hin, ohne aufzustehen oder den Kripochef anzublicken. Zach griff zögernd danach.

»Und jetzt raus«, sagte Parceval.

Er hörte den Kripochef Luft holen, vermutlich um eine überraschte Nachfrage zu stellen. Über die Schulter blickte er zu Zach hoch und nickte. »Raus!«, wiederholte er und wandte sich dann ab, als sei es völlig unmöglich, dass Zach seiner Anweisung nicht nachkam. Stattdessen fixierte er wieder Russ. Er gab sich Mühe, einen Gesichtsausdruck aufzusetzen, der klinisches Interesse ausdrückte – wie ein Wissenschaftler, der einer Laborratte ein Gift injiziert hatte und jetzt abwartete, welche Folgen eintraten.

Russ leckte sich über die Lippen. Sein Blick zuckte zwischen Parceval und Zach hin und her.

Parceval hörte, wie Zach sich abwandte. Russ' Gesicht

verzog sich vor Verblüffung. Die Tür öffnete sich. Die Tür schloss sich. Parceval und Russ waren allein in dem ehemaligen Büro. Russ heftete seinen Blick, der über Parcevals Schulter zur Tür gerichtet gewesen war, nun geradezu widerwillig auf Parcevals Gesicht.

Parceval schwieg.

»Was läuft hier?«, fragte Russ. Seine Stimme hatte viel von ihrer vorherigen Aggressivität eingebüßt.

Parceval intensivierte seinen erbarmungslos neugierigen Blick.

»Wo kommst du her, he?«, stieß Russ hervor. »Bist du überhaupt 'n Bulle? Ich will 'nen Ausweis sehen, verdammt.«

Parceval sagte nichts.

Russ dachte nach. Er war anscheinend nicht der Schnellste. Parceval ließ ihm Zeit. Schließlich erkannte er an Russ' Gesichtsausdruck, dass er zu dem Schluss kam, den Parceval beabsichtigt hatte.

»Schickt dich … schickt dich … Durrani?«, brachte Russ hervor.

Parceval regte sich nicht.

»Hat Durrani den beschissenen Kripochef in der Tasche, he?«, rief Russ. Seine Stimme wies jetzt einen schrillen Unterton auf. »War das die Kohle, die du ihm gegeben hast? Damit die Polente wegschaut, wenn Durrani mich fertigmachen lässt?«

Parceval schwieg weiter.

»Ihr könnt mich am Arsch lecken, du und Durrani!«, sagte Russ. »So was geht vielleicht in Pakistan, wo das Dreckschwein herkommt, aber nicht hier. He! Kripo! Polizei! He, Zach!«

Parceval blickte sich nicht einmal um. Die Tür blieb geschlossen. In Russ' Gesicht verschwand der Unglauben darüber, wie sich die Situation geändert hatte. Panik trat an seine Stelle.

Russ sprang auf. Sein Stuhl rollte nach hinten und prallte gegen die Wand. »Polente!«, brüllte er und machte Anstalten, um Parceval herum und zur Tür zu laufen.

»Setz dich!«, befahl Parceval ruhig.

Russ stierte ihn an. Parceval machte eine einladende Geste zu Russ' Stuhl. »Setz dich!«

Russ zögerte. Parceval blickte zu ihm auf. In Russ' Miene spiegelte sich jetzt die Erkenntnis, dass Parceval höchstens zwei Drittel von ihm wog und einen halben Kopf kleiner sein musste. Zwei Schläge mit seinen Pranken mussten genügen, um Parceval auszuschalten. Russ blinzelte.

Es war der einzige Moment in Parcevals Plan, den er nicht kontrollieren konnte. Er hatte keine Sorge, nicht innerhalb von Sekunden mit Russ fertigzuwerden, insbesondere angesichts der Panik, die Russ ausstrahlte. Aber er wollte diese Sache gewaltlos durchziehen. Er musste sich nun darauf verlassen, dass er alles getan hatte, um Russ' Kampfeswillen zu brechen, noch bevor es dem Entführer selbst klar geworden war. Ohne es sich anmerken zu lassen, spannte er seinen Körper an.

Russ schluckte. Er fuhr sich übers Haar, drehte sich um, zog den Schreibtischstuhl zu sich heran und ließ sich hineinplumpsen. Dann legte er die Hände mit gespreizten Fingern auf die Tischplatte wie ein Schüler, der seine Folgsamkeit beweisen will. »He, verdammt noch mal«, sagte er leise, als wolle er es sich selbst versichern. »Das kann Durrani nicht machen.«

»In Pakistan«, sagte Parceval und erzählte dabei eine Geschichte, die er eigentlich über Afghanistan gelesen hatte, »nehmen sich die Frauen eines überführten Verbrechers an, der sich an einem Kind vergriffen hat. Sie binden ihn an ein hochkant aufgerichtetes Bettgestell und ziehen ihm die Hose runter. Sie holen seinen Schwanz raus. Sie haben kleine, extrem scharfe Messer, wie Skalpelle. Der erste Schnitt teilt die Haut von der Peniswurzel bis zur Eichel. Der zweite geht um die Peniswurzel rundherum. Der dritte rund um die Eichel. Dann«, Parceval vollführte die Bewegung in der Luft mit spitzen Fingern, »ziehen sie die Haut vom Penis ab, von hinten nach vorn, von oben nach unten. Als Nächstes nehmen sie sich den Hodensack vor. Die Haut lässt sich nach einem Ypsilon-Schnitt komplett zurückklappen, sodass die Hoden frei in der Luft hängen. Der Verbrecher stirbt nicht davon, aber er wünscht es sich so sehr wie nichts anderes.«

Russ' Augen waren so groß wie Hühnereier. Seine Finger hatten unwillkürlich auf dem Tisch mitgezuckt.

Parceval lächelte nicht. Er ließ die Hände wieder sinken wie jemand, der einem anderen nur mal den Weg zum Klo erklärt hat.

Die Episode hatte er in einem Buch über die Geschichte Afghanistans gelesen. Britische Soldaten, die während des Afghanistan-Krieges Mitte des 19. Jahrhunderts lebend in die Hände von aufständischen Stämmen gefallen waren, hatte man angeblich derart behandelt. Ihre Kameraden hatten ihre Leichen gefunden. Parceval war nicht sicher, ob nicht auch russische Soldaten in den achtziger Jahren des 20. Jahrhunderts dieses Schicksal erlitten hatten, wenn die Mudschaheddin sie geschnappt hatten.

Alte Traditionen lassen sich nur schwer ausrotten. Er war auch nicht sicher, ob die Geschichte überhaupt stimmte. Er hatte keine einzige afghanische Frau getroffen, der er eine solche Tat zugetraut hätte.

Andererseits hatte er das Innere der Polizeistation gesehen, nach dem Überfall. Man konnte sich niemals sicher sein, wozu jemand fähig war.

Er versuchte, die Erinnerung zu verdrängen. Wichtig war, dass sich Russ jetzt nicht sicher war, wozu Parceval fähig war.

»Du verarschst mich«, sagte Russ.

Parceval zuckte mit den Schultern.

»Und wie soll das gehen, he?«, fragte Russ. »Dazu müsstest du mich erst hier rausholen. An den ganzen Bullen vorbei. Das schaffst du nicht. Durrani hat vielleicht den Kripochef gekauft, aber nicht jeden einzelnen von den anderen Bullen.«

Parceval wies auf den Boden. »Linoleum«, erklärte er. »Gut abwaschbar.«

»Du glaubst, du kannst ein paar Pakistani-Hexen hier reinbringen, damit sich die an mir zu schaffen machen? Soll das 'n Witz sein? Das lassen die Bullen niemals zu.«

»Ich bin auch hier«, sagte Parceval sanft. »Es gab keinen Protest.«

»Scheiße«, sagte Russ. In seinem Gesicht arbeiteten so viele Gefühlsregungen auf einmal, dass es zuckte und sich verzerrte. Schweiß stand ihm auf der Stirn. »Scheiße«, wiederholte er.

Parceval schwieg.

»Du erzählst doch nur Scheiße!«, schrie Russ. »Das ist 'ne leere Drohung! Das kriegst du niemals durchgezogen.«

Parceval stand plötzlich auf. Russ fuhr zurück und hob die Hände instinktiv schützend vors Gesicht. Aber Parceval strich sich nur die Hose glatt und machte einen Schritt auf die Tür zu.

»He!«, rief Russ.

Parceval legte die Hand leicht auf die Klinke. Er wandte sich zu Russ um. »Schrei«, sagte er.

»Was?«

»Schrei! Ruf nach den Bullen.«

Russ' Mund arbeitete. Er brachte keinen Ton heraus.

Also rief Parceval für ihn. »Zach!« Er erhielt keine Antwort. »Zach!!«

Alles blieb still.

Parceval zuckte mit den Schultern und tat so, als wolle er den Raum verlassen.

»Scheiße!«, schrie Russ. »Warte!«

Parceval kehrte an den Tisch zurück und stützte sich mit beiden Händen darauf. Er beugte sich über Russ, der mit zuckenden Lidern zu ihm hochblickte. Dicke Schweißperlen standen auf Russ' Gesicht und liefen über seine Wangen wie Tränen. Seine Haut war grau.

»Du hast einen einzigen Versuch«, erklärte Parceval.

»Im Tegeler Forst«, stöhnte Russ. »Ich führ euch hin.«

11

»Danke«, sagte Zach, nachdem Parceval den schwitzenden Russ der Kripo übergeben hatte. »Bleiben Sie hier, bis wir das Mädchen gerettet haben. Ich fahre Sie dann wieder zurück.«

»Ich komme mit«, widersprach Parceval.

»Das geht nicht. Sie sind inoffiziell hier.«

»Mindestens fünf von Ihren Leuten haben mich bereits gesehen.«

»Das sind schon fünf zu viel. Sie bleiben hier, bis ich zurück bin.«

»Vergessen Sie das. Russ ist 'ne Dumpfbacke. Er ist zu dämlich, um lange genug Angst zu haben. Wenn ich nicht mitkomme, fängt er das Spielchen wieder von vorne an. Er sitzt am längeren Hebel, solange Sie die Kleine nicht geborgen haben.«

»Was haben Sie überhaupt mit ihm gemacht? Und was sollte das mit dem Geld?«

»Ich habe ihn motiviert, mit der Polizei zusammenzuarbeiten. Das wollten Sie doch. Und jetzt nehmen Sie mich mit, damit diese Motivation nicht erlischt.«

Zach zögerte.

»Sie haben mich für vierundzwanzig Stunden rausgeholt«, versuchte Parceval es weiter. »Davon sind erst zwei Stunden weg. Es wäre 'ne Verschwendung all ihrer Strippenzieherei, mich jetzt wieder zurückzubringen.«

»Die Beamten, die Sie gesehen haben, sind meine vertrautesten Leute. Auf ihr Schweigen kann ich mich absolut verlassen. Aber jeder andere, der Sie sieht und die Verbindung zwischen uns herstellt, verhindert, dass ich mich für das Wiederaufnahmeverfahren für Sie einsetzen kann.«

»Wer soll uns im Tegeler Forst schon sehen um diese Zeit? Der Typ, der auf den Parkplätzen die Plastiktüten für die Hundekacke in die Spender füllt?«

»Der Notarzt und die Sanitäter, die ich hinbeordern werde.«

»Denen müssen Sie ja nicht sagen, wer ich bin.«

Zach grinste schief. »Und außerdem jeder, der seinen Hund zufällig in der Nähe Gassi führt.«

»Ich verlasse mich darauf, dass der Hund mich nicht kennt.«

»Ich kann verstehen, dass Sie von diesen vierundzwanzig Stunden außerhalb des Baus so viele wie möglich genießen wollen«, sagte Zach. »Ein Freigang auf andere Weise ist ja die nächsten zwanzig Jahre nicht in Sicht.«

»Sparen Sie sich Ihr Mitleid. Ich komme mit, weil der Job erst beendet ist, wenn Sie das Mädchen aus der Kiste befreit haben.«

»Na gut«, seufzte Zach. »Kommen Sie meinetwegen mit. Sie fahren bei mir im Wagen. Wenn wir vor Ort sind, tun Sie so, als wären Sie gar nicht da.«

»Keine Sorge. Der Ruhm der Entdeckung bleibt ganz allein Ihnen.«

12

Zach folgte mit seinem Audi dem zivilen Einsatzfahrzeug, in dem Russ mitfuhr und dem Fahrer seine Anweisungen gab. Sie fuhren die Strecke, die Zach bei der Herfahrt genommen hatte, nur in umgekehrter Richtung. Wahrscheinlich würden Sie auch bei Parcevals Strafanstalt vorbeikommen. Es war die logische Strecke zum Tegeler Forst. Parceval fragte sich, ob Zach nicht nur deshalb nachgegeben hatte, weil er beim Gefängnis nur abzubiegen brauchte, um Parceval dort wieder abzuliefern. Parceval würde nichts dagegen unternehmen können. Er konnte nur hoffen, dass Zach sein Wort hielt. Es war keine besonders starke Hoffnung. Vor fünf Minuten hatte Zach bewiesen, dass man ihm nicht trauen konnte. Das mit dem Freigang war ihm herausgerutscht; für Parceval war das Beweis genug, dass der Kripochef nicht beabsichtigte, sich für ein Wiederaufnahmeverfahren mit Strafverkürzung einzusetzen. Aber Parceval hatte keine Wahl. Er fügte sich in die Situation. Eine Fähigkeit, die er in den letzten sechs Jahren ausreichend hatte trainieren können.

»Kennen Sie den Tegeler Forst?«, fragte Zach, nachdem er die Rechtsmedizin und den Notarzt alarmiert hatte.

»Nein. Ich bin nur zu Besuch in Berlin.«

»Ich habe in Ihrer Akte gelesen, dass Sie nicht von hier sind. Ich dachte, Sie wären vielleicht mal in Berlin stationiert gewesen, bevor …«

»Nein«, sagte Parceval wieder.

»In Ihrer Akte steht, dass Sie sich für das Massaker an den afghanischen Polizisten und ihren Familien verantwortlich fühlten, weil es Ihre Idee war, einen Tag der offenen Tür in der Polizeistation zu veranstalten, um die Beamten und ihre Nachbarschaft besser zu vernetzen.«

Parceval schwieg.

»Es war nicht Ihre Schuld«, sagte Zach. »Scheiße passiert, das ist ein altes Gesetz. Hätten Sie das Fest nicht veranstaltet, hätte sich vielleicht ein halbes Jahr später irgendein Fanatiker vor der Station selbst in die Luft gesprengt.«

»Es waren die Söhne«, sagte Parceval.

»Wie bitte?«

»Sie haben die Akte nicht richtig gelesen. Es waren die Söhne der Polizisten, die zusammen mit ihnen in der Station massakriert wurden.«

»In Ihrer Akte steht …«, begann Zach.

»Egal, welchen Alters. Mehrere Zwei- und Dreijährige waren darunter.« Parceval schwieg über die Töchter.

Zach fragte auch nicht nach. Entweder war ihm die bewusste Weglassung entgangen, oder er wusste nicht, wie er die Frage formulieren sollte – oder ob er die Antwort überhaupt hören wollte. »Ich kann nachvollziehen, wie Sie sich damals gefühlt haben müssen«, sagte der Kripochef nach einer sehr langen Pause.

»Können Sie nicht«, erwiderte Parceval, ohne ihn anzublicken.

Das vorausfahrende Fahrzeug, in dem Russ saß und die

Richtung vorgab, glitt durch den Verkehr, die Spur wechselnd, wann immer es nötig war. Der Fahrer beeilte sich, das Ziel zu erreichen. Er wusste, was auf dem Spiel stand und dass die Zeit gegen die Rettung des Opfers arbeitete. Parceval hatte sich damals noch mehr beeilt, zuerst mit dem Geländewagen und dann zu Fuß über die Trampelpfade zwischen Felsen, die von der Tageshitze nachglühten. Es hatte nicht gereicht.

»Da vorn müssen wir gleich abbiegen«, sagte Parceval.

»Ich dachte, Sie kennen sich in Berlin nicht aus?«

»Ich sagte, ich sei nie hier stationiert gewesen.«

»Und doch sagen Sie mir, wie ich fahren soll?«

Das vorausfahrende Einsatzfahrzeug blinkte und wechselte die Spur.

»In meiner Freizeit lerne ich Stadtpläne auswendig«, sagte Parceval. Dann rückte er sich im Sitz zurecht, verschränkte die Hände im Schoß und schloss die Augen. Zach schien die Message zu kapieren, denn er sprach Parceval nicht mehr an, bis sie auf einen der Wanderparkplätze im nördlichen Teil des Tegeler Forsts einbogen. Er gab nur noch über Funk die Anweisung über den genauen Ort an die Leitstelle durch, damit sie den Notarzt und den Polizeimediziner dorthin lenken konnte.

13

Zuerst stieg die Kripobeamtin aus dem Leitfahrzeug aus, die den Wagen gefahren hatte. Sie hielt die Hand auf der Pistolentasche, allzeit bereit, die Waffe zu ziehen. Dann öffnete sie die hintere Tür und trat zurück.

Russ rutschte heraus, die Hände in Handschellen vor dem Körper. Ihm folgte der männliche Kripobeamte, der neben ihm auf dem Rücksitz gesessen hatte. Russ streckte sich wie jemand, der eine stundenlange Fahrt hinter sich hat. Er schien etwas Selbstsicherheit wiedergewonnen zu haben. Sie verschwand, als er Parceval sah, der gerade aus Zachs Wagen stieg.

»Was macht der hier?«, fragte er mit schriller Stimme.

»Führen Sie uns zu dem Mädchen«, befahl Zach.

»Ist Durrani auch hier? Haben Sie ihn benachrichtigt auf der Fahrt hierher, Sie korrupter Bulle? Überlasst ihr mich ihm, wenn ich euch die Stelle gezeigt habe?«

»Ich würde zusehen, dass das Mädchen schnell geborgen wird, wenn ich du wäre«, sagte Parceval ruhig.

Russ' Blicke flackerten über den menschenleeren Parkplatz und schienen jeden Baum im lichten Laubwald durchdringen zu wollen. Er ließ die Schultern sinken und wandte sich ab. »Kommt mit«, sagte er.

Zach nickte seinen beiden Beamten zu, die drei Schaufeln aus dem Kofferraum holten und Russ dann zwischen sich in den Wald hineinführten.

»Mir wäre es lieber, Sie würden im Fahrzeug bleiben«, sagte er dann zu Parceval.

Parceval schüttelte den Kopf.

»Ich könnte Sie mit Handschellen ans Lenkrad fesseln.«

»Könnten Sie«, sagte Parceval. »Aber Sie tun es nicht.«

»Nennen Sie mir einen guten Grund.«

»Dass Notarzt und Sanitäter, wenn sie hier eintreffen, routinemäßig in die beiden geparkten Dienstwagen blicken und sich dann garantiert fragen werden, wer der gefesselte Mann in dem einen davon war und was er mit der ganzen Sache zu tun hat?«

»Folgen wir Russ«, sagte Zach und machte eine einladende Geste zu Parceval, ihm vorauszugehen.

Der Tegeler Forst war ein Laubwald, dessen Bäume licht standen, aber jetzt, im Sommer und in vollem Laubkleid, links und rechts neben dem Weg wie eine Mauer wirkte. Er gehörte zu den beliebten Naherholungszielen der Berliner und schien als Versteck für ein Entführungsopfer auf den ersten Blick völlig verfehlt: Rad- und Wanderwege zogen sich quer hindurch, auf dem Tegeler See waren Wassersportler und Passagierschiffe unterwegs, es gab Kinderspielplätze und Naturdenkmäler und ein frei lebendes Wildschweinrudel. Tatsächlich lag der Nordteil des Forsts aber ruhiger und war weniger bevölkert als der Südostteil. Der Wald bildete immer wieder Dickichte, die jetzt völlig uneinsehbar lagen. Russ hatte im Grunde genommen nur drei Probleme bewältigen müssen: unbemerkt eine Grube zu graben, die tief genug war, und dann den Sarg sowie die Tochter von Fayaz Durrani in das Versteck zu bringen. Aber wenn er beide Aufgaben bei Nacht erledigt hatte …

Russ führte sie nach einigen Minuten vom Weg herunter und schlug sich zwischen die Bäume. Sie kamen an einem niedrigen Hügel vorbei und stapften um ihn herum. Auf der anderen Seite sah Parceval einen aus Ziegelsteinen aufgemauerten Torbogen mit einem versperrten Gittertor, das in die Flanke des Hügels eingelassen war. Die Kripobeamten, die Russ begleiteten, verlangsamten ihre Schritte, doch Russ ging einfach weiter.

»Alter Bunker«, sagte Zach. »Wäre kein schlechtes Versteck gewesen – die gehen zum Teil tief unter die Erde. Jemand, der da drin gefesselt und geknebelt liegt, kann nicht entkommen und wird auch nicht durch Zufall entdeckt.« Er klang nachdenklich.

»Russ behauptet aber, das Mädchen in der Erde verbuddelt zu haben«, sagte Parceval.

»Stimmt. Er hat sich mehr Arbeit gemacht, als er musste. Wieso?«

»Fragen Sie ihn doch einfach.«

»Ich frage ihn, wenn wir das Mädchen gerettet haben.«

»Vielleicht konnte er das Schloss nicht knacken.«

»Das Schloss knackt ein Grundschüler mit einer Büroklammer, wenn er es drauf anlegt. Da drin gibt es nichts Schützenswertes, außer den Fledermauskolonien, die die Dinger bevölkern – und die sind übrigens ein genauso guter Schutz vor unbefugten Eindringlingen wie ein knacksicheres Schloss, weil jeder Zweite Angst vor Fledermäusen hat.«

»Trotzdem hat Russ lieber ein Loch in den Boden gegraben.«

Zach brummte etwas. Er holte sein Handy heraus und gab der Leitstelle weitere Anweisungen für den Notarzt. »Vom Parkplatz südlich des Wildgeheges auf dem Weg in Richtung Ehrenpfortenberg. Ich gebe die GPS-Daten durch, wenn wir am Ziel sind.«

Russ führte sie in ein Dickicht unweit der Bunkeranlage und blieb stehen. »Viel Spaß«, knurrte er.

»Hier?«, fragte Zach überrascht. Parceval musterte den Boden. Er sah so aus, als sei die Laubschicht darauf seit Jahren nicht angerührt worden. Russ schien sich alle Mühe gegeben zu haben, eine zufällige Entdeckung des Verstecks zu vermeiden.

»Ja«, sagte Russ.

»Müssen wir auf irgendetwas aufpassen?«, fragte Zach.

»Nein. Die Grube ist nicht tief. Ihr müsstet bald auf den Sarg stoßen.«

Die Kripobeamten sahen sich misstrauisch um. »Wo ist die Luftzufuhr? Nicht, dass wir sie versehentlich verschütten.«

»Welche Luftzufuhr?«, fragte Russ sarkastisch.

Die Kripobeamten fluchten betroffen.

»Beeilt euch!«, befahl Zach.

Die Kripobeamtin hielt Russ die dritte Schaufel hin.

Russ schnaubte. »Ich hatte genug Arbeit, die Grube zu schaufeln. Ihr wollt sie da rausholen, nicht ich.«

»Du gräbst mit, du Schwein, oder…«, begann die Beamtin.

Parceval trat vor und nahm ihr die Schaufel ab. »Ich helfe mit«, sagte er.

Der Boden war locker und mit Sand durchsetzt, wie überall im Tegeler Forst. Dennoch war Parceval überrascht, dass die Schaufel nicht leichter hineinfuhr. Vom Gefühl her konnte dieses Stück Boden nicht erst vor zwei Tagen aufgegraben worden sein. Er warf Russ einen Blick zu. Dieser gab den Blick scheinbar unbewegt zurück; nur seine Kiefermuskeln zuckten. Parceval zog die Schaufel aus dem Boden und trat weiter in das Dickicht hinein.

»Wo genau sollen wir graben?«, fragte er.

»Ihr steht mitten drauf«, antwortete Russ.

Parceval verständigte sich mit einem Blick mit den beiden Kripobeamten. Sie setzten die Schaufeln an und drückten die Schaufelblätter vorsichtig in den Boden. Erneut überkam Parceval das Gefühl, dass hier seit Urzeiten nicht gegraben worden war. Er spürte das Wurzelwerk, das sich dem Eindringen der Schaufel widersetzte.

Dann hörte er das Geräusch, das etwas Schweres macht, wenn es auf altes, trockenes Laub fällt. Er drehte sich um.

Zach kniete auf allen vieren auf dem Boden. Der Kripochef schüttelte den Kopf und knickte dann in den Armen ein. Sein Handy lag ein paar Schritte entfernt.

Russ stand über ihm. Er hatte Zachs Dienstwaffe aus dem Halfter gezogen und zielte damit auf Parceval und die Kripobeamten.

Zach stöhnte und fiel zur Seite. Parceval entdeckte jetzt einen dicken Ast auf dem Laub und den dünnen Blutfaden, der sich von Zachs Schopf über dessen Gesicht zog. Er schaute auf und blickte über den Lauf der Waffe direkt in Russ' Augen. Die Lider des Entführers zuckten.

Die Dienstwaffe der Berliner Kripo war die Sig Sauer P6, eine gedrungene, anthrazitfarbene Pistole mit kastenförmigem, kurzem Lauf. Sie musste neu ausgegeben worden sein; die Justizvollzugsbeamten in seinem

Knast trugen noch das Vorgängermodell, die kleinere und zierlichere Walther PPK. Parceval kannte die Sig Sauer. Durchgeladen war sie sofort schussbereit. Anders als andere Pistolen musste man sie aktiv entspannen, wenn man sie sichern wollte.

Russ brauchte nur abzudrücken.

Parceval ließ sich auf den Boden fallen.

Ein Schuss knallte, und Parceval hatte das Gefühl, dass die Kugel ihn nur um Haaresbreite verfehlte. Er rollte sich zur Seite, um nicht im Liegen getroffen zu werden, aber Russ gab keinen zweiten Schuss auf ihn ab. Dazu war er zu hektisch und zu sehr Amateur. Stattdessen schoss er auf die beiden Kriminalbeamten, die ebenfalls in Deckung sprangen. Die Kugeln fetzten Blätter von den Zweigen. Eine davon schlug in einen Baumstamm, die andere prallte ab und flog jaulend davon.

Eine Pistole war eine Nahkampfwaffe. Man musste sehr gut schießen können, um über eine Entfernung von mehr als zwanzig Metern zielsicher zu treffen. Der Rückschlag, der kurze Lauf der Waffe und die Aufregung sorgten bei den meisten Schützen dafür, dass sie auf größere Distanzen sogar ein Scheunentor zuverlässig verfehlten. Dennoch rollte sich Parceval noch einmal zur Seite. Ihm war klar, dass er das Hauptziel für Russ war.

Doch Russ war nun vollends in Panik. Er stolperte zurück, die Pistole in Vorhalte, und schien erst jetzt wieder an Zach zu denken. Der Lauf der Pistole zuckte nach unten, die Waffe zielte auf den halb besinnungslosen Kripochef. Auf die Entfernung konnte nicht einmal ein Blinder danebenschießen.

»He, Russ!«, schrie Parceval und sprang auf. Er sah die

beiden Kripobeamten im Liegen ihre Waffen zücken. Russ zuckte zusammen und hob die Waffe wieder. Ein vierter Schuss löste sich aus Versehen und wirbelte Blätter und Dreck auf. Dann zielte der Lauf der Sig Sauer erneut auf Parceval.

Parceval unterdrückte das hohle Kribbeln, das die auf ihn gerichtete Waffe in seiner Mitte auslöste, und rannte auf Russ zu. Er schlug einen Haken, als Russ abdrückte. Auch der fünfte Schuss ging in die Natur. Russ stöhnte, warf sich herum und begann zu rennen.

»Gehen Sie aus der Schusslinie!«, brüllte die Kriminalbeamtin. Parceval fühlte das Kribbeln jetzt zwischen den Schulterblättern und wusste, dass die Beamten in ihrer Hilflosigkeit auf ihn zielten. Er rannte einfach weiter. Er glaubte nicht, dass die Kriminaler Russ treffen würden; dazu waren sie, auch wenn sie Profis waren, von der Entwicklung der Lage viel zu überrascht und schockiert.

Russ rannte in vollem Lauf zwischen den Bäumen hindurch, ein schwerer Mann, der ebenso schockiert war wie die Kriminaler und dessen einziger Gedanke lautete: Flucht. Parceval war bedeutend leichtfüßiger, doch sechs Jahre Knast hatten ihn langsam und behäbig werden lassen. Er hätte Russ normalerweise nach zwanzig Metern einholen müssen, doch nach dreißig Metern hatte der Entführer immer noch zehn Meter Vorsprung.

Russ stieß mit der Schulter gegen einen Baum und taumelte zur Seite. Er nutzte die Bewegung, drehte sich im Laufen ganz herum und feuerte auf Parceval. Parceval duckte sich. Die Kugel verfehlte ihn.

»Sechs Schuss!«, brüllte er im Laufen. Er war überrascht, wie sehr die wenigen Dutzend Meter Sprint ihn schon außer Atem gebracht hatten. Diese Verfolgungsjagd musste enden. »Das war's! Das Magazin ist leer, du Idiot!«

Die Sig Sauer P6 hatte acht Patronen im Magazin. Parceval baute darauf, dass Russ es nicht wusste. Dank zahlreicher US-Western war die Vorstellung, dass eine Handfeuerwaffe nur über sechs Schuss verfügte, weit verbreitet. Russ fiel zum Glück darauf herein. Er warf die Pistole mit seinen gefesselten Händen in Parcevals Richtung und verfehlte ihn um eine ganze Hausnummer, bevor er wieder herumfuhr und mit stampfenden Beinen weiterrannte. Parceval legte seine letzte Kraft in einen Sprint, bei dem er Arme und Beine schwang wie ein Zehnkämpfer auf der Aschenbahn. Er spürte jeden Schritt, mit dem eine seiner Sohlen den Boden berührte, wie einen Schlag, der ihm den Atem aus der Lunge trieb. Seine Kehle brannte.

Russ war auch nicht besser trainiert, aber ihm verlieh die Angst förmlich Flügel. Als Parceval ihn endlich eingeholt hatte, wusste er, dass er für einen Kampf mit dem Entführer viel zu erledigt war, deshalb blieb ihm nur eine Wahl. Er rannte zwei, drei, vier Schritte neben Russ her, der ihn mit weit aufgerissenen Augen und keuchendem Mund anstarrte. Russ' Spucke flog vor Anstrengung, sein Atem pfiff. Parceval ahnte, dass er selbst kein besseres Bild abgab. Er fasste den nächsten Baum ins Auge und entschied, dass er reichen musste.

Er lief noch einen Schritt schneller und trat Russ dabei gegen den Knöchel. Der massige Mann verhakte sich mit den Füßen und geriet ins Stolpern. Den Blick noch immer auf Parceval gerichtet, verließ er seine bisherige Linie und rannte mit voller Geschwindigkeit gegen den

Baum. Er brachte die Hände noch schützend vors Gesicht, aber der Aufprall war trotzdem stark genug, um ihn zurückzuschleudern und zu Boden zu werfen. Parceval kam schlitternd zum Halten, fuhr herum und rannte zurück, auf Russ zu, der auf dem Rücken lag wie ein Käfer und benommen mit Armen und Beinen ruderte. Er bückte sich keuchend, packte die kurze Kette der Handschellen mit überkreuzten Händen und drehte sie ruckartig herum. Irgendwo in einem von Russ' Armen gab etwas nach. Der Mann schrie auf. Jetzt lagen seine Handgelenke übereinander. Parceval zog sie ihm über den Kopf, bis Russ ausgestreckt dalag und erneut vor Schmerz aufschrie. Dann verdrehte er ihm die Hände noch mehr, sodass dessen Körper der Not gehorchte und sich fast von allein auf den Bauch drehte. Parceval schwang sich herum und setzte sich rittlings in Russ Nacken. Er packte ihn an den Haaren und drückte ihm das Gesicht ins Laub. Russ stöhnte, ächzte erstickt und gab jede Gegenwehr auf.

Parceval holte tief Luft und versuchte, seinen Atem zu beruhigen. Dann wartete er darauf, dass die beiden Kripobeamten eintrafen.

Als sie kamen, erhob er sich und überließ ihnen den stöhnenden Russ. Anschließend ging er ohne große Eile zurück zu der Stelle, zu der Russ sie geführt hatte. Zach saß dort, aufrecht gegen einen Baum gelehnt, kreidebleich im Gesicht. Ein zweiter Blutfaden war ihm übers Gesicht gelaufen. Parceval hockte sich neben ihn und schob die Augenlider nach oben. Zach wehrte sich nicht. Parceval starrte ihm in die Augen. Die Pupillen des Kripochefs waren unterschiedlich groß.

»Sie haben eine Gehirnerschütterung«, sagte er.

»Wir müssen weitergraben«, stöhnte Zach und würgte trocken. »Keine Zeit verlieren …«

»Das können wir uns sparen«, erwiderte Parceval. »Der Waldboden dort drüben ist niemals aufgebuddelt worden.«

»Aber das Mädchen …«, lallte Zach.

Parceval seufzte. »Zainab Durrani ist tot.«

14

Die Kripobeamten brachten Russ, der ächzte und ganz krumm ging. »Du hast mir die Schulter ausgekugelt, du Dreckschwein«, ächzte er. »Scheiße, es tut weh. Ich will 'nen Arzt.«

»Er braucht 'nen Arzt«, sagte der männliche Kripobeamte überflüssigerweise. Die Beamtin kauerte sich neben Zach und legte ihm seine Waffe in den Schoß. Zach starrte darauf. Über sein Gesicht zuckte die Erkenntnis, dass er vor einem internen Untersuchungsausschuss würde erklären müssen, wie der Verdächtige an seine Dienstpistole gelangt war und mehrere Schüsse auf Polizeibeamte abgeben konnte. Und auf einen Strafgefangenen, der mit höchst illegalen Methoden einen Tag Freigang erhalten hatte.

»Der Arzt wird sich zuerst um euren Chef kümmern«, erklärte Parceval. »Wenn er irgendwann mal eintrifft.«

Der männliche Kriminaler, der Russ am Oberarm festhielt, musterte Parceval nur stumm, doch die Beamtin knurrte: »Hat Sie irgendwer zum Vorgesetzten ernannt?«

Parceval schlenderte auf Russ und seinen Bewacher zu. »Er braucht keinen Arzt.«

»Scheiße brauch ich 'nen Arzt, verdammt noch mal«, stöhnte Russ. »Du hast mir die Schulter ausgekugelt!«

»Das wissen wir jetzt schon«, sagte Parceval. »Tut mir leid, ich hab falsch hingefasst.«

»Sie können nicht einfach Gewalt anwenden, wie es Ihnen …«, begann der Kriminalbeamte an Russ' Seite.

»Wenn ich richtig hingefasst hätte, wären jetzt beide Schultergelenke ausgekugelt«, unterbrach ihn Parceval.

Russ zischte etwas. Der Kriminalbeamte funkelte Parceval an. »Treten Sie zurück«, sagte er. »Treten Sie zurück und setzen Sie sich auf den Boden. Sofort.« Seine freie Hand glitt zu seinem Pistolenhalfter.

»Fragen Sie ihn, wo Zainab Durrani ist«, riet Parceval.

Der Kriminaler wies auf die zerwühlte Stelle im Boden. »Haben Sie das nicht selbst aus Russ rausgeholt? Es wäre besser, Sie würden graben, anstatt so zu tun, als dürften Sie noch Polizeiarbeit erledigen.«

»Zainab Durrani ist nicht hier«, erklärte Parceval. »Zainab Durrani ist längst tot. Und ich möchte wissen, wo ihre Leiche ist.« Der Kriminalbeamte blinzelte überrascht, doch Parceval ignorierte ihn und wandte sich an Russ. »Wo ist sie?«

»Leck mich«, sagte Russ.

»Der Notarzt wird sich zuerst um Zach kümmern. Dann wird er sich bereithalten, um nach dem Mädchen zu sehen, wenn wir sie ausgegraben haben. Und erst dann wird er sich um deine Schulter kümmern.« Er lächelte schwach.

»Das bestimmen nicht Sie«, sagte der Kriminalbeamte. »Und jetzt treten Sie zurück und fangen Sie endlich an zu graben.«

»Ich kann dir die Schulter einrenken. Geht ganz schnell«, sagte Parceval zu Russ. »Tut auch nicht mehr weh, als es jetzt schon weh tut. Aber danach ist es vorbei.«

»Scheiße«, wiederholte Russ.

»Sie fassen den Verdächtigen nicht noch mal an«, befahl der Kriminaler.

Parceval wandte sich zum ersten Mal an den Beamten. Dessen Gesicht verhärtete sich. »Wenn ich ihn nicht angefasst hätte, wäre er längst über alle Berge, während Sie und Ihre Kollegin sich noch in den Boden gewühlt hätten. Also seien Sie mal ein bisschen dankbarer. Ich wollte mit dieser Sache gar nichts zu tun haben, Ihr Chef hat mich hergebracht. Aber jetzt bin ich nun mal darin verwickelt, und deshalb bringe ich sie auch zu Ende. Auf meine Weise.«

»Halten Sie den Mund, Parceval!«, sagte Zach vom Boden her. »Hier habe immer noch ich das Sagen. Russ gehört uns, nicht Ihnen.«

Parceval zuckte mit den Schultern und trat zurück. Russ fuhr auf. »Verdammt, wo ist der Arzt?«, rief er. »Ich halt das nicht aus.«

»Es ist nur ein kleiner Ruck«, sagte Parceval. »Es sei denn, einer der Anwesenden kann es besser als ich.«

»Ich will 'nen Arzt!«, brüllte Russ.

Die Kriminalbeamtin richtete sich auf und sah Parceval fragend an. »Können Sie ihm wirklich die Schulter einrenken?«

»Ja.«

Der Kriminaler an Russ' Seite blickte seine Kollegin entgeistert an. »Bist du verrückt geworden, Sabine? Der Kerl fasst Russ nicht noch mal an.«

»Willst du dir das Geschrei die ganze Zeit anhören? Bis der Notarzt hier ist, vergeht mindestens noch 'ne halbe Stunde. Wenn wir nichts unternehmen, kann der Mistkerl«, sie deutete auf Russ, »uns am Ende noch wegen unterlassener Hilfeleistung drankriegen. Lass Parceval machen, Rolf.«

»Ich will nur, dass das aufhört«, jammerte Russ. »Das bringt einen ja um.«

Der Kriminalbeamte namens Rolf nickte Parceval zu. »Na schön. Legen Sie los.«

Parceval trat vor und hob den verletzten Arm von Russ. Der Entführer schrie auf. Parceval verschränkte die Finger ihrer beiden Hände, wie zwei Verliebte, die Hand in Hand gehen. Dann zog er Russ' Arm gerade und hob ihn in die Waagrechte. Russ stöhnte und biss sich auf die Lippen. Parceval stemmte die andere Hand flach gegen Russ' Schultergelenk. Er sah dem Entführer in die Augen.

»Wo ist Zainab Durrani?«, fragte er.

»Jetzt mach schon!«, stöhnte Russ.

Parceval wartete.

»Das ist Folter. Polizeifolter!«, schrie Russ.

»Machen Sie schon, verdammt noch mal!«, stieß Rolf hervor.

Parceval gab Russ' Schulter einen leichten Stoß und zog zugleich an seinem Arm. Ein dumpfes, leises Geräusch wie ein Klacken wurde hörbar. Russ heulte kurz auf, dann holte er tief Luft und stellte sich gerader hin.

»Oh Mann«, stöhnte er. »Oh Mann.«

Parceval, der immer noch die Hand des Entführers hielt, fragte: »Wo ist Zainab Durrani?«

»Grabt weiter, dann findet ihr sie vielleicht«, sagte Russ.

Parceval nickte. Und ballte die Hand, deren Finger mit Russ' verschränkt waren, langsam zur Faust. Er hörte das

Knacken, mit dem Russ' Fingergelenke überdehnt wurden.

Russ' Augen weiteten sich, sein Mund verzerrte sich. Er krümmte sich zusammen. »Hör auf, hör auf!«, schrie er. »Du brichst mir die Finger!« Er wäre auf die Knie gesunken, wenn Rolf ihn nicht festgehalten hätte. Dann ließ Rolf ihn los, packte stattdessen Parcevals Handgelenk und trennte ihn und Russ. Er gab Parceval einen Stoß, sodass dieser ein, zwei Schritte zurücktrat. Russ' Hand hing zitternd in der Luft. Der Entführer stierte sie an, als würde sie ihm nicht gehören. Langsam krümmte er seine durchgestreckten Finger. Es knackte erneut. Russ wimmerte.

»Sie hätten ihm die Finger gebrochen«, sagte Rolf ungläubig.

»Nicht alle«, sagte Parceval. »Der kleine Finger übersteht so was meistens.«

»Du Drecksau...«, stöhnte Russ. »Du Monster.«

»Ich«, sagte Parceval, »bin nicht das Monster. Denk an die Frauen, von denen ich dir erzählt habe. Zainab Durrani ist tot, oder? Man wird dich finden, Freundchen, und dann wirst du dir wünschen, du hättest es nur mit mir zu tun. Mehr noch wirst du dir wünschen, du wärst Zainab Durrani.«

»Sie sind ein Irrer!«, stieß Rolf hervor.

»Wo ist Zainab Durrani, Russ?«, fragte Parceval. »Bring die Polizei zu ihrer Leiche, damit man dir zwei Morde nachweisen kann. Deine einzige Chance ist jetzt, so schnell wie möglich in einen Hochsicherheitstrakt verlegt zu werden. Überall anders kriegen sie dich.«

»Wovon reden Sie da überhaupt?«, rief Sabine aufgebracht.

»Haltet dieses Arschloch von mir fern!«, schrie Russ. »Das ist Polizeifolter! Mein Anwalt wird die Scheiße aus euch rausklagen!«

Parceval trat so schnell um Rolf herum, dass dieser erst reagierte, als er schon einen langen Schritt auf Russ zugemacht hatte. Russ prallte zurück und fiel auf den Rücken. »Im Wagen!«, kreischte er. »Die Kleine ist im Wagen!«

Die Kripobeamten starrten ihn sprachlos an. Zach richtete sich schwankend auf und stand dann da, die Hände auf die Knie gestützt. »Im Wagen?«, flüsterte er. »In dem Beton?«

»Ja, scheiße noch mal!«, schrie Russ. »Bringt das Killerschwein weg! Und bringt mich in den Hochsicherheitstrakt. Sonst erfährt die ganze Welt, dass Durrani die Kripo gekauft hat!«

Parceval wandte sich ab und gestikulierte zu Russ. »Jetzt«, sagte er, »gehört er Ihnen.«

15

Der Notarzt kam und bestand darauf, dass Zach ins Krankenhaus fuhr, doch Zach weigerte sich. Dann schaute er sich auf Veranlassung der Kriminalbeamten Russ' lädierte Schulter an. Er fragte nicht, wie der Verdächtige zu dieser Verletzung gekommen war, und die drei Kripobeamten sagten es ihm auch nicht. Russ schwieg ebenfalls, kreidebleich und entweder eingeschüchtert oder erschöpft. Parceval hielt sich abseits und sprach mit niemandem mehr. Er versuchte, die Vorstellung von dem in Beton eingegossenen Mädchen zu verdrängen, aber sie tauchte immer wieder auf und brachte die Erinnerung an die ermordeten Polizisten und ihre Söhne in der Polizeistation mit sich.

Es gab Streit, als der Arzt den Kripochef für fahruntüchtig erklärte.

»Natürlich kann ich fahren!«, beharrte Zach.

Der Notarzt holte aus seinem Koffer eine in Plastikfolie verpackte Rettungsdecke heraus und warf sie Zach zu. Zach versuchte, sie zu fangen, und griff derart daneben, dass jedem klar war, der Kripochef müsse zumindest alles doppelt sehen.

»Ich fahre ihn«, erklärte Parceval.

»Sie haben keine Fahrerlaubnis«, sagte Sabine.

»Ich hab den Kripochef im Wagen. Ich denke, das wird mir helfen, sollte uns eine Polizeistreife anhalten.«

»Sie glauben doch nicht ernsthaft, dass wir Sie hinters Steuer lassen.«

»Dann muss einer von Ihnen Ihren Chef in die Klinik fahren. Und ich fahre in dem anderen Wagen mit, in dem Sie Russ transportieren.«

»Mit dem Schwein steige ich nicht zusammen ins Auto!«, protestierte Russ.

»Es gibt noch die Möglichkeit, dass wir Sie einfach an einen Baum binden und von einer Streife abholen lassen, die Sie dann zurückbringt in den Bau«, schlug Rolf vor.

»Das würde bedeuten«, sagte Parceval gelassen, »dass nur einer von euch mit Russ im Wagen ist, weil der andere ja für euren Chef den Chauffeur spielt. Wenn ihr das nicht für zu riskant haltet ...«

»Schluss mit der Diskussion«, murmelte Zach. »Parceval fährt mich. Ihr beide bringt Russ zurück in die Keibelstraße.«

»Du lässt dich von ihm in die Klinik fahren, Chef«, sagte Sabine. »Keine Widerrede.«

»Schon gut«, sagte Zach.

Der Weg zurück zum Parkplatz beim Tiergehege war mühsam. Zach ging wie ein Betrunkener. Der Notarzt betrachtete ihn aus dem Augenwinkel und schüttelte den Kopf, behielt seine Meinung aber für sich. In Zachs Wagen justierte Parceval den Sitz und die Rückspiegel, bevor er den Anlasser startete. Er fühlte sich unsicher. Er hatte sechs Jahre nicht mehr hinter dem Steuer eines Wagens gesessen und war davor ein weiteres Jahr nur mit zerbeulten Geländefahrzeugen auf Afghanistans Staubpisten herumgeprügelt.

Zach beobachtete ihn. »Kommt mir so vor, als wäre es sicherer, wenn ich selbst fahre«, sagte er. Er hustete und stöhnte gleich darauf. »Verdammt.«

Parceval reagierte nicht darauf. Er rangierte den Wagen aus der Parklücke und stellte sich dabei so ungeschickt an, dass der Notarzt und das zweite Kripofahrzeug einen ordentlichen Vorsprung hatten, als er endlich auf die Zufahrtsstraße einbog.

»Sie fahren mich natürlich nicht in die Klinik«, sagte Zach.

»Ich fahre Sie auch nicht in die Keibelstraße«, entgegnete Parceval. »Sie können dort nichts ausrichten. Der nächste Schritt erfolgt erst, wenn Ihre Leute das Mädchen aus dem BMW gemeißelt haben. Und das wird einige Zeit dauern.«

»Gott, dieses Dreckschwein«, flüsterte Zach. »Er hat die Kleine mit eingegossen. Ich hab die ganze Zeit das Gesicht des Fahrers vor Augen. Man kann nur hoffen, dass Russ das Kind vorher …«

»Ja, man kann nur hoffen«, unterbrach Parceval.

»Sie haben Russ die Schulter ausgerenkt.«

Parceval zuckte mit den Schultern.

»Und was haben Sie in der Keibelstraße mit Russ gemacht? Da haben Sie ihn nicht angefasst, oder?«

»Nein.«

»Vielleicht hätten Sie es tun sollen, dann hätte er nicht diesen Mist mit dem Tegeler Forst erzählt und uns hierher geführt.«

»Es war ohnehin egal. Zainab Durrani hätte es auch

nicht gerettet, wenn er gleich mit der Wahrheit herausgerückt wäre.«

»Trotzdem haben Sie versagt. Sie haben Russ zu sanft angefasst. Dafür hab ich Sie nicht aus dem Bau geholt.«

»Irrtum«, sagte Parceval. »Ich habe ihn zu hart angefasst. Sonst hätte er uns nicht in den Forst dirigiert in der Hoffnung, uns hier zu entkommen.«

»Unsinn. Er wollte vor dem Gesetz fliehen, das ist alles.«

»Wenn Sie meinen.«

Zach setzte sich anders zurecht, sodass er Parceval von der Seite betrachten konnte. »Wieso waren Sie so sicher, dass das Mädchen bereits tot ist?«

»Weil das, was ich ihm erzählt habe, ihn in helle Panik versetzt hat. Die Panik eines Mannes, dem klar wird, dass er nur eine einzige Chance hat – abzuhauen, am besten auf die dunkle Seite des Mondes. Deshalb hat er uns in den Tegeler Forst gelotst. Er wollte fliehen, und er dachte, hier wäre es am ehesten möglich. Er wusste, dass er keine Trümpfe mehr im Ärmel hat, um seinen Hals zu retten. Wäre Zainab noch am Leben gewesen, hätte es anders ausgesehen. Dann hätte er geltend machen können, dass er sie zwar zunächst entführt, aber dann zu ihrer Rettung beigetragen hat. Und dann hätte er auch nicht versucht, uns alle zu erschießen und sich vom Acker zu machen.«

»Was haben Sie ihm denn erzählt, zum Henker?«

»Eine kleine Geschichte aus Afghanistan«, sagte Parceval.

Zach schüttelte den Kopf und hörte sofort wieder damit auf. »Gott, mir fliegt die Birne weg«, ächzte er. »Wo fahren wir eigentlich hin, wenn wir schon nicht in die Keibelstraße fahren?«

»Ich dachte, Sie würden gar nicht mehr fragen.«

Zach schnaubte. »Wenn mir das Ziel nicht passt, ändere ich es. Sie sind nur der Fahrer. Und wenn Sie glauben, dass Sie mir überlegen wären, nur weil ich angeschlagen bin …« Zach nickte nach unten. Parceval folgte seinem Blick. Zach hatte seine Waffe gezogen und hielt sie gegen seinen Oberschenkel gedrückt.

»Wenn Sie mich während der Fahrt anschießen, landen wir an einer Leitplanke«, sagte Parceval.

»Ich warte bis zu einer roten Ampel«, versprach Zach.

»Wir fahren zu Ihnen in die Direktion«, sagte Parceval. »Dort möchte ich sehen, wie Sie ein Protokoll aufsetzen und unterzeichnen, das meine Unterstützung in dieser Sache hervorhebt. Und ich möchte sehen, wie Sie einen Brief schreiben, der mein Wiederaufnahmeverfahren befürwortet.«

»Dafür ist jetzt keine Zeit«, erklärte Zach ungeduldig.

»Dafür ist so lange Zeit, wie zwei Techniker in der Keibelstraße brauchen, Fayaz Durranis Tochter aus ein paar Tonnen Beton zu meißeln«, erklärte Parceval.

»Und wenn ich Ihnen befehle, mich stattdessen zur Keibelstraße zu fahren?«

»Dann müssen Sie auf die nächste rote Ampel warten und mir ein Ding verpassen.«

Zach dachte eine Weile nach, dann lehnte er sich zurück. Er steckte die Waffe nicht zurück, aber er widersprach auch nicht. Er redete im Grunde nur noch zweimal – einmal am Telefon, um seine Leute in der Keibelstraße anzuweisen, den Beton auf den Rücksitzen aufzubrechen und dort nach der Leiche Zainab Durranis zu suchen, und das zweite Mal, um Parceval die Adresse zu nennen.

16

Das Dezernat 1 des Berliner Landeskriminalamts, das für sogenannte Delikte am Menschen zuständig war, befand sich in der Keithstraße. Das Gebäude glich mit seinem verschachtelten Bau und seinen kleinen Fenstern eher einem Gefängnis als einem Polizeigebäude. Parceval manövrierte den Audi auf Zachs reservierten Parkplatz im Hinterhof und stapfte dann auf den rückwärtigen Eingang hinter ihm her. Zach straffte sich, als sie das Gebäude betraten, und ließ sich nicht anmerken, wie mies es ihm ging. Parceval, der sich dazu ausschwieg, ging davon aus, dass Zach spätestens in ein, zwei Stunden umfallen würde. Momentan hielt ihn nur seine Sturheit aufrecht, aber sie würde nicht ewig vorhalten.

Zach betrat sein Vorzimmer und wandte sich über die Schulter an Parceval. »Gehen Sie schon mal vor«, sagte er und gestikulierte in Richtung einer offenen Verbindungstür.

Parceval blieb auf der Türschwelle stehen, als er Zachs Sekretärin, eine ältere blondierte Frau, zuerst fragen hörte: »Ist alles in Ordnung mit Ihnen, Herr Kriminaldirektor?«, und sie dann hinterherschob: »Die Durranis sind hier. Sie warten in einem der Besprechungsräume. Sie sind sehr aufgebracht.«

»Oh Mann«, sagte Zach. »Warum habt ihr sie nicht wieder nach Hause geschickt? Warum haben die Kollegen sie überhaupt hierher fahren lassen? Ich dachte, ich hätte Polizeischutz für sie angeordnet?«

»Weiß ich nicht, Herr Kriminaldirektor.«

Zach blickte auf und sah, dass Parceval stehen geblieben war. »Gehen Sie rein«, sagte er ungeduldig. »Ich komme gleich wieder.« Er wandte sich ab und stolperte auf dem Weg zur Ausgangstür, wobei er so tat, als wäre eine Teppichfalte schuld. Die Tür fiel auch lauter hinter ihm zu als nötig, wahrscheinlich, weil sie ihm aus der Hand geglitten war.

Parceval fing den neugierigen Blick der Sekretärin auf. Er lächelte ihr zu und deutete ins Innere von Zachs Büro. »Ich geh dann mal rein«, sagte er.

»Mögen Sie einen Kaffee?«, fragte die Sekretärin.

»Schwarz – wie meine Seele«, sagte Parceval.

Die Sekretärin kicherte. »Ich bring Ihnen die Tasse rein, Herr …«

»Parceval. Mit einem c.«

»Ich bring Ihnen den Kaffee, Herr Parceval«, sagte die Sekretärin, ohne mit der Wimper zu zucken.

Parceval dachte, dass es angenehm war, jemanden zu treffen, dem sein Name nicht immer noch geläufig war und Gänsehaut verursachte. Er setzte sich in Zachs Büro auf ein Sofa an der Wand. Der Kaffee kam wie erwartet: sauer, weil es billiger Industriekaffee, und bitter, weil er schon zu lange in der Thermoskanne war. Er schmeckte ebenso bescheiden wie die Plörre im Bau. Aber Kaffee war Kaffee, und ein schlechter Kaffee war immer noch besser als gar keiner. Er trank ihn aus. Dann tat er das, was er ebenfalls in den letzten sechs Jahren im Knast ausreichend trainiert hatte. Er wartete.

Zach kam nach einer Viertelstunde zurück. Er sah noch schlechter aus als zuvor. Er schloss die Verbindungstür zum Sekretariat, räusperte sich, starrte einen Augenblick lang blicklos umher und setzte sich dann vorsichtig auf seinen Stuhl – ein Mann, der keine weitere Erschütterung mehr aushielt.

»Wie haben es die Durranis aufgenommen?«, fragte Parceval.

»Ich hab es Ihnen noch nicht gesagt.«

»Sie können sie nicht in sinnloser Hoffnung …«

»Wir wissen nichts Konkretes!«, schnappte Zach und fasste sich dann ächzend an die Stirn. »Alles, was wir haben, ist die Aussage eines Mannes, der uns über Zainab Durranis Schicksal schon mal belogen hat – und die vage Ahnung eines Knastbruders!«

Parceval beschloss, Zachs Aggressivität zu ignorieren. »Sie wissen genauso gut wie ich, dass Zainab tot ist.«

»Ich weiß nur eines – dass es ein Fehler war, Sie rauszuholen.«

»War es nicht«, sagte Parceval. »Ohne mich würden Sie mittlerweile vor der Wahl stehen, Russ mit dem Lösegeld in einen Flieger zu setzen und nach Kolumbien abdüsen zu lassen, nur um Zainabs Leben zu retten, oder sie sterben zu lassen.«

Zach erwiderte nichts.

Parceval stand auf, trat an Zachs Schreibtisch und stellte seine leere Kaffeetasse darauf ab. »Können Sie schreiben, oder brauchen wir Ihre Sekretärin?«

»Wozu?«

»Wiederaufnahmeverfahren. Lobende Erwähnung. Was wir vereinbart hatten als Gegenleistung für meine Hilfe.«

»Das war als Gegenleistung dafür gedacht, dass Zainab Durrani lebend und gesund vor uns steht.«

»War es nicht«, sagte Parceval und stellte fest, dass er sich wiederholte. Er stellte außerdem fest, dass es ihn mittlerweile eine gehörige Portion Selbstbeherrschung kostete, Zach nicht am Kragen zu packen oder mit dem Kopf gegen seinen PC-Monitor zu schlagen.

»Die Bedingungen stellen nicht Sie«, sagte Zach.

Parceval setzte sich auf die Kante des Schreibtischs. »Richtig, die haben Sie gestellt. Und wir folgen ihnen jetzt.«

Zach öffnete den Mund zu einer Erwiderung, doch da meldete sich sein Handy. Der Klingelton war die Aufnahme einer Kinderstimme, die kichernd rief: »Papa, Telefon!« Zach warf Parceval einen Blick zu, der besagte: Jetzt bloß kein spöttischer Kommentar!, und fummelte das Telefon ungeschickt aus der Jackentasche. Er spähte auf das Display, drückte auf die Annehmen-Taste und hielt sich das Telefon ans Ohr.

»Ja?«, fragte er nur. Nach ein paar Sekunden: »Verdammt. Mhm – bin unterwegs«, und legte auf. Er starrte auf das erloschene Display des Telefons.

Man brauchte keine hellseherischen Fähigkeiten, um zu wissen, wer angerufen hatte. »Die Techniker in der SE?«, frage Parceval dennoch.

»Sie haben Zainab gefunden«, sagte Zach und sah weiterhin sein Handy an. Dann blickte er auf und schaute Parceval ins Gesicht. »Und jetzt leugnen Sie, dass Sie nicht doch auch gehofft haben, Sie würden sich irren!«

»Ich fahre Sie hin«, erklärte Parceval.

»Ich brauche Sie nicht.«

»Sie brauchen einen Fahrer, weil Sie, ohne anzuecken, nicht mal aus Ihrem Büro rauskommen. Und die Situation ist immer noch nicht so, dass Sie jeden Beamten hier einweihen können, wie Sie sie gehandhabt haben. Geben Sie mir den Schlüssel.«

Zach schob Parceval nach kurzem Zögern den Schlüssel über den Tisch. »Glauben Sie bloß nicht, Sie könnten mich zu irgendwas erpressen, indem Sie während der Fahrt damit drohen, mich nicht in der Keibelstraße abzusetzen.«

»Schon gut«, sagte Parceval. »Sonst knallen Sie mich an der ersten roten Ampel ab. Ich weiß Bescheid.«

»Gehen wir«, sagte Zach.

Parceval nahm die Kaffeetasse und stellte sie draußen im Vorzimmer der Sekretärin auf den Tresen, die ihn erfreut anschaute. »Oh, ich hätte sie schon …«

»Der Chef und ich sind jetzt unterwegs«, erklärte Parceval und lächelte. Die Sekretärin lächelte zurück und vergaß zu fragen, wann der Chef wieder zurück sein würde.

»Flirten Sie nicht mit meiner Sekretärin«, knurrte Zach, als sie den Gang entlangschritten. »Dafür hab ich Sie nicht aus dem Knast geholt.«

»Sie wissen doch selbst nicht, wofür Sie mich eigentlich rausgeholt haben«, entgegnete Parceval.

Die Frau, die mit einer Zigarette in der Hand auf dem Parkplatz im Innenhof stand, wäre Parceval eigentlich nur am Rande aufgefallen. Aber als Zach stockte und dann ein genervtes Geräusch von sich gab, betrachtete er sie genauer. Sie trug ein graues Kostüm mit Blazer, ihr Haar war dunkelblond und zu einem üppigen Bob geschnitten. Von Weitem sah sie aus wie Mitte dreißig, mit großen, perfekt umrahmten Augen und elegant geschwungenen Brauen. Sie blickte unschlüssig zu den beiden Männern herüber, dann setzte sie sich in Bewegung, die Zigarette in der halb erhobenen Rechten, als hätte sie sie vergessen. Sie befand sich auf Abfangkurs, und als Zach es erkannte, blieb er seufzend stehen. Die Frau trat an ihn und Parceval heran, musterte Parceval mit einem überraschend intensiven Blick und wandte sich dann an Zach. Sie war groß. In ihren halbhohen Pumps konnte sie dem Kripochef in die Augen schauen, ohne den Kopf in den Nacken legen zu müssen.

Parceval korrigierte seine Einschätzung. Sie musste Anfang fünfzig sein. Sie hatte sich hervorragend gehalten, und wenn der angespannte Zug in ihrem Gesicht, die vom Make-up unzureichend verdeckten Schatten unter den Augen und das leicht verwischte Kajal nicht gewesen wären, hätte sie als perfekte Schönheit durchgehen können.

Parceval glaubte zu wissen, wer sie war. Er sah sich unwillkürlich nach einem Fahrzeug um, in dem ein männlicher Begleiter saß, aber alle Autos auf dem Parkplatz waren leer.

Die Frau starrte Zach ins Gesicht, dann nahm sie einen tiefen Zug von der Zigarette, als sei sie ihr eben erst wieder eingefallen. Ihre Lider zuckten vom Rauch.

»Sie haben vorhin gelogen, oder?«, fragte sie. Ihre Stimme war tief und klang belegt.

»Nein«, antwortete Zach.

»Sagen Sie mir die Wahrheit, Herr Kriminaldirektor. Ich halte sie aus.«

»Ich kann Ihnen nicht mehr sagen als vorhin, Frau Durrani. Entschuldigen Sie uns bitte, wir haben es eilig.«

Britta Durranis Blicke wanderten ein zweites Mal zu Parceval und tasteten ihn ab. Parceval hatte kurz den verrückten Eindruck, dass sie sich mehr für ihn interessierte als für Zach, doch dann wandte sie sich wieder dem Kripochef zu. »Eilig? Gibt es neue Erkenntnisse?«

»Ich halte Sie und Ihren Mann auf dem Laufenden, Frau Durrani. Bitte. Ich weiß, wie Ihnen zumute sein muss…«

»Nein, wissen Sie nicht«, sagte sie. Ein drittes Mal verlagerte sie ihre Aufmerksamkeit auf Parceval. »Sie kenne ich nicht, aber Sie sind sicher auch bei der Kripo. Sagt Ihr Chef die Wahrheit?«

»Er sagt immer die Wahrheit, wenn er sagt, dass wir es eilig haben«, erwiderte Parceval. Britta Durranis Lider zuckten erneut.

Zach packte Parceval am Ärmel und zog ihn um die Frau herum. »Wir haben es wirklich eilig«, wiederholte er entschuldigend. »Ich melde mich bei Ihnen, wenn ich etwas weiß. Geben Sie die Hoffnung nicht auf, Frau Durrani.«

Parceval sah sich zu ihr um, während sie auf Zachs Audi zuschritten. Sie war stehen geblieben und hielt die rechte Hand mit der Zigarette immer noch erhoben. Es schien, als hätte sie sie erneut vergessen. Sie starrte ins Leere oder blickte ihnen hinterher. Auf die Entfernung ließ es sich nicht so genau sagen.

»Die Frau ist tough«, bemerkte Zach, nachdem Parceval den Audi aus dem Parkplatz hinaus auf die Straße bugsiert hatte. »Die ist härter als ihr Mann. Ich nehme an, das Ganze geht ihr nicht so nahe wie ihm. Sie ist nur die Stiefmutter. Soweit wir wissen, hat Durrani seine Tochter erst später aus Pakistan nachgeholt; sie stammt aus seiner ersten Ehe.«

»Ich dachte, Durrani sei schon als Kind nach Deutschland gekommen.«

»Nein. Er hatte eine Frau in Pakistan. Er hat sie dort zurückgelassen und später die Scheidung eingereicht.«

»Glaubensgründe? Kulturclash?«

Zach zuckte mit den Schultern. »Was weiß ich. Spielt es überhaupt noch eine Rolle?«

»Sie hätten das mit der Hoffnung nicht sagen sollen.«

»Ich dachte, die Hoffnung solle man sich bis zum Schluss bewahren? Ist das nicht das Mantra von Lebenslänglichen?«

»Nur in Hollywood-Filmen. Und nur, wenn es Grund dazu gibt. Zainab Durrani ist tot.«

Zach erwiderte nichts darauf. Parceval fädelte sich durch den wieder dichter gewordenen Mittagsverkehr und dachte über Britta Durranis intensive Musterung nach. Seiner überwältigenden Attraktivität wegen konnte sie ihn nicht so angeschaut haben. Hatte sie überlegt, ob sie sein Gesicht kannte, und herauszufinden versucht, woher? Vor sechs Jahren war sein Fall durch die deutsche Presse gegangen, doch sechs Jahre waren eine lange Zeit, und wenn sie damals seine Geschichte verfolgt hatte, hätte sie es sich bestimmt nicht für so lange Zeit eingeprägt. Oder doch?

Und wenn schon? Es hatte keinerlei Bedeutung.

»Wir wissen noch immer nicht mit Sicherheit, ob Zainab tot ist«, brummte Zach nach einer Weile. »Und Sie fahren zu schnell.«

»Sie haben ein zu schnelles Auto«, sagte Parceval.

17

Die Mechaniker an den anderen Arbeitsstationen in der Keibelstraße waren verschwunden, wahrscheinlich machten sie Mittagspause. Die große Halle war leer und still, die einzigen Geräusche stammten vom Blech der zu reparierenden Fahrzeuge, das sich in Position zog, und den unerklärlichen Geräuschen, die ein altes Gebäude von sich gibt. Und da waren noch die Schritte Zachs und Parcevals. Hinter der Faltwand, wo sich der ausbetonierte BMW Fayaz Durranis befand, war ebenfalls nichts zu hören.

Die beiden Mechaniker mit den Presslufthämmern hatten die Arbeit eingestellt und saßen an die gegenüberliegende Wand gelehnt auf dem Boden. Einer rauchte, der andere zupfte rastlos an seinen Fingern. Sie sahen beide auf, als Zach und Parceval eintraten, und rappelten sich dann langsam in die Höhe.

Die junge Protokollführerin fehlte. Die Betonbrocken, die die Mechaniker zuletzt herausgehämmert hatten, lagen verstreut vor dem BMW auf dem Boden. Die Mechaniker hatten die hinteren Türen abgebaut und dann angefangen, sich in den Beton hinter dem Fahrersitz zu graben. Sie waren nicht weit gekommen, dann waren sie auf die

Leiche des Mädchens gestoßen. Man konnte davon ausgehen, dass die beiden Männer vorsichtig gearbeitet hatten. Trotzdem war der Meißel eines der Presslufthämmer in die Schädeldecke gedrungen. Blut und andere Flüssigkeiten bildeten eine erstarrte Lache auf dem Boden unterhalb der Fundstelle. Die beiden Mechaniker hatten den Kopf des Leichnams freigelegt, dann hatten offenbar ihre Nerven nicht mehr mitgespielt. Parceval erkannte dunkles und staubbedecktes Haar, verklebt und wirr, das aus dem Beton heraus nach unten hing. Kleinere Betonbröckchen waren noch darin verfangen.

Zach straffte sich sichtlich, um sich für den Anblick zu wappnen. Die Mechaniker schlurften um den BMW herum. Parceval beschloss, dass er nicht sehen musste, was es hier zu sehen gab, und trat leise um die Faltwand herum nach draußen. Er brauchte nicht lange, um einen kleinen Pausenraum zu finden, den sich abgeschrammte Tische, Plastikstühle und ein Allround-Getränkeautomat miteinander teilten. Der Getränkeautomat bot Kaffee, heiße Schokolade, Kaltgetränke und Brühe an, die alle aus demselben Ausflussrohr in Plastikbecher gefüllt werden konnten. Parceval hatte derartige Automaten schon als Kind an seiner Schule gesehen.

An einem der Tische saß, die Hände flach auf die Tischplatte gelegt, die Protokollbeamtin. Sie sah nicht auf, als er eintrat. Parceval stapfte zu ihr hinüber, zog einen Stuhl heraus und setzte sich ihr gegenüber, ohne um Erlaubnis zu fragen. Sie blickte ihn nach kurzem Zögern von unten herauf an. Sie hatte geweint und war blass. Vor ihr stand ein voller Plastikbecher mit Kaffee, den sie aber nicht angerührt hatte.

»Ich wette«, begann Parceval, »er schmeckt noch scheußlicher, als man erwarten könnte.«

Die Beamtin blinzelte verwirrt. »Was?«

»Der Kaffee.«

Sie antwortete nicht, aber sie blickte auch nicht wieder weg.

»Ich lade Sie auf einen neuen ein«, sagte Parceval. »Er wird auch scheußlich schmecken, aber wenigstens ist er heiß.«

»Ich finde den Kaffee hier gar nicht so schlimm«, erklärte die Beamtin leise.

»Umso besser«, sagte Parceval, stand auf, ging auf den Automaten zu, drehte auf halbem Weg wieder um und kehrte zum Tisch zurück. »Können Sie mir 'nen Euro leihen?«

Jetzt hatte er ihre volle Aufmerksamkeit. »Was?«, stieß sie hervor.

»Einen Euro. Ein Kaffee kostet fünfzig Cent. Ich lade Sie und mich ein.«

»Sie laden mich ein … und leihen sich dafür Geld von mir?«, fragte die Beamtin fassungslos.

»Ich hab leider keines.«

Sie musterte ihn so lange, dass man förmlich sehen konnte, wie die Rädchen in ihrem Gehirn versuchten ineinanderzugreifen. Schließlich gelang es ihnen. Sie zog eine Geldbörse aus der Gesäßtasche.

»Klar«, sagte sie. »Sie tragen ja mit Sicherheit kein Geld bei sich.«

Parceval nahm einen Euro in Empfang, der ihm mit zitternden, eiskalten Fingern in die Hand gedrückt wurde. Auf dem Weg zum Kaffeeautomaten spürte er ihre Blicke im

Rücken. Er warf das Geld ein, zog einen Plastikbecher aus dem Spender und stellte ihn in den Füllschacht, drückte auf den Auswahlknopf, wartete ab, bis der Becher gefüllt war, und trug ihn dann zum Tisch. Ein vages Kaffeearoma stieg aus ihm auf. Er wiederholte die Prozedur, nur dass er am zweiten Becher sofort nippte. Der Kaffee schmeckte wie erwartet. Aber Parceval verspürte ohnehin keinen Kaffeedurst. Das ganze Manöver hatte nur dazu gedient, die junge Beamtin aus ihrer Schockstarre zu reißen. Er fing ihren neugierig gewordenen Blick auf, als er sich ihr gegenübersetzte, und wusste, dass es funktionierte hatte.

»Ich war noch in der Ausbildung gewesen während Ihrem Prozess«, sagte sie mit einem starken Ostberliner Akzent. »Sie waren damals Tagesgespräch an der Polizeischule.«

»Wo haben Sie Ihre Ausbildung gemacht?«

»An der Brandenburger FH. In Oranienburg. Sind Sie mal dort gewesen?«

Parceval schüttelte den Kopf.

»Sie haben nichts versäumt.«

»Das gilt für alle Polizeischulen, denke ich.«

»Die hatten nicht mal Unterkünfte dort gehabt«, sagte die Beamtin. »Man musste sich selbst nach einer Bleibe umschauen. Das einzig Gute war, dass die meisten Vermieter günstige Preise hatten und froh gewesen waren, wenn ein Polizist unter ihrem Dach wohnte.«

Parceval lächelte. Die Beamtin senkte den Blick und zog den Plastikbecher zu sich heran. Sie fuhr mit dem Finger über den Rand.

»Ich kann da nicht mehr rausgehen«, sagte sie kaum hörbar.

»Zu dem BMW?«

Sie nickte. Parceval wartete.

»Solange der Fahrer freigelegt wurde, ging's noch«, fuhr die Beamtin nach einer Weile fort. »Da hab ich nicht hingesehen, und die Betonbrocken waren sauber. Als es dann geheißen hat, das Entführungsopfer wäre auch im Beton eingegossen, dachte ich schon, das halte ich nicht aus. Verstehen Sie? Es ist was anderes, ob es sich um einen erwachsenen Mann oder um ein Kind handelt…«

»Natürlich ist das was anderes«, sagte Parceval. Sie hörte ihm gar nicht zu.

»Aber ich hab dann trotzdem weitergemacht. Bis ich hörte, wie einer der zwei Kollegen fluchte. Ich hatte mir vorgenommen gehabt, mich auf keinen Fall umzudrehen, aber da drehte ich mich dann doch um. Sie hatten die Presslufthämmer gesenkt und waren beide einen Schritt zurückgetreten, und ich konnte das Loch im Beton sehen und das Blut, das rauslief…« Sie brach ab und würgte trocken.

»Trinken Sie einen Schluck«, empfahl Parceval.

»Mir ist so oder so zum Kotzen zumute.«

»Besser auf den Kaffee als auf die Erinnerung an den Anblick, den Sie mir geschildert haben.«

Die Beamtin hob den Becher und nippte mit bebenden Lippen daran. Ihre Blicke saugten sich an Parceval fest.

»Sie haben bestimmt schlimme Dinge gesehen in Afghanistan«, sagte sie.

Kleine Kinder mit amputierten Gliedmaßen und zerstörten Gesichtern. Eltern, die vier ihrer fünf Söhne zu Grabe trugen. Einen zehnjährigen Jungen mit einem Dutzend Zimmerernägel im Kopf, weil sein Vater, ein Polizei-

offizier, nicht mit den Taliban zusammengearbeitet hatte. Erstarrte Blutlachen auf dem Boden von Marktplätzen, nachdem die Sanitäter die Toten und Verletzten weggebracht hatten. In den Blutlachen festgeklebte Sandalen, Sonnenbrillen, Kinderspielzeug…

Das strahlende Gesicht eines Jungen namens Pahlawan, der einen Basketball in die Höhe hielt – mit den Greifzangen zweier Armprothesen, die ihm mithilfe von Spendengeldern verpasst worden waren.

»Ich habe auch viele schöne Dinge gesehen«, gab er zurück.

Sie schüttelte den Kopf. »Das ist doch die Hölle dort unten«, flüsterte sie.

»Die Realität ist, wie sie ist. Die Hölle ist etwas, was wir nur in uns tragen.«

»Viele von uns haben damals gut verstanden, was Sie getan haben.«

Parceval reagierte nicht darauf. Er war sicher, dass niemand verstanden hatte, was er getan hatte. Jeder, der so redete, hätte in seinen Schuhen stecken müssen. Und selbst dann hätte er eine Stunde nach der Tat auch nicht mehr verstanden, wie er es so weit hatte kommen lassen können. Er sprach aus Erfahrung.

»Wo ist Russ im Augenblick?«, fragte er.

»Wer?«

»Der Täter.«

»Russ heißt der? Mir sagt hier keiner was.«

»Adrian Russ. Ein großer Kerl mit Tätowierungen…«

»Gesehen hab ich ihn schon. Der ist oben in einem der leeren Meisterbüros. Conrad und Lemke passen auf ihn auf.«

Parceval überlegte ein paar Augenblicke lang. »Rolf Conrad und Sabine Lemke?«

Die Beamtin lächelte schwach. »Genau andersrum.«

»Wie heißen Sie eigentlich?«, fragte Parceval.

»Tanja«, sagte sie überrascht. »Tanja Kröpplin.«

»Ralf Parceval«, sagte Parceval und reichte ihr über den Tisch die Hand. Nach einer Überraschungspause schüttelte sie sie.

»Ich kannte Ihren Namen schon«, erklärte sie beinahe verlegen.

»Wie wäre folgender Vorschlag?«, begann Parceval. »Sie bleiben noch ein bisschen hier sitzen, und ich übernehme Ihren Job dort hinten. Ich habe die Prozedur auch mal gelernt, also werde ich nicht allzu viele Fehler machen. Und falls doch, kann Ihr Chef sich ja bei der Gefängnisleitung über mich beschweren.«

»Dass Herr Zach Sie rausgeholt hat, wissen nur ganz wenige Leute. Ich glaube, es ist nicht legal…«

»Alles, was es mir ermöglicht, mir wenigstens einen Tag lang die Beine zu vertreten, ist aus meiner Sicht erlaubt«, erklärte Parceval und grinste.

»Herrn Zach wird das nicht recht sein«, sagte Tanja.

Parceval stand auf. Er zuckte mit den Schultern. »Aber es gibt nur einen Weg, das rauszufinden.«

Tanja stand ebenfalls auf und stieß dabei an den Tisch. Ihr Plastikbecher geriet ins Wanken, doch sie konnte ihn gerade noch stabilisieren. Etwas Kaffee schwappte heraus und klatschte auf die zerschundene Tischplatte. Tanja starrte darauf. Parceval sah, wie ihre Wangenmuskeln bei dem Versuch zuckten, wegen dieser Lappalie nicht die Beherrschung zu verlieren und loszuheulen.

»Setzen Sie sich wieder«, sagte er. »Sie haben jetzt Pause. Gönnen Sie mir noch ein paar Stunden in Freiheit. Wenn Zach sieht, dass ich was zu tun habe, bringt er mich vielleicht nicht sofort wieder zurück.«

»Es tut mir leid«, flüsterte sie.

»Um den Kaffee? Der hat es nicht anders verdient.«

»Nein … wegen dem, was man mit Ihnen gemacht hat.«

»Vielleicht hab ich's auch nicht anders verdient«, sagte Parceval und wandte sich ab. Die Toten in der Polizeistation hatten es anders verdient, dachte er.

»Der Fahrer«, sagte Tanja. »Er wurde erstochen.«

»Was?«

»Der Täter hat ihn ans Lenkrad gefesselt und erstochen, bevor er den Beton einfüllte. Meint jedenfalls der Arzt, der vormittags mal kurz hier war und sich die Leiche angesehen hat.«

»Ich dachte, es hätte festgestanden, dass er lebendig eingegossen wurde?«

»Nein, das war wohl ein Irrtum.« Tanja schluckte. »Glauben Sie, dass das Mädchen … dass es auch vorher …? Oder dass sie noch am Leben war, als …?« Sie brach ab.

»Alles spricht dafür, wenn Russ auch den Fahrer vorher getötet hat«, sagte Parceval und war sich keineswegs sicher. Vielleicht beruhigte sie der Gedanke ein bisschen.

Tanja lachte bitter. »Er ist zumindest besser, als sich vorzustellen, was sie mitgemacht hätte, wenn sie noch am Leben gewesen wäre.«

»Da stimme ich Ihnen zu«, sagte Parceval.

In den Pausenraum waren keine Geräusche gedrungen. Als Parceval durch die leere Halle auf den abgetrennten Bereich zuging, hörte er das helle Klingen von Meißeln, die mit Hämmern in den Beton getrieben wurden. Offenbar hatte Zach angeordnet, dass die Presslufthämmer ausgedient hatten.

Was bedeutete es, dass Russ den Fahrer vorher ermordet hatte? Der sadistische Hintergrund, den Parceval dem Entführer bisher unterstellt hatte, verlor damit an Bedeutung. Warum aber dann der Beton? Nur, um zu verbergen, dass das eigentliche Entführungsopfer bereits tot war? Das wäre auch einfacher möglich gewesen. Parceval dachte an den alten Bunker im Tegeler Forst. Dort drin wäre die Leiche Zainab Durranis erst nach Wochen entdeckt worden, wenn überhaupt. Der Beton war wie ein Ausrufezeichen, ein Fanal. Doch welche Aussage sollte er bekräftigen?

Parceval schlüpfte um die Faltwand herum und setzte sich an Tanjas Tisch. Mit ein paar Blicken überflog er ihre Einträge in der Kladde, dann griff er nach einem Stift. Zach drehte sich erst jetzt zu ihm um und schaute ihn verständnislos an. Parceval wurde klar, dass der Kripochef ihn zwischenzeitlich vergessen hatte.

Zach sah aus, als würde er jeden Moment umfallen. Auf seiner Stirn standen Schweißperlen, seine Haut war grau, und seine Augen tränten.

»Ist es Zainab Durrani?«, fragte Parceval.

»Wissen wir noch nicht«, antwortete Zach heiser. »Wir legen die Leiche briefmarkenstückweise frei.« Er holte tief Luft und stützte sich dann am Heck des BMW ab. »Sie werden hier nicht mehr gebraucht.«

»Ich arbeite mich gerade in die Dokumentation hier ein«, sagte Parceval.

Zach schüttelte irritiert den Kopf und ächzte. »Sie werden hier nicht mehr gebraucht«, wiederholte er.

»Sie können mich jedenfalls nicht zurückfahren«, stellte Parceval fest. »Lassen Sie mal versuchsweise den BMW los.«

Zach stützte sich weiterhin auf das Tatfahrzeug und funkelte Parceval wütend an. »Nein, ich nicht«, knurrte er. Er holte mit der freien Hand sein Mobiltelefon heraus und schaffte es mit einiger Mühe, eine eingespeicherte Nummer zu wählen. Parceval ahnte, wen er anrief. Er bildete sich ein, ganz entfernt im Gebäude ein Telefon klingeln zu hören.

»Schickst du mir Rolf runter?«, fragte Zach. »Jemand muss Parceval zurück… Nein, ich fahre nicht, keine Sorge. Deshalb soll ja Rolf… Nein, Rolf reicht, bleib du oben bei Russ und…« Zach nahm das Handy vom Ohr und starrte erbittert darauf. »Verdammt«, brummte er.

»Wenn Kollegin Conrad jetzt runterkommt und erstmal Sie in Augenschein nimmt, tut sie das Richtige«, bemerkte Parceval.

»Sie ist nicht Ihre Kollegin. Sie sind kein Polizist mehr.«

»Da würde sie Ihnen sofort zustimmen.«

Sabine Conrad brauchte nur einen kurzen Blick auf Zach zu werfen, der ihr alles sagte. »Du musst in die Klinik, Chef. Sofort. Und diesmal gilt keine Widerrede mehr.«

»Mir geht es blendend«, sagte Zach, hielt sich aber weiterhin am Heck des BMW fest.

»Jaja. Heben Sie Ihren Hintern von dem Stuhl, Parceval, und lassen Sie den Chef sitzen!«

»Mit Vergnügen!«, sagte Parceval und stand auf.

Zach schlurfte wie ein alter Mann die paar Schritte vom Fahrzeug zum Tisch und fiel mehr auf den Stuhl, als dass er sich setzte. Die Erschütterung entlockte ihm ein Stöhnen.

»Rolf soll Parceval zurück in den Bau bringen«, flüsterte Zach. »Du bewachst Russ. Wenn Rolf zurück ist, übernimmt er bei Russ, und du fährst mich in die Klinik.«

»Ich fahre dich sofort.«

»Ich möchte nicht, dass Russ ohne Bewachung ist.«

»Dann fahre ich zuerst dich in die Klinik, und Rolf kann Parceval nachher zurückbringen.«

»Ich möchte nicht, dass Parceval sich hier rumtreibt, wenn ich weg bin.«

»Ich kann mal kurz auf dem Klo verschwinden, dann können Sie ganz ungeniert über mich reden«, bot Parceval an.

»Na gut, dann machen wir es so, wie du gesagt hast«, beschloss Sabine widerwillig. »Ich geh rauf und schicke Rolf runter.«

»Sagt Russ irgendwas?«, fragte Zach.

»Er will in Untersuchungshaft genommen werden und faselt was davon, dass Durrani uns alle gekauft hätte.«

»Russ bleibt hier, bis wir Zainab halbwegs freigelegt haben. Ich möchte, dass das Schwein in das Gesicht des Mädchens blickt, bevor wir ihn einlochen.«

»Da wirst du aber nicht mit dabei sein«, sagte Sabine nüchtern, »weil ich dich vorher in die Klinik gebracht habe.«

»Meinetwegen«, knurrte Zach.

»Wir hatten einen Deal, Zach«, bemerkte Parceval, der sich an eine Wand gelehnt hatte. »Sie haben Ihren Beitrag daran noch nicht geleistet.«

»Wir hatten keinen Deal, Parceval«, stieß Zach hervor. »Und selbst wenn wir einen gehabt hätten, hätten Sie Ihren Beitrag auch nicht geleistet. Zainab Durrani ist tot.«

»Gestehen Sie sich das jetzt wenigstens ein?«, fragte Parceval.

Zach redete einfach weiter. »Ich habe Sie aus dem Bau geholt, damit Sie aus Russ rausholen, wo er Zainab versteckt hält, und wir sie lebend bergen können. Nicht, um sie tot aus einem Betonklotz zu meißeln.«

»Das ist nicht meine Schuld, Zach. Ich habe Sie gebeten, sich für ein Wiederaufnahmeverfahren einzusetzen und meinen Beitrag für die Klärung des Falles hervorzuheben. Das war meine Bedingung dafür, dass ich bei dieser Sache mitmache.«

»Sie stellen keine Bedingungen mehr, Parceval«, sagte Sabine. »Sie sind 'ne Schande für die ganze Polizei. Halten Sie die Klappe, und seien Sie froh, wenn ich Rolf nicht sage, er soll Sie mit Handschellen am Sitz festmachen.«

»Ich würde es bevorzugen, quer über die Motorhaube gebunden zu werden, wie ein erlegter Hirsch.«

»Also gut, mit Handschellen«, sagte Sabine.

»Gibt's auch 'ne Fußkette mit 'ner Kugel dran?«

»Und zwar gleich hier«, bekräftigte Sabine.

18

Die Handschellen klickten und hielten Parcevals Hände vor seinem Schritt gefesselt. Rolf Lemke sah so aus, als wäre es ihm unangenehm gewesen, sie Parceval anzulegen, aber er muckte nicht auf.

»Fertig«, sagte er.

Parceval wies mit seinen gefesselten Händen auf Rolfs Sakko. »Leihen Sie mir das, damit ich es mir vorn drüberhängen kann«, bat er.

»Haben Sie Angst, dass jemand Sie in Handschellen sieht?«, spottete Sabine.

»Haben Sie Angst, mir wenigstens ein bisschen Würde zu lassen?«, fragte Parceval zurück.

Sabine schnaubte und nickte. Rolf rollte mit den Augen, fischte seine Schlüssel und eine Geldbörse aus dem Sakko, verstaute beides in den Hosentaschen und zog das Jackett aus. Er hängte es über die Handschellen, sodass es so schien, als trage Parceval das Sakko lediglich vor dem Körper. Doch eigentlich sah es überhaupt nicht so aus, sondern betonte noch zusätzlich, was mit diesem Manöver verborgen werden sollte: ein Mann, dem man ein Sakko über die gefesselten Hände gehängt hatte. Rolf zuckte mit den Schultern. Parceval tat so, als sei er zufrieden.

»Fahren Sie den Wagen schon mal vor, Harry, oder komme ich gleich mit?«, fragte er.

»Haha«, sagte Rolf. »Wenn man Sie nicht wegen der Morde in Afghanistan verurteilt hätte, hätte man Sie wegen Ihrer müden Witze drankriegen sollen.«

»Ich bin nur aus der Übung«, verteidigte sich Parceval. »Vor sechs Jahren war das noch ein Brüller.«

»Da täuschen Sie sich«, sagte Rolf. Er warf Sabine einen fragenden Blick zu.

»Schaff ihn weg«, sagte Sabine. Sie wandte sich an Parceval. »Versuchen Sie bloß keine Dummheiten. Rolf hat die Erlaubnis, die Schusswaffe einzusetzen.«

»Was für Dummheiten?«

»Erzählen Sie mir nicht, dass Sie nicht drauf aus sind abzuhauen. Aber daraus wird nichts. Ich kann von dem Raum, in dem Russ sitzt, die Ausfahrt sehen und wer im Wagen sitzt. Wenn Sie glauben, Rolf rauswerfen zu können, sind Sie schiefgewickelt.«

»Ich kann ihn mit den Handschellen unten am Sitzgestänge festmachen«, schlug Rolf vor.

»Gute Idee«, sagte Sabine.

Parceval wandte sich an Zach, doch der saß auf Tanjas Stuhl und schaute den beiden Mechanikern zu. Wenn er spürte, dass Parceval ihn ansah, ließ er es sich nicht anmerken. Parceval ging vor Rolf her durch die Halle, in der mittlerweile die Arbeit wieder aufgenommen worden war, an dem Pausenraum vorbei, in dem Tanja Kröpplin sitzen musste, und hinaus ins Freie. Rolf dirigierte ihn mit der Hand am Oberarm vor sich her, über die Keibelstraße und durch die Zufahrt zum Innenhof des Verwaltungsgebäudes, wo er den Dienstwagen abgestellt haben musste.

Parceval hatte es sich schon gedacht, als Sabine erwähnt hatte, sie könne die Ausfahrt sehen. Rolf öffnete die Türverriegelung mit der Fernbedienung und drängte Parceval so nah an das Fahrzeug, dass dieser sich kaum bewegen konnte – normale Polizeiprozedur.

»Machen Sie die Beifahrertür auf und setzen Sie sich rein«, ordnete Rolf an. »Und kommen Sie mir ja nicht blöd.«

»Sie müssen ja nicht alles umsetzen, was sich Ihre untervögelte Zicke von Kollegin ausgedacht hat«, bemerkte Parceval.

»Wissen Sie was, Parceval? Eigentlich hatte ich vor, das mit dem Fesseln an den Sitz sein zu lassen«, entgegnete Rolf. »Ich wollte Ihnen eine Fahrt ersparen, bei der Sie die ganze Zeit mit dem Kopf zwischen den Knien sitzen müssen. Aber gerade hab ich's mir anders überlegt.«

»Flexibilität im Denken macht einen guten Kriminalbeamten aus.«

»Setzen Sie sich rein. Strecken Sie die Hände vor.«

Parceval tat Rolf den Gefallen. Rolf sperrte eine der beiden Handfesseln auf. Der Bügel schnappte hoch.

»Beugen Sie sich vor«, befahl Rolf.

Parceval griff mit der rechten Hand in Rolfs Haar, drückte ihm den Kopf nach unten und zog ihn zu sich herein. Gleichzeitig schnellte sein linkes Knie hoch und traf den Kripobeamten vor die Stirn. Rolf gab einen dumpfen Laut von sich und verlor den Handschellenschlüssel. Er klimperte draußen auf den Teer. Parcevals rechtes Knie schnappte hoch und grub sich in Rolfs Bauch. Dann zog er Rolf noch ein Stück weiter hinein, ließ erneut das rechte Knie hochschnappen und traf den halb betäubten Rolf diesmal in den Schritt. Rolf brach über Parceval zusammen und ächzte. Er rutschte über Parcevals Schoß, kam mit dem Oberkörper im Fußraum der Beifahrerseite zum Liegen und krümmte sich zusammen.

Parceval holte tief Luft. Die ganze Aktion hatte drei Sekunden gedauert. Er wand sich unter Rolf hervor, stieg aus dem Wagen, beugte sich hinein und zerrte den stöhnenden Kripobeamten wieder ordentlich in den Sitz.

Rolf leistete keine Gegenwehr. Seine Hände krampften sich um seine schmerzenden Hoden, und er rang nach Luft. Auf seiner Stirn zeigte sich ein Bluterguss.

Parceval suchte hastig den Boden vor dem Wagen ab. Er fand den Handschellenschlüssel und öffnete auch die zweite Schließe. Er legte die Handschellen auf das Armaturenbrett und fuhr mit der Hand in Rolfs rechte Hosentasche, wohin dieser den Autoschlüssel gesteckt hatte. Der Schlüssel steckte fest, weil Rolf vor Schmerz zusammengekrümmt dasaß. Parceval drückte ihn kurzerhand auf die Seite. Rolf kippte um und fiel gegen die Mittelkonsole, sein Kopf gegen die Handbremse.

»Drecksau …«, ächzte der Kripobeamte und zog stöhnend die Beine an den Leib. Parceval riss den Schlüssel heraus und richtete Rolf wieder auf. Dann klickte er einen Bügel der Handschelle um Rolfs linkes Handgelenk, zerrte beide seiner Hände von seinem lädierten Schritt weg nach unten, zwang den sich krümmenden Beamten dazu, sich noch weiter nach vorn zu beugen, und schloss ihn so weit hinten an das Sitzgestänge des Beifahrersitzes an, dass sein Kopf zwischen den Knien festklemmte. Dann zog er ihm das Sakko, das auf dem Beifahrersitz gelandet war, unterm Hintern heraus, schlüpfte hinein, rannte um den

Wagen herum, setzte sich auf den Fahrersitz, steckte den Schlüssel ein, drehte ihn herum, ließ den Motor aufheulen, riss den Ganghebel aus dem ersten Gang, legte den Rückwärtsgang ein und fuhr los. Sein Atem flog, und sein Herz raste. Wie viel Zeit war jetzt vergangen? Weitere zehn Sekunden? Er widerstand der Versuchung, sich zum Seitenfenster hinauszulehnen und zu checken, ob sie von einem der Fenster, die zum Innenhof zeigten, beobachtet wurden. Falls es so war, konnte er es auch nicht ändern. Wichtig war allein, schnell von hier zu verschwinden.

Er fuhr zur Ausfahrt hinaus und bog nach rechts in die Keibelstraße. Sein Rücken kribbelte. Er war sich bewusst, dass Sabine Conrad ihn von jetzt an beobachten konnte. Was bekam sie zu sehen? Auf dem Beifahrersitz eine zusammengekrümmte Gestalt, auf dem Fahrersitz einen Arm und die Hüfte eines Mannes, der Rolfs Sakko trug. Es musste reichen. Er zwang sich, langsam und gelassen zu fahren, und hielt erst wieder an, als er von der Keibelstraße auf die Karl-Liebknecht-Straße und von dort in die Torstraße eingebogen war. Auf der rechten Seite der Torstraße befanden sich Parkbuchten. Parceval fuhr in eine Stelle hinein, an der sich mehrere freie Parkplätze hintereinander befanden, schaltete in den Leerlauf und lehnte sich zurück. Der Schweiß brach ihm aus. Seine Hände bebten. Er klammerte sie fest um das Lenkrad. Selbst wenn er gewollt hätte, hätte er den Zündschlüssel jetzt nicht umdrehen können. Der Wagen, ein VW Passat, schnurrte im Standgas vor sich hin.

Parceval zwang sich, langsam und ruhig zu atmen, bis der Adrenalinrausch verklungen war. Dann räusperte er sich, legte den Gang wieder ein und fuhr wieder auf die Straße.

»Damit kommen Sie nie durch«, stöhnte Rolf dumpf. »Geben Sie auf, bevor Sie es noch schlimmer machen.« Er ächzte. »Mir wird schlecht.«

»Reißen Sie sich zusammen«, sagte Parceval. »Ist das der schnellste Weg zum Flughafen Tegel? Über die Torstraße?«

»Ich spiel doch nicht Ihr Navi«, stieß Rolf hervor.

»Wenn Sie gerne in dieser Haltung durch die Stadt irren …«, dehnte Parceval.

»Was haben Sie vor? Wollen Sie mit dem nächsten Flieger außer Landes? Sie haben doch nicht mal Papiere! Hören Sie mit dem Unsinn auf und machen Sie mich los, dann können wir versuchen, das Ganze hier zu vergessen.«

»Ich glaube, ich biege da vorn bei dem IBIS-Hotel rechts ab«, sagte Parceval.

Rolf erwiderte nichts. Parceval, der eine vage Ahnung hatte, wie er fahren musste, um zum Flughafen zu kommen, fuhr geradeaus über die Kreuzung.

»Wo sind wir jetzt?«, fragte Rolf, der nur die Fußmatte vor seinen Augen sehen konnte. »Am Weinberg? Ist links ein Park?«

»Ich sehe Bäume«, log Parceval.

»Bleiben Sie auf der Straße bis zur übernächsten Kreuzung und biegen Sie dann rechts ab«, wies Rolf ihn an.

Parceval schwieg. Ihm war klar, dass Rolfs Angaben ihn in einem Bogen wieder zur Keibelstraße zurück dirigieren sollten. Der Passat rollte langsam im Mittagsverkehr dahin, vorbei an Friseurgeschäften, Cafés, Bars und kleinen Pensionen. Die Bäume links und rechts und die Hausfassaden schufen ein neutrales Großstadtflair. Die Straße hätte überall auf der Welt sein können.

»Sie sind vorhin gar nicht abgebogen«, sagte Rolf nach einer Weile.

»Richtig«, sagte Parceval.

»Sie sind ein Arschloch.«

»Sie erwarten hoffentlich nicht noch mal eine Zustimmung.«

»Was zum Geier wollen Sie denn am Flughafen?«

»Ich wollte sehen, ob er immer noch so überlaufen ist wie damals.«

Rolf sagte ein paar Sekunden lang nichts, dann brummte er: »Noch schlimmer als damals.« Den Rest der Fahrt schwieg er und gab außer einem gelegentlichen Stöhnen nichts mehr von sich.

Es dauerte eine gute halbe Stunde – ungefähr so lange, wie es erfordert hätte, Parcevals Haftanstalt zu erreichen. Wenn man die Bürokratie einrechnete, die Rolf bei der Rückführung Parcevals noch bevorstand, würden Sabine Conrad und Martin Zach in spätestens einer weiteren Stunde mit einem Rückruf Rolfs rechnen, dass er Parceval abgeliefert hatte. Meldete er sich nicht, würden sie bei ihm anrufen. Ging dann nur seine Mailbox dran, würden sie vielleicht noch eine Viertelstunde draufgeben, weil irgendetwas nicht reibungslos geklappt hatte. Aber dann würden sie nervös werden und in der Haftanstalt anrufen – wo sie erfahren würden, dass Parceval abgängig war. Und sie würden verstehen, was passiert war.

Parceval hatte nach eigener Rechnung also knapp zwei Stunden Zeit. Eher eineinhalb. Man sollte seine Gegner nicht unterschätzen.

Parceval kurvte durch das Parkhaus am Flughafen, bis er einen freien Platz in einer dunklen, abgelegenen Ecke des Langzeit-Parkbereichs fand, und den Wagen dort abstellte.

»Wo sind wir jetzt?«, fragte Rolf.

»Im Parkhaus«, sagte Parceval.

Rolf lauschte. Ihm musste klar sein, dass sie nicht gerade im belebtesten Bereich des Parkhauses waren. Dass es hier finster war, sah er auch von seiner gebückten Warte. »Was geschieht nun?«, fragte er.

Parceval hörte heraus, wie Rolfs Nervosität seine Stimme gepresst klingen ließ. »Keine Sorge, Ihnen geschieht nichts«, sagte Parceval. »Sie leihen mir jetzt nur etwas Geld … entschuldigen Sie bitte …« Er fasste in Rolfs Gesäßtasche und zerrte seine Geldbörse heraus. »Sie leihen mir genau … Hmmm … einhundertfünfundsechzig Euro und ein bisschen Kleingeld.«

»Sie verprügeln einen Kollegen, und dann bestehlen Sie ihn auch noch«, sagte Rolf verächtlich.

»Wenn es nach Ihrer Partnerin und Ihrem Chef geht, bin ich kein Kollege mehr«, erklärte Parceval. »Außerdem stehle ich nicht, ich leihe mir das Geld. Sie bekommen es zurück. Mit Zins und Zinseszins.«

»Klar!«, stieß Rolf hervor.

»Wo haben Sie Ihr Handy?«

»Durchsuchen Sie mich doch.«

»Mann, machen Sie es uns beiden leichter«, sagte Parceval ungeduldig. »Sie wissen genau, dass ich Sie, wenn ich Sie filzen muss wegen des Dings, vorher kampfunfähig mache. Sie wollen das nicht, und ich will es auch nicht.«

»Vordere linke Hosentasche.«

Parceval bekam das Telefon mit einigem Zerren heraus und schaltete es aus. Damit war sichergestellt, dass ein Anruf sofort auf die Mailbox umgeleitet wurde, statt vorher ominös lange zu klingeln. In Parcevals Kopf lief eine Stoppuhr mit: eineinhalb Stunden, um in Berlin unterzutauchen. Er durfte keine Zeit mehr verlieren.

»Leben Sie wohl«, sagte er zu Rolf und stieg aus.

Draußen sah er sich kurz um. Er hatte den Passat neben einigen größeren Fahrzeugen geparkt, die staubbedeckt waren und schon einige Tage dort stehen mussten. In kurzen Abständen erfüllte das Donnern und Brausen startender oder landender Flugzeuge das Parkhaus und hallte von den Betonwänden wider. Hierher würde sich in den nächsten paar Stunden vermutlich niemand verirren, und selbst wenn Rolf herumschrie und sich im Wagen hin und her warf, damit das Auto schaukelte, würde man es in absehbarer Zeit nicht bemerken.

Er warf Schlüssel und Fernbedienung unter den Passat und schritt davon. Als er weit genug vom Passat weg war, begann er zu joggen. Schon nach ein paar Dutzend Metern tat ihm alles weh.

19

Der Flughafen erfüllte mehrere Bedingungen, deswegen hatte Parceval ihn sich als Startpunkt seiner Flucht ausgesucht. Er war ein Verkehrsknotenpunkt – von hier aus konnte er mit öffentlichen Verkehrsmitteln unauffällig zurück in die Stadt fahren. Es war viel los – niemand würde auf ihn achten. Und die Wahrscheinlichkeit, dass der Passat spätestens am Abend gefunden würde, war groß. Parceval wusste nicht, ob er den Kripobeamten nicht doch stärker verletzt hatte als beabsichtigt, und er wollte ihn auch nicht zwingen, länger als unbedingt nötig in der unbequemen Stellung zu verharren. Rolf Lemke war nicht sein Feind; und anders als er vorhin selbst gesagt hatte, sah sich Parceval trotzdem irgendwie immer noch als Kollege.

Vor dem Ankunftsbereich des Flughafenbaus fand er heraus, welche Buslinie in die Stadt fuhr. Sein Ziel war, zunächst in Kreuzberg unterzutauchen. Es klang wie ein Klischee, aber es stimmte: Kreuzberg war dafür noch immer ein guter Kiez. Zuvor musste er aber noch dafür sorgen, seine Spur zu verwischen. Er hatte auch schon eine Idee, wie er das anstellen konnte. Er löste das Ticket am Automaten im Bus und setzte sich. Der Bus war halb leer und alt – er besaß keine Sicherheitskamera im Fahrgastraum. Die meisten Fahrgäste waren Reisende, die gerade angekommen waren und entweder auf Handys herumtippten oder mit leeren Augen zum Fenster hinausstarrten.

Müdigkeit überfiel ihn plötzlich, und eine merkwürdig gespaltene Gefühlslage. Zum einen war da Triumph, dass er jetzt frei war; zum anderen die Erkenntnis, dass er nicht mehr war als ein flüchtiger Verbrecher. Er wollte sich auf seinem Sitzplatz zurücklehnen und sich der Erleichterung hingeben, dass er es geschafft hatte zu entkommen; und spürte gleichzeitig die Angst, dass sie ihn heute Abend vielleicht schon wieder gefasst hatten. Kurz dachte er daran, dass er mit seiner Flucht den Karrieren von Martin Zach und Rolf Lemke irreparabel geschadet hatte; er fühlte sich nicht gut dabei, aber es ließ sich auch nicht ändern.

Vor allem aber brannte er darauf, endlich damit anzufangen, woran er in den letzten sechs Jahren unablässig gedacht hatte; und fühlte sich zugleich völlig überfordert von der Aufgabe und ihrer Hoffnungslosigkeit.

Er sah vor seinem geistigen Auge wieder die Szene, wie sie am Tag der Feier in die Polizeistation hineingingen, Hand in Hand. Sein Stellvertreter Saïf Hanifi blickte, wie bei afghanischen Männern in offiziellen Situationen üblich, ernst und würdevoll; nur dass er die Hand seiner Tochter hielt, verriet, dass so manche westliche Gepflogenheit während seiner Zeit in Deutschland auf ihn abgefärbt hatte.

Saïfs Frau Birgit, strahlend vor Stolz auf ihre Familie und sich immer wieder zu Parceval umsehend – seine geliebte, verehrte kleine Schwester.

Saïfs Tochter Miray, sechs Jahre alt – Parcevals noch

mehr geliebte Nichte. Diese drei Menschen waren Parcevals gesamte Familie gewesen. Diese Feier war das letzte Mal gewesen, dass er sie lebend gesehen hatte. Was er danach vorgefunden hatte, war ein Massaker. Außerdem eine Spur, die zu einem Dorf in den Bergen und zu fünfzehn Morden geführt hatte – von ihm begangen.

Er konnte nicht verhindern, dass sich die Bilder in seiner Erinnerung vermischten. Er sah Saïf, als er noch gelebt hatte: ein junger Polizeioffizier, zur Ausbildung in Deutschland, nervös und zugleich würdevoll, ein schwitzendes Gesicht und ein tanzender Adamsapfel und eine feuchte Hand, die Parcevals rechte zu stark drückte und zu heftig schüttelte.

»Darf ich vorstellen …«, begann Birgit Parceval, ebenso nervös wie Saïf. »Das ist Lumrai Zaran Saïf Hanifi. Und das ist mein Bruder, Oberkommissar Ralf Parceval …«

»Saïf«, unterbrach Saïf. »Bitte sagen Sie Saïf. Ich fühle mich geehrt.« Er sprach langsam, mit richtiger Grammatik, aber starkem Akzent.

»Lumrai Zaran?«, fragte Parceval.

»Das ist so viel wie Lieutenant«, erklärte Saïf, der den Rang englisch artikulierte. »In Afghanistan ist Polizei geordnet wie Militär.« Nun ging ihm doch die Grammatik aus. »Aber bitte … sagen Sie Saïf.«

»Saïf«, sagte Parceval und zuckte mit den Schultern. »Wenn Sie mich Ralf nennen.«

»Birgit sagt, jeder nennt Sie nur Parceval.« Saïf hatte Probleme mit dem Namen. Aus seinem Mund hörte er sich an wie Passewah. »Außer Birgit.« Den Vornamen sprach er fehlerlos aus. Parceval grinste in sich hinein. Übung macht den Meister.

»Und was sagt Birgit sonst noch über mich?«, fragte er.

Saïf strahlte. »Dass ich bei Ihnen um ihre Hand anhalten muss, weil Sie ihr großer Bruder sind und keine Eltern mehr leben.«

Parceval wendete sich überrascht an Birgit. »Ihr legt aber ein Tempo vor…«

»Wir wissen, dass wir zusammengehören«, sagte Birgit. »Es gibt Dinge, die weiß man von Anfang an.«

Etwas später redete Saïf mit vielen ausholenden Gesten und auf Paschtu in sein Handy. Parceval nahm seine Schwester beiseite. Er schluckte, als er in ihr leuchtendes Gesicht sah. »Macht er dich glücklich?«, fragte er.

»Jeden Tag.«

»Das sollte besser nie aufhören, sonst nehme ich ihn mir vor.«

Birgit lachte. »Weißt du, warum du der beste große Bruder auf der Welt bist? Weil ich mich bei dir selbst dann noch sicher fühlen würde, wenn du auf der anderen Seite der Erde wärst.«

»Wenn du Saïf heiratest, wird er auf dich aufpassen müssen.«

Birgit lächelte und strich ihm über den Oberarm. »Du wirst nie aufhören, auf mich aufzupassen. Das weiß ich.«

Was wusste Birgit jetzt? Dass er es doch nicht geschafft hatte, auf sie aufzupassen? Dass sie damals aufs falsche Pferd gesetzt hatte, sich immer blind auf ihren großen Bruder zu verlassen?

Der Bus hielt, und ein junges Pärchen stieg zu; er in Latzhose und Dreadlocks, sie mit einer braven Hornbrille, Bubikopf und einem Tattoo, das am Halsausschnitt aus dem T-Shirt kroch und unter ihrem Hals endete. Die beiden setzten sich Parceval gegenüber. Parceval hatte auf so eine Begegnung gehofft.

Er wartete eine Weile, dann lächelte er Dreadlocks an und nickte ihm zu. Der junge Mann nickte zurück und lächelte knapp. Parceval beugte sich nach vorn.

»Entschuldigen Sie«, sagte er, »ich bin grade erst mit dem Flieger angekommen.«

»Schön für Sie«, sagte Dreadlocks und ließ sich anmerken, dass er nicht unbedingt in Stimmung auf Small Talk mit einem Fremden war.

»Schön ist das nicht, weil – mein Koffer ist weitergeflogen.«

Das Mädchen verzog den Mund. »So ’ne Scheiße, wa?«, sagte sie mitfühlend.

»Die haben mir gesagt, es dauert mindestens bis morgen, bis mein Koffer wieder hier ist, und ich soll mir auf deren Rechnung was zum Anziehen kaufen. Wo kaufe ich am besten ein?«

»Sie brauchen alles neu, oder?«, fragte Dreadlocks, nun doch interessiert. »Zahnpasta, Unterhosen und Hemden.«

»Genau«, sagte Parceval.

»Nehmen Sie die Potsdamer Platz Arkaden«, riet das Mädchen. »Da kriegen Sie alles.«

Parceval nickte kaum merklich. Eine Shoppingmall mit personell unterbesetzten Läden voller gestresster oder desinteressierter Verkäufer – die sich erst recht nicht für jemanden interessierten, der zielstrebig auf den Ständer mit den Sonderangeboten zusteuerte. Perfekt. »Wie komme ich dahin?«

Die jungen Leute beschrieben Parceval den Weg mit dem ÖPNV. Parceval dankte und beendete das Gespräch.

Er dachte daran, dass diese beiden bei einem öffentlichen Fahndungsaufruf sein Gesicht wiedererkennen würden. Aber schauten sie auch lange genug hin, um das sechs Jahre alte Foto mit Parcevals heutigem Aussehen in Verbindung zu bringen? Würden sie dem Reflex unterliegen, dem die meisten Menschen in einer solchen Situation unterlagen – sich zu denken: Was, ich habe mit einem gesuchten Verbrecher geredet? Kann ja gar nicht sein!

Er hatte keine Wahl, als sich auf das eine oder andere zu verlassen. Aber selbst wenn die beiden zur Polizei gingen: Was konnten sie schon groß verraten? Dass er sich wahrscheinlich neue Klamotten in den Arkaden gekauft hatte? Der Polizei würde ohnehin klar sein, dass dies das Erste war, was er tat – sein Aussehen zu verändern.

Er stieg am Hauptbahnhof aus dem Bus aus und in eine andere Buslinie, die am Regierungsviertel vorbei durch den Tiergarten in Richtung Süden fuhr. Als er am Potsdamer Platz ausstieg, blieb ihm noch eine knappe Stunde, um sicherzustellen, dass er nicht heute Abend schon in den Bau einfuhr.

20

Parceval kaufte Schuhe, eine Hose und ein Hemd in drei verschiedenen Läden, damit er nirgendwo jemandem in Erinnerung blieb als jemand, der eine komplette Ausstattung erstanden hatte. Er überlegte, ob er etwas bezüglich seiner Frisur unternehmen sollte, aber seine Haare waren ohnehin kurz. Er konnte sie sich höchstens ganz abrasieren, aber darauf würden die Polizei und die Phantombildner, die sein Fahndungsfoto erstellten, eingestellt sein. Besser, er kaufte sich eine Kopfbedeckung, dann konnte er auch noch Teile seines Gesichts verstecken.

Er sah sich nach einer Basecap um, bis ihm klar wurde, dass diese Kappen total out waren – damit fiel er eher noch auf. Obwohl es warm war, trugen die jungen Männer, die eine Kopfbedeckung schick fanden, heutzutage dünne, enge Wollmützen. Er erstand eine. Danach hatte er noch zwanzig Euro und eine halbe Stunde übrig, bis Kriminaldirektor Zach spätestens aufgehen musste, dass sein Häftling sich abgesetzt hatte. Zu wenig Geld, um sich wie geplant ein billiges Handy mit Prepaidkarte zu kaufen und damit ins Netz zu gelangen. Dies war jedoch nötig für Parcevals nächsten Schritt, den Schritt, der ihm genügend Geld verschaffen sollte, um in den nächsten Tagen über die Runden zu kommen, ohne dass er aus der Deckung kommen musste. Dafür wiederum musste er eine Schule finden. Nicht irgendeine Schule. Die falsche. Weil die falsche für ihn genau die richtige sein würde.

Es gab noch eine andere Lösung, wie er an die nötige Information herankommen konnte. Aber dazu brauchte er einen Elektronikmarkt. In den Arkaden fand sich zu seiner Überraschung keiner. Er fragte in einem der Läden nach und erhielt einen Hinweis auf die Mall of Berlin, keine fünf Minuten zu Fuß entfernt.

In der Mall of Berlin betrat er den dort ansässigen Elektronikmarkt, stellte zu seiner Befriedigung fest, dass das Verkaufspersonal mit anderen Kunden beschäftigt war, und erweckte in der Computerabteilung mehrere PCs und Tablets zum Leben in der Hoffnung, dass er mit einem von ihnen ins Netz käme. Keiner ließ ihn ohne Eingabe eines Passworts gewähren. Zähneknirschend suchte er einen Verkäufer, erzählte ihm von seinem Interesse an einem Tablet-PC und dass es ihm wichtig wäre, mit diesem auch ins Internet zu gehen, ihm aber gesagt worden wäre, dass es nur von zu Hause aus möglich wäre. Und ob er das WLAN gleich mitkaufen könne? Der Verkäufer schenkte ihm einen mitleidig-verächtlichen Blick und erklärte, dass man mit einem Tablet-PC das Internet quasi in der Jackentasche habe. Dann entsperrte er eines der Geräte, um es Parceval zu demonstrieren. Als der Verkäufer sich einem anderen Kunden widmete, gab Parceval in das Suchfeld des Webbrowsers »Brennpunktschulen Berlin« ein. Die Seite einer Tageszeitung war der erste Treffer; in dem Artikel waren die Schulen sogar nach Kiezen geordnet aufgelistet. Parceval prägte sich zwei Adressen ein, die erste war zu weit von seinem jetzigen Standort entfernt. Die zweite Adresse lag näher. Er legte das Tablet weg, klopfte dem Verkäufer im Vorbeigehen auf die Schulter und bedankte sich für die Hilfe. Der Verkäufer blickte kaum auf.

Als Parceval sein Ziel erreichte, war die von ihm geschätzte Frist um eine Viertelstunde überzogen. War die polizeiliche Maschinerie, mit der man ihn finden sollte, schon angelaufen? Feststellen ließ es sich nicht. Erst wenn er permanent Zugang zum Internet hatte, konnte er halbwegs überwachen, wie die Neuigkeiten bezüglich seiner Person waren. Also: Schule – Geld – Prepaidhandy. Die Reihenfolge blieb die gleiche.

Mittlerweile war es nach zwei Uhr nachmittags. Vor der Schule war nicht viel los. Parceval sah dennoch schon nach kurzer Zeit, wonach er gesucht hatte: ein unauffälliges Fahrzeug, das am Ende einer Reihe von Parkbuchten geparkt war und in dem zwei junge Männer saßen. Der Wagen war weit genug vom Schuleingang entfernt, sodass die beiden problemlos starten und wegfahren konnten, wenn sich von dort Ungemach näherte; und nahe genug, dass Schüler kurz herauskommen und die Fahrzeuginsassen aufsuchen konnten, ohne dass sie übermäßig lange wegblieben. Die beiden jungen Männer hatten sich perfekt postiert, und damit auch perfekt für Parceval. Selbst die Uhrzeit war perfekt. Etwas später wäre die Straße belebter gewesen, und etwas früher um die Mittagszeit herum auch.

Parceval wechselte auf die Straßenseite, auf der sich das Fahrzeug der jungen Männer befand, und schlenderte von vorn darauf zu. Er sah aus dem Augenwinkel, wie die beiden ihn musterten und dann als uninteressant abtaten, als er am Fahrzeug vorbeiging, scheinbar ohne es eines Blickes zu würdigen. Er ging noch fünf Schritte weiter, dann drehte er sich schnell um, trat auf das Auto zu, öffnete die hintere Seitentür, setzte sich auf die Rückbank und schloss die Tür wieder. Er lächelte in die zwei verblüfften Gesichter, die sich ihm zuwendeten.

»Hey Alter, hast du sie noch alle?«, grollte der Fahrer, der seine Überraschung als Erster überwand. »So läuft das nich'!«

»Fensterverkauf?«, fragte Parceval.

»Was?«

»Und ich dachte, die Geschäfte würden im Wageninneren abgewickelt.«

»Mann, Alter, jetzt verpiss dich aber bloß!«, sagte der Beifahrer, der mittlerweile auch auf der Höhe des Geschehens angekommen war. »Oder willst du eins in die Fresse, Alter?«

Parceval rutschte zur Mitte der Sitzbank, beugte sich nach vorn, langte zwischen den beiden Sitzlehnen hindurch und fasste mit den Händen die Hinterköpfe der beiden Männer.

Seine Bewegung war so schnell, dass die beiden Typen gerade noch zurückzucken konnten. Beide hatten die Köpfe deshalb leicht gehoben. Und Parceval hatte damit gerechnet.

Der Stirnknochen ist einer der härtesten Knochen im menschlichen Skelett. Jemanden kräftig gegen die Stirn zu schlagen, ruft schlimmstenfalls eine Platzwunde und eine kurze Orientierungslosigkeit hervor – so wie die, die Parceval genutzt hatte, um Rolf mit weiteren Kniestößen außer Gefecht zu setzen. Aber um einen Gegner zu überwältigen, dient es nicht. Die darunterliegenden Gesichtsknochen sind jedoch bei Weitem nicht so stabil. Dass die zwei Männer auf den Vordersitzen die Köpfe gehoben hatten, kam Parceval daher zupass. Er stieß sie nicht mit ihrer Stirn, sondern frontal zusammen.

Er wusste, dass beim Zusammenstoß beide Nasenbeine brechen mussten, und wahrscheinlich würde auch der eine oder andere Vorderzahn dran glauben müssen. Der Aufprall klang, als würde man in ein mit Reis gefülltes Kissen schlagen. Parcevals Finger krallten sich in die Haare der Männer, die beide vor Schmerz keuchten und sich aufbäumten. Er warf sich nach vorn und schlug den Beifahrer mit dem Kopf gegen das Armaturenbrett und den Fahrer gegen das Lenkrad. Die Hupe quäkte einmal auf. Dann zerrte er sie mit sich zurück und schlug ihre Köpfe noch einmal gegeneinander, dieses Mal gegen die Schläfen. Beide sackten zusammen.

Parceval war in Windeseile aus dem Wagen und riss die Fahrertür auf. Der Fahrer fiel ihm halb betäubt entgegen. Parceval zerrte ihn ganz heraus und ließ ihn auf den Asphalt fallen, drehte ihn auf den Bauch, zog ihm eine Geldbörse aus der Gesäßtasche, drehte ihn auf den Rücken und fand in einer der Vordertaschen ein Butterfly. Der Mann machte schwache Abwehrbewegungen, als er auf dem Rücken lag. Aus seiner Nase und seinem Mund lief Blut, seine Stirn färbte sich an der Stelle dunkel, wo sie mit dem Lenkrad kollidiert war. Parceval zerrte ihn hoch, hieb ihm mit der Faust in den Magen, packte ihn hinten am Gürtel und am Kragen, als er sich krümmte, und warf ihn zur offenen hinteren Wagentür in den Fußraum des Fonds. Er dachte an die einbetonierte Leiche Zainab Durranis, die genauso in dem Wagen lag, der ihr Sarg geworden war, und verdrängte das Bild wieder. Er hörte das trockene Würgen des Mannes, krabbelte auf die Rücksitzbank, fasste um ihn herum, zog ihm die Arme auf den Rücken, zerrte ihm den hinteren Hosenbund samt Gürtel so weit vom Körper weg, wie es ging, und steckte ihm die Hände darunter. Dann quetschte er ihn noch weiter in den Fußraum hinein. So wie er jetzt dalag, eingeklemmt, auf dem Bauch, ohne die Arme benutzen zu können, um sich aufzustützen, würde er sich so schnell nicht von allein befreien.

Parceval stieß die hintere Beifahrertür auf und schwang sich aus dem Wagen. Er kam gerade rechtzeitig, um den Beifahrer abzufangen, der, ebenfalls noch halb betäubt, seine Tür geöffnet hatte und mit rudernden Armen versuchte, aus seinem Sitz zu kommen. Auch seine untere Gesichtshälfte war voller Blut. Parceval ließ ein Bein nach vorn schnellen. Der Tritt traf den Beifahrer vor die Brust und schleuderte ihn wieder zurück ins Wageninnere, quer über beide Vordersitze. Parceval setzte nach, zerrte seinen Oberkörper vom Fahrersitz und presste ihn in den Fußraum. Er hörte den Mann schreien, als er mit seinem lädierten Gesicht über die Pedale schrammte. Auch er hatte eine Geldbörse in der Gesäßtasche und ein Handy, aber kein Messer.

»Ich frag dich jetzt nach deiner Handy-PIN, und ich frag dich nur ein einziges Mal!«, keuchte Parceval. Er zog den Mann wieder halb aus dem Fußraum heraus, damit er besser Luft bekam, und setzte sich halb auf ihn. Er hörte ihn blubbernd Luft holen.

»Ich höre«, sagte Parceval.

Der Mann stieß mit panischer Stimme eine vierstellige Nummer hervor. Parceval aktivierte das erbeutete Smartphone und tippte die Nummer ein. Der Homebildschirm erschien, eine Reihe von Icons über dem Hintergrundbild einer Skeletthand, die den Mittelfinger ausstreckte. Das Handy war zu drei Viertel aufgeladen.

»Du hältst jetzt schön still«, sagte Parceval. »Höre ich nur einen Laut, falte ich dich wieder in den Fußraum und ziehe dich diesmal erst wieder raus, wenn du erstickt bist.«

Die Antwort war ein verständnisloses, panisches Wimmern. Parceval stieg aus dem Wagen, ging um ihn herum und beugte sich in den Fußraum des Beifahrersitzes, wo eine kleine Sporttasche lag. Parceval hob sie auf den Sitz und öffnete sie. Er fand darin eine Pistole, ein prall mit Geldscheinen gefülltes Kuvert und eine Blechschachtel. Die Blechschachtel war voller Pillen in allen möglichen Farben und Formen.

Parceval setzte sich auf den Beifahrersitz und nahm die Sporttasche auf den Schoß. Er steckte das Kuvert mit dem Geld ein. Die Pistole war eine alte, ziemlich abgenutzte Glock 17. Das Magazin war voll, aber es steckte keine Patrone in der Kammer. In der Tasche befanden sich keine Ersatzpatronen. Parceval schnupperte am Lauf. Die Glock musste seit Ewigkeiten nicht mehr abgefeuert worden sein. Er steckte die Waffe in die Gesäßtasche.

»Was willst du überhaupt von uns, du Wichser?«, stöhnte der Mann, der im Fußraum des Fonds lag. »Du bist doch kein Bulle!«

Parceval fasste zur Antwort nach unten und löste den

Verstellhebel des Beifahrersitzes. Der Sitz glitt nach hinten und klemmte den Mann erst richtig ein. Er schrie vor Schmerz auf.

»Was vertickt ihr da?«, fragte Parceval. »Speed? Methaqualon? Ecstasy?«

»Halt die Fresse«, ächzte der Mann unter dem Fahrersitz.

Parceval stieg wieder aus und nahm die Blechschachtel mit. Er sah sich um. Nicht weit entfernt war ein Gully. Er nahm eine Handvoll Pillen an sich, schüttete den restlichen Inhalt der Blechschachtel in die Kanalisation und kehrte zum Wagen zurück.

Parceval überlegte, ob er anfangen sollte, die Oberflächen des Wagens abzuwischen, damit er keine Fingerabdrücke hinterließ. Aber erstens fehlte ihm die Zeit, und zweitens würde er niemals alle erwischen. Ihm blieb nichts anderes übrig, als diese Spur zu hinterlassen. Er zählte rasch das Geld im Kuvert – es waren mehrere Hundert Euro. Zusammen mit dem Geld aus den Börsen der beiden Dealer hatte er nun etwas über eintausend Euro zur Verfügung. Es würde reichen.

Als er wieder aufschaute, sah er auf der gegenüberliegenden Straßenseite einen älteren Herrn mit einem Hund an der Leine stehen. Der Mann blickte neugierig herüber. Parceval blickte zurück. Der Mann wandte sich ab und marschierte samt seinem Hund davon, ohne sich noch einmal umzudrehen. Parceval erwartete, dass er in genügender Entfernung sein Telefon zücken würde, um die Polizei zu rufen, und fluchte in sich hinein. Doch der Mann ging einfach weiter. Er musste mitbekommen haben, dass Parceval hier gerade zwei Dealer vermöbelt hatte. Entweder war er zu eingeschüchtert, um sich in die Sache hineinziehen zu lassen – oder er war einverstanden. Parceval sah ihn ohne Eile um eine Ecke verschwinden. Hund und Herrchen tauchten nicht wieder auf.

Parceval verstreute die aus der Schachtel entnommenen Pillen mit Schwung im Wageninneren. Dann öffnete er die Gürtelschnalle des Drogendealers im Fußraum des Fahrersitzes.

»Nimm die Pfoten weg, du Perverser!«, ächzte der Mann.

Parceval antwortete nicht. Er zog den Gürtel aus den Schlaufen, dann drehte er den stöhnenden Dealer grob herum, bis er dessen Knie anwinkeln und die Fußknöchel über Kreuz ans Lenkrad fesseln konnte. Auch er würde sich nun ohne fremde Hilfe nicht mehr befreien können.

Parceval stieg aus, schloss die Türen des Fahrzeugs, versperrte sie mit der Fernbedienung des Autoschlüssels und versenkte ihn ebenfalls im Gully. Er wandte sich ab und ging in die entgegengesetzte Richtung, die der Mann mit dem Hund genommen hatte.

Erst als er ein gutes Stück Weg zurückgelegt hatte, gestattete er sich, durchzuatmen und seine Schultern zu lockern. Er hatte einen schalen Geschmack im Mund, und sein Bauch fühlte sich hohl an. Die Nachwirkungen des Adrenalinschubs. Er blickte sich um und erkannte, dass niemand in der Nähe war. Dann entsorgte Parceval die Glock Stück für Stück in den Gullys, die er passierte – den Verschluss, den Lauf, die Schließfeder, das Griffstück, das entleerte Magazin. Die Patronen steckte er in die Hosentasche. Das Butterfly war als Nächstes dran. Er brach die Klinge ab und entsorgte Griff und Klinge. Dann setzte er sich auf eine Bank, gestattete sich fünf Minuten, um seinen heftig pochenden Herzschlag zu beruhigen, machte aus dem Geld drei Bündel, die er in drei verschiedenen Hosentaschen verstaute, und warf die Geldbörsen in den Abfallkorb neben der Bank.

Er schaute auf das erbeutete Handy. Er hatte den Zeitpunkt, an dem seiner Schätzung nach seine Flucht offenbar geworden war, um eine ganze Stunde überschritten. Die Fahndung nach ihm würde bereits laufen. Er tippte sich durch die Apps, bis er das Symbol für den Internetbrowser fand, und suchte dann auf der Seite der Berliner Polizei und mehreren Nachrichtenportalen nach seinem Namen. Er fand nichts. Aber er zweifelte nicht daran, dass er demnächst im Netz zur Fahndung ausgeschrieben wurde. Es war an der Zeit, den nächsten Schritt zu tun.

Und dann den übernächsten.

Der übernächste war, sich eine unauffällige Bleibe zu suchen, mit naheliegendem S-Bahnhof. Er hatte zuerst an Kreuzberg gedacht, aber mittlerweile hatte er beschlossen, dass Berlin-Mitte seinem Bedarf nach Anonymität viel eher entsprach.

Den nächsten Schritt tat Parceval gleich. Er rief aus dem Gedächtnis eine Nummer an und ließ es endlos lange klingeln, bis er wieder auflegte. Nachdenklich starrte er ins Leere. Damit hatte er nicht gerechnet. Egal. Auf der Flucht war es wie im Dienst oder im normalen Leben: Wenn B nicht funktioniert, fahre mit C fort.

Er stand auf und ging ohne sichtbare Eile davon.

21

Parceval entschied sich für den S-Bahnhof Alexanderplatz als Basis und für ein normales Businesshotel ein paar Gehminuten vom Bahnhof entfernt als Bleibe. Zuerst hatte er geplant, sich in einer kleinen, billigen Pension einzumieten, aber dann dagegen entschieden. Die Anonymität und die vielen Schichtwechsel am Empfangstresen eines großen Hotels versprachen mehr Sicherheit vor einer zufälligen Entdeckung – und das Geld, das er erbeutet hatte, reichte auch bei einer höheren Zimmerrate ein paar Tage. Er wartete vor dem Hotel, bis eine größere Reisegruppe hineinging, und mischte sich dann unter die Leute, immer darauf bedacht, nicht der Erste und nicht der Letzte in der Schlange vor dem Tresen zu sein.

»Wiene«, sagte er und lächelte freundlich, als er drankam. »Robert Wiene. Für mich müsste ein Einzelzimmer gebucht sein. Drei Nächte.«

»Wiene? Wie die Stadt?«, fragte der junge Mann am Empfangstisch.

Parceval nickte. Robert Wiene war ein deutscher Regisseur der Stummfilmzeit gewesen, sein bekanntestes Werk *Das Kabinett des Dr. Caligari.* Die Nazis hatten ihn 1934 vertrieben. Parceval hatte, bevor er als Ausbilder nach

Afghanistan gegangen war, mehrere Male verdeckt mit Tarnnamen operiert und sich damals für erfolgreiche deutsche Regisseure der zwanziger Jahre entschieden – Friedrich Murnau, Fritz Lang, Paul Wegener und andere. Niemand hatte bei den Namen aufgemerkt. Auch jetzt regte sich nichts im Gesicht des Mannes hinter dem Tresen. *Sic transit gloria mundi.*

»Ich finde hier nichts«, sagte der Hotelmitarbeiter.

»Vielleicht über meine Produktionsfirma? Real Film? Hier in Berlin?« Parceval hatte die Zeit in den öffentlichen Verkehrsmitteln genutzt, um sich zurechtzulegen, wie er um die obligatorische Vorlage eines Personalausweises und die Speicherung einer Kreditkartennummer herumkam.

»Die kenne ich«, murmelte der junge Mann. »Aber… ich finde hier nichts.«

»Bitte schauen Sie noch mal. Die haben mir gesagt, sie hätten ein Zimmer für mich gebucht. Ich habe meine Sachen schon dort gelassen und wollte nur kurz einchecken… Real Film. Wie die Handelskette.«

»Ich finde nichts. Und wie war noch mal gleich Ihr Name?«

»Wiene. W-I-E-N-E.«

Der Empfangsmitarbeiter tippte zusehends nervös auf seiner Tastatur herum. Die Gäste, die hinter Parceval anstanden, begannen ungeduldig zu stöhnen. Parceval drehte sich um und lächelte entschuldigend. »Tut mir leid«, sagte er. »Da muss ein Fehler passiert sein. Bitte um Geduld. Der junge Mann tut sein Bestes. Es ist meine Schuld.«

»Nein, Sie können nichts dafür…«, sagte der Empfangsmitarbeiter automatisch. Er tippte und tippte.

»Die sind alle im Stress bei Real Film«, erklärte Parceval. »Vielleicht haben sie es übersehen. Angelina hält sie alle auf Trab.« Er zwinkerte dem immer hektischer werdenden Empfangsmitarbeiter zu. »Die haben sie gestern eingeflogen. Die schönste Frau der Welt, glauben Sie mir. Aber total durchgeknallt.«

»Ich finde hier immer noch nichts ...«, sagte der Hotelmitarbeiter verzweifelt.

»Gibt es hier keinen zweiten Rezeptionisten?«, rief jemand aus der Schlange hinter Parceval. Die anderen beiden Schalter waren leer. Sie würden wahrscheinlich erst zu den Stoßzeiten morgens und abends wieder besetzt sein.

»Ich habe ein paar Buchungen von Real Film im letzten Monat«, sagte der Hotelmitarbeiter. »Aber für die nächsten drei Tage habe ich gar nichts ...«

»Das waren die Kollegen vom Set Design«, sagte Parceval. »Die fangen immer vor allen anderen an. Und dann fangen sie noch mal von vorn an, wenn die Stars kommen und finden, die Farbe eines Sofakissens im Hintergrund passt nicht zu ihrem Teint.« Er drehte sich um und lächelte einen genervten Mann hinter sich an. »Angelina ist da berüchtigt, das kann ich Ihnen sagen.«

Unwillkürlich fragte der Mann: »Welche Angelina?«

»Jolie«, entgegnete Parceval. »Wer sonst? Ich hoffe, sie ist einigermaßen gut drauf, wenn wir heute Abend die ersten Probeaufnahmen machen.«

»Sie drehen mit Angelina Jolie?«, fragte der Hotelgast, offenbar gegen seinen Willen fasziniert.

»Ich bin nur der Kameramann«, sagte Parceval bescheiden.

»Geht's hier endlich mal weiter?«, rief jemand aus dem hinteren Teil der Schlange.

Der Hotelmitarbeiter blickte verzweifelt auf. »Ich finde nichts!«, sagte er fast flehentlich.

Parceval straffte sich. »Ich will hier nicht alles aufhalten. Tut mir leid. Ich fahre zurück ins Studio. Die sind ja schließlich schuld. Die sollen mir irgendwo anders ein Zimmer besorgen.« Er lächelte entschuldigend und wandte sich ab.

»Nein, nein, wir haben schon ... warten Sie. Ich gebe Ihnen einfach ... ich habe im vierten Stock nach was frei ... ist das in Ordnung, Herr ... äh ... Wiene?«

»Na klar«, sagte Parceval und strahlte.

Der Hotelmitarbeiter schob ihm hastig ein Gäste-Erfassungsdokument über den Tisch. Parceval nahm es und trat beiseite. Der Mann hinter ihm wertete es als Aufforderung, an den Tresen zu treten, und nannte ungeduldig seinen Namen. Der junge Mann am Empfangstisch begann, sich mit ihm zu befassen. Parceval schrieb die Adresse des Filmstudios in die entsprechenden Felder des Dokuments, unterschrieb und reichte es zurück. Er nahm die Schlüsselkarte, die der Hotelmitarbeiter schon bereitgelegt hatte, bedankte sich und verschwand in Richtung Aufzug, bevor der junge Mann ihm hinterherrufen konnte. Aber er war ohnehin mit dem Check-in des nächsten Gastes befasst und sah kaum auf.

Im Aufzug klingelte Parcevals erbeutetes Handy. Die Rufnummer war unterdrückt, deshalb zögerte er kurz. Die Wahrscheinlichkeit war groß, dass jemand versuchte, den ehemaligen Besitzer des Handys zu erreichen, der vermutlich gerade das gebrochene Nasenbein gerichtet bekam. Es konnte aber auch der Rückruf sein, auf den er hoffte. Er drückte den Annahmebutton und meldete sich mit »Neuschwanstein«.

Als er die Stimme hörte, die darauf antwortete, trug die Erinnerung ihn erneut zurück. Nach Afghanistan. Nach Kunduz. Aber nicht in das Lager, in dem die deutschen Polizisten untergebracht waren und das vom bayerischen Kontingent scherzhaft »Neuschwanstein« getauft worden war. Er kauerte vielmehr hinter einem Reifenstapel vor dem Zugang zur Polizeistation seiner Ausbildungseinheit und fragte sich, wie er seine Kollegen und deren Familien retten konnte.

22

Die Hälfte von ihnen hatte Uniformen getragen. Taubenblaue afghanische Polizeiuniformen. Sie waren zusammen mit den anderen aus einem Mannschaftsbus gestiegen und hatten ausgesehen wie eine Delegation aus dem Umland, die von Polizeibeamten hierher eskortiert worden war, um die Veranstaltung in der Polizeistation zu besuchen. Niemand hatte Verdacht geschöpft.

Bis sie die Handvoll Frauen und Mädchen, die vor dem Eingang zur Polizeistation gestanden hatten, packten und in das Gebäude hineinzerrten. Bis sie mit automatischen Waffen das Feuer auf die Leute eröffneten, die beim ersten Aufschrei der Frauen erschrocken herumfuhren. Bis sie im Inneren des Gebäudes weiterfeuerten. Bis ein derartiges Chaos ausbrach, dass selbst direkt nach dem Überfall keine zwei Augenzeugen mit ihren Beobachtungen übereinstimmten.

Da war es dann kein Verdacht mehr, sondern Gewissheit. Die Krieger im Namen Gottes hatten den Tod zu Ralf Parcevals Polizeischülern getragen.

Parceval hatte sich in der Unterkunft der deutschen Polizisten aufgehalten, als es geschah. Kurz zuvor war er noch bei seinen Schülern gewesen, dann aber in die Stadt gefahren, weil man angerufen hatte: Einige Regierungsvertreter waren eingetroffen und wollten von Parceval persönlich zu der neu eingeweihten Polizeistation und dem dort von ihm organisierten Tag der offenen Tür gebracht werden. Der Hintergrund: In Afghanistan lief nichts ohne Bestechung. Bestechung konnte auch aus einer eigentlich überflüssigen Serviceleistung bestehen, die nach außen hin demonstrierte, dass der Empfänger der Leistung eine wichtige Persönlichkeit war. Dies war hier der Fall. Parceval hatte gutgelaunt nachgegeben. So billig bekam er nicht mehr das Wohlwollen eines Teils der afghanischen Regierung.

Seine Gefälligkeit rettete ihm mit großer Wahrscheinlichkeit das Leben.

Er hörte sich gerade eine Rede an, die einer der Dolmetscher für ihn übersetzte, als sein Handy klingelte. Er hob entschuldigend die Hand und fummelte das Handy aus der Tasche. Der Anrufer war Saïf. Parceval nahm das Gespräch an. Was er hörte, waren Geknatter, Gepolter und Schreie. Nach einer Sekunde voller Bestürzung wurde ihm klar, dass er live Zeuge eines Feuergefechts war. Er hörte Saïf keuchen: »Passewah!« Dann war die Verbindung tot. Parceval starrte eine Sekunde ins Leere, während um ihn herum die Wände des Konferenzzimmers zusammenrückten und sein Körper wie unter einem Stromschlag zuckte … Dann warf er sich herum und rannte hinaus, achtete nicht auf die überraschten Rufe seiner Gäste, sprang draußen in seinen Geländewagen und raste los, zum Stadtrand hinaus, zu seiner Polizeistation, und die ganze Zeit schrie es in ihm: Nein, nein, NEIN!!

Er sah bereits reglose Körper am Boden liegen, als er

sich der Station näherte. Er sah eine Staubwolke über dem Gebäude hängen. Er fügte der Staubwolke neue Nahrung zu, als er den Geländewagen schleudernd zum Stehen brachte. Er sah auf einmal eine Reihe von Löchern in der Windschutzscheibe, dann platzte sie ihm förmlich ins Gesicht; er hatte eine Salve abbekommen. Er riss die Fahrertür auf und ließ sich herausfallen, rollte sich herum und sprintete los. Undeutlich erkannte er zwei Gestalten in der offenen Eingangstür, die abwechselnd schossen. Er sah weitere Tote oder Verletzte auf dem Boden liegen. Er hörte das Geknatter der Automatikwaffen, die die beiden Männer in der offenen Tür abfeuerten, und dazwischen das knappe, raue Bellen von Pistolen, die das Feuer erwiderten. Er sah den Putz von der Wand rund um die Türöffnung abplatzen. Er sah, wie einer der zwei Männer in der Tür zielte, die Waffe direkt auf ihn richtete. Die zehn Meter vom Wagen zur ersten Deckung schienen auf einmal endlos lang. Parceval wusste, dass er es nicht schaffen würde. Er versuchte, einen Haken zu schlagen, und hatte das Gefühl, er bewege sich unter Wasser. Er machte einen Hechtsprung auf den Boden und landete unsanft in einer neuen Staubwolke.

Hinter einem Reifenstapel stand eine uniformierte Gestalt auf: khakifarbene Hose, hellblaues Hemd, anthrazitfarbene Schussweste, dunkelblaue Basecap – die deutsche Polizeiuniform für den Afghanistaneinsatz. Der Polizist hielt seine Pistole mit beiden Händen wie auf dem Schießstand und schoss auch mit der gleichen Ruhe – vier Schüsse dicht hintereinander: Bang! Bang! Bang! Bang! Die Patronenhülsen flogen davon. Der Verschluss blieb nach dem letzten Schuss offen; das Magazin war leer. Der

Mann mit der Automatikwaffe sackte zusammen und verschwand in der Dunkelheit hinter der Türöffnung. Sein Kumpan schien schockiert zu sein, denn das Automatikfeuer hörte auf. Der Polizeischütze wechselte das Magazin, spannte den Verschluss wieder, alles ein paar Handgriffe von zwei, drei Sekunden, dann drehte er sich halb um, die Waffe gegen den Boden gerichtet, und rief Parceval zu: »Willst du dort Wurzeln schlagen oder kommst du?«

Parceval sprang auf, rannte los und erreichte die Deckung sicher. Er schmiegte sich keuchend und mit hämmerndem Herzen gegen den Reifenstapel und blickte dem Kollegen, der ihm wahrscheinlich das Leben gerettet hatte, mit aufgerissenen Augen ins Gesicht. Der Kollege nickte ihm zu.

Parceval sah das Gesicht jetzt wieder vor sich: schmal, ebenmäßig geschnitten, mit einem Geflecht von feinen Narben auf der linken Gesichtshälfte, die aus einem normalen ein faszinierendes Gesicht machten. Der Kollege mit der stoischen Schießstandruhe war in Wirklichkeit eine Kollegin gewesen. Eine Kollegin, für Parceval die eine Frau in seinem Leben, wenn ihre und seine professionelle Einstellung nicht verhindert hätten, dass sie etwas miteinander anfingen. Die Stimme, die jetzt aus dem Lautsprecher des Smartphones an sein Ohr drang und ihn in die Gegenwart zurückholte, gehörte ihr. Sie klang noch genauso rauchig und leicht atemlos wie damals.

»Hast du wirklich bis vorhin gebraucht, um die Kollegen von der Kripo loszuwerden?«, fragte Ksenia Orian. »Wird man so ein Schlaffi nach ein paar Jahren Bau?«

»Wenn ich gewusst hätte, dass dich das so enttäuscht, hätte ich mir mehr Mühe gegeben«, antwortete Parceval.

23

Parceval wartete, bis er sein Zimmer erreicht und die Tür hinter sich geschlossen hatte, dann nahm er das Gespräch wieder auf. Ksenia hatte ebenfalls geduldig gewartet.

»Ich habe gehört, du hättest mich Zach empfohlen«, sagte Parceval.

»Hast du ihm verraten, dass wir uns kennen?«

»Ich hab zwar etwas abgebaut in sechs Jahren Knast, aber blöd bin ich immer noch nicht«, sagte Parceval.

»Ich dachte, es würde allen helfen. Dem Opfer, weil du vermutlich keine fünf Minuten brauchst, um den Entführer zum Reden zu bringen; Zach, weil er die Lorbeeren für sich einstreichen kann; und dir, weil dir der Chef der Berliner Kripo dann einen Gefallen schuldig wäre.«

»Last but not least mir«, ergänzte Parceval amüsiert.

»Ich denke an dich immer bis zuletzt.«

»Du dachtest an mich zuletzt?«

»Ich hätte auch gar nicht an dich denken können.«

»Völlig unmöglich«, befand Parceval. Dann wurde er ernst. »Es war alles vergeblich.«

»Ich weiß.«

»Hast du dich mit Zach in Verbindung gesetzt?«

»Nein«, sagte Ksenia und ließ ein Klackern hören, das

nur von einer Computertastatur kommen konnte. »Ich habe Hände.«

»Und die kriminelle Energie der gesamten IT-Abteilung der CIA.«

»Das war das schönste Kompliment, das du mir in meinem ganzen Leben gemacht hast.«

»Ist die Fahndung nach mir schon eingeleitet?«

»Klar.«

Parceval nickte. Er war gleich nach dem Betreten seines Zimmers mitten im Raum stehen geblieben. Jetzt legte er sich halb aufs Bett, die Füße in den Schuhen ordentlich daneben abgestellt. Seit Ksenia sich gemeldet hatte, war die Dringlichkeit, ständig auf der Hut sein, von ihm abgefallen. Er fühlte sich zugleich müde und rastlos, aber er hatte das Gefühl, dass er sich für einen Augenblick ein paar Minuten Entspannung leisten konnte. »Dir war doch klar, dass ich versuchen würde zu entkommen, wenn sich mir auch nur die geringste Chance böte.«

»Ich?«, fragte Ksenia mit übertrieben gespielter Unschuld. »Ich bin nur eine simple Hackerin, die sich in einer Security-Firma den Rücken krumm schuftet.«

»Ich habe gehört, dir gehört ein Teil der Firma.«

»Der größte Teil, mein Lieber. Deshalb arbeite ich ja auch am meisten.«

»Und wie kommst du bei dieser ganzen Sache ins Bild?«

»Der ermordete Fahrer war einer meiner Mitarbeiter. Und die Security am neuen Flughafen wird auch von mir gestellt.«

»Also warst du vermutlich als Erste am Fundort des BMW.«

»Nicht vor der Polizei, aber vor Zach.« Ksenias Stimme klang neutral, aber Parceval kannte sie lange genug, um leise Verachtung für den Kripochef herauszuhören. Ihre nächsten Worte bestätigten seine Vermutung. »Zach ist übrigens nach deinem Ausbruch so gut wie erledigt. Er wird die Suche nach dir noch organisieren, dann wird er zurücktreten. Er hat eine fähige Mitarbeiterin, Sabine Conrad. Sie wird wahrscheinlich übernehmen, bis ein Nachfolger gefunden ist oder bis die Sesselfurzer im Präsidium sich dazu entschließen können, ihr den Job zu geben.«

»Ich kenne sie. Könnte nicht sagen, dass ich ein Fan von ihr wäre.«

»Ein Lebenslanger, den der Kripochef mehr oder weniger illegal aus dem Bau geholt hat, um unerlaubte Verhörmethoden anzuwenden, hat was gegen Sabine Conrad? Dann macht sie ihren Job richtig.«

»Danke für dein Mitgefühl«, sagte Parceval.

»Immer wieder gern«, sagte Ksenia.

»Erzähl mir was über die Durranis.«

»Wozu willst du das wissen? Du hast keine Zeit und auch keine Veranlassung, dich in die Sache einzumischen. Zainab Durrani ist tot. Der Täter ist gefasst. Der ermordete Fahrer ist meine Sache. Du solltest dich so schnell wie möglich absetzen. Ich dachte, du wolltest nach Afghanistan zurück.«

»Die Suche beginnt hier. In Deutschland«, sagte Parceval.

»Ach ja – das Video«, sagte Ksenia. »Und der angebliche Rechtsanwalt, der es dir zugespielt hat. Dir ist schon klar, dass jede Verbrecherorganisation auf der Welt einen deutschen Rechtsverdreher engagieren kann, ohne dass das gleich bedeutet, dass die Organisation hier auch operiert.«

»Es ist 'ne Spur, und solange ich der nicht nachgegangen bin, macht es keinen Sinn, Deutschland zu verlassen.«

Ksenia schwieg einen Moment. »Hast du Geld?«

»Mehr als genug im Moment.«

»Hast du 'ne alte Oma beim Einkaufen überfallen?«

Parceval grinste. »Nein, zwei Drogenhändler, die vor einer Schule dealten.«

»Wie viel hast du?«

»Etwas mehr als tausend Euro.«

»Wo wohnst du?«

Parceval nannte ihr den Namen des Hotels.

»Zu teuer«, fand Ksenia. »Und auf Dauer zu riskant. Am Ende erinnert sich jemand dort an dein Gesicht, wenn er über deinen Fahndungsaufruf stolpert. Du musst da raus. Ich besorge dir was.«

»Hast du auch 'ne Zimmervermietung?«

»Nein, aber Zugang zu den Systemen von mehreren Reisebüros und Krankenkassen.«

»Das ist schön für dich, aber den Zusammenhang verstehe ich nicht.«

»Ich erkläre es dir später. Wie telefonieren wir gerade?«

»Mit einem Handy, das ich den Dealern abgenommen habe.«

»Schlecht. Du behältst es genau so lange, bis ich dir die Adresse deiner neuen Bleibe durchgegeben habe. Dann legst du es – eingeschaltet – in irgendeiner Buslinie in den Papierkorb und lässt es spazieren fahren. Die Leute hinter den Dealern werden versuchen, das Telefon zu orten. Sie sollen es nicht bei dir finden. Ich besorge dir ein neues.«

»Es war gar nicht so leicht, hier ein Zimmer zu bekommen, ohne dass ich Papiere vorzeigen musste.«

»Papiere kann ich dir auch nicht besorgen. Aber ich kann dich aus dem Hotel wieder auschecken, sodass keine Spur von dir zurückbleibt.«

»Ich habe als Robert Wiene eingecheckt.«

Ksenia dachte ein paar Momente lang nach. »Wieso?«

»Ich konnte ja nicht unter meinem Namen einchecken.«

»Nein, ich meine: wieso dieser Name? Wo hast du ihn her?«

»Erzähl ich dir mal, wenn wir alt und grau auf einer Parkbank sitzen.«

»Ich kann es kaum erwarten. Okay, Parceval. Du schaltest jetzt das Handy ab. Um genau sechzehn Uhr schaltest du es wieder ein. Ich rufe dich dann an und sage dir, wo du heute Abend schläfst.«

»Und was mach ich bis dahin?«

»Was hättest du im Bau getan?«

»Gewartet.«

»Prima.«

24

Parceval schaltete das Handy aus, streifte die Schuhe ab und legte sich ganz ins Bett. Er hatte Hunger, aber das konnte warten. Er dachte über den Entführungsfall nach, aber da keine neuen Informationen hinzugekommen waren und Ksenia außerdem recht mit ihrer Meinung hatte, dass die ganze Angelegenheit nicht seine Sache war, drifteten seine Gedanken ab.

Schmelzwasser, das im Frühjahr von den Bergen herunterläuft, sucht sich meistens die Rinnen, die es in all den Frühlingen vorher gegraben hat. Parcevals Gedanken hatten ebenfalls eine Art Rinne in seine Seele gegraben, und so suchten sie sich, angestoßen von dem Gespräch mit Ksenia Orian, von ganz allein ihren Weg auf diesen alten Pfaden. Sie waren selbstquälerisch, selbstanklagend, voller hilfloser Wut, aber es waren die bekannten Pfade, und so füllten sie sich mit der Erinnerung, den späten Erkenntnissen … und dem alten, niemals verklungenen Zorn. Sie trugen ihn direkt wieder zurück nach Kunduz.

Parceval schmiegte sich mit hämmerndem Herzen gegen den Reifenstapel und blickte Ksenia Orian mit aufgerissenen Augen ins Gesicht. Sie nickte ihm gelassen zu.

»Lagebericht«, stieß Parceval hervor.

»Die Lage ist so«, erwiderte Ksenia, »dass ich keine verdammte Ahnung habe, was die Lage ist. Wir waren mit den Lamettaträgern auf dem alten russischen Schießstand und haben sie mit dem G36 rumballern lassen, als wir auf einmal mitbekamen, dass hier auch geschossen wurde. Die Lamettaträger sind abgehauen, und wir sind herübergelaufen und wurden sofort unter Feuer genommen.« Sie wies auf zwei still daliegende Gestalten in taubenblauen Uniformen und auf weitere afghanische Kollegen, die noch lebten, hinter allen möglichen Deckungen Schutz gesucht hatten und immer wieder das Polizeigebäude unter Beschuss nahmen. Von dort kam jetzt weniger Antwortfeuer. Offenbar war nur noch der eine Terrorist, den Ksenia nicht getroffen hatte, in der Lage, darauf etwas zu erwidern.

»Wie viele sind das? Das müssen doch mehr als zwei gewesen sein.«

Ksenia zuckte mit den Schultern. »Natürlich müssen das mehr als zwei gewesen sein, sonst hätten die Kollegen drin sie schon längst ausgeschaltet.«

»Die Kollegen drin?« Parceval dachte an den unterbrochenen, panischen Anruf seines Schwagers. Ihm wurde klar, dass seine Polizeischüler Geiseln sein mussten. Aber wieso kamen dann keine Forderungen der Geiselnehmer? Wieso verteidigten nur zwei Terroristen den Eingang? Er verstand die Situation nicht und verfluchte sich dafür, während des Überfalls nicht hier gewesen zu sein, wohl wissend, dass er in diesem Fall wahrscheinlich eine der Geiseln oder tot wäre.

»Wo sind die Frauen und Kinder? Und die anderen Zivilisten?«

»Keine Ahnung.« Ksenia beobachtete einen der afghanischen Kollegen ein Dutzend Meter entfernt, der sich vorsichtig um seine Deckung herumschob und ein paar ungezielte Schüsse auf die Polizeistation abgab. Sie nutzte die Gelegenheit, sprang auf und feuerte ebenfalls auf das Gebäude. Nach drei schnell hintereinander abgegebenen Schüssen ließ sie sich wieder hinter dem Reifenstapel in Deckung fallen. Parceval hörte das Rattern der Automatikwaffe und spürte, wie Kugeln in die Reifen einschlugen.

»Hab ihn verfehlt«, knurrte Ksenia. »Aber er uns auch.«

Parceval, der seinen Schock überwunden hatte, zog seine Waffe und hebelte eine Patrone in die Kammer. »Wo sind Birgit und Miray?«, fragte er.

Ksenia warf ihm einen Seitenblick zu. »Ich weiß es nicht, Parceval«, stieß sie hervor. »In der Station, zusammen mit den anderen? Ich weiß es einfach nicht. Ich weiß nicht mal, wie die Mistkerle von Taliban hier überhaupt hergekommen sind. Zu Fuß? Warum sind sie keinem aufgefallen?«

Parceval starrte sie an. Er schluckte und versuchte, seine Sorge um seine Schwester, seinen Schwager und seine Nichte – und um all die anderen, die in der Station gefangen sein mussten – zu verdrängen; so, wie er die Betroffenheit angesichts der Toten verdrängte, die vor der Station lagen. »Dann lass es uns rausfinden«, sagte er.

»Und wie?«

»Ich habe einen Plan. Wir schalten den Typen dort in der Tür aus, stürmen das Gebäude und legen alle um, die auf uns schießen.«

»Ich liebe deinen Plan«, sagte Ksenia.

Es war ein schlechter Plan gewesen, dachte Parceval

jetzt. Aber angesichts der Situation wäre jeder andere Plan ebenfalls schlecht gewesen, denn für Pläne war es schon zu spät.

Um kurz vor sechzehn Uhr schaltete Parceval das erbeutete Handy wieder ein. Auf dem Sperrbildschirm ploppten mehrere Ankündigungen von Textnachrichten auf. Er ignorierte sie. Um exakt sechzehn Uhr eins meldete sich der anonyme Anrufer, von dem Parceval annahm, dass es wieder Ksenia sein musste. »Robert Wiene.«

»Hier ist Pola Negri«, meldete sich Ksenia.

»Du hast recherchiert«, sagte Parceval. »Aber Pola Negri hat nie mit Robert Wiene gedreht.«

»Wahrscheinlich hat er was versäumt. Ich habe eine Adresse für dich.«

Zu Parcevals Überraschung lag die Adresse nur ein paar Blocks weit entfernt. »Ich dachte, dass du dir den Standort des Hotels ja nicht umsonst ausgesucht hast«, erklärte Ksenia.

»Und was ist das für eine Adresse? Was heißt CVJM?«

»Eine Privatadresse. Die Wohnung steht für drei Wochen leer.«

»Und was hat das jetzt mit Krankenkassen und Reisebüros zu tun?«

Ksenia seufzte. »Kannst du mir dieses Mal vertrauen? Zum ersten Mal? Kriegst du das hin?«

»Ich habe dir immer vertraut.«

»Nein, hast du nicht. Sonst hättest du mich damals, nach dem Anschlag, mitgenommen in die Berge.«

Parceval schwieg. Er hatte sagen wollen, dass es nicht an mangelndem Vertrauen gelegen hatte, dass er Ksenias Angebot ausgeschlagen hatte, ihn zu begleiten – sondern mit der Sorge, dass ihr etwas passieren könnte. Aber es stimmte nicht. Oder nur zum Teil. Der weitaus wichtigere Grund für seine Ablehnung war gewesen, dass er genau gewusst hatte, was er tun würde: Rache nehmen an den Männern, die das Blutbad in seiner Polizeistation angerichtet hatten. Zu diesem Zeitpunkt hatte er schon nicht mehr gedacht wie ein Polizist. Und er hatte nicht gewusst, ob Ksenia es mittragen würde.

Ksenia deutete sein Schweigen falsch. »Du hast dich bei mir gemeldet, nicht umgekehrt«, sagte sie. »Wenn du das hier auch lieber allein durchziehst, sag's mir …«

»Nein«, unterbrach sie Parceval. »Nein, ich bin froh, dass du mir hilfst. Du hast recht, ich hätte dich damals mitnehmen sollen. Dann hätte es vielleicht nicht fünfzehn Tote gegeben.«

»Du hast recht. Es hätte zwanzig gegeben. Du hast bestimmt fünf von diesen Verbrechern übersehen. Vergiss nicht, dass ich damals gleich nach dir die Polizeistation betreten habe. Ich habe gesehen, was du gesehen hast. Und die Toten dort drin waren auch meine Freunde, nicht nur deine.«

»Erzähl mir, was es mit der Wohnung auf sich hat, die du für mich gefunden hast. Und wie du sie gefunden hast.«

»Erzähle ich dir morgen. Du solltest mit dem Handy, das du jetzt hast, nicht zu lange online sein. Schick es auf die Reise, wie ich dir gesagt habe. Hast du die Adresse aufgeschrieben?«

»Ich hab sie im Kopf. Wie komme ich an den Schlüssel?«

»Du musst dort einbrechen. Ich hab keinen Schlüssel. Aber mach nichts kaputt.«

»Ich muss dort was?«, fragte Parceval überrascht.

»Jetzt stell dich nicht so an. Hast du wirklich gedacht, ich hätte 'ne Zimmervermietung?«

»So langsam traue ich dir alles zu«, sagte Parceval.

»Glaubst du, dass du es schaffst, in die Wohnung reinzukommen?«

»Ich merke gerade, dass du mir gar nichts zutraust.«

Diesmal schwieg Ksenia eine Weile. »Damals«, sagte sie, »hätte ich dir nicht zugetraut, dass du den Mistkerlen gibst, was sie verdient haben.«

»Wolltest du deshalb unbedingt mitkommen?«

»Nein. Ich hatte meine Meinung geändert, nachdem ich gesehen hatte, wie du mit den beiden Überlebenden kurzen Prozess gemacht hast.«

»Wenn sie in die Hände der Hinterbliebenen unserer Kollegen geraten wären, hätten sie einen deutlich schmerzvolleren Tod erlitten.«

»Daran hast du aber damals nicht gedacht.«

»Nein«, gab Parceval zu. »Daran habe ich nicht gedacht.« Damals war der Zeitpunkt gekommen, sagte er sich im Stillen, an dem er aufgehört hatte, wie ein Polizist zu denken.

»Ich sag dir, was du über deine neue Bleibe wissen musst, und dann entsorg um Gottes willen das verdammte Handy. Ich bringe dir morgen früh ein neues vorbei.«

»Ein neues Handy ... und ein paar Brötchen«, sagte Parceval im Versuch, das Gespräch wieder auf die ironische Ebene zu heben, die es bisher gehabt hatte.

»Ich hab dir ein Dach überm Kopf besorgt, ich bin nicht dein Room Service! Also, pass auf: Die Wohnungseigentümerin heißt Martina Ziegler, ist dreiundvierzig, leidet an multipler Sklerose und befindet sich zurzeit in Kur.«

»Aha«, sagte Parceval, der nichts verstand. »Und woher weißt du das?« Als Antwort kam ein furioses Geklicke auf einer Computertastatur. »Irgendwie hab ich ein Big-Brother-Gefühl, wenn etwas so einfach rauszufinden ist«, sagte Parceval.

»Niemand hat gesagt, dass es einfach ist. Ich komme an ihre Daten nur ran, weil sie gerichtlich bekannt und gespeichert sind.«

»Was hat sie ausgefressen?«

»Sie? Nichts. Aber sie hat eine Familie angezeigt, die im selben Haus wie sie wohnt. Es geht um Belästigung, Bedrohung, Beleidigung, um Sachbeschädigung, Stalking und Tierquälerei.«

Parceval schwieg. Er hörte ein abgehacktes, künstliches Schnurren. Ksenia scrollte mit Hilfe der Maus weiter nach unten. Offensichtlich hatte sie die Daten über Martina Ziegler auf dem Monitor vor sich.

»Sie beschuldigt die Nachbarn, ihre beiden Katzen vergiftet zu haben«, sagte Ksenia, »in einem Fall ihren kurz vor der Wohnungstür abgestellten Rollstuhl die Kellertreppe hinuntergeschoben zu haben, außerdem listet sie nächtliche Klingel- und Klopforgien, vulgäre Beleidigungen, demütigende sexuelle Angebote und Stalking auf.«

»Was hat das Gericht unternommen?«

»Nichts. Es gibt offenbar keine Beweise. Sie hat mal mit dem Handy aufgenommen, was man ihr von draußen aus dem Hausflur zugerufen hat, aber das hat die Staatsanwaltschaft nicht anerkannt, weil sich die Stimmen nicht eindeutig zuordnen ließen.«

»Home sweet home«, murmelte Parceval. »Ich stell mich also auf unruhige Nächte mit Klingelspielen ein.«

»Halte dich bedeckt, und tu so, als wärst du nicht da, sonst ist dein Versteck gleich wieder zum Teufel.«

»Du kennst mich. Ich höre immer auf deinen Rat.«

»Ich kenn dich. Und ich wünsche mir, dass du trotzdem auf meinen Rat hörst.«

»Wie lange ist Martina Ziegler schon in Kur?«

»Seit heute Mittag.«

»Dann wissen die Störenfriede vielleicht gar nicht, dass sie nicht in der Wohnung ist?«

»Die Welt ist ein Scheißhaus«, sagte Ksenia uncharakteristisch derb. »Aber du bist nicht die Klofrau. Also halt dich raus.«

»Keine Sorge.«

»Wir sehen uns morgen, Parceval. Ich klingle lang – kurz – lang. Wenn jemand anderer klingelt, stell dich einfach tot.«

»Das ist das Morsezeichen für K. K wie Ksenia«, sagte Parceval und grinste.

»Es ist K wie Kunduz«, erwiderte Ksenia.

»Oh«, sagte Parceval. Er wusste nicht, ob Ksenia es noch gehört hatte. Die Leitung war tot.

25

Niemand achtete auf ihn, als er das Hotel wieder verließ. Am Tresen waren jetzt zwei junge Frauen damit beschäftigt, eine Familie einzuchecken. Parceval nahm sich eines der Bonbons aus der bereitstehenden Schale, klaubte ein paar Flyer aus dem Rack neben dem Tresen, verließ das Hotel ohne Hast, stieg an der Haltestelle beim S-Bahnhof in einen beliebigen Bus, wickelte das Handy in die Flyer ein und versenkte es eingeschaltet im Mülleimer. Vorhin waren noch mehr Meldungen über eingegangene Textnachrichten aufgeploppt. Er hatte den Apparat sowohl auf stumm geschaltet als auch den Vibrationsalarm deaktiviert, um eine zufällige Entdeckung zu verhindern. Mit etwas Glück würde es nicht einmal beim Entleeren des Papierkorbs auffallen und im Müllsammler der Berliner Verkehrsbetriebe enden.

An der nächsten Haltestelle verließ er den Bus wieder, warf die Schlüsselkarte in einen Papierkorb, trabte zurück zum Hotel und schlug von dort aus den Weg zu seiner neuen Adresse ein. Das Haus war ein vierstöckiger Bau am Rand des Scheunenviertels, in unmittelbarer Nachbarschaft von Cafés, Agenturen und internationalen Restaurants, die ihren knappen Innenraum dadurch erweiterten, dass sie den engen Bürgersteig mit Tischen zustellten. Niemand nahm daran Anstoß. Trotz des späten Nachmittags war alles besetzt.

Parceval gab die urbane Normalität einen Stich. Ihm wurde auf einmal klar, dass er nie wieder unbelastet an so einem Tisch sitzen oder in einem Restaurant essen würde; er würde ständig auf der Hut sein und in jedem, der ihn länger als ein paar Augenblicke musterte, einen potenziellen Ermittler vermuten, der ihm auf die Spur gekommen war. Er hatte einen hohen Preis dafür gezahlt, dass er seiner Wut und seiner Verzweiflung freien Lauf gelassen hatte: eine Verurteilung zu lebenslänglicher Haft, wovon er bisher sechs Jahre abgesessen hatte. Nun war er aus dem Gefängnis entkommen, aber lebenslänglich war ihm geblieben – nämlich die lebenslängliche Flucht vor dem Gesetz.

In all den Jahren im Bau hatte er nie Zweifel daran gehegt, was er tun würde, wenn ihm die Flucht gelang und er seine selbst auferlegte Mission zu Ende gebracht hatte. Er hatte beschlossen, sich dann zu stellen und den Rest seiner Strafe zu verbüßen.

Nun stellte er fest, dass er mit seinen hehren Absichten wohl zu voreilig gewesen war. Er war erst seit ein paar Stunden wieder aus dem Bau und weniger ein freier Mann als vielmehr ein gejagter Ausbrecher – und doch wusste er, dass er nicht mehr freiwillig zurückkehren würde. Was sollte er stattdessen tun? Wohin fliehen? Er hatte keine Ahnung.

Die Häuser rund um seine neue Adresse herum waren keine architektonischen Schmuckstücke, aber sauber und renoviert; der Anstrich war neu, ebenso die Fenster und die Eingangstüren. Sein Haus bildete die unrühmliche Ausnahme. Entweder hatte die offensichtliche Gentrifizierung dieses Straßenzugs um das Haus einen Bogen gemacht, oder es gehörte einem Investor, der einen Abriss mit anschließendem Neubau als lukrativer betrachtete als die Renovierung des alten Gebäudes.

Die Haustür war verschlossen, aber kein ernstzunehmendes Hindernis. In die Wohnung einzubrechen war ebenso leicht. Sie hatte drei Sicherheitsschlösser, aber keines davon mit digitaler Verriegelung. Nach fünf Minuten war Parceval drin. Sie war sauber aufgeräumt und spärlich möbliert mit weiten freien Flächen – die Wohnung eines Menschen, der darauf angewiesen war, sie mit dem Rollstuhl zu durchqueren. Es gab keine Zimmerpflanzen, keine Haustiere, keinen Fernseher. Der Wohnzimmerschrank war ein Buchregal, das nur so hoch bestückt war, wie man im Sitzen hinaufgreifen konnte; es verlieh dem Zimmer einen unfertigen Eindruck – als wäre der Besitzer noch nicht dazu gekommen, alle Umzugskartons auszupacken. Er überflog die Buchrücken – Gesundheitsratgeber, jede Menge Literatur über MS, ein paar Kunstbände, Biografien. Wenn Martina Ziegler einen Laptop hatte, dann hatte sie ihn in die Kur mitgenommen; in einem umfunktionierten Kinderzimmer entdeckte Parceval einen Schreibtisch und darunter einen blinkenden Router. Das Schlafzimmer beherbergte ein erhöhtes Bett, die Dusche im Bad hatte Handgriffe und eine herunterklappbare Sitzgelegenheit. An der Wand neben der Klosettschüssel befanden sich ebenfalls Griffe.

Dass das Bad keine Tür hatte, befremdete Parceval zunächst, bis ihm aufging, dass der Raum zu klein war, um sich mit einem Rollstuhl hineinzumanövrieren, wenn auch noch ein Türblatt im Weg war.

Das war die Wohnung, die ihm als Zuflucht diente. Parceval fühlte sich völlig fremd darin und ahnte, dass es ihrer Besitzerin im Grunde ähnlich ging. Sie hatte die Wohnung ihren Bedürfnissen gemäß eingerichtet, aber sie *lebte* nicht darin, obwohl sie sich wahrscheinlich die meiste Zeit darin aufhielt. Wie viele chronisch Kranke schien sie in Wartestellung zu leben: Sie wartete darauf, dass der nächste Schub einsetzte, bis irgendwann nur noch der Tod wartete. Wenn Ksenia Orian ihm die Bleibe nicht besorgt hätte, hätte Parceval sie wieder verlassen. Auf einmal kam es ihm vor, als befinde er sich wieder in einer Gefängniszelle, nur dass diese hier noch bedrückender und unpersönlicher war als die, die in den letzten sechs Jahren Parcevals Zuhause gewesen war.

Er inspizierte den Kühlschrank, weil ihm klar war, dass er etwas essen musste, auch wenn er keinen Appetit verspürte. Der Kühlschrank war ziemlich leer, von ein paar Langzeitkonserven und einer Batterie Mineralwasserflaschen abgesehen. Nachdenklich wog Parceval eine Dose Ravioli in der Hand. Entweder würde er das essen – oder etwas einkaufen müssen. Er entschied, dass er sein Gesicht zur Genüge im Freien gezeigt hatte, und bereitete sich die Ravioli zu. Sie schmeckten erträglich. Ein Bier wäre jetzt gut, aber auch dazu hätte er noch einmal losziehen müssen. Daher spülte er die Ravioli mit stillem Mineralwasser hinunter, notierte sich auf einen Zettel, dass er beides würde nachkaufen müssen, bevor er weiterzog, wusch das Geschirr ab und setzte sich auf das Sofa, um nachzudenken, wie es nun weiterging.

Nach ein paar Minuten wurde ihm klar, dass er sich nicht konzentrieren konnte. Im Gefängnis war es ihm mühelos gelungen, sich seine Schwester und seine Nichte ins Gedächtnis zu rufen. Jetzt schob sich ständig das Gesicht Britta Durranis vor das Birgits und ein unbekanntes Mädchen vor den Anblick Mirays. Das unbekannte Mädchen war Zainab Durrani, von der er nicht wusste, wie sie ausgesehen hatte, die aber dennoch Gestalt in seiner Vorstellung angenommen hatte.

Es war sinnlos. Wenn es einen Fernseher in dieser freudlosen Wohnung gegeben hätte, hätte er ihn eingeschaltet und irgendetwas geglotzt. Wenn er ein Handy oder einen Computer gehabt hätte, hätte er im Internet nach seinem Fahndungsaufruf gesucht. Beides stand ihm nicht zur Verfügung.

Schließlich tat Parceval das, was man schon in den ersten Wochen der praktischen Ausbildung gelehrt bekam: Man nutzte den Leerlauf und schlief schon mal ein wenig vor für die Zeiten, in denen man nicht zum Schlafen kommen würde.

26

Sein Schlaf fand ein jähes Ende, als jemand gegen seine Wohnungstür hämmerte.

Er schwang die Beine vom Sofa und stand auf, überzeugt, dass es schon der Folgetag war und Ksenia vor der Tür stand. Dann setzte sein Verstand ein, und er erinnerte sich an das angekündigte Klingelzeichen. Er blickte auf die Uhr. Die Uhrzeit machte endgültig klar, dass es nicht Ksenia sein konnte. Es war kurz vor Mitternacht. Einen lähmenden Moment glaubte er, es sei ein Einsatzkommando der Polizei; aber wenn das der Fall gewesen wäre, wären die Beamten längst mitsamt der aufgesprengten Tür in die Wohnung geplatzt und hätten sich auf ihn gestürzt.

Ihm fiel wieder ein, was Ksenia über Martina Zieglers Probleme erzählt hatte. Er verhielt sich ganz still.

Das Gehämmer hielt noch ein paar Sekunden an. Es musste im ganzen Haus zu hören sein. Eine Stimme rief etwas, er verstand aber nicht, was sie sagte. Dann verstummte der Lärm. Etwas später donnerte auf einem anderen Stockwerk eine Wohnungstür ins Schloss, und dann, wieder ein paar Minuten später, wurde das rhythmische Basswummern von Lautsprechern hör- und fühlbar, die zu laut aufgedreht waren. Er ging zur Wohnungstür und öffnete sie. Im Treppenhaus klang das Wummern etwas lauter. Es kam aus dem Obergeschoss. Er hörte, wie sich in einem Stockwerk weiter oben eine Tür öffnete, und erwartete, eine wütende Stimme die Uhrzeit brüllen zu hören, doch die Tür schloss sich nach kurzem Zögern wieder.

Das Basswummern ging weiter. Parceval legte sich aufs Sofa zurück. Er dachte an die Nächte im Bau mit ihren vielfältigen, gedämpften Geräuschen, die das ganze negative Gefühlsspektrum von Wut bis Verzweiflung wiedergaben. Mehr noch dachte er an die Nächte in Afghanistan, die er erlebt hatte – vor dem Anschlag auf die Polizeistation, bis zu dem die afghanische Wirklichkeit einen Bogen um die deutsche Polizeimission gemacht hatte. Picknicks zwischen von der Sonne noch immer warmen Felsen in Begleitung seines Schwagers, seiner Schwester und seiner Nichte – seiner Familie. Nachdenkliche Nächte allein im Schlafsack. Zwei, drei Nächte mit Ksenia, in denen jeder darauf gewartet hatte, dass der andere den ersten Schritt tat, und am Morgen die Erleichterung, dass wieder nichts geschehen war – Nächte, die einen Mix aus Kollegialität und romantischem Interesse zu einer Kameradschaft geformt hatten, die weit über Freundschaft hinausging. All diese Nächte hatten, wenn eine Gesprächspause eingetreten war, eines ausgezeichnet: die absolute Stille, in der man geglaubt hatte, das Funkeln des Milchstraßenbands hoch am Firmament wie ein helles Klingen hören zu können.

Hier hingegen: kein Sternenklingen, dafür aber fantasielose Bass-Beats irgendeines Raps. Parceval schlief ein, während er noch darüber nachdachte. Als er erneut erwachte, war es halb sieben am nächsten Morgen, und das Morsezeichen K summte mit der Türklingel durch die Wohnung.

27

Parceval hatte Ksenia sechs Jahre lang nicht gesehen. Er hatte nicht erwartet, dass sie ihn im Bau besuchen würde, und sie hatte es auch nicht getan. Auf den ersten Blick war sie völlig unverändert, auf den zweiten Blick schienen die Kerben um ihre Mundwinkel tiefer geworden zu sein. Das Auffälligste aber war, dass sie mittlerweile die Narben auf ihrer linken Gesichtshälfte überschminkte. Über den Tisch hinweg sah man sie nur noch, wenn man wusste, dass sie existierten. Parceval war unschlüssig, ob er sie darauf ansprechen sollte. Früher hatte sie die Narben selbstbewusst gezeigt wie ein Schönheitsmal.

Was sich nicht geändert hatte, war Ksenias Pragmatismus. Schon damals hatte sie kein Problem damit gehabt, irgendein aufgewärmtes Dosenfutter direkt aus der Dose zu essen; selbst wenn sie in der Küche ihrer Unterkunft gewesen waren und genügend Teller vorhanden. Jetzt hatte sie Schinken, Salami und Käse mitgebracht, aber statt sie auf Teller zu legen, faltete sie einfach das Einwickelpapier auf und packte alles auf den Tisch. Die Tüte mit den Brötchen und Croissants legte sie daneben.

»Ich würde Kaffee machen, aber hier gibt's nur Rooibuschtee«, sagte Parceval.

Ksenia seufzte. »Du bist ein bisschen dicker in den Backen geworden«, sagte sie dann.

»Das macht die Dampfkost im Bau.«

»Steht dir gut. Die Haare sind zu lang.«

»Wenn wir suchen, finden wir hier vielleicht irgendwo eine Schere.«

»Wie war deine Nacht?«

»Rhythmisch«, sagte Parceval. Er deutete an die Decke. »Die freundlichen Nachbarn vom obersten Stock haben das Haus beschallt.«

»Lass dich nicht provozieren.« Ksenia brach sich ein Stück von einem Croissant ab, rollte eine Scheibe Schinken darum und steckte sich beides in den Mund. Sie kaute ein paar Sekunden lang. »Willst du was über die Lage hören?«

»Ich bitte darum.«

»Russ hat gesungen. Ich habe mich in die Ermittlungsakten der Kripo gehackt. Zach ist beurlaubt. Sabine Conrad leitet die Fahndung nach dir. Sie hat eine SoKo mit dem Titel ›Gralsritter‹ ins Leben gerufen.«

»Sie hat Fantasie«, sagte Parceval säuerlich.

»Du hast 'nen falschen Eindruck von der Berliner Kripo«, sagte Ksenia. »Zach war der falsche Mann und seit Jahren in der Kritik, aber sein Unterbau besteht aus exzellenten Leuten. Viele davon hätten wir damals mit offenen Armen in Kunduz empfangen.«

»Ich stehe jetzt nur leider auf der anderen Seite.«

»Du stehst auf deiner Seite, Parceval. Wenn du Rolf Lemke nicht eine Rippe geprellt und die Eier blau geschlagen hättest, dann würde wahrscheinlich ein Viertel aller Polizisten heimlich wünschen, dass du es schaffst, frei zu bleiben. So hast du dir jetzt aber alle zu Feinden gemacht.«

»Es ging nicht anders.«

Ksenia zuckte mit den Schultern. »Glaube ich dir. Spielt aber keine Rolle.«

»Was hat Russ gesagt?«

»Dass die ganze Sache dich nichts angeht«, sagte Ksenia und musterte Parceval.

Parceval rollte mit den Augen.

»Na gut«, erklärte Ksenia. »Vielleicht kannst du mir ja sogar helfen mit dem Eindruck, den du von Russ gewonnen hast. Ich hab nämlich einen merkwürdigen Aspekt am Rande bei der ganzen Sache entdeckt. Erinnerst du dich, dass ich sagte, der ermordete Fahrer sei meine Sache?«

»Ja.«

»Er hatte hier keine Familie. Er ist vor drei Jahren nach Deutschland gekommen und hat einen Asylantrag gestellt; das war, als die Bewilligung von Asylanträgen aus Pakistan gerade ein bisschen anstieg. Hast du gewusst, dass Deutschland ein Siebtel aller Asylanträge pakistanischer Flüchtlinge bewilligt? Der Fahrer hieß Nawab Adnan. Er stammte aus Khyber Pakhtunkhwa. Das war früher mal eine friedliche Gegend, bis sich ab 2006 die Taliban dort breitmachten, die von den Amerikanern aus Afghanistan vertrieben wurden. Nawab musste fliehen, weil er mit dem Tod bedroht wurde. Er hatte einer Schülerin beigestanden, die sich wegen der Schließung ihrer Mädchenschule beschwerte und deshalb von Gotteskriegern überfallen wurde.«

»Beigestanden? War er zufällig in der Nähe, als der Überfall geschah?«

»Nawab Adnan war Polizist«, sagte Ksenia.

»Verdammt noch mal«, sagte Parceval betroffen.

»Sein Asylantrag wurde bewilligt. Ich hab ihn sofort danach bei mir eingestellt.«

»Und was ist nun das Merkwürdige an Nawab Adnan?«

»Erzähl mir erst, was du von Russ hältst.«

Parceval dachte kurz nach. »Nicht intelligent, eher bauernschlau. Ein Schlägertyp, der mehr droht, als dass er zuschlägt. Aber wenn er Gewalt anwendet, hört er vermutlich erst auf, wenn sein Opfer zu Brei geschlagen ist. Dass Zachs Leute ihn bei der Lösegeldübergabe geschnappt haben, wundert mich nicht.«

Ksenia nickte. »Würdest du sagen, er ist der Typ, der sich eine komplizierte Entführung ausdenkt?«

»Ich würde sagen, es erstaunt mich nicht, dass sie derart in die Hose gegangen ist. Was versuchst du mir mitzuteilen, Ksenia? Was hast du Merkwürdiges bei Nawab Adnan entdeckt?«

»Ich sage dir, was Russ ausgesagt hat. Er sagte, er habe den Fahrer des BMW – also Nawab – eine Weile beschattet und sich dann seine Freundschaft erarbeitet. Originaltext«, Ksenia zitierte aus dem Gedächtnis: »›Der Kanake hatte hier ja niemanden gehabt, deshalb war er ganz froh, dass 'n anständiger Deutscher mal eine Halbe mit ihm kippen ging.‹«

»Hört sich genauso dämlich an, wie ich Russ einschätze.«

»Am Tag der Entführung rief Russ laut eigener Aussage bei Nawab an, um ihn um Hilfe zu bitten. Er sagte, er habe eine Panne mit dem Betonlaster gehabt, den er für ihren gemeinsamen Auftraggeber fuhr. Er sei mit dem LKW zum neuen Flughafen hinausgefahren, weil er einem

Kumpel ein paar Dutzend Liter Beton heimlich abzweigen wollte. Nachdem der Kumpel gefahren sei, sei der LKW nicht mehr angesprungen. Nawab sollte mit Zainab, die er von einer Geburtstagsfeier nach Hause brachte, einen Umweg fahren und Russ mitnehmen, damit dieser jemanden organisieren könne, der den LKW wieder flottmacht. Als Nawab am Flughafen eintraf, bedrohte Russ ihn mit dem Messer und fesselte ihn mit Kabelbindern ans Lenkrad. Nawab wehrte sich wie verrückt, als ihm klar wurde, dass Russ seinen Schützling entführen wollte. Er hätte sich beinahe befreit. Russ erstach ihn in Panik. Zainab floh aus dem BMW. Russ verfolgte sie. Als sie sich ebenfalls wehrte, fasste Russ sie zu hart an und tötete sie. Er bekam nun noch mehr Panik und betonierte Zainabs Leiche zusammen mit der von Nawab ein, weil er hoffte, man würde sich zunächst nicht die Mühe machen, den Beton aufzubohren. Die Polizei musste ja annehmen, Zainab sei entführt. In der Zwischenzeit wollte Russ das Lösegeld absahnen und sich ins Ausland absetzen.«

Parceval nickte langsam. »Soll ich dazu was sagen?«

»Ja.«

»Entweder ist die Polizeiausbildung in Pakistan extrem schlecht, oder Nawab Adnan war als Polizist und als Leibwächter eine Pfeife, oder irgendwas stimmt hier nicht. Wenn er auch nur einen Schuss Pulver taugte, dann hätte er Zainab Durrani zunächst zu Hause abgesetzt und wäre erst dann seinem vermeintlichen Kumpel Russ zu Hilfe gekommen.«

»Nawab Adnan war keine Pfeife«, sagte Ksenia.

»Dachte ich mir«, sagte Parceval. »Sonst hättest du ihn nicht eingestellt.«

»Eine Woche vor seinem Tod hat Nawab seine Sparkonten aufgelöst und alles auf sein Girokonto überwiesen. Es war nicht viel – etwas über fünftausend Euro. Aber es war alles, was er hatte.«

»Warum hat er das getan?«

»Keine Ahnung. Aber offenbar hat er das Geld gebraucht.«

»Liegt die Sache anders? Hat Russ ihn erpresst? Hat er ihn bei irgendwas Illegalem ertappt?«

»Dann hätte Nawab das Geld dabeigehabt, als er zur Flughafenbaustelle fuhr. Aber es liegt immer noch auf seinem Girokonto. Und er hätte Zainab nicht mitgenommen.«

»Du nimmst an, dass Russ sich eine weitere Geschichte ausgedacht hat.«

»Ich weiß, dass er in einer Hinsicht erneut gelogen hat.«

»In welcher?«

Ksenia sah plötzlich so aus, als bereute sie ihre letzten Worte. Sie deutete auf den Küchentisch. »Magst du keine Croissants? Die sind nur frisch gut.«

Parceval senkte den Blick. Er hatte noch nichts gegessen und griff nach dem zweiten Croissant, brach ein Stück ab und aß es. Dann blickte er wieder hoch. »Warum überschminkst du dir die Narben?«, fragte er. »Ich fand immer, sie machen dich noch schöner, als du ohnehin schon bist.«

»Ich hatte es satt, dass meine Gesprächspartner bei Vertragsverhandlungen immer darauf starrten statt auf die Verhandlungsdokumente.«

»Du bist 'ne Geschäftsfrau geworden.«

»Ich bin eine Idiotin geworden, weil ich nicht aufgepasst habe, was ich sage. Hör mal, Parceval, lass es gut sein mit dem Nachfragen wegen Zainabs Entführung, ja? Lass uns lieber gemeinsam überlegen, was du als Nächstes tust. Ich hab damals, als du schon weg warst, in Afghanistan noch ein bisschen was rausgefunden über die Verbindungen, die die Dorfältesten überallhin hatten. Ich hatte dir zwei, drei Briefe in den Bau geschickt, aber du hast keinen beantwortet.«

»Nein, hab ich nicht.«

»Hast du sie wenigstens gelesen?«

»Ja.«

»Und?«

»Worüber hat Russ noch gelogen?«

Ksenia ließ das letzte Stück ihres Croissants genervt auf den Tisch fallen. »Mann!«, seufzte sie. »Ich bin die größte Vollidiotin, die es gibt. Hör auf, Parceval. Nawab Adnan ist tot, Zainab Durrani ist tot, und du bist nicht der Rächer der Enterbten.«

Parceval blickte Ksenia stumm an. Ksenia setzte an, etwas zu sagen, doch da zitterte die Wohnungstür plötzlich unter einem lauten Schlag. Es folgte noch ein weiterer dröhnender Schlag, dann schlug kurz darauf die Haustür zu. Ksenia stand auf und blickte zum Fenster hinaus. »Niemand. Muss in die andere Richtung weggegangen sein.« Sie wandte sich an Parceval. »Ist das eines der Vorkommnisse, wegen denen Martina Ziegler in Kur ist?«

»Ich nehme es an«, sagte Parceval.

»Passiert das jeden Tag?«

»Da es gestern Abend auch passierte, ist die statistische Wahrscheinlichkeit groß.«

»Mann«, sagte Ksenia. »Was für kranke Typen gibt's

eigentlich? Das hier geht dich auch nichts an, Parceval, verstanden? Du hältst dich da vollkommen raus.«

»Worüber hat Russ noch gelogen?«

Ksenia nahm das Stück Croissant wieder auf, dann legte sie es mit einer endgültigen, angewiderten Geste weg und wischte sich die Brösel von den Fingern. »Die Kripo hat die Leiche Zainabs gestern Abend noch aus dem Beton geholt«, sagte sie. »Der Gerichtsmediziner hat sie untersucht. Die Leiche ist übel zugerichtet, aber er ist sich sicher, dass Zainab erwürgt wurde – und dass man sie vorher vergewaltigt hat. Der Abgleich mit Russ' und Nawabs DNA läuft bereits.«

Parceval nickte langsam. Er fragte nicht, wie Ksenia sich bei Bekanntwerden dieser Nachricht gefühlt hatte oder was sie darüber dachte, dass man zunächst auch den toten Fahrer in den Kreis der Verdächtigen einschloss. Es war professionelle Polizeiarbeit; Ksenia oder er selbst hätten es anstelle der Kripo auch nicht anders gehandhabt. Seine eigenen Gefühle hielt Parceval im Zaum und achtete darauf, sie sich nicht anmerken zu lassen. Ksenia wusste ohnehin, wie die Nachricht bei ihm ankam.

Sie bewies seine Einschätzung, indem sie sagte: »Auch das ändert nichts, Parceval. Der Fall ist nicht deine Sache.«

»Erzähl mir was über Zainab«, sagte er.

»Was?«

»Du haust mir diesen Brocken hin und willst nicht, dass ich was unternehme oder auch nur darüber nachdenke. Dann erzähl mir wenigstens, was du über das Mädchen weißt.«

»Du willst dich doch einmischen«, meinte Ksenia verärgert. »Weshalb? Meinst du, wenn du den Tod Zainabs rächst, leistest du Wiedergutmachung für diejenigen, deren Tod du nicht verhindern konntest?«

»Wir haben über alle Menschen gesprochen, die in Zainabs Tod verwickelt sind, nur nicht über sie selbst. Was weißt du von ihr?«

Ksenia kämpfte mit sich, dann sagte sie schließlich: »Sie stammt aus Fayaz Durranis erster Ehe. Soweit ich weiß, war es das Vermögen der Familie seiner ersten Frau, das es ihm ermöglicht hat, in Pakistan ein Unternehmen zu gründen und dann schließlich nach Deutschland zu kommen. Seine Exschwiegereltern scheinen einen gewissen Einfluss zu besitzen. Jedenfalls hat er schon vor ein paar Jahren versucht, Zainab nach Deutschland zu holen. Sie war ein paar Monate hier, dann musste sie wieder nach Pakistan zurück. Er hat es dann etwas später ein zweites Mal versucht, mit dem gleichen Resultat. Das war jetzt wohl der dritte Anlauf Durranis, seine Tochter bei sich zu behalten. Diesmal wird sie nicht nach Pakistan zurückkehren.«

»Man möchte nicht wissen, wie der Mann sich fühlt«, sagte Parceval. »Hätte er nicht versucht, sie nach Deutschland zu bringen, würde sie noch leben. Ich habe seine deutsche Frau kurz getroffen – im Dezernat 1 des LKA.«

»Britta?«

»Ja.«

»Was ich von Nawab gehört habe, soll sie eine ziemlich toughe Nummer sein.«

»Kam mir auch so vor.«

Sie schwiegen eine Weile. Schließlich stand Parceval auf und trat ans Fenster. Er blickte hinaus, aber er sah nicht die gegenüberliegenden Hausfassaden, sondern den BMW vor sich, mit dem zubetonierten Innenraum und das Büschel langer dunkler Haare, das aus dem Betonblock hing. Dann sah er Saïf, Birgit und Miray vor sich, die in die Polizeistation gingen, kurz bevor Parceval zum deutschen Quartier fuhr, um den afghanischen Bonzen in den Arsch zu kriechen. Er wandte sich zu Ksenia um, die am Tisch sitzen geblieben war. »Du hast recht«, sagte er. »Zainabs Tod ist nicht meine Angelegenheit.«

»Gut. Dann mach dich mal hiermit vertraut.« Ksenia fasste in die Tasche und legte ein Handy auf den Tisch. »Es ist auf die P.S.B. GmbH angemeldet. Verwende es so wenig wie möglich und lass es die meiste Zeit ausgeschaltet. Aktiviere es nur, wenn du es unbedingt brauchst. Ich lasse dir über dieses Handy Nachrichten zukommen. Schau einfach alle ein, zwei Stunden in den Eingang und schalte das Ding dann wieder ab. Klar?«

»Klar«, sagte Parceval. Er drehte das Telefon hin und her und fuhr dann mit einem Finger über den Streifen Leukoplast an seinem oberen Ende. »Hast du das Ding aus dem Müll? Fällt es auseinander, wenn ich es unvorsichtig anfasse?«

»Es ist neu. Verwende die Kamera nicht, schon gar nicht, um jemandem ein Bild zu senden. Nicht mal ich bin mir völlig im Klaren darüber, wie leicht Bilddaten ausgewertet und zurückverfolgt werden können – oder wie einfach man die Kamera von außen ansteuern kann und sie damit zur Wanze macht. Deshalb habe ich dir das Leukoplast vorn und hinten über die Linse geklebt.«

»Schöne neue Welt«, sagte Parceval.

»Auf dem Handy ist eine App für Dokumente installiert. Dort findest du alles, was ich damals über den Anschlag auf unsere Polizeistation zusammengetragen habe – alles, was ich dir damals auch in den Briefen schrieb.«

»Es tut mir leid, dass ich dir damals nicht geantwortet habe.«

»Warum hast du's nicht getan?«

»Ich wollte dich nicht reinziehen. Wenn ich darauf angesprungen wäre, hättest du doch weiter nachgeforscht, oder?«

»Wenn du mich gleich mit reingezogen hättest, statt allein John Wayne zu spielen, säßen wir jetzt nicht hier, und du könntest deiner Schwester und deiner Nichte jedes Jahr eine Weihnachtskarte schreiben.«

»Das ist echt 'ne verdammte Sache, einem so etwas zu sagen«, erklärte Parceval betroffen.

»Es ist die Wahrheit.« Ksenia stand auf.

Einen kurzen Moment war sich Parceval nicht sicher, ob er sie zum Abschied umarmen sollte – oder ob sie es wollte. Er hatte plötzlich das Gefühl, dass aus einer Umarmung mehr werden könnte. Es war eigentlich kein Gefühl, sondern Gewissheit. So wie damals, unter den Sternen in Afghanistan. Er trat einen Schritt zurück.

»Danke für alles«, sagte er.

»Verkriech dich hier ein paar Tage und plane deine weiteren Schritte. Melde dich, wenn du etwas brauchst. Wenn ich was erfahre, was für dich wichtig sein könnte, melde ich mich.«

»Danke«, sagte Parceval nochmals.

28

Parceval machte sich mit seinem neuen Telefon vertraut. Er fand das Icon für die Dokumenten-App mit Ksenias Unterlagen, aber er zögerte noch. Stattdessen suchte mit Hilfe des Internetbrowsers nach seinem Fahndungsaufruf und fand mehrere Einträge. Sie zeigten alle das gleiche Bild von ihm, fotografiert am Tag seiner offiziellen Festnahme: er mit raspelkurzen Haaren, die das deutsche Polizeiaufgebot bei der Bundeswehr kopiert hatte, schlecht rasiert und mit grimmigem Gesichtsausdruck. Er ging ins Bad und musterte sich selbst im Spiegel. Er fand, er war über die sechs Jahre hinaus, die seit der Erstellung des Fahndungsfotos vergangen waren, gealtert. Es würde nicht so einfach sein, ihn auf der Straße wiederzuerkennen. Und Ksenia hatte recht – im Vergleich zu damals hatte er an seinen Wangen ein bisschen Polster zugelegt. Ihm war alles recht, wenn es dazu diente, ihn unkenntlich zu machen. Er wünschte nur, seine alte Fitness wäre noch vorhanden. Die anstrengende Verfolgung von Adrian Russ im Tegeler Forst war ihm noch in unangenehmer Erinnerung.

Zurück auf dem Wohnzimmersofa schaute er Ksenias Dateien durch. Sie bestanden aus Scans und Screenshots der wichtigsten Pressemeldungen von damals, einem kognitiven Statusdiagramm, mit dem Ksenia versucht hatte, die Verbindungen des afghanischen Dorfes zu anderen Dörfern, bekannten Familienclans, bekannten afghanischen Verbrecherorganisationen und Untergruppen der Taliban aufzuzeichnen und mit der politischen und gesellschaftlichen Lage in Afghanistan zur Zeit des Überfalls zu verknüpfen. Das Diagramm war auf den ersten Blick eine unübersichtliche Matrix aus Blasen, Texten und Verbindungspfeilen, doch Parceval fand sich schnell darin zurecht. Die Zeichnung war Gold wert, wenn es Parceval gelang, in das System einzudringen und erste Anknüpfungspunkte zu finden – und in seiner jetzigen Lage völlig wertlos.

Die ersten Anknüpfungspunkte … Parceval war überzeugt, dass sie in Deutschland zu finden waren. Das Video sagte es ihm. Das Video, das er damals während der Gerichtsverhandlung zugespielt bekommen hatte. In seinen Wachträumen während des Gefängnisaufenthalts hatte er den Inhalt des Mitschnitts ebenso oft vor seinem inneren Auge gesehen wie die Szenen, die er wirklich erlebt hatte. Er hatte sich oft gewünscht, diese Bilder endlich aus seinem Gedächtnis löschen zu können, gleichzeitig jedoch an ihnen festgehalten. Sie waren Teil der Motivation, die ihn antrieb.

Einer der vielen Tage der Gerichtsverhandlung. Man konnte nicht behaupten, dass die deutsche Justiz es sich leicht machte mit dem ehemaligen Hauptkommissar Ralf Parceval – auch wenn die Beweislage eindeutig war und der Angeklagte nichts abstritt.

Das Gericht hatte sich kurz zurückgezogen. Parceval saß

auf einem Stuhl vor dem Gerichtssaal. Da er sich nicht renitent verhielt, ließen ihn die Polizeibeamten, die zu seiner Bewachung eingeteilt waren, in Ruhe und hielten Abstand zu ihm. Mit nur halbem Interesse sah Parceval einem jungen Mann dabei zu, wie er auf die Polizisten zuging und mit ihnen sprach. Er wies auf Parceval und zeigte einen Ausweis vor. Die Beamten ließen ihn durch. Der Mann setzte sich neben Parceval auf einen Stuhl und platzierte einen Aktenkoffer auf seinen Knien. Dann reichte er Parceval die Hand.

»Ich bin Dominik Fleisser von der Kanzlei Clamm & Partner«, stellte er sich vor.

»Bekomme ich einen neuen Strafverteidiger?« Das Rechtsanwaltsbüro Clamm & Partner vertrat Parceval. Fleisser schüttelte den Kopf.

»Nein, Ihre Anwältin ist nach wie vor Frau Clamm selbst. Ich bin nur hergeschickt worden, um Ihnen etwas zu zeigen. Passen Sie auf ...«

Fleisser öffnete den Koffer. Er war leer bis auf eine Dokumentenmappe. »Was wir tun, ist eigentlich nicht vollkommen legal, aber es ist wichtig für Sie«, erklärte Fleisser. Er sprach leise und lehnte sich zu Parceval hinüber, ganz der Anwalt, der auf einem öffentlichen Gang Dinge mit seinem Mandanten besprechen muss und vermeiden will, dass sie gehört werden. Parceval blickte unwillkürlich zu den Polizeibeamten hinüber, die außer Hörweite standen und mit einer Mischung aus Langeweile und Misstrauen herüberschauten. »Ich gebe Ihnen jetzt die Mappe und zeige Ihnen etwas darin. Aber es geht gar nicht um die Mappe – die Dokumente darin sind willkürlich zusammengestellt. Es geht hierum.«

Fleisser überreichte Parceval die Mappe und enthüllte ein flaches Mobiltelefon, das daruntergelegen hatte.

»Wenn Sie mir die Mappe wiedergeben, nehmen Sie das Telefon an sich. Die Polizisten sollen davon nichts mitkriegen. Auf dem Telefon ist ein Video, das Sie unbedingt sehen müssen. Kriegen Sie es hin, es irgendwo anzuschauen?«

Fleisser hatte die Mappe geöffnet, während er gesprochen hatte, und auf verschiedene Dokumente gezeigt. Es musste von Weitem so wirken, als erkläre er seinem Mandanten irgendetwas, das sich nur aus den Unterlagen erschloss. Fleisser hatte fein manikürte Hände und am kleinen Finger der linken Hand einen schmalen silbernen Ring. Der Fingernagel war lang. Abgesehen davon, wirkte er geradezu demonstrativ bieder, sein Anzug war von der Stange, sein Haar unauffällig geschnitten und sein Gesicht sauber rasiert.

»Wenn ich auf die Toilette gehe, folgt mir ein Beamter bis vor die Tür der Herrentoilette, aber nicht hinein«, sagte Parceval.

»Gut«, sagte Fleisser. »Das Handy hat keine PIN. Sie können einfach die Video-App öffnen und den Film ansehen. Es gibt sonst keine Dateien auf dem Gerät. Der Film ist stumm, Sie müssen also nicht befürchten, dass der Polizist vor der Kabine etwas mitbekommt.«

»Was ist auf dem Film drauf?«, fragte Parceval.

Fleisser kratzte sich am Kopf. »Um ehrlich zu sein: Ich weiß es auch nicht. Man hat mir nur gesagt, dass Sie ihn sich dringend ansehen müssen.«

»Na gut.«

»Ich warte hier auf Sie.«

In der Toilette klappte Parceval den Deckel hoch, zog sich die Hose herunter, damit der Beamte vor der Tür die üblichen Geräusche vernehmen konnte, und hockte sich hin. Das Handy war nagelneu, auf dem Display klebte noch die Schutzfolie. Was immer darauf war, war wahrscheinlich mit einem anderen Gerät aufgenommen und hierher überspielt worden. Parceval fand die Video-App und betätigte sie. Die App öffnete ein Archiv, in dem sich ein einziges Icon befand. Es war schwarz. Parceval tippte darauf.

Mit steigender Fassungslosigkeit sah er den Film an. Weil der Film ohne Ton aufgenommen war, konnte man die Schreie nicht hören, aber irgendwie machte die Lautlosigkeit ihn nur umso schlimmer. Er war in der Polizeistation in Kunduz aufgenommen worden, offenbar kurz nach dem Überfall. Er konzentrierte sich auf vier Menschen. Drei davon gehörten zu den Männern, die die Station überfallen hatten. Der vierte war ein Junge im Teenageralter, der Sohn eines der afghanischen Polizisten. Das Bild verschwamm vor Parcevals Augen, als ihm Tränen in die Augen stiegen. Er hatte den Jungen gekannt. Sein Magen revoltierte, aber er bezwang ihn. Er ertappte sich dabei, wie er betete, dass alle anderen in der Polizeistation schon tot gewesen waren, als dieser Film aufgenommen worden war. Vor allem der Vater des Jungen.

Der Film dauerte drei Minuten. Der Tod des Jungen dauerte drei Minuten. Am Ende war ein Cut, und ein weißes Stück Papier wurde in die Kamera gehalten. Es war offensichtlich eine andere Kamera und eine andere Location – die Videoqualität unterschied sich, und das Licht auch. Auf dem Papier standen vier Worte:

DU HAST NICHTS ERREICHT.

Parceval starrte auf die Botschaft. Er starrte auf die Hände, die den Zettel hochhielten. Am kleinen Finger der linken Hand steckte ein schmaler silberner Ring. Der Besitzer der Hand machte gar keinen Versuch, ihn zu verbergen. Der Fingernagel war lang.

Parceval ließ das Telefon fallen. Er rannte aus der Toilette hinaus auf den Gang. Der Beamte, der davor auf ihn wartete, zuckte erschrocken zusammen. Parceval stieß ihn einfach beiseite und raste auf die Treppen zu, die in das Stockwerk darüber führten, wo sich sein Gerichtssaal befand und wo Fleisser ihm das Telefon überreicht hatte. Er rannte die Stufen hinauf, zwei, drei auf einmal nehmend. Hinter sich hörte er den Polizisten rennen und seine aufgeregte Stimme: »Stehen bleiben!« Sie hallte, sich überschlagend, durch das Gebäude. Parceval erreichte das nächste Stockwerk, schlitterte um die Kurve und rannte auf den Platz zu, an dem er gesessen hatte. Die Polizisten, die dort gewartet hatten, liefen bereits auf ihn zu. Er wich dem einen aus und ließ sich wie ein Fußballspieler fallen, um dem nächsten die Beine wegzugrätschen und unter ihm durchzurutschen. Dann hatte er freie Sicht auf die Wartestühle. Sie waren leer. Fleisser war nicht mehr da. Wut und Entsetzen erloschen. Parceval rappelte sich nicht einmal mehr auf, sondern spannte nur seine Muskeln an und rollte sich zusammen, als sich die Beamten auf ihn stürzten und ihn am Boden festnagelten.

Zu den nächsten Gerichtsterminen wurde er in Hand- und Fußfesseln gebracht. Man machte sich die Mühe, auf seinen Hinweis hin in der Toilette nach dem Handy zu suchen, aber bis er einen der Beamten endlich so weit hatte, waren mindestens zehn Minuten vergangen und das Handy verschwunden. Ein alter Opa mit Krücken hätte genug Zeit gehabt, es in der Zwischenzeit abzuholen, doch Parceval wusste, dass es Fleisser gewesen war. Seine Verteidigerin war sauer auf Parceval, weil er ihre Kanzlei in Verruf gebracht hatte. Sie beschäftigte keinen Anwaltsgehilfen namens Fleisser und hätte auch nie einen ihrer Angestellten dazu angehalten, ihrem Mandanten heimlich Material zuzuspielen – aber all das war Parceval ohnehin klar gewesen. Er schilderte dem Gericht, was er auf dem Film gesehen hatte, und erntete schockierte, angewiderte und skeptische Blicke. An der Einstellung der Richter seiner Person gegenüber änderte sich nichts. Eine halbherzige Fahndung nach dem Mann, der sich als Dominik Fleisser ausgegeben hatte, blieb erfolglos. Als der eigentliche Prozess gegen Parceval wieder aufgenommen wurde, verstand er erst die höhnische, bittere Doppelbedeutung der Botschaft auf dem Papier.

DU HAST NICHTS ERREICHT.

Erst später ging ihm auf, dass derjenige, der ihm diese Botschaft zukommen ließ, in seiner Überlegenheit auch einen Fehler gemacht hatte. Dominik Fleisser und seine Auftraggeber hatten genau gewusst, was in Afghanistan vorgefallen war. Sie hatten ein Video von der Enthauptung eines Teenagers gehabt, dessen Aufzeichnung vermutlich vorher schon geplant gewesen war, weil die Gotteskrieger ein perverses Vergnügen daran hatten, ihre Grausamkeiten auf Film festzuhalten. Sie hatten dem Video einen zweiten Nutzen verliehen – sie hatten es Parceval gezeigt, um ihn zu demütigen und ihm zu beweisen, dass die fünfzehn toten Männer, die auf sein Konto gingen, nichts änderten und sein Rachefeldzug gar nichts gebracht hatte. Die Ermordeten konnte er damit trotzdem nicht wieder lebendig machen.

DU HAST NICHTS ERREICHT.

Es stimmte, was die letzten sechs Jahre betraf. Doch nun war Parceval frei, und nun würde sich das ändern.

29

Die Erinnerung an das Video und die Bilder, die wachgerufen worden waren, brachten Parceval dazu, einen Einfall in die Tat umzusetzen. Er war in ihm gereift, seit er das Gespräch zwischen Martin Zach und Britta Durrani mit angesehen hatte. Dazu rief er Durranis Büro an.

Eine Dame an einem Empfangsschalter meldete sich nach kurzem Klingeln.

»Ich möchte bitte mit Herrn oder Frau Durrani sprechen«, begann Parceval.

»Ich bedauere, die Familie Durrani ist zurzeit…«, erklärte die Rezeptionistin.

»Hier spricht Kriminaldirektor Martin Zach«, unterbrach Parceval sie. »Ich kenne die Situation. Bitte verbinden Sie mich.«

Statt einer Antwort kam ein Klicken, dann erklang Pausenmusik. Schließlich meldete sich eine kühle Frauenstimme.

»Herr Zach? Hier ist Britta Durrani.«

»Hier ist nicht Martin Zach«, sagte Parceval und beeilte sich fortzufahren, bevor Durrani auflegte. »Ich bin ein Kollege. Wir haben uns bereits kennengelernt. Auf dem Parkplatz des Präsidiums. Gestern Mittag.«

»Ich erinnere mich«, sagte Britta Durrani. »Warum haben Sie der Telefonistin den Namen Ihres Chefs genannt?«

»Weil ich sichergehen wollte, dass Sie den Anruf annehmen. Mein Name hätte Ihnen nichts gesagt.«

»Ich kenne ihn ja noch nicht mal.«

»Rolf Lemke«, sagte Parceval.

»Und warum rufen Sie uns an, Herr Lemke?«

Parceval zögerte. »Wie ist Ihr Informationsstand?«

Eine erneute kleine Pause entstand. »Wenn Sie fragen wollen, ob man uns schon mitgeteilt, dass Zainab tot ist: Ja, das hat man.«

Parceval schwieg. »Es tut mir sehr leid«, sagte er dann.

»Wieso müssen Sie da bei uns nachfragen?«, erkundigte sich Britta. »Sie müssten doch über die Kommunikation Ihres Chefs und Ihrer Kollegen Bescheid wissen.«

»Ich bearbeite einen anderen Fall.«

»Und warum rufen Sie dann überhaupt an?«

Ja, dachte Parceval, *warum rufe ich an? Weil mir die Ausweichmanöver und die Lügen Zachs plötzlich zuwider sind? Weil ich sicher bin, dass in dem kurzen Chaos des Verantwortungsübergangs von Zach zu Sabine Conrad das Mitgefühl keine Rolle gespielt hat, als man dich und deinen Mann über den bestätigten Tod Zainabs unterrichtete?*

Und wenn es so war? War er der richtige Mann, um Mitgefühl auszudrücken? Er bezweifelte es. Er verfluchte sich bereits dafür, der Gefühlsaufwallung nachgegeben zu haben, die die Erinnerung an das Video in ihm hervorgerufen hatte.

»Ich wollte Ihnen versichern, dass der Täter seiner gerechten Strafe zugeführt wird, Frau Durrani. Ich wollte Ihnen sagen, dass alle Kolleginnen und Kollegen entsetzt sind über das, was geschehen ist, und dass Sie und Ihr Mann unser tiefstes Mitgefühl haben. Jeder hier wünscht sich, er hätte Ihre Tochter schützen können.« Parceval schwieg. Er war überzeugt, dass er mit seinen unbeholfenen Worten alles nur noch schlimmer gemacht hatte. *Ich hätte nie anrufen dürfen*, dachte er. *Ich bin ein Idiot.*

»Wissen Sie, Herr Lemke«, sagte Britta langsam, »dass Sie der erste Polizeibeamte sind, der so etwas sagt?«

Parceval erwiderte nichts. Er dachte daran, dass damals, bei seinem Prozess, niemand auch nur ein Sterbenswörtchen darüber verloren hatte, wie er sich fühlte. Alles, was jeder in ihm gesehen hatte – die Kolleginnen und Kollegen in Deutschland, die Anwälte, die Richter, die Öffentlichkeit –, war das Monster, das aus primitiven Rachegefühlen heraus fünfzehn Männer ermordet hatte.

»Ich danke Ihnen für Ihr Mitgefühl«, sagte Britta. »Auch im Namen meines Mannes. Sie werden verstehen, dass er nicht in der Lage ist, selbst ans Telefon zu kommen.«

»Ich verstehe das«, erwiderte Parceval.

»Auf Wiederhören, Herr Lemke.«

»Auf Wiederhören.«

Parceval starrte das Handy an, dann drückte er auf das Icon, das das Gespräch von seiner Seite aus unterbrach. Er schaltete das Gerät ganz aus. In der Stille der Wohnung nahm er gedämpfte Schreie wahr. Er öffnete die Wohnungstür und horchte hinaus. Der Lärm kam von oben. Es klang, als würde jemand geschlagen. Eine Frau. Dramatische elektronische Musik erklang gleich darauf und das Klatschen eines Studiopublikums, hörbar aus einem viel zu laut aufgedrehten Fernseher. Eine vormittägliche Reality-Show, niedrigstes Niveau, das man sich im angebotenen Fernsehprogramm ansehen konnte. Die Schreie waren jetzt nicht mehr zu hören. Vermutlich hatten sie zu dem Einspieler für die Show gehört.

Aber Parceval war sich sicher, dass der Fernseher erst eingeschaltet worden war, nachdem die Schreie angefangen hatten.

Was sollte er tun? Er dachte an Ksenias Warnung, sich nirgends einzumischen. Er starrte das Treppenhaus hinauf. Schließlich drehte er sich um und kehrte wieder in die Wohnung zurück.

30

Im Haus der Durranis saß Britta Durrani auf der Armlehne eines Sessels und betrachtete nachdenklich das Telefon, mit dem sie soeben das Gespräch beendet hatte. Dann stand sie auf und ging in ein Privatbüro, das in dem Haus eingerichtet war. Fayaz Durrani saß dort an einem Schreibtisch und ordnete Unterlagen. Er blickte fragend auf.

»Parceval hat angerufen«, sagte sie.

»Kein Zweifel?«

»Kein Zweifel. Ich habe ihn schon auf Parkplatz des Präsidiums erkannt. Ich weiß nicht, warum Zach ihn aus dem Gefängnis geholt hat – ich denke, er sollte Russ einschüchtern, weil Zach zu feige war, es selbst zu tun. Parceval hat sich als Kripobeamter ausgegeben, der uns sein Mitgefühl ausdrücken wollte.«

»Also stimmt das mit dem Fahndungsaufruf nach Parceval doch«, sagte Fayaz Durrani. »Er ist ausgebrochen – sonst hätte er nicht anrufen können.«

»Parceval ist frei«, bestätigte Britta.

Fayaz nickte langsam. »Scheiße«, sagte er dann.

31

Parceval verbrachte den Rest des Tages mit Grübeleien. Er war nie ein großer Vorausplaner gewesen. Sein strategisches Geschick bewies sich darin, unmittelbar auf Situationen zu reagieren. Vielleicht nicht immer klug, aber immer effizient. Deshalb hatte er auch keinen Plan gehabt, was er als Erstes tun würde, wenn ihm die Flucht aus dem Bau gelang oder er vorzeitig entlassen würde. Die Spur in Deutschland aufnehmen, die sich mit dem Handyvideo ergeben hatte. Sich zu den Verantwortlichen vorarbeiten, denen, die hinter dem Anschlag auf seine Polizeistation steckten und die damit Geld verdient hatten. Aus ihnen herausholen, was er wissen wollte; denn es ging nicht nur um Rache. Beileibe nicht. Es ging um das eine große Versprechen, das er den Menschen gegeben hatte, die ihm am meisten bedeuteten, und das er vor sechs Jahren nicht hatte halten können. Er hatte nie die Hoffnung aufgegeben, das Versprechen doch noch einzulösen – wann immer das war … irgendwann … Sobald er aus dem Gefängnis frei war.

Irgendwann. Heute. Irgendwann war unverhofft zu *jetzt* geworden.

Und wenn er sein Versprechen eingelöst hatte, würde

er noch einmal zu den Verantwortlichen zurückkehren und sie eliminieren. Das war im Grunde die einzige andere Gewissheit in seinen Überlegungen gewesen: dass er diejenigen, die für all das Leid verantwortlich waren, töten würde. Es ging auch hier nicht nur um Rache. Es ging um Prävention. Es ging darum, dass Menschen, die solche Verbrechen anordneten und dabei noch Geld verdienten, daran gehindert werden mussten, es noch einmal zu tun oder die Früchte ihres Tuns genießen zu können. Es ging darum, dass in Parcevals Augen ihr Tod einfach eine Notwendigkeit war.

Aber wo und wie genau er damit beginnen sollte – keine Ahnung. Er war deswegen nicht nervös. Er hatte eine sichere Bleibe. Die Polizei würde ihn hier nicht finden. Er hatte genug Zeit, um sich etwas auszudenken, um erste vorsichtige Erkundigungen einzuziehen, um Ksenia zu bitten, ihn zu unterstützen.

Er legte sich schlafen.

Das Gehämmer gegen seine Wohnungstür weckte ihn. Er spähte auf die Uhr. Noch eine gute Stunde bis Mitternacht. Selbst Nachbarschaftsterror schien ein gewisses starres Zeitraster zu besitzen. Er stand vom Sofa auf und ging leise bis in den Flur, ohne das Licht einzuschalten. Die Tür erzitterte von einzelnen Faustschlägen. Gelächter war zwischen den Schlägen zu hören, das alberne Kichern zweier Männerstimmen, deren Besitzer einiges intus hatten. Im nächsten Moment sprang die Türklingel an und summte in einem hässlichen Dauerton.

»He, Mongoschlampe!«, hörte Parceval jemanden rufen, der den Mund so dicht an den Türspalt wie möglich gebracht haben musste. »Seh dein Rollstuhl gar nicht!

Brauchst ihn grade nich? Dann mach mal die Beine breit, damit du was vom Leben spürst!«

Eine andere Stimme wieherte vor Lachen und setzte nach einem Fußtrittgepolter gegen die Tür hinzu: »Wer solls der Bitch denn besorgen, du Opfer? Willst du vielleicht ran?«

»Scheiße, nee, ich steck ihn doch nich in totes Fleisch!« Kurze Pause. Dann: »He, Mongoschlampe, hast gehört? Totes Fleisch! Du bist totes Fleisch.«

»Ne tote Pussy!«

Das Gepolter hörte plötzlich auf. Parceval nahm jetzt eine weitere Stimme wahr, die offenbar von einer weiter oben liegenden Wohnung kam.

»Bitte unterlassen Sie das doch!«, rief die Stimme, eine Männerstimme, die sich dünn anhörte. Es konnte auch daran liegen, dass die Entfernung und die geschlossene Tür sie nur dünn klingen ließen. Parceval lauschte.

»Ey, was willst'n, du Spast?«, grölte einer der beiden Schreihälse, die vor Parcevals Tür standen. »Soll'n wir dir die Tür einschlagen oder die Fresse, Mann? Das geht dich hier gar nix an!«

»Seien Sie doch bitte vernünftig. Frau Ziegler hat Ihnen nichts getan.«

»Du hast mir auch nix getan, und ich reiße dir trotzdem gleich die Eier ab!«, brüllte einer der beiden. »Komm her, du Arschgeige!«

Schritte liefen schnell die Treppe hinauf. Oben klappte eine Tür zu. Der Knall hallte durchs Treppenhaus. Parceval stellte sich vor, wie jemand zitternd von innen abschloss, dann noch die Kette vorlegte und sich dann schwitzend dafür verfluchte, Partei ergriffen zu haben.

»He, der Schwanzlutscher will nich mit dir spielen!«, rief der vor der Wohnungstür verbliebene Schreier.

»Ja, is' mir doch scheißegal, Alter. Kommste jetzt oder nich?« Ein lautes Rülpsen wurde hörbar, das kunstvoll in die Länge gezogen wurde. »He, Leute!«, brüllte der Rülpser. »Das hat runter besser geschmeckt als rauf!«

Erneut ertönte das zweistimmige, alberne, betrunkene Kichern, dann stapften beide mit schweren Schritten die Treppe hinauf. Parceval richtete sich auf und stellte fest, dass er den Wohnungsschlüssel vom Bord genommen hatte, ohne es zu merken.

Er wollte ihn wieder zurückhängen, aber stattdessen verschloss er ihn in einer Faust und öffnete mit der freien Hand die Wohnungstür.

Verdammt, dachte er. Genau davor hatte Ksenia ihn gewarnt. Er hatte ihr versprochen, sich bedeckt zu halten!

Mit diesem Gedanken huschte er den beiden Störenfrieden bereits barfuß hinterher. Bei ihrer Wohnungstür im obersten Stockwerk hatte er sie eingeholt. Er hatte es sich schon an den Stimmen und ihrer Art zu sprechen gedacht – sie waren noch Teenager. Er schätzte sie auf höchstens achtzehn Jahre, auch wenn ihre pludrigen Seidenballonhosen, die Tanktops, die mächtigen Oberarmmuskeln und ihr Haarschnitt sie älter aussehen ließen.

»Hey!«, sagte er.

Die beiden drehten sich überrascht um.

»Ihr habt an meiner Wohnungstür geklingelt. Wolltet ihr euch Eier ausleihen oder was?«

Die beiden jungen Männer sahen sich an. Sie waren sichtlich erstaunt, dass sie angesprochen wurden. »Was bist'n du für'n Spast?«, fragte der eine. Er hatte ein Stinkefinger-Tattoo auf der Schulter. Sein Kamerad trug links und rechts dicke schwarze Tunnelohrringe. »Wohnst du bei der Mongoschlampe?«

»Ich bin der Bruder der Mongoschlampe«, sagte Parceval. Er speicherte seine Gesprächspartner als Stinkefinger und Ohrring ab.

Die beiden begannen zu grinsen. »Der groooоße Bruder«, dehnte Stinkefinger. »Passt dir was nich, großer Bruder?«

»Ich bin in Wirklichkeit der kleine Bruder. Und mir passen eure blöden Fressen nicht, wenn ihr's schon wissen wollt.«

Das Grinsen der beiden erlosch.

»Ich dachte«, sagte Parceval, »ihr wolltet euch Eier ausleihen, damit ihr auch mal welche habt.«

»Hau ab, du Spast«, zischte Stinkefinger. »Sonst hol ich mein Alten, der wirft dich die Treppe runter.«

»Ist dein Alter noch wach um diese Zeit?«

»Kann ja mal anklopfen«, sagte Stinkefinger mit einem plötzlichen Grinsen und einer schnellen Bewegung. Parceval ahnte, was er vorgehabt hatte: Er hatte Parceval im Genick packen und mit dem Gesicht gegen den Türrahmen dreschen wollen, doch er blockte den Angriff ab, verdrehte Stinkefingers Arm und zwang ihn auf ein Knie. Schockiert und aufgebracht starrte der junge Mann zu ihm nach oben. Parceval erwiderte den Blick und zuckte gleichzeitig mit den Schultern, als wolle er sich dafür entschuldigen, sich gewehrt zu haben.

Aus dem Augenwinkel sah er Ohrring zu einem mächtigen Tritt ansetzen – ein sogenannter Roundhouse Kick. Offensichtlich verstand der junge Mann etwas vom Kickboxen. Parceval verstand etwas von den Techniken, mit denen man zwar keine Meisterschaft gewann, aber als Sieger aus einer Auseinandersetzung hervorging. Vor allem verstand er, dass man nur dann einen Kontakt mit einer Faust oder einem Fuß zuließ, wenn man es nicht vermeiden konnte. Ansonsten wich man aus.

Er ließ Stinkefingers Arm los und wich aus.

Der Roundhouse Kick traf Stinkefinger seitlich am Kopf und holte ihn von den Füßen. Er prallte hart mit dem Rücken gegen die Wand und schlug mit dem Hinterkopf dagegen. Mit glasigen Augen sackte er in sich zusammen. Ohrring, immer noch auf einem Bein stehend und das zweite ausgestreckt in der Luft, starrte seinen Kumpan fassungslos an.

Parceval griff nach dem ausgestreckten Bein und hob es in die Höhe, sodass Ohrring das Gleichgewicht verlor und zu Boden fiel. Mit einem Knurren kam er wieder in die Höhe und hob die Fäuste.

»Tu das nicht«, seufzte Parceval.

Ohrring kam mit abgehackten Kampfkunstbewegungen und vorstoßenden Fäusten auf Parceval zu. Parceval wich zur Wand des Treppenhauses zurück und lenkte beim nächsten Stoß die heranfliegende Faust einfach weiter. Die Faust hämmerte mit voller Wucht gegen die Wand – mit zehn Metern pro Sekunde ungebremst gegen ein Hindernis, das keinen Millimeter nachgab.

Parceval sah, wie sich Ohrrings Gesicht zu einer Grimasse verzog, die zuerst Schock und dann Schmerz widerspiegelte. Ohrring fiel auf die Knie, den verletzten Arm halb erhoben, die Hand schlaff nach hinten baumelnd und der Unterarm in Sekundenschnelle dick werdend dort, wo der unbarmherzige Aufprall vermutlich Elle oder Speiche gebrochen hatte. Sein Mund öffnete sich zu einem lautlosen Schmerzensschrei.

Parceval seufzte erneut. Er atmete nicht einmal schneller. Er trat an die Wohnungstür und presste den Finger auf den Klingelknopf.

32

Als Parceval die Wohnung wieder verließ und die Treppe hinunterstieg, stand auf dem Absatz, an dem die Treppe eine Kehre machte und ins Stockwerk darunter führte, ein Mann. Der Mann trug einen ausgeleierten Jogginganzug und Birkenstock-Sandalen, aber sein Haar war gekämmt; er sah weder nach Alkoholiker noch nach Tagedieb aus, nur wie jemand, der um diese Zeit eigentlich schon gerne geschlafen hätte und durch den Lärm davon abgehalten wurde.

»Ist was passiert? Hat es einen Unfall gegeben?«, fragte er.

Parceval wusste im ersten Augenblick nicht, was er sagen sollte. Er ahnte, dass er den Nachbarn vor sich hatte, der vorhin versucht hatte, Stinkefinger und Ohrring von ihren Schikanen abzuhalten.

»Ich meine, weil Sie versucht haben, Erste Hilfe zu leisten. Übrigens sehr anständig von Ihnen. Ich habe auch gehört, dass jemand hingefallen sein muss, aber ich brauchte zu lange, um mich anzuziehen.« Er grinste.

Parceval begann ebenfalls zu grinsen. »Es sieht nicht nach einem Unfall aus, eher nach einem kleinen Streit unter Kumpels, der ein bisschen ausgeufert ist. Und dann versuchte noch eine dritte Partei, sich einzumischen.«

»Oje«, sagte der Mann. »Die Leute in der Wohnung sind tatsächlich ein bisschen temperamentvoll. Konnten Sie helfen?«

»Ich glaube, dass es nicht völlig unangebracht wäre, einen Krankenwagen zu rufen.«

»Oh, das ist ja schlimm«, sagte der Nachbar und strahlte dabei übers ganze Gesicht. »Darf ich fragen, wie Sie hier ins Haus gekommen sind?«

»Ich bin nur zu Besuch hier«, sagte Parceval und begann sich für seine verdammte Einmischung in die Angelegenheiten anderer Leute zu verfluchen.

»Ah.« Der Nachbar dachte eine Sekunde lang nach. »Bei Frau Ziegler?«

»Man könnte sagen, ich passe auf ihre Wohnung auf«, erklärte Parceval mit zusammengebissenen Zähnen. Er begann sich zu fragen, ob der Nachbar den Fahndungsaufruf gesehen und bereits begonnen hatte, eins und eins zusammenzuzählen.

»Muss man sich vor Ihnen in Acht nehmen?«, fragte der Nachbar mit entwaffnender Offenheit.

Parceval schüttelte den Kopf.

»Und mit der Wohnung von Frau Ziegler wird alles in Ordnung sein, wenn sie aus der Kur zurückkommt?«

»Ja«, sagte Parceval.

Der Nachbar nickte. »Wissen Sie«, sagte er, »ich glaube, ich werde heute Nacht über mich selbst hinauswachsen. Ich werde mich um die Familie Gillmeier kümmern, bei denen ein Familienstreit eskaliert ist, ich werde den Krankenwagen anrufen, ich werde mich überzeugen, dass es Frau Gillmeier und ihrer Tochter gut geht…« Er ließ die letzten Worte wie eine Frage in der Luft hängen.

»Sie müssen durch den Türspalt des Schlafzimmers mit ihnen sprechen«, erklärte Parceval ihm. »Dorthin haben sie sich geflüchtet. Wie gut es ihnen geht, müssen Sie selbst beurteilen. Ich habe ein fast verheiltes Veilchen bei der Tochter gesehen und einen frischen blauen Fleck im Gesicht der Mutter.«

»Ich habe die Schreie gehört«, sagte der Nachbar. »In vielen Nächten.« Er räusperte sich. »Jedenfalls werde ich heute Abend der Meister der Zivilcourage sein und behaupten, dass ich mich um alles ganz allein gekümmert und sonst keinen Menschen gesehen habe.«

»Man freut sich über eine Mietergemeinschaft mit einem so guten sozialen Zusammenhalt«, sagte Parceval.

»Das Haus hier ist ein Musterbeispiel dafür«, erklärte der Nachbar.

»Gute Nacht«, sagte Parceval und schritt an dem Mann vorbei. Er kam bis ins nächste Geschoss, dann hörte er den Nachbarn ihm leise hinterherrufen.

»Ich habe Frau Ziegler mehrfach angeboten, für sie die Polizei zu rufen. Sie lehnt es immer ab. Sie sagte, die würden ihr doch nicht helfen.«

»Sie hätten ihr selbst helfen können«, sagte Parceval, der stehen geblieben war.

»Ja«, gab der Nachbar zu. »Das hätte ich tun können.«

»Es ist nie zu spät, damit anzufangen«, sagte Parceval.

Zurück in der Wohnung stapfte er eine ganze Minute ziellos darin herum, ballte die Hände zu Fäusten und entspannte sie wieder, versuchte, seinen verkrampften Kiefer zu lockern und seinen Herzschlag zu beruhigen. Er füllte ein Glas mit Leitungswasser und trank es in einem Zug aus, dann füllte er es noch einmal und leerte es wieder. Er fand eine Dose Baked Beans, öffnete sie und löffelte den kalten Inhalt direkt aus dem Blech. Er trank ein weiteres Glas Wasser.

Dann setzte er sich aufs Sofa und aktivierte das Handy. Überrascht sah er, dass jemand versucht hatte, ihn zu erreichen. Die Anrufliste zeigte eine Mobilnummer an, die er nicht kannte. Er ignorierte sie zunächst und rief Ksenia an. Sie ging nach dem dritten Klingeln ran.

»Du schläfst überhaupt nie, oder?«, fragte Parceval.

»In welchen Schwierigkeiten steckst du?«, fragte Ksenia zurück.

»Ich brauche eine neue Bleibe.«

»Die Terrornachbarn?«

»Ja.«

»Gibt es Tote?«

»Wofür hältst du mich?«, fragte Parceval.

»Wurdest du gesehen?«

»Von einem Nachbarn. Ich weiß nicht, ob er mich erkannt hat, glaube es aber nicht. Er hat mir zwar ein Alibi angeboten, aber ich habe keine Ahnung, ob ich mich darauf verlassen kann.«

»Gut. Du verlässt die Wohnung sofort. Kehre nicht zurück. Wie schnell kannst du draußen sein?«

»Ich muss noch abspülen.«

»Pfeif aufs Abspülen.«

»Ein paar Minuten«, sagte Parceval.

»Na gut. Geh ein bisschen spazieren. Es ist Sommer. Berlin bei Nacht… Touristen zahlen dafür Geld. Ich finde was für dich. Schalt das Handy jede halbe Stunde ein, und ruf mich zurück, wenn du siehst, dass ich dich zu erreichen versucht habe.«

»Tut mir leid, dass ich dir solche Schwierigkeiten mache.«

»Bin nichts anderes gewohnt von dir«, sagte Ksenia und legte auf.

Parceval betrachtete nachdenklich das Display des Telefons, dann rief er die Anrufliste erneut auf. Er starrte auf die unbekannte Nummer. Er kannte sie nicht, da war er sich absolut sicher. Aber er hatte eine Ahnung, wem sie gehören konnte. Es gab nur einen Menschen, der – außer Ksenia – überhaupt an seine Mobilnummer gekommen sein konnte. Er hatte Ksenia nichts von diesem Anruf mitgeteilt. Er hatte gewusst, was sie darauf geantwortet hätte. Nämlich zwei Dinge: Erstens – er war ein Vollidiot, sein Handy für etwas anderes benutzt zu haben als für die Kommunikation zwischen Ksenia und ihm; und zweitens – er durfte auf keinen Fall dort zurückrufen.

Mit diesem Wissen drückte Parceval auf den Rückrufknopf.

33

Die Reaktionszeit war noch kürzer. Sie meldete sich schon nach dem zweiten Klingeln.

»Herr Lemke?«, fragte sie.

»Frau Durrani?«

»Danke, dass Sie zurückrufen. Ich weiß, dass Sie vermutlich außer Dienst sind.«

»Und Sie sollten um diese Zeit schlafen.«

»Glauben Sie wirklich, dass ich schlafen könnte?«

»Nein.«

»Sie fragen sich sicher, warum ich versucht habe, Sie zu erreichen.«

»Ja.«

»Von den Beamten, die wegen Zainab ermittelt haben, kenne ich nur Ihren Chef und Sie. Ihr Chef ist nicht mehr damit befasst, hat man uns mitgeteilt. Deshalb sind Sie meine einzige Hoffnung.«

»Sie kennen mich nicht«, sagte Parceval. »Sie haben mich nur ein einziges Mal auf einem Parkplatz gesehen.«

Britta Durrani schwieg. Parceval wusste nicht: Weinte sie oder dachte sie nach oder war sie einfach nur zu erschöpft, um weiterzusprechen? Aber er wusste, dass es besser gewesen wäre, das Gespräch zu beenden. In diesem Moment sah er wieder das dunkle, staubige, mit Betonbröckchen versetzte Haar vor sich, das aus dem BMW hing, und mit diesem Bild vermischt den letzten Anblick, den er von Saïf, Birgit und Miray gehabt hatte. Er wusste, dass er die beiden Bilder voneinander trennen sollte, aber es gelang ihm nicht.

Er sagte erneut zu Britta Durrani: »Sie kennen mich wirklich nicht.«

»Ich brauche jemanden, der mir die Wahrheit sagt«, flüsterte Britta. »Was ist Zainab zugestoßen? Niemand sagt uns etwas. Mein Mann könnte es jetzt noch nicht ertragen, aber eines Tages wird er mich danach fragen ... und ich möchte ihm nicht sagen müssen, dass ich es nicht weiß.«

»Sie wollen die Aufgabe übernehmen, ihm dann die Wahrheit zu sagen?«

»Nein, ich möchte entscheiden können, ob ich lügen soll oder nicht.«

Parceval zögerte. Was sollte er ihr sagen? Ihre Stieftochter wurde vergewaltigt, erwürgt und dann in Beton eingegossen, und jeder, der damit befasst ist, ist froh, dass sie tot war, bevor der Beton kam?

»Ist es so schlimm?«, fragte Britta kaum hörbar.

»Ja«, sagte Parceval.

»Oh Gott. Oh mein Gott.« Parceval hörte Britta heftig atmen. »Bitte ... Sie müssen es mir sagen. Können wir uns treffen? Ich weiß, das ist ganz und gar gegen jede Regel, aber bitte ... können Sie eine Ausnahme machen?«

»Sie wollen sich mit mir treffen?«, fragte Parceval fassungslos.

»Ja ... ich muss Ihnen ins Gesicht sehen, wenn Sie es mir sagen. Ich kann das nicht ... ich kann das nicht am

Telefon … das geht nicht. Ich muss Ihnen ins Gesicht sehen. Bitte, Herr Lemke.«

»Es tut mir leid, aber …«

»Bitte. Ihre Kollegen und Vorgesetzten werden nie etwas davon erfahren. Bitte.«

»Ich bin der falsche Mann dafür.«

»Sie sind der einzige Mann dafür. Bitte. Nur kurz. Nur für diese eine Nachricht. Nur, damit ich endlich die Wahrheit kenne. Fünf Minuten.«

»Es ist falsch.«

»Nein, es ist richtig. Bitte, Herr Lemke.« Ihre Stimme brach für einen kurzen Augenblick, aber sie brachte sich wieder unter Kontrolle. »Bitte.«

Parceval wünschte, er hätte Britta Durrani nicht angerufen. Nicht jetzt, nicht heute Nacht.

»Wohin können Sie kommen, sodass es Ihnen keine Umstände macht?«, fragte sie.

»Es ist mitten in der Nacht!«

»Was für eine Rolle spielt das?«

Er wusste, dass er es nicht tun sollte. Er wusste, dass seine eigene Trauer um den Verlust der Menschen, die ihm das meiste auf der Welt bedeutet hatten, und seine Wut auf die Männer, die dafür verantwortlich waren, eine Falle stellten. Er wusste, dass Britta Durranis Leiden ein anderes war, das mit dem seinen nicht das Geringste zu tun hatte.

Ins Wohnzimmerfenster flutete auf einmal das zuckende, lautlose Licht eines Rettungswagens, der vor dem Haus hielt. Seit der hilfreiche Nachbar den Notruf betätigt hatte, konnte noch keine Viertelstunde vergangen sein. Der Krankenwagen war schnell gekommen, es musste in dieser Nacht ruhig zugehen in Berlin.

»Bahnhof Friedrichstraße«, sagte er. »Gleis 1. In einer Stunde.« Er checkte die Uhrzeit. »Um null Uhr dreißig.«

»Danke«, sagte sie.

»Es ist falsch«, sagte er.

»Nein«, sagte sie. »Ist es nicht. Danke.«

Sie beendete das Gespräch. Parceval ließ das Handy sinken und starrte ins Leere. Wieso kümmerte er sich um die Durranis, wenn er in Wirklichkeit etwas ganz anderes zu tun hatte? Seine Mission, die eigentlich schon an dem Tag vor neun Jahren begonnen hatte, an dem seine Schwester Birgit ihn zu einem Gespräch gebeten hatte.

34

»Saïf hat keinen Antrag gestellt, seine Aufenthaltsfrist zu verlängern«, sagte Birgit. »Obwohl man ihm angeboten hat, das Austauschprogramm für ihn noch mal um zwei Jahre auszudehnen.«

»Ich weiß«, sagte Parceval. Er wandte sich von seinem Schwager und seiner Nichte Miray ab. Miray saß oben auf einer Rutsche und versuchte, all ihren Mut zu sammeln. Saïf stand mit ausgebreiteten Armen unten, um sie aufzufangen, und versicherte ihr ein ums andere Mal, dass rutschen vollkommen ungefährlich war. Parceval hatte bereits von der Angelegenheit gehört und erwartet, dass seine Schwester und sein Schwager ihm davon erzählen würden, als sie ihn zu diesem Nachmittagsausflug zu einem Spielplatz eingeladen hatten. Er hatte allerdings gedacht, dass Saïf das Thema selbst anschneiden würde.

Birgit erriet seine Gedanken. »Ich komme ihm zuvor.«

»Hat er dir verboten, darüber zu sprechen?«

»Verboten? Saïf? Saïf ist der wunderbarste Ehemann der Welt. Er würde mir nie was verbieten. Nein, er hat sich nur noch nicht getraut, es dir selbst zu sagen. Aber ich hab's nicht mehr ausgehalten, neben dir zu sitzen und zu schweigen.«

»Noch nicht getraut?«

»Saïf hat einen Heidenrespekt vor dir, das weißt du doch. Er überlegt seit Tagen, wie er es dir beibringen soll.«

Parceval fühlte einen Stich im Herzen, obwohl er gewusst hatte, was kommen würde. Er hatte es in dem Augenblick gewusst, in dem er erfahren hatte, dass sein Schwager eine weitere Verlängerung seines Aufenthalts hier in Deutschland ablehnen würde. Man musste auch kein Genie sein, um sich ausmalen zu können, was darauf folgte.

»Saïf geht zurück nach Afghanistan, und ihr geht mit ihm«, sagte er und versuchte ein Lächeln, von dem er fühlte, dass es nicht sonderlich gut gelang.

»Wir sind seine Familie«, sagte Birgit und strich Parceval über den Oberarm.

»Ihr seid auch meine Familie«, sagte Parceval.

»Ich weiß«, flüsterte Birgit.

Parceval hörte Miray juchzen. Sie war gerutscht. Saïf hob sie triumphierend in die Höhe und drehte sich mit ihr im Kreis. Als er sie absetzte, rannte sie zu der Bank, auf der Birgit und Parceval saßen.

»Mama, Miray ist gerutscht!«, rief sie atemlos.

»Ja«, lachte Birgit, »du bist die Tapferste von allen.«

Miray wandte sich an Parceval, als wäre der gerade eben eingetroffen und hätte nichts von Mirays Heldentat mitbekommen. »Miray ist gerutscht, Passewah!«

»Ich hätte mich das nicht getraut«, sagte Parceval ernsthaft.

Miray kicherte. »Ist ganz einfach, Passewah. Papa fängt dich unten auf.«

Parceval blickte zu Saïf hoch, der neben sie getreten

war. Saïf lächelte. Dann wurde er ernst. »Oh, Birgit hat es dir bereits verraten«, sagte er.

Birgit streichelte ihrer Tochter über den Kopf. »Komm, spiel ein bisschen. Wir Großen müssen mal eine Weile hier sitzen.«

Miray betrachtete Parceval nachdenklich. »Du kommst mit, Passewah«, sagte sie dann. Falls es eine Frage war, hörte man das Fragezeichen nicht.

»Nein, Miray, ich bleibe hier mit deinen Eltern sitzen«, sagte Parceval und lächelte ihr zu.

»Nicht jetzt«, winkte Miray ungeduldig ab. »Dann. Wenn wir weggehen. Dann kommst du mit.« Sie drehte sich um und hüpfte davon.

»Jetzt ist mir auch noch Miray zuvorgekommen«, sagte Saïf. Er seufzte und setzte sich neben Birgit. Sie nahm seine Hand.

»Du hast nicht viel zu melden mit zwei so selbstbewussten Frauen in der Familie«, sagte Parceval und grinste.

Saïf grinste zurück, doch dann siegte seine afghanische Erziehung, und er setzte die würdevolle Miene eines Mannes auf, der einem anderen ein Angebot macht, das von Herzen kommt. »Überlegst du es dir?«

»Was?«, fragte Parceval, um Zeit zu gewinnen.

»Mitzukommen in meine Heimat. Nach Afghanistan.«

»Ich habe hier meinen Job«, sagte Parceval. »Und ihr braucht mich dort unten nicht. Ihr habt euch.«

»Wir brauchen dich«, widersprach Saïf. »Und Afghanistan braucht Männer wie dich. Ich gehe zurück, weil ich hier gelernt habe, wie sich ein richtiger Polizist verhält. Ich will in meinem Land ein gutes Beispiel geben und andere ermutigen, mit der Korruption und der Clanwirtschaft aufzuhören. Aber es braucht weitere gute Vorbilder. Es braucht Ausbilder. Komm mit uns.«

»Das deutsche Polizeikontingent ist in Kunduz«, sagte Parceval. »Du kommst aus Kandahar. Wenn ich die Topografie richtig im Kopf habe, ist das genau am anderen Ende von Afghanistan.«

»Wenn du mitkommst, gehe ich nach Kunduz«, sagte Saïf. »Afghanistan ist Afghanistan. Es ist egal, in welcher Provinz ich versuche, ein Vorbild zu sein.«

»Wir meinen es ernst, Ralf«, sagte Birgit. »Bitte überleg es dir.«

Parceval musterte seine Schwester, dann seine Nichte, die wieder die Rutsche erklommen hatte und mit hocherhobenen Armen oben saß.

»Passewah, fang mich!«, rief sie.

»Hilf mir«, sagte Saïf leise. »Du bist nicht nur der Bruder meiner Frau, du bist auch mein Freund. Hilf mir, mein Land zu einem Ort zu machen, an dem man wieder ungefährdet leben kann. Hilf mir, meine Familie zu beschützen.«

»Passewah!«, rief Miray ungeduldig. »Fang mich!«

35

Der Bahnhof Friedrichstraße war ein Stahl-, Glas- und Klinkerbau, der direkt an der Spree lag und zu Zeiten, als es noch eine BRD und DDR gab, einen der wichtigsten Grenzübergänge zwischen West- und Ostberlin dargestellt hatte. Parceval hatte ihn als Treffpunkt gewählt, weil er wusste, dass er zu den meistfrequentierten Bahnhöfen Berlins gehörte und es auch jetzt hier noch von Menschen wimmeln würde. Wenn Fahnder sich dort befanden, die nach ihm suchten und ihn erkannten, würde Parceval schnell in der Menge untertauchen. Er wartete, bis die Sanitäter wieder das Treppenhaus heruntergepoltert waren, den Geräuschen nach eine Trage zwischen sich, auf der vermutlich Ohrring ins Krankenhaus gebracht wurde.

Nachdem der Rettungswagen abgefahren war, trat Parceval ins Treppenhaus hinaus, den Zweitschlüssel in der Tasche. Er sperrte die Wohnungstür ordentlich ab. Dann lauschte er. Das Haus lag vollkommen still, aber es war nicht die Stille friedlichen Schlafes. Es war eher die Stille, die auf dem Pausenhof einer Schule eintritt, wenn der neue Schüler dem Schulgrobian eine Abreibung verpasst und diesen besiegt hat – die Stille der Erkenntnis, dass plötzlich eine neue Situation eingetreten war und dass sich die Verhältnisse irgendwie geändert hatten. Parceval verließ das Haus, vergewisserte sich, dass Ksenia ihm keine Nachricht geschickt hatte, und schaltete das Handy ab.

Er war eine gute Viertelstunde vor der vereinbarten Zeit am Ziel und nutzte die Zeit, sich kurz umzusehen. Das Zwischen- und Erdgeschoss waren so belebt wie zu einer beliebigen Uhrzeit tagsüber. Nur daran, dass die meisten der Geschäfte im Erdgeschoss geschlossen hatten, konnte man erkennen, dass er sich außerhalb der normalen Geschäftszeiten hier aufhielt. Parceval hatte Gleis 1 als Treffpunkt genannt, weil er den Bahnhof nicht kannte, aber sicher war, dass jeder Bahnhof der Welt mindestens ein Gleis 1 besaß. Nun stellte er fest, dass auf diesem Gleis hauptsächlich die Regional- und Fernzüge fuhren und er um diese Uhrzeit entsprechend wenig genutzt wurde. Für die nächste halbe Stunde waren nur zwei Regionalzüge angezeigt. Er hatte sich gewünscht, dass mehr Betrieb wäre.

Auf der gegenüberliegenden Seite des Bahnhofs, auf den Gleisen 5 und 6, war dagegen das gleiche Gewusel an Menschen wie auf den beiden darunterliegenden Geschossen. Hier fuhren die S-Bahnen durch. Die Wartenden standen meistens in Gruppen zusammen, von denen sich einige zu kennen schienen, weil sie launige Bemerkungen oder Angaben über die weitere Abendplanung austauschten. Hauptsache, es geschah in einer Lautstärke, dass Parceval selbst auf Bahnsteig 1 noch jedes Wort verstand. Ihm fiel auf, dass sowohl die Gruppen als auch die einzeln stehenden Nachtschwärmer weit von der Bahnsteigkante weg standen. Parceval hatte im Bau gehört, dass es sich als neuer Beklopptensport entwickelt hatte, Nichtsahnende von hinten auf die Gleise zu schubsen oder sie Bahnsteigtreppen hinunterzutreten. Die Menschen waren vorsichtiger geworden.

Britta Durrani kam gute fünf Minuten nach der vereinbarten Zeit die Rolltreppe herauf, die am spreeseitigen Ende des Bahnsteigs lag. Er nahm an, dass sie nicht mit dem ÖPNV, sondern mit dem Auto gekommen war und es irgendwo am Reichstagsufer unterhalb der Bahnbrücke abgestellt hatte. Sie sah sich suchend um, erblickte ihn und kam nach einem winzigen Zögern auf ihn zu.

Auf dem Parkplatz des Polizeipräsidiums war sie im Kostüm und geschminkt gewesen. Jetzt war sie fast ungeschminkt und trug Jeans sowie ein weißes Hemd mit einem Pullover, den sie sich um die Schultern gelegt hatte. Sie sah jünger, aber zugleich verletzlicher aus. Als sie vor ihm stehen blieb, musste Parceval den Kopf nur ein wenig neigen, damit er ihr in die Augen schauen konnte. Sie trug flache Sneaker und war trotzdem beinahe so groß wie er.

Sie holte tief Luft und ließ sie dann langsam entweichen. Schließlich streckte sie die Hand aus. »Danke«, sagte sie.

Parceval erwiderte den Händedruck. Durranis Finger waren kalt. Ihre Wangenmuskeln zuckten nervös, als sie sich umsah. »Wollen wir hier reden?«

Parceval deutete zu einer Bank am Ende des Bahnsteigs. Britta Durrani setzte sich nicht, sondern legte nur eine Hand an die Rückenlehne, als bräuchte sie die Stütze. Um sie herum war der Bahnsteig menschenleer. Weiter zur Mitte des Gleises standen ein paar Leute und warteten offensichtlich auf einen Regionalzug, dessen An- und Abfahrt angezeigt war.

»Ich bin mir gar nicht mehr sicher, ob ich wirklich hören will, was man Zainab angetan hat«, begann Durrani.

»Wir können uns auch wieder verabschieden«, sagte Parceval.

»Nein ... nein. Ich würde mir dann ewig Vorwürfe machen. Bitte klären Sie mich auf. Ich kann das aushalten.«

»Die Ergebnisse der Obduktion deuten darauf hin, dass Zainab durch Gewalteinwirkung gegen ...« Er stockte, weil er sich selbst im unpersönlichen Ermittlungsjargon reden hörte. Er räusperte sich. »Zainab wurde erwürgt. Sie war schon tot, als der Beton ins Auto gegossen wurde.«

Britta Durrani nickte. Sie biss sich auf die Lippen. »Hat Russ ...? Hat er sie vorher ...?«

»Wahrscheinlich«, sagte Parceval sanft. »Es tut mir leid.«

Britta schluckte krampfhaft und schloss die Augen. »Können Sie mich ganz kurz festhalten?«, flüsterte sie. »Zu Hause muss ich die Starke spielen – aber ich breche bald zusammen, wenn ich nicht auch einmal kurz schwach sein kann.«

Parceval zögerte, aber dann zog er Britta zu sich heran. Sie lehnte sich mit herabhängenden Armen an ihn. Er spürte, wie sie zitterte und stoßweise atmete. Sie blieb eine ganze Minute reglos so stehen, dann wurde ihr Atem ruhiger, und sie bewegte sich. Parceval gab sie frei. Er hatte noch immer den Duft ihres Parfüms in der Nase.

»Wie geht es jetzt weiter?«, fragte sie.

»Wie meinen Sie das?«

»Mit Russ? Mit dem Täter?«

»Er hat – wenn auch unter Druck – auf Zainabs Fundort hingewiesen, was sein Verteidiger als Kooperation auslegen wird. Ich bin nicht informiert, was er darüber hinaus alles gestanden hat. Die Hinweise, wie Zainab zu Tode kam, stammen aus der Obduktion und gelten vorerst nur als Indizien. Es wird drei oder vier Tage dauern, bis die Ergebnisse der DNA-Analyse vorliegen.« Parceval ließ unerwähnt, dass das, was man da untersuchte, Spuren von Russ waren, um festzustellen, ob es seine DNA war. Britta Durrani würde es auch so wissen.

»Und dann?«

»Dann beginnt ein Prozess, bei dem der Staat als Ankläger und Sie und Ihr Mann vermutlich als Nebenkläger auftreten werden.«

»Und dann?«

Parceval musterte Britta, um deren Mund jetzt ein harter Zug lag. Die Kerben um ihre Mundwinkel hatten sich vertieft. »Ich verstehe nicht, worauf Sie hinauswollen.«

»Sie wissen genau, worauf ich hinauswill. Es wird einen Prozess geben. Darin wird Russ' Verteidigung erst einmal alles aufführen, was den Täter als jemanden dastehen lässt, der eigentlich gar nichts dafür kann – schlimme Kindheit, mangelnde Berufsausbildung, finanzielle Überforderung, Scheitern im Leben, möglicher Alkohol- oder Drogenkonsum zur Tatzeit, die seine Schuldfähigkeit beeinträchtigten, mangelnde impulsive Steuerungsfähigkeit aufgrund bereits länger vorhandener Abhängigkeit von Suchtmitteln …«

Parceval schwieg.

»Danach kommt der nächste Schritt in der Verteidigungsstrategie. Warum wurde aus einer versuchten Entführung ein Mord? Hat Zainab ihren Mörder vielleicht provoziert? Verspottet wegen seines Aussehens, seiner Herkunft, seiner sozialen Stellung? Oder hat sie ihn sexuell gereizt? War sie unpassend gekleidet? Hat sie anzügliche Bemerkungen gemacht? Oder hat sie ihm gedroht mit irgendwelchen barbarischen Racheaktionen, die er zu befürchten hätte, wenn er sie nicht gehen ließe? Hat ihr Verhalten dazu geführt, dass er im Affekt handelte, hat sie ihn erst zu dem Mord getrieben?«

»Die Verteidigung muss alles tun, um ihren Mandanten…«, begann Parceval, der fühlte, wie Brittas Worte etwas in ihm aufbrodeln ließen. Ja, die Verteidigung war verpflichtet, dem Angeklagten mit allen legalen Mitteln zu helfen. Legal war es auch, das Verhalten und das Ansehen des Opfers in den Dreck zu ziehen und zu versuchen, die Täter-Opfer-Rolle umzukehren. Die meisten Gerichte verachteten diese Taktik und rügten Verteidiger, wenn sie in ihrem Eifer übers Ziel hinausschossen – aber unterbinden konnten sie solch eine Strategie nicht. Und sie konnten auch nicht verhindern, dass die Hinterbliebenen sich in all ihrem Schmerz auch noch empörten und das Andenken des Opfers besudelt wurde. Die Gesetze einer zivilisierten Gesellschaft schützten auch die Rechte der Täter, manchmal schien es gar so, sie schützten in höherem Maß die der Täter als der Opfer. Letztlich hatten diese Rechte auch nichts mit Gerechtigkeit zu tun. Gesetze waren dazu da, das Zusammenleben einer Gesellschaft zu gestalten, und nicht, für Gerechtigkeit zu sorgen. Gerechtigkeit gab es wahrscheinlich nur vor Gott, und selbst da hatte Parceval seine Zweifel.

Britta schien seine Gedanken erraten zu haben. »Wieso hat ein Mann, der ein junges Mädchen vergewaltigt und zwei Morde aus Habgier begeht, überhaupt noch Rechte? In einer Gesellschaft, in der Moral und Gerechtigkeit eine Rolle spielen, sollte er damit alle seine Rechte verwirkt haben.«

Parceval sagte nichts.

»Nachdem die Verteidigung Zainabs Andenken demontiert hat, werden sie sich meinen Mann vornehmen. Wieso hat er sich von seiner ersten Frau scheiden lassen? Hat er Zainab vernachlässigt? Unter welchen Bedingungen ist Zainab aufgewachsen – hier und drüben in Pakistan? Welche Mitschuld trägt er – tragen wir – an Zainabs Tod? Haben wir Russ erst auf den Gedanken gebracht, sie zu entführen, indem wir unseren Wohlstand demonstriert haben? Wäre es nicht besser gewesen, Zainab mit dem Taxi oder dem Bus durch die Stadt fahren zu lassen statt mit einer Protz-Limousine? Was für ein Vater ist mein Mann überhaupt? Gab es Gewalt in der Familie? Warum wurde seine erste Ehe geschieden? Verstehen Sie? Innerhalb weniger Prozesstage wird der Mörder Zainabs zu einer Nebenfigur werden und sein Verbrechen verblassen …«

»Nicht für die Richter«, sagte Parceval und erinnerte sich an Mordfälle, die er selbst erlebt hatte und die genauso abgelaufen waren – mit einem Richter, der auf Teufel komm raus Verständnis für einen Angeklagten aufbringen wollte, weil er von den Idealen einer aufgeklärten Gesellschaft durchdrungen war und deren Zivilisationsstand sich daran bemaß, wie sie mit ihren Außenseitern umging … Und der darüber aus den Augen verlor, worum es im Kern ging, nämlich dass jemand bewusst oder fahrlässig seine Menschlichkeit verdrängt und eine Tat begangen hatte, die nie mehr rückgängig zu machen war, die nicht nur Leben ausgelöscht hatte, sondern auch das Leben der Hinterbliebenen in eine immerwährende Hölle aus Selbstvorwürfen und Trauer verwandelte. Das Problem – das hatte Parceval bereits in der Polizeischule gelernt – waren nicht einmal mangelhafte Gesetze, sondern deren mangelhafte Umsetzung.

»Wie viele Jahre wird Russ bekommen? Im Höchstfall lebenslänglich. Sicherheitsverwahrung wird niemand bei ihm anordnen. Das bedeutet fünfzehn Jahre. Bei guter Führung zehn Jahre. Zu dem Zeitpunkt, an dem Zainab, hätte sie leben dürfen, vielleicht gerade ihr erstes Kind zur Welt gebracht hätte, verlässt Russ das Gefängnis als freier Mann und geht mit dem Geld, das er in der Gefängniswerkstatt verdient hat, als allererstes in ein Bordell und vergnügt sich ... und wer weiß, vielleicht erinnert er sich dabei mit einem wohligen Schauer daran, was er Zainab angetan hat.«

»Sie malen das negativste aller Szenarien an die Wand«, sagte Parceval mit rauer Stimme.

»Zehn Jahre«, sagte Britta unnachgiebig. »Während Zainabs Vater für den Rest seiner Tage ein gebrochener Mann sein wird, der den Mord an seiner Tochter niemals vergisst. Und Zainabs Leben für immer ausgelöscht ist. Vielleicht wäre sie eine Künstlerin geworden, die der Welt etwas hätte geben können? Eine Ärztin, die Menschen heilt? Eine Politikerin, die die Gesellschaft verbessert? Oder einfach nur eine Frau und Mutter, die sich voller Liebe um ihre Familie kümmert? All das, all die Möglichkeiten eines jungen Lebens ... vernichtet aus Geldgier, aus

Perversität, aus Rücksichtslosigkeit, aus völliger Missachtung jeglicher Menschlichkeit... und die Quittung dafür? Zehn Jahre Aufenthalt an einem Ort, der sich von einem Hotel nur dadurch unterscheidet, dass nachts die Zimmertür von außen versperrt wird.«

Parceval wollte sagen, dass ein Gefängnisaufenthalt nicht die allergeringste Ähnlichkeit mit einem Hotel aufwies, aber er schwieg. Er wusste, dass seine Stimme ihn verraten hätte. Er wollte nicht, dass Britta merkte, welche Instinkte ihre Worte in ihm wachgerüttelt hatten. Es waren die Instinkte, die ihn damals in die Berge getrieben hatten. Auf die Jagd nach den Männern, die seine Kollegen und Freunde ermordet hatten.

»Zehn Jahre«, sagte Britta Durrani. »Und Sie? Wie lange hätten Sie gesessen? Sie wären niemals freigekommen, Herr Parceval, nicht in hundertzehn Jahren.«

36

Es dauerte einige Augenblicke, bis Parceval seinen Schock überwunden hatte. Und selbst dann brachte er nur ein »Was!?« hervor.

Britta Durrani trat einen Schritt zurück und starrte ihm in die Augen. »Ich habe schon auf dem Parkplatz des Präsidiums geahnt, wer Sie sind. Mein Mann und ich haben damals Ihren Prozess verfolgt. Sie können sich den Grund ja denken: Zainab war damals zehn Jahre alt, und mein Mann unternahm gerade alle Anstrengungen, sie nach Deutschland zu holen, weil er fürchtete, dass sie in Pakistan nicht sicher war. Die Welt schaut immer auf die Taliban in Afghanistan, dabei verüben sie in Pakistan genau die gleichen Grausamkeiten. Ich konnte mir sogar denken, wozu Zach, dieser ewige Zauderer und Politiker, Sie aus dem Gefängnis geholt hatte. Und soll ich Ihnen was sagen? Ich fand zum ersten Mal gut, wie der Kripochef gehandelt hatte. Ich hoffte, Sie würden Russ die Fingernägel herausreißen und ihm jeden Knochen im Leib einzeln brechen. Dann bekam ich gestern mit, dass man Sie zur Fahndung ausgeschrieben hat, und habe mich gefreut, dass Ihnen die Flucht gelungen war.«

Parceval dachte, dass es keinerlei Sinn hatte, seine

Identität zu leugnen. »Und was ist der Grund, dass Sie mich treffen wollten? Um mir zu sagen, wie ungerecht die Welt ist? Dass Russ mit einer leichteren Strafe wegkommt als ich?«

»Warum sprechen Sie es nicht aus? Sie enttäuschen mich.«

»Was spreche ich nicht aus?«

»Dass ein Mann, der ein Kind vergewaltigt und zwei Menschen ermordet hat, eine geringere Strafe bekommt als jemand, der eine Bande von Terroristen, Schlächtern und Kindesmördern beseitigt und dafür gesorgt hat, dass sie nie wieder Unschuldige erschießen, enthaupten, in die Luft sprengen und lebendig verbrennen können? Dass es vor unseren Gesetzen weniger schlimm ist, zu vergewaltigen und zu morden, als ein paar Kakerlaken zu zertreten?«

Parceval schüttelte den Kopf. »Sie machen es sich zu einfach.«

»Nein, Sie machen es sich zu schwer.«

»Was wollen Sie von mir?«

»Ich will Ihnen helfen«, sagte Britta Durrani. »Ich will Ihnen die Flucht ermöglichen.«

»Und wie wollen Sie das tun?«

»Indem ich Ihnen Geld gebe. Einhunderttausend Euro, um genau zu sein.«

Parceval schnaubte. »Ist das ein Geschenk oder ein Kredit?«

»Es ist ein Honorar. Für den Tod von Adrian Russ.«

»Ich bin kein bezahlter Killer«, erwiderte Parceval nach einer langen Pause.

»Nein. Sie sind jemand, der das getan hat, was er für

nötig hält. Tun Sie es noch einmal. Ich weiß nicht, wie nahe Sie Zainab gekommen sind. Haben Sie sie gesehen, als man sie aus dem Beton gemeißelt hat? Haben Sie gesehen, was Russ ihr angetan hat? Haben Sie Zainabs Fahrer gesehen, den er auch auf dem Gewissen hat? Erinnern Sie sich daran, und sagen Sie mir ins Gesicht, dass Sie nicht auch finden, dass zehn Jahre Hotel mit Riegel vor der Tür zu wenig Strafe sind für so eine Tat.«

Parceval zog es vor zu schweigen, weshalb Durrani fortfuhr.

»Und ich tue auch, was ich für nötig halte. Ich halte es für nötig, dass Russ bekommt, was er verdient. Und dass Sie frei bleiben können – egal, wo. Ich erhöhe mein Angebot, wenn hunderttausend zu wenig sind. Ich biete Ihnen zweihunderttausend.«

»Ich bin kein Auftragsmörder«, wiederholte Parceval. »Nicht einmal für zweihundert Millionen.«

»Damals haben Sie die Terroristen gratis ausgetilgt«, sagte Britta.

»Ich bin mir nicht sicher, ob ich heute wieder so handeln würde.«

»Oh doch«, widersprach Britta. »Oh doch. Sie sind sich sicher. Und Sie würden heute wieder so handeln. Was ist der Unterschied zwischen heute und damals? Dass es auch um Ihre Schwester und Ihre Nichte ging? Hätten Sie es nicht auch getan, wenn die beiden nicht entführt worden wären, sondern nur die Frauen und Schwestern und Töchter und Nichten Ihrer Kollegen? Sie hätten es getan, obwohl Sie die meisten gar nicht kannten. Sie kannten auch Zainab nicht. Tun Sie es für sie.«

»Ein Mord kann einen anderen nicht ungeschehen machen.«

»Nein. Aber der Tod eines schlechten Menschen kann den Tod eines guten Menschen verhindern.«

Parceval konnte ihrem Blick nicht mehr standhalten. Die Unterhaltung war wie das Gespräch mit dem Teufel persönlich. Gestern Morgen hatte er noch Zach gegenüber die Andeutung gemacht, dass er sich verhielt wie Mephisto. Aber Britta Durrani war die wahre Mephista. Sie konnte anscheinend mühelos in seine Seele blicken und dort alle die Zweifel, den Zorn, die Frustration und den brennenden Wunsch sehen, dass Gerechtigkeit geschah, und wenn es Parceval selbst war, der diese Gerechtigkeit herbeiführen musste – selbst dann, wenn die Gerechtigkeit in Form von Rache daherkam.

Er blickte sich um, als ob ihm die Wartenden auf den anderen Bahnsteigen eine Antwort geben konnten.

»Sie tragen eine Verantwortung«, sagte Britta. »Menschen wie Sie tragen immer eine Verantwortung, weil sie keine Angst vor ihr haben. Sie wissen, dass Russ es nicht verdient hat weiterzuleben. Zainab hätte es schon verdient – und jedes andere junge Mädchen, das in zehn Jahren, wenn Russ entlassen ist, seinen Weg kreuzt.«

»Ich beende das Gespräch jetzt«, sagte Parceval. Er wandte sich ab, dann blieb er stehen und drehte sich wieder um. »Werden Sie mich verpfeifen?«

»Warum sollte ich? Sie wissen, wie Sie mich erreichen können. Rufen Sie an, wenn Sie es sich anders überlegen.«

»Das werde ich nicht.«

»Zainab spielte Violine«, sagte Britta. »Sie war richtig gut. Sie konnte Musikstücke aus dem Gehör nachspielen …«

»Leben Sie wohl«, sagte Parceval. Er musste sich beherrschen, damit er nicht zur Treppe ins Zwischengeschoss rannte. Er betrat die ersten Stufen und drehte sich um. Britta Durrani stand noch dort, wo er sie hatte stehen lassen, und blickte ihm hinterher. Er lief die Stufen hinunter, mit pochendem Herzen.

37

»Ich bin mir nicht sicher, ob er uns nicht entdeckt hat«, sagte der Mann mit dem gegelten Haar und dem fein gestutzten Rap-Industry-Bart.

»Weil er so schnell abgehauen ist?«, fragte einer seiner drei Begleiter. Die vier Männer standen am Bahnsteig 5/6 des Bahnhofs Friedrichstraße.

»Mhm.«

Die vier Männer wechselten Blicke.

»Scheiße – und was jetzt?«, fragte einer.

Das Handy des Bartträgers summte. Er ging ran, sagte nochmals »Mhm« und »Tut das!« und beendete das Gespräch. »Das war Team Z. Er ist an ihnen vorbei und auf dem Weg ins Erdgeschoss.«

»Was tun sie?«

»Sie verfolgen ihn. Ich schätze, er wird die U-Bahn nehmen.« Er tippte eine eingespeicherte Nummer. »Zielperson will vermutlich zur U-Bahn. Team Z verfolgt ihn. Stellt sicher, dass er nicht auf die Friedrichstraße rausgeht.« Er wählte eine neue Nummer an. »Zielperson ist womöglich auf dem Weg zu euch. Team Z verfolgt ihn, Team E sichert den Straßenausgang. Ihr vereint euch mit Team Z und schlagt zu, sobald Zugriff möglich.«

Die Männer waren hervorragend organisiert. Es gab vier Teams. Team B auf dem Bahnsteig war zugleich das Team des Einsatzleiters. Auf dem Zwischengeschoss, dem Erdgeschoss und dem Untergeschoss befanden sich die Teams Z, E und U. Sie bestanden jeweils aus zwei Männern. Team B war mit vier Mitgliedern das mannschaftsstärkste.

»Was tun wir?«, fragte einer der Männer von Team B.

»Wir bleiben hier. Wenn er uns tatsächlich entdeckt hat, wird er uns auch ein zweites Mal sehen. Dann wird die Situation unberechenbar. Er soll glauben, dass er uns entwischt ist. So hat Team U die besten Chancen, ihn zu schnappen. Ich ruf die Chefin an und informiere sie.«

Der Teamleiter wählte eine dritte eingespeicherte Nummer. Er teilte die neue Situation mit knappen Worten mit und antwortete ein paarmal mit »Ja« und »Verstanden.« Dann legte er auf. »Sie hat uns grünes Licht gegeben. Gehen wir runter ins Erdgeschoss und nehmen ihn im Empfang, wenn ihn die anderen anschleppen. Das Sackgesicht ist schon viel zu lange frei rumgelaufen.«

38

Team U sah Parceval die Treppe herunterkommen und auf den Bahnsteig treten. Team Z kam ein paar Sekunden nach ihm auf dem Bahnsteig der U-Bahn an und ging sofort ein paar Schritte in die andere Richtung, zwei Kumpels, dem Augenschein nach ins Gespräch vertieft auf dem Weg in die nächste Lokalität. Sie wirkten völlig natürlich. Der Teamleiter von Team U nickte kaum merklich. So arbeiteten Profis. Er selbst und sein Teamgefährte standen voneinander getrennt auf dem Bahnsteig, als hätten sie nichts miteinander zu tun. Sie kommunizierten über Fingersignale, so wie Catcher und Pitcher beim Baseball. Sie waren ein lange aufeinander eingespieltes Team, die Kommunikation funktionierte hervorragend.

Parceval zog sich hinter eine der Säulen zurück, die die Wartebereiche der beiden Gleise voneinander trennten. Er wirkte nervös und versuchte anscheinend, sich vor Verfolgern, die die gleiche Treppe benutzten wie er, zu verstecken, während er gleichzeitig die Treppe am anderen Ende des langen Bahnsteigs überblicken konnte. Teamleiter U lächelte in sich hinein. Eine nervöse Beute war eine Beute, die praktisch schon im Sack war.

Er fing einen Blick des Teamleiters Z auf. Die miteinander abgesprochene Taktik war, dass das »Heimteam« des jeweiligen Geschosses die Befehle gab. Teamleiter Z wartete, dass Teamleiter U die Order für den gemeinsamen Zugriff erteilte. Bis diese Order erfolgt war, würde Team Z keinerlei Initiative ergreifen.

Teamleiter U hatte sich seine Strategie bereits zurechtgelegt. Es gab zwei Möglichkeiten. Entweder Parceval stieg in die nächste U-Bahn – dann würden sie ihm zu viert folgen. Oder er blieb stehen, weil er das Untergeschoss nur als kurzzeitige Zuflucht betrachtete – dann würden sie zugreifen, sobald die U-Bahn losgefahren war. Er hielt diesen Moment für den günstigsten: Die meisten Wartenden hatten die U-Bahn genommen, die neuen Ankömmlinge strömten ungeduldig zu den Treppen und interessierten sich nicht für das, was hinter ihnen auf dem Bahnsteig geschah.

Aus dem Augenwinkel beobachtete Teamleiter U die Zielperson. Parceval schien jeden einzelnen Anwesenden auf dem Bahnsteig eingehend zu mustern. Sollte er ruhig! Teamleiter U fragte sich zwar, wie Parceval die Observierung bemerkt hatte, aber er war insgeheim überzeugt, dass die Kameraden von Team B und der Gesamtteamleiter ihm und seinem Teamkollegen nicht das Wasser reichen konnten. Sie mussten einen Fehler gemacht haben. Er würde so einen Fehler nicht begehen. Er wusste, dass er völlig unverdächtig aussah, wie er so dastand und scheinbar auf seinem Handy spielte; und sein Teamkollege, der auf einer Bank saß und ins Leere zu starren schien, verhielt sich ebenfalls total unauffällig. Die Jungs von Team Z konnten eigentlich auch nicht auffallen; sie hatten die Köpfe zusammengesteckt und schauten gemeinsam auf das Display eines Mobiltelefons und lachten, als würden sie sich gerade die neuesten Youtube-Pranks ansehen. Teamleiter U gestattete sich sein Lächeln, das sich auch auf seinem Gesicht widerspiegelte. Parceval war bereits ein Gefangener, er wusste es nur noch nicht.

Die U-Bahn fuhr ein. Wie nicht anders zu erwarten, stieg eine anständige Anzahl von Leuten aus. Parceval löste sich von der Säule und mischte sich unter die Ausgestiegenen, die zu der einen Treppe strömten. Parceval wählte also die zweite Möglichkeit – den U-Bahnhof zu verlassen. *Nicht ganz ungeschickt, aber natürlich völlig nutzlos*, dachte Teamleiter U. Die schüttere Menschenmenge verlieh Parceval zwar eine gewisse Anonymität, verhinderte aber gleichzeitig, dass er etwaige Verfolger erkennen konnte.

Ein paar Fingersignale, und Team U setzte sich in Bewegung. Als der Teamleiter an Team Z vorbeikam, das sich alle Mühe gab, so zu wirken, als würden sie auf die nächste U-Bahn warten, nickte er ihnen zu. Team Z würde nun Team U folgen, das wiederum einige Meter hinter Parceval die Treppe hochschlurfte.

Wollte Parceval im Erdgeschoss auf die Friedrichstraße hinaus? Dann würde Team E ihn schnappen. Wollte er wieder nach oben, zur Bahnsteigebene? Kaum vorstellbar. Während Teamleiter U sich fragte, was Parceval vorhatte, überlegte er, Team E zu alarmieren. Aber dann hielt er es für besser, dass Team E die Ausgänge im Auge behielt. Außerdem hatte er den Ehrgeiz, Parceval eigenhändig zu schnappen. Es würde sein Ansehen in der Gruppe stärken und ihm Pluspunkte bei seiner Langzeitstrategie verschaffen, den Gesamtteamleiter zu beerben. Und wenn er Team

E alarmierte, würde es das Kommando übernehmen, denn Parceval befand sich auf deren Geschoss.

Parceval verließ die Treppe im Erdgeschoss und sah sich suchend um. Immer noch strömten Menschen an ihm vorbei. Teamleiter U fluchte in sich hinein. Nun würden er und seine drei Kollegen an Parceval vorbeigehen müssen, wenn sie nicht auffallen wollten. Doch da setzte Parceval sich wieder in Bewegung, in die Ladengasse hinein.

Das Handy von Teamleiter U summte. Es war der Teamleiter von Team E, der sich erkundigte, was los war. Teamleiter U sah ihn am Ausgang zur Georgenstraße stehen. Sein Kollege war vermutlich beim Ausgang Friedrichstraße.

»Keine Ahnung, wo er hinwill«, murmelte Teamleiter U. »Sichert ihr weiter die Ausgänge, Team Z und wir folgen ihm.«

Teamleiter E willigte ein. Parceval war mittlerweile in der Ladenstraße angekommen, die längs durch das Erdgeschoss führte, und wandte sich nach rechts. Teamleiter U grinste plötzlich. Der Vollidiot ging aufs Klo! Entweder weil er dachte, dort könne er sich gut verstecken, oder weil er tatsächlich mal musste. Teamleiter U grinste noch breiter. Parceval besaß eine gewisse Reputation als jemand, vor dem man sich in Acht nehmen musste – aber offensichtlich hatte er im Bau alles verlernt… oder er hatte lediglich ein Riesenglück gehabt, dass er damals in Afghanistan nicht selbst abgemurkst worden war. Wahrscheinlich hatten die Typen, die er umgelegt hatte, alle geschlafen. Im selben Zelt.

Parceval verschwand in der Toilette. Team U und Team Z versammelten sich. Teamleiter U beschloss, dass Team

Z sich draußen postierte. Team U würde Parceval in die Toilettenanlage folgen und ihn dort hochnehmen. Die Ratte hatte sich selbst in die Falle begeben, ihr Ausflug in die Freiheit fand hier ein Ende.

In der Herrentoilette war ein junger Allerweltstyp, der sich die Hände gewaschen hatte und nun vor dem Spiegel mit feuchten Fingern versuchte, ein bisschen Form in seinen Haarschnitt zu bringen. Er blickte auf, als Teamleiter U und sein Kollege eintraten. Etwas in ihrem Auftreten veranlasste ihn, alarmiert zu schauen.

»Verpiss dich«, sagte Teamleiter U aus dem Mundwinkel. Der Typ sah eilig zu, dass er Land gewann. Teamleiter U verschaffte sich derweil einen Überblick. Da waren die Pissoirs – verlassen. Dort waren die Kabinen, von denen alle bis auf eine das grüne Frei-Symbol zeigten. Teamleiter U grinste ungläubig. Konnte es tatsächlich sein, dass Parceval nichtsahnend auf dem Thron hockte? Er wechselte einen Blick mit seinem Kollegen, der ebenfalls grinste.

Teamleiter U machte ein Zeichen, dass sein Kollege die Tür sichern sollte. Dann musterte er die freien Kabinen. Ihnen musste seine erste Aufmerksamkeit gelten. Der Trick, die Tür nicht abzusperren und sich stattdessen geduckt auf den Rand der Kloschüssel zu stellen, damit man die Füße nicht unten durch den Türspalt sah, war so alt wie die Erfindung der Toilettenkabine. Teamleiter U öffnete schnell hintereinander alle Türen. Niemand war drin. Blieb nur noch die besetzte Kabine. Mittlerweile musste Parceval die Geräusche richtig gedeutet haben und ahnen, dass er in der Falle saß. Würde er gleich herausplatzen? Aber dazu musste er erst die Tür aufsperren, und damit war das Überraschungsmoment dahin.

Voller Vorfreude trat Teamleiter U in die Kabine neben der verschlossenen, stieg auf die Kloschüssel und blickte in die besetzte Kabine hinein. Er grinste übers ganze Gesicht. »Kuckuck«, sagte er.

Ein älterer Mann mit Brille blickte zu Tode erschrocken zu ihm auf. Dann verzerrte sich das Gesicht des Mannes voller Wut.

»Hau ab, du Scheißperverser!«, schrie er. »Verzieh dich!«

Betroffen sprang Teamleiter U von der Schüssel und rannte aus der Kabine hinaus. Sein Kollege stand an der Tür und machte ebenfalls ein betroffenes Gesicht. Wo war Parceval? Es gab doch nirgendwo hier noch eine Gelegenheit, sich zu verstecken! In seiner Kabine wütete der ältere Herr immer noch vor sich hin. Den Geräuschen nach machte er sich daran, die Hose hochzuziehen und aus der Kabine zu kommen, um weiterzuschimpfen.

»Der Scheißkerl ist auf dem Weiberklo«, sagte der Teamkollege.

Teamleiter U starrte ihn an. Das war die einzige Möglichkeit. Parceval war vielleicht doch nicht so dämlich. Aber nützen würde es ihm nichts. Selbst wenn er damit gerechnet hatte, dass jemand ihm in die Herrentoilette folgen würde, und den Moment ausgenutzt hatte, würde Team Z ihn mittlerweile geschnappt haben.

»Los, rüber!«, bellte Teamleiter U.

Er war der Erste, der eintrat. Wenn irgendwelche Mädels in der Toilette gewesen wären, hätte es schon bei Parcevals Eintreten großes Gekreisch gegeben. Die Damentoilette musste also leer sein. Umso besser. Dann brauchten er und sein Kollege auf niemanden Rücksicht zu nehmen. Teamleiter U riss die Tür mit Schwung auf.

Eine Hand krallte sich in sein Haar und zerrte ihn in die Toilette hinein. Ein Knie traf mit der Wucht eines Dampfhammers in seinen Solarplexus, dann schlug er einen Salto. Er prallte flach mit dem Rücken auf den Fliesenboden. Er sah den Fuß noch herankommen, der auf seinen Kopf zielte, dann gab es einen heftigen Stoß, und dann war alles weg.

39

Parceval wusste, dass er nicht zögern durfte – und dass sich alles im Inneren der Damentoilette abspielen musste, wenn er das zweite Team, das mit Sicherheit vor der Toilettenanlage wartete, nicht vorzeitig alarmieren wollte. Noch während er den ersten Eindringling mit einem Tritt gegen den Kopf ausschaltete, wandte er sich schon um, dem Mann zu, der dichtauf folgte und für einen Moment in Schockstarre verharrte. Parceval griff nach draußen, packte ihn am Kragen, zerrte ihn herein, wirbelte ihn herum, trat ihm in die Kniekehle, dass er zusammensackte, und stieß seine Stirn mehrfach schnell hintereinander gegen die Wand. Der zweite Eindringling war halb betäubt. Parceval drehte ihn wieder um, zog ihm den Kopf in den Nacken und gab ihm mit dem Ellbogen eins auf die Nasenwurzel. Der Mann fiel zur Seite um wie ein gefällter Baumstamm.

Parceval öffnete die Eingangstür und duckte sich gleichzeitig, aber es folgte niemand mehr. Er hatte sich bereits gedacht, dass seine Verfolger in Zweierteams arbeiteten. Oben, auf dem Bahnsteig, waren sie zu viert gewesen, aber die beiden, die sich im Zwischengeschoss an seine Fersen geheftet hatten, nur noch zu zweit. Die vier auf dem

Bahnsteig wären ihm vermutlich nicht aufgefallen, wenn sie ihren Standort gewechselt oder sich aufgeteilt hätten. So aber hatte er plötzlich bemerkt, dass sich vier Männer trotz mehrerer S-Bahnen nicht von der Stelle bewegt hatten.

Wie viel Zeit hatte er? Er schätzte, ein bis zwei Minuten. Dann würde das Team vor der Toilette nervös werden, weil ihre Kollegen nicht zurückkehrten. Sie würden ein Ersatzteam herbeiholen und selbst nach dem Rechten schauen. Mit großer Wahrscheinlichkeit würde Parceval auch sie überwältigen können, aber das löste immer noch nicht das Problem, wie er aus der Toilette entkommen konnte. Und er konnte nicht hierbleiben und darauf hoffen, einen nach dem anderen auszuschalten, der hereinkam. In spätestens zehn Minuten würde der ganze Bahnsteig von Polizisten wimmeln.

Hastig durchsuchte er die Taschen der beiden betäubten Männer. Er fand zwei eingeschaltete Mobiltelefone, beide nicht PIN-geschützt. Das Handy des zweiten Mannes zeigte nur eingehende Anrufe. Das des zweiten hatte mehrere ausgehende Telefonate gespeichert, alle auf anonyme Nummern. Parceval setzte alles auf eine Karte und rief die zuletzt angerufene Nummer noch einmal an.

»Ja?«, fragte eine Männerstimme.

Parceval keuchte künstlich und trat dabei gegen die Tür. »Wir … haben ihn!«, stieß er hervor und hoffte, dass sich das alles nach Gerangel anhörte. »Helft uns mal! Ah, verdammt …« Er ließ das Handy fallen, als hätte es ihm jemand aus der Hand geschlagen, und schoss es mit dem Fuß unter der Tür einer Kabine hindurch. Er zerrte die beiden besinnungslosen Männer von der Eingangstür weg und öffnete sie einen Spalt. Er sah zwei weitere Männer hereinlaufen – die beiden, die sich im Zwischengeschoss an ihn geheftet hatten. Sie rannten in die Herrentoilette. Dort würden sie ein paar Sekunden zur Orientierung brauchen, dann käme die Damentoilette an die Reihe – wo sie ihre beiden besinnungslosen Kollegen fänden. Weitere Sekunden der Verblüffung, eine kurze Vergewisserung, dass die auf dem Boden liegenden Kollegen noch lebten, dann ein rasches Durchsuchen der Kabinen, ob Parceval sich dort versteckte, dann Alarmierung der restlichen Teams. Alles in allem – dreißig Sekunden.

Parceval verließ die Damentoilette und trat hinaus in die Ladengasse. Die Zeit spielte gegen ihn. Er dachte fieberhaft nach. Was hätte *er* getan, wenn er versucht hätte, sich selbst an diesem Bahnhof festzunehmen? Er hätte auf jeden Fall ein weiteres Team an den Ausgängen ins Freie platziert. Oben auf dem S-Bahnsteig wartete das Viererteam. Das Zwischengeschoss bot keinen Ausgang. Er hatte nur eine Chance – die U-Bahn.

Darauf hoffend, dass seine Verfolger genauso dachten, huschte er in der Deckung einer Gruppe junger Männer, die ihn verblüfft anstarrten, zur Treppe ins Untergeschoss. Er wollte ein paar Schritte in den dunklen U-Bahn-Tunnel hineinlaufen und sich dort verstecken, falls die Verfolger seine Taktik durchschaut hatten, aber er hatte Glück: Eine U-Bahn fuhr genau in diesem Moment ein, Parceval betrat sie, die Türen schlossen sich, und der Zug verließ den Bahnsteig. Er sah noch, wie vier Männer schneller als alle anderen um sie herum die Treppen herunterkamen, dann war der Zug im Tunnel, und alles, was Parceval noch sehen konnte, war die Spiegelung seines Gesichts in der Fensterscheibe.

40

Parceval fuhr eine Stunde mit verschiedenen U-Bahnen kreuz und quer durch die Stadt, um seine Fährte zu verwischen. In den ersten Minuten saß er nur da und konzentrierte sich darauf, seinen Puls zu beruhigen und das Adrenalin abzubauen, das ihn ständig die Fäuste ballen ließ. Dann wurde er ruhiger und setzte sich so, dass mögliche Überwachungskameras in den Waggons sein Gesicht nicht aufnehmen konnten.

Schließlich dachte er darüber nach, wie die Kripo ihm so schnell auf die Spur gekommen sein konnte. Alles sah danach aus, dass das Viererteam gleichzeitig oder kurz nach ihm an Bahnsteig 5/6 eingetroffen war; er versuchte, sich daran zu erinnern, was er während der Wartezeit auf Britta Durrani alles wahrgenommen hatte, und er war ziemlich sicher, dass die vier in diesen fünfzehn Minuten nicht aufgetaucht waren. Also mussten sie ihm gefolgt sein. Aber wie?

Hatte Britta Durrani ihn doch verpfiffen? Aber das passte nicht zu ihrem Auftritt auf dem Bahnsteig. Hatten sie sich in das Handy gehackt, dass Ksenia ihm gegeben hatte? Wenn ja, bedeutete das zum einen, dass er es loswerden musste, weil es sonst, wann immer er es einschaltete, seinen Standort verraten würde, fast wie bei dem Brettspiel Scotland Yard (in dem der fliehende Gangster alle paar Spielzüge lang enthüllen musste, wo er sich befand). Obwohl alles dafürsprach, dass der Bösewicht seinen Jägern entkommen musste, konnte sich Parceval an kein einziges Spiel erinnern, an dem jemand es tatsächlich geschafft hatte. Das Spiel war auf seiner Stube an der Polizeischule oft gespielt worden.

Zum anderen bedeutete die Möglichkeit, dass das Handy gehackt worden war, eine Bedrohung für Ksenia. Über sein Handy konnte die Polizei vermutlich auch die Spur zu ihr aufnehmen. Er musste sie warnen und dafür sorgen, dass sie sich erst einmal von ihm fernhielt. Aber wie? Sobald er die U-Bahn verließ und zur Oberfläche hinaufstieg, um das Telefon zu aktivieren, verriet es den Lauschern, wo er war. Und wenn er Ksenia eine Nachricht sendete, konnten sie sie womöglich mitlesen und zu ihr rückverfolgen.

Wenn er sich aber nicht bei Ksenia meldete, würde sie nervös werden und ihm immer drängendere Nachrichten senden, bis sie schließlich zu Martina Zieglers Wohnung fuhr und nach dem Rechten sah. Es war ein Dilemma. Schließlich entschied er sich dafür, dass es für Ksenia weniger riskant war, wenn sie nicht persönlich irgendwo auftauchte. Sie musste Methoden kennen, zumindest ihr Handy vor Hackern zu schützen; also würde er ihr eine Nachricht senden und das Telefon dann entsorgen.

Er verließ die U-Bahn an der nächsten Station. Als er wieder über der Erde war, schaltete er das Telefon ein und erkannte, dass Ksenia ihm zwei Nachrichten zugeschickt hatte. Eine war von null Uhr dreißig und teilte ihm mit, dass sie einen neuen Unterschlupf gefunden habe. Die zweite war von ein Uhr und bat ihn, sich zu melden. Er antwortete, so knapp er konnte, weil er nicht wusste, ob die Länge einer Nachricht nicht etwa Einfluss darauf hatte, wie leicht sie nachverfolgt werden konnte: »Bin gehackt.« Ksenia würde sich denken können, was Parceval nach dem Absenden dieser Nachricht tun würde.

Er wollte das Handy so weit zerlegen, wie er konnte, und dann die Einzelteile getrennt irgendwo wegwerfen. Aber das Handy war ein modernes Smartphone und bestand augenscheinlich aus einem Guss. Parceval sah sich auf der nachtdunklen Straße um, stellte fest, dass er allein war, und legte das Telefon auf den Boden. Er trat so lange darauf ein, bis das Display zerbrochen war und er aus dem verbogenen Gehäuse die SIM-Karte herausziehen konnte. Er trampelte sicherheitshalber noch weiter auf das Handy-Wrack ein und raspelte die winzige SIM-Karte über den rauen Teer, dann warf er das Handy in einen Gully. Die Karte entsorgte er in der nächsten U-Bahn, indem er sie in eine Spalte zwischen zwei Sitzen zwängte. Schließlich stieg er nach weiteren Zugwechseln am Oranienburger Tor aus, hoffend, dass die Station weit genug weg von seinem Versteck lag. Nach menschlichem Ermessen konnte im Augenblick niemand seinen Aufenthaltsort feststellen, doch er leistete sich die kleine Paranoia und lief lieber die zwei Kilometer bis zu dem Haus, in dem Martina Zieglers Wohnung war. Er hatte bereits überlegt, ob er die Adresse nicht ganz meiden sollte, aber wenn er sich um diese Zeit ohne Gepäck irgendwo in einer Pension oder einem Hotel einschrieb, würde er garantiert dem Empfangspersonal verdächtig erscheinen. Und auch wenn es kein Problem darstellte, die restliche Nacht in der Stadt herumzulaufen oder sie in verschiedenen Kneipen totzuschlagen, die rund um die Uhr geöffnet hatten, brauchte er doch auf längere Sicht betrachtet eine Unterkunft. Seine bisherige Bleibe fiel jedoch aus. Er hatte das Handy dort mehrfach aktiviert gehabt.

Es gab nur eine Lösung. Sie war absurd, aber je länger Parceval darüber nachdachte, desto besser gefiel sie ihm.

Aus den zwei Kilometern wurden drei, weil er sich verirrte, aber dann stand er vor dem Haus, ließ sich selbst mit dem Hausschlüssel ein, mied Martina Zieglers Wohnung, stieg die Treppen empor und klingelte schließlich an der Tür der Familie Gillmeier im obersten Stock.

Als er Geräusche von drinnen hörte, presste er den Daumen auf den Spion und wartete.

»Ja?«, hörte er eine nervöse Stimme von drinnen. Sie gehörte einem Mann.

»Polizei«, sagte er. »Öffnen Sie bitte.«

»Nehmen Sie den Finger vom Spion!«

»Ich habe den Finger nicht auf dem Spion. Öffnen Sie bitte.«

»Ich kann Sie nicht sehen!«, beschwerte sich der Mann auf der anderen Seite der Tür.

»Öffnen Sie, oder wir müssen die Tür mit Gewalt öffnen.«

»Was wollen Sie überhaupt ... und um diese Zeit?«

»Bitte treten Sie beiseite«, sagte Parceval. »Wir öffnen jetzt die Tür.«

»Scheiße, nein, verdammt noch mal, ich mach ja auf, ich mach ja!« Parceval hörte, wie eine Kette entriegelt wurde. Er nickte. Als er vor drei Stunden zum ersten Mal bei Gillmeiers geklingelt hatte, war dort drin nicht die Kette eingehakt. Man hatte sich als die heimlichen Herrscher des Hauses empfunden. Offenbar war ein wenig Selbstbewusstsein abhandengekommen.

Die Tür wurde geöffnet. Ein rotes Biertrinkergesicht wurde sichtbar, dessen Augen sich entsetzt weiteten, als sie erkannten, wen sie da vor sich hatten.

Parceval trat ein, bevor der Mann die Tür wieder zuknallen konnte. Der Mann wich zurück. Parceval schloss die Tür selbst hinter sich und setzte dann sein freundlichstes Lächeln auf. »Hätten Sie was dagegen, wenn ich heute auf Ihrem Sofa übernachte?«

41

Der Mann mit dem Rap-Industry-Bart und Gesamtleiter der vier Teams zur Ergreifung Parcevals, hieß Tobias Noack. Er hatte schon vor sich gesehen, wie er Parceval in Handschellen abführte. Stattdessen war das Einzige, was er vorweisen konnte, die Meldung seines Scheiterns.

»Parceval hat zwei von Ihren Männern ausgeschaltet und ist dann entkommen, obwohl Sie insgesamt zu zehnt waren und ihn praktisch umstellt hatten?«

»Ja«, sagte Noack und fühlte sich dabei, als hätte er mit Ja auf die Frage geantwortet, ob er das dämlichste, unfähigste, schwanzloseste Weichei aller Zeiten sei.

»Wie hat er das geschafft, verdammt noch mal?«

»Wissen wir noch nicht genau.«

»Gott, ich hätte *Stefan & Erkan* damit beauftragen sollen!«

»Das ist unfair. Parceval hat alle möglichen Sonderausbildungen und war in Afgh…«

»Kommen Sie mir bloß nicht so unterwürfig! Und: Sonderausbildung? Der Mann war sechs Jahre im Knast. Ich hab ihn beobachtet! Der ist außer Form. Und Sie und Ihre neun Hampelmänner lassen sich von ihm an der Nase rumführen wie die letzten Anfänger. Was soll ich jetzt tun? Soll ich mich an die Mädels von der Parkraumüberwachung wenden, damit die Ihren Job tun?«

»Nein«, sagte Noack mit zusammengebissenen Zähnen.

»Wissen Sie, wo Parceval sich jetzt aufhält?«

»Nein, wir konnten ihn nicht verfolgen.«

»Über sein Handy? Ich hab Ihnen doch die Nummer gegeben.«

»Glauben Sie, dass es so einfach ist, sich da reinzuhacken? Wir können noch nicht mal feststellen, über welchen Provider der Vertrag läuft. Das Ding ist besser gesichert als das Handy der Bundeskanzlerin. Momentan ist es nicht mal aktiv. So was braucht seine Zeit.«

»Zeit ist eines der Güter, die wir nicht haben. Also gut. Wenn ich jemanden bräuchte, der mein Büro putzt, würde ich Sie und Ihre Truppe damit beauftragen. Aber mein Büro ist sauber. Daher muss ich Ihnen wohl oder übel noch mal einen richtigen Job anvertrauen.«

»Wir werden Sie nicht enttäuschen«, sagte Noack mit erstickter Stimme.

»Adrian Russ wird demnächst aus dem Gefängnis ins Präsidium gebracht. Ich teile Ihnen noch mit, wann das sein wird. Mit etwas Glück schon morgen im Lauf des Tages. Verstanden?«

»Verstanden«, antwortete Noack.

»Ich möchte, dass Sie ihn auf dem Weg vom Knast ins Präsidium töten. Er darf nicht lebend ankommen. Verstanden?«

Noack starrte seine Auftraggeberin an, und ihm wurde schnell klar, dass sie es ernst meinte. »Verstanden.«

42

Der Gillmeier'sche Haushalt bestand aus vier Mitgliedern – Vater, Mutter, einer zwanzigjährigen Tochter und einem achtzehnjährigen Sohn – sowie aus schäbigem Mobiliar, einem riesengroßen TV-Flachmonitor und einer Küche voller Bierkästen. Es roch nach Schweiß, Turnschuhen und einer Toilette, die eben benutzt und dann zur Wohnung hin gelüftet worden war.

Der junge Mann, den er mit voller Wucht gegen die Wand geschlagen hatte und der ins Krankenhaus gebracht worden war, Ohrring, war ein Freund des Sohnes, der meistens mit in der Wohnung übernachtete. Der Sohn selbst – sein Name lautete Jonas, er war der mit dem Stinkefinger-Tattoo auf der Schulter – hatte eine Mullbinde auf den Hinterkopf geklebt und auf der Seite des Gesichts, wo ihn Ohrring mit dem Fuß getroffen hatte, eine Schwellung so groß wie ein Hühnerei. Er schenkte Parceval einen hasserfüllten Blick, trat aber beiseite, als Parceval an ihm vorbeiging.

In der Küche stieß Parceval auf die weiblichen Bewohner. Sie schraken vor ihm zurück, doch diesmal flohen sie nicht in heller Panik ins Schlafzimmer und verriegelten es hinter sich, sondern drängten sich nur in einer Ecke zusammen und starrten ihn an. Parceval musterte die beiden, dann trieb er Vater und Sohn in der Küche zusammen.

»Wer war's?«, fragte er.

»Fick dich ins Knie, du Arschloch«, sagte Jonas Gillmeier.

Parceval wandte sich an die Mutter. »Wer war's?«, wiederholte er. Die Mutter schüttelte den Kopf. Als Parceval sie zum ersten Mal gesehen hatte, hatte sie einen frischen blauen Fleck auf der Wange gehabt und ihre Tochter ein blaues Auge. Nun hatte die Mutter zusätzlich zu dem blauen Fleck eine geschwollene Lippe und ebenfalls ein Veilchen, allerdings erst im Anfangsstadium.

»Papa war's«, sagte die Tochter.

»Drecksnutte«, sagte Vater Gillmeier.

»Wie heißen Sie?«, fragte Parceval die Tochter.

»Sonja. Sonja Gillmeier.«

»Gut, Sonja. Hat Ihr Vater auch Sie geschlagen, nachdem ich weg war?«

»Ich setz dich auf die Straße, du Drecksnutte«, sagte Vater Gillmeier.

»Nein. Nur Mama.«

Parceval nickte. Dann wandte er sich an den Vater. Der trat einen Schritt zurück und stieß mit dem Rücken gegen den Kühlschrank. »Wissen Sie, wer ich bin und wo ich herkomme?«, fragte er. Er musste sich zusammenreißen, dass er dem Mann nicht sofort einen Schlag versetzte. Er war wütend auf den feigen Schläger, aber noch mehr auf sich. Er hatte, nachdem er in die Wohnung eingedrungen war und den bewusstlosen Jonas und seinen Kumpel mit dem gebrochenen Arm abgeliefert hatte, niemandem auch nur ein Härchen gekrümmt. Er hatte sich gedacht, dass jede Art von Gewalt, die er gegen Vater Gillmeier anwendete, von diesem an seine Frau und Tochter weitergegeben würde, sobald er weg war, und den Mann daher verschont. Aber wie es aussah, hatte Gillmeier seinen Unmut trotzdem an seiner Frau ausgelassen.

Gillmeier schüttelte den Kopf.

»Genau«, sagte Parceval. »Ich war plötzlich da. Und eines garantiere ich Ihnen: Ich kann jederzeit wieder plötzlich da sein. Dann werde ich mir Ihre Frau und Ihre Tochter genauer ansehen. Wenn bei den beiden dann auch nur ein Härchen schief sitzt, ziehe ich Sie zur Verantwortung. Selbst wenn eine von den beiden wirklich aus Versehen hingefallen ist und einen blauen Fleck hat, ziehe ich Sie zur Verantwortung. Passen Sie also gut auf die beiden auf. Sie sind ab sofort der Schutzengel für Ihre Frau und Ihre Tochter.«

Gillmeier starrte Parceval trotzig in die Augen, doch schon nach wenigen Augenblicken musste er den Blick senken. Parceval schilderte ihm nicht, was ihm blühen würde, wenn er sich wieder an den beiden Frauen vergriff. Er wusste, dass die Fantasie des Mannes sich üblere Sachen ausdenken konnte, als sie Parceval eingefallen wären. Er wandte sich an Mutter und Tochter. »Er wird Sie nicht mehr anfassen«, erklärte er.

Sonja Gillmeier nickte. Ihre Mutter sah Parceval nur weiterhin mit großen Augen an.

Parceval nickte zurück und wandte sich dann an Jonas Gillmeier. »Hast du ein Handy?«

Der junge Mann sagte überrascht: »Was denkst du denn?«

Parceval streckte die Hand danach aus. Jonas übergab es zögernd.

»Wer hat noch eins?«

»Ich«, sagte Sonja Gillmeier, die es ebenfalls Parceval überreichte. »Mein Vater hat keins, meine Mutter auch nicht.«

»Gibt es einen Festnetzanschluss?«

»Ja, im Wohnzimmer.«

»Das trifft sich gut. Ich übernachte im Wohnzimmer.« Er aktivierte Jonas' Handy. Es zeigte sofort den Sperrbildschirm mit allen Apps. »Du solltest das Ding mit einer PIN sichern«, sagte er. »Sonst kann jeder damit machen, was er will.«

»Als wenn der sich 'ne PIN merken könnte«, ätzte Sonja.

»Halt's Maul!«, knurrte Jonas.

»Gute Nacht«, sagte Parceval. »Bemühen Sie sich nicht wegen eines Frühstücks. Aber für eine Tasse Kaffee wäre ich morgen früh sehr dankbar. Und Sie werden dankbar sein, wenn Sie jeder Versuchung widerstehen, aus den Fenstern um Hilfe zu rufen. Erstens machen Sie sich damit zum Gespött der Nachbarschaft. Zweitens habe ich einen sehr leichten Schlaf.«

Auf der durchgesessenen Wohnzimmercouch der Gillmeiers sandte Parceval eine SMS von Jonas Gillmeiers Handy ab. Dann suchte er im Einstellungsmenü des Telefons, bis er den Schalter fand, der das Gerät auf die Werkseinstellungen zurücksetzte. Er hoffte, damit alle gespeicherten Spuren zu den Telefonnummern, die er kontaktiert hatte, zu löschen. Das Telefon blinkte und begann dann, alles aus seinem Speicher zu radieren, was seit seinem Kauf darauf festgehalten worden war. Parceval setzte sich auf dem Sofa zurecht. Er hatte den Gillmeiers erzählt, dass er einen leichten Schlaf habe. In Wahrheit hatte er nicht vor, überhaupt zu schlafen. Er war zwar der Meinung, Vater und Sohn Gillmeier genügend eingeschüchtert zu haben, aber Vorsicht war die Mutter der Porzellankiste.

43

Ksenia Orian wartete schon in dem Café, dessen Namen und Adresse Parceval ihr in seiner SMS mitgeteilt hatte. Sie trug labbrige Jogginghosen, ein Laufshirt mit einer Sweatjacke darüber, auf dem Kopf eine Basecap und eine Sonnenbrille. Sie sah aus wie eine sportliche Geschäftsfrau, die den frühen Morgen zum Joggen genutzt hatte und sich jetzt einen Kaffee gönnte, bevor sie nach Hause lief, duschte und ins Büro fuhr. Die Sonnenbrille hatte breite Bügel und war verspiegelt, sodass sie die Blicke von den Narben auf Ksenias linker Gesichtshälfte ablenkten. Niemand würde in der jungen Joggerin Ksenia Orian wiedererkennen.

Parceval war weniger kreativ, aber auch er hatte den Versuch unternommen, sich zu tarnen. Er hatte sein Haar nach hinten gegelt, ebenfalls eine Sonnenbrille aufgesetzt und sich eine Jacke mit Tarnmuster aus dem Kleiderschrank von Jonas Gillmeier »geborgt«. Seltsamerweise fühlte er sich in diesen Klamotten wohler als in den Sachen, die er gestern gekauft hatte. Zumindest gegenüber Ksenia war seine Tarnung völlig umsonst, denn sie winkte ihm schon von Weitem, um ihre eigene Tarnung noch echter wirken zu lassen: die Sportlerin, die zufällig einen

Bekannten entdeckt hat und ihm zuwinkt, damit er einen Kaffee mit ihr teilt. Dennoch fühlte er leichte Frustration, dass sie seine eigene Verkleidung auf fünfzig Meter durchschaut hatte.

»Du bist schick«, sagte er zur Begrüßung.

»Du bist ein Idiot«, sagte sie. »Du hast nur Glück gehabt, dass sie dich nicht erwischt haben.«

»Es war nicht nur Glück. Ich hab mir Mühe gegeben.«

»Es war nur Glück«, sagte Ksenia. »Und das nächste Glück ist, dass die Kripo es nicht geschafft hat, dich zu hacken. Ich hab es überprüft. Ich hätte eine Spur davon finden müssen. Deine Paranoia war vergeblich.«

»Die Paranoia hast du mir eingeredet.«

»All meine Mühe war trotzdem vergeblich. Schade um das schöne Handy.«

»Ich habe es mir heute Morgen schon gedacht. Andernfalls hätten sie gewusst, dass ich mich in Martina Zieglers Wohnung aufgehalten habe, und hätten sie schon längst gestürmt.«

Die Kellnerin kam. Parceval bestellte einen großen Kaffee und wartete, bis sie wieder gegangen war. Er hoffte, dass der Kaffee schnell kam, denn er war hundemüde von der durchwachten Nacht. »Was gibt es sonst Neues?«, fragte er.

»Wieso glaubst du, dass es was Neues gibt?«

»Weil du sonst nicht eingewilligt hättest, mich zu treffen. Du wärst hier gar nicht erst aufgetaucht.«

»Vielleicht hatte ich …«, begann Ksenia und schwieg dann.

»Was …?«

»… das Bedürfnis, dir ins Gesicht zu sagen, dass du ein Idiot bist?«

Parceval lächelte schwach. Er wusste, dass sie etwas anderes hatte sagen wollen, und sie wusste, dass er es wusste. »Also gut, ich bin ein Idiot«, bekannte er. »Da das kaum was Neues ist – was hast du sonst noch?«

»Zach ist erledigt. Seine Karriere ist zu Ende wie die Ära der Dinosaurier. Die Staatsanwaltschaft weiß jetzt, dass er dich aus dem Bau geholt hat, um Russ mit illegalen Methoden zu verhören. Das allein hätte schon genügt, um ihn fertigzumachen, aber da du auch noch abgehauen bist…«

»Woher weiß die Staatsanwaltschaft von meiner Verwicklung? Hat Zach es ihr selbst gesagt?« Er stockte. »Nein, so dumm ist er nicht. Sabine Conrad!«

Ksenia schüttelte den Kopf. »Sie hat dank seiner Suspendierung einen Karrieresprung gemacht, aber sie hätte es nie um diesen Preis getan. Zachs Leute haben dichtgehalten – sogar Rolf Lemke. Russ selbst hat gesungen.«

»Viel wird es ihm nicht helfen. Zwei Tote sprechen gegen ihn.«

»Du weißt nicht, was er sonst noch gesagt hat.«

Parceval beugte sich nach vorn. Bevor Ksenia sprechen konnte, wurde der Kaffee gebracht. Die Kellnerin begann am Nebentisch zu kassieren. Ksenia erzählte, dass sie sich eine neue Laufstrecke suchen wollte, die alte langweile sie zusehends, was wahrscheinlich nur zur Hälfte improvisiert war. Parceval probierte den Kaffee. Er war heiß und schmeckte sauer. Parceval seufzte. Es war nicht einfach, in einem Lokal einen Kaffee zu bekommen, der nicht aus sauer gerösteten Industriebohnen gebrüht war. Immerhin war Koffein drin. Die Kellnerin zog ab.

»Russ hat gesagt, er wolle einen Deal. Strafmilderung gegen eine Zeugenaussage.«

»Eine Zeugenaussage gegen Zach?«

»Nein. Eine Zeugenaussage gegen einen Teil des organisierten Verbrechens in Berlin. Er sei damit im Rahmen seines Jobs als LKW-Fahrer für Durrani in Verbindung gekommen.«

Parceval dachte nach. »Meinst du, darauf lässt sich jemand ein? Was kann er schon aussagen? Dass man an ihn herangetreten ist, um Werkzeug oder Alteisen von einer Baustelle zu stehlen? Beton abzuzweigen? Irgendwas heimlich von A nach B zu transportieren? Das sind doch kleine Fische gegen das, was Russ getan …«

»Er sagte, es gehe um Menschenhandel«, unterbrach Ksenia.

Parceval erstarrte in der Bewegung, die Kaffeetasse halb erhoben. Die morgendlichen Geräusche um ihn herum wurden plötzlich leiser, dumpfer, als hänge zwischen ihm und der Welt auf einmal eine dicke Schicht aus Dämmmaterial.

»Mehr hat er nicht gesagt«, erklärte Ksenia. »Ich dachte, du solltest es wissen. Ich persönlich weiß nicht, was ich davon halten soll, und vielleicht ist es auch nur ein Bluff. Wir wissen ja, dass Russ der bauernschlaue Typ ist. Aber die Unterlagen, die ich dir auf dein Handy kopiert habe, werden dir auch nicht viel weiterhelfen, also hatte ich das Gefühl, dass man auch ruhig mal nach einem Strohhalm greifen könnte.«

Parceval stellte die Tasse wieder ab. Er tat es so vorsichtig, als sei das Porzellan papierdünn. »Mehr hat er nicht gesagt?«

»Nein. Falls er wirklich etwas weiß, hebt er es sich auf, bis man ihm einen Deal angeboten hat.«

»Bist du sicher? Er könnte mittlerweile …«

»Parceval, ich hab die elektronischen Protokolle der Kripo und der Staatsanwaltschaft gehackt. Da ist noch nicht mehr. Russ pokert.«

»Es erscheint mir fast unwahrscheinlich, dass ausgerechnet Russ …«

»Ja, mir geht es auch so. Ausgerechnet der eine Fall, der dich aus dem Knast holt und dir die Flucht ermöglicht, soll jetzt eine Spur zu damals liefern? Aber andererseits heißt es immer, es gäbe keine Zufälle. Und vergiss nicht – das kann alles bloß heiße Luft sein.«

»Wenn Russ wirklich etwas weiß und ausplaudert, dann spricht es sich sofort rum. Selbst wenn es nicht in allen Medien breitgetreten wird. Irgendwo gibt es immer eine undichte Stelle, und erst recht bei der Staatsanwaltschaft. Es ist ohnehin ein Wunder, dass nirgendwo in den Zeitungen etwas über Zainab Durrani zu lesen ist.«

»Ich denke, das liegt an Fayaz Durranis Einfluss und daran, dass ihr Tod so bizarr und niederträchtig ist, dass die Medien sich darauf eingelassen haben, vorerst die Klappe zu halten. Das kommt öfter vor, als du denkst. Selbst Zeitungsredakteure sind am Ende nur Menschen.«

»Sollte Russ irgendwas ausplaudern, was ihm bezüglich des organisierten Menschenhandels zu Ohren gekommen ist oder er selbst gesehen hat, dann gehen dort alle sofort in Deckung. Selbst, wenn er nur Lügen erzählt. Und dann ist die Spur kalt, bevor sie warm geworden ist.«

Ksenia nickte. »Ich kann nur versuchen, dich so zeitnah über alles zu informieren, was ich hacken kann, dass du schneller bist.«

»Wie willst du das machen? Da müsste ich dir ständig auf dem Schoß sitzen.«

»Das geht natürlich nicht«, sagte Ksenia.

Dieses Mal war die Reihe an Parceval, einen Satz hinunterzuschlucken, der ihm beinahe herausgerutscht wäre. »Außerdem werde ich nie schnell genug sein. Wenn, dann muss ich ihnen zuvorkommen, bevor sie gewarnt sind.«

»Wie willst du das anstellen?« Ksenia musterte ihn. »Nein«, sagte sie dann, »nein. Das wird niemals hinhauen.«

»Doch, wird es.«

»Du bist komplett wahnsinnig.«

»Versuch nur herauszufinden, wann Russ aus dem Gefängnis ins Präsidium gebracht wird. Mehr brauche ich nicht.«

»Das kann zwei, drei Tage dauern. Die Staatsanwälte müssen sich erst in alle Richtungen abstimmen, bevor sie Russ so etwas wie einen Deal anbieten können. Wo willst du bis dahin unterkommen?«

Einen Moment dachte Parceval, Ksenia würde ihm anbieten, ihn bei sich zu verstecken. Doch der Moment ging ungenutzt vorüber.

»Wenn die Kripo mich nicht gehackt hat, kann ich ja wieder zurück in Martina Zieglers Wohnung.«

»Richtig.«

»Aber wenn die Kripo mich nicht gehackt hat, wie konnten sie mir dann mit mehreren Teams am Bahnhof Friedrichstraße auflauern?«

»Das frage ich mich auch. Ich bleibe dran.« Ksenia trank ihren Kaffee aus und stand auf. Sie blickte auf Parceval hinab. »Danke für die Einladung. Ich würde sagen: Überleg dir gut, was du vorhast – aber mir ist genauso klar wie dir, dass es wahrscheinlich die einzige Möglichkeit ist, wenn du nicht riskieren willst, dass die Spur verschwindet … Trotzdem bist du komplett wahnsinnig.«

Parceval nickte und grinste dann. »Immer noch besser als ein Idiot.«

44

Hauptkommissarin Sabine Conrad, derzeit kommissarische Leiterin der Berliner Kriminalpolizei und daher zeitlich begrenzt mit den Befugnissen eines Kriminaldirektors ausgestattet, hörte der Bitte von Britta und Fayaz Durrani schweigend zu. Der Unternehmer und seine Frau waren ein bemerkenswertes Paar.

Durrani war offenbar nicht so tough wie Britta. Er sagte nicht viel, aber er wirkte fahrig, seine Augen waren ab und zu tränenerfüllt, und seine Hände ballten sich immer wieder zu Fäusten. Britta Durranis Stimme war kühl und trocken; aber Sabine war stolz auf ihre Fähigkeit, hinter die Fassade von Menschen zu blicken, und sie erkannte hinter der beherrschten Miene den unstillbaren Zorn und die Trauer einer Mutter, deren Kind ermordet worden ist. Britta Durrani war nur Frau genug, es nicht nach außen dringen zu lassen.

Die Idee, die die beiden Durranis vorgebracht hatten, elektrisierte Sabine, sodass die Einwände, die sie dagegen vorbrachte, eigentlich nur pro forma waren. Tief in ihrem Inneren fand sie den Einfall genial. Sie wusste, dass Russ einen Deal vorgeschlagen hatte und dass für den Fall des Zustandekommens die Staatsanwaltschaft alle Lorbeeren für den Abschluss des Falls ernten würde. Wenn aber Russ ein vollumfängliches Geständnis ablegte – und die Informationen, mit denen er hatte dealen wollen, gleich noch mit dazu ausspuckte! –, dann würde der Glanz allein der Kripo vorbehalten bleiben. Und es war ja nicht so, als ob die Kripo gerade nicht etwas Glanz brauchen konnte. Zachs dämliche Idee, den Psychopathen Parceval aus dem Bau zu holen, hatte in einem Desaster geendet. Sabine machte sich keine Illusionen darüber, dass sie die Leitung der Kripo behalten durfte, wenn das überstanden war. Im Gegenteil, ihr kam die undankbare Aufgabe zu, Zachs Scherbenhaufen zusammenzukehren und dann wieder in die zweite Reihe zurückzutreten, wenn sein offizieller Nachfolger ernannt wurde. Immerhin war ihr Name schon durch Assoziation mit Zachs Versagen kontaminiert.

Wenn sie aber den Fall überraschend und ohne die Hilfe der Staatsanwaltschaft abschließen konnte, würde die Kripo ihre Ehre wiederhergestellt haben. Sie würde zwar immer noch den Chefsessel für Zachs Nachfolger räumen müssen, aber mit hocherhobenem Haupt. Und ihre Kolleginnen und Kollegen würden dem neuen Chef ebenfalls frei und stolz ins Gesicht schauen können.

Dennoch musste sie zuerst alle Einwände aussprechen, wenn sie ihrem Job professionell nachkommen wollte.

»Ich fasse noch mal zusammen«, sagte sie und legte die Hände flach auf den Besprechungstisch. »Sie schlagen eine Gegenüberstellung mit Adrian Russ vor, weil Sie glauben, dass ihn das emotional unter Druck setzen wird. Die Konfrontation mit seinen ehemaligen Arbeitgebern, die zugleich die Konfrontation mit den Eltern des Kindes ist, das er auf dem Gewissen hat…«

Fayaz Durrani schluckte und umklammerte seine Hände mit weißen Knöcheln. »Wir haben verstanden, dass der Mann sich weigert zu gestehen«, sagte Britta Durrani tonlos. »Und wir haben erfahren, dass er sich mit irgendeinem Deal aus dem vollen Umfang seiner Strafe herauswinden will …«

»Woher haben Sie das denn?«, fragte Sabine.

Britta seufzte. »Nehmen Sie es mir nicht übel, wenn ich Ihnen nicht sage, woher. Genügt Ihnen die Auskunft, dass wir ja keine unbekannten Leute sind und außerdem viele Benefizaktionen finanziert haben? Wir haben gute Kontakte überall hin, und viele Menschen fühlen unseren Schmerz mit uns mit.«

Sabine verzog das Gesicht. Im Grunde war es ihr egal, wer im weitgespannten Netz von Kripo und Staatsanwaltschaft den Durranis gesteckt hatte, was lief. Viel wichtiger war, welche Möglichkeiten sich dadurch eröffneten.

»Ich stimme Ihnen zu, dass die Konfrontation einen großen psychischen Stress für Russ bedeuten wird. Ich sage Ihnen auch ganz ehrlich, dass ich deshalb keine Skrupel habe. Aber um Sie beide mache ich mir Gedanken. Der Stress wird für Sie genauso groß sein.«

»Wir können ihn aushalten, denn wir tun es für Zainab«, murmelte Fayaz Durrani.

»Es ist Ihnen klar, dass auch Polizeibeamte bei dem Gespräch dabei sein werden und dass wir es aufzeichnen?«

»Wer wird dabei sein?«, fragte Britta.

»Ich«, sagte Sabine.

Britta lächelte dankbar. »Wir haben gehofft, dass Sie es auf sich nehmen«, sagte sie. »Zu Ihnen haben wir vollstes Vertrauen.«

»Kriminaldirektor Zach hat sich größte Mühe gegeben«, erklärte Sabine, immer noch gefangen im automatischen Korpsgeist-Reflex einem Außenstehenden gegenüber. »Er hat Pech gehabt, das ist alles. Ohne seine Vorarbeit hätten wir Russ nie gefasst und stünden nicht da, wo wir ihn jetzt haben.«

»Ich wollte keine Kritik äußern«, sagte Britta. »Ich wollte lediglich unsere Wertschätzung Ihnen gegenüber zum Ausdruck bringen.«

»Ich fühle mich geehrt.«

»Sie werden verstehen, dass wir es bald hinter uns haben wollen«, sagte Britta. »Und angesichts des im Raum stehenden Deals denke ich, dass wir auch nicht allzu lange warten sollten.«

»Ich kann alles für heute Nachmittag veranlassen.«

»Wenn wir um sechzehn Uhr hier wären?«

»Gut. Wir führen das Gespräch aber nicht hier, sondern in der Keibelstraße.«

Die Durranis tauschten einen irritierten Blick.

»Keine Sorge«, erklärte Sabine. »Sie finden sich einfach hier ein. Ich fahre mit Ihnen höchstpersönlich hinüber. Einverstanden?«

»Einverstanden.«

Die Durranis standen auf. Sabine brachte sie ins Vorzimmer, die Sekretärin übernahm sie dort und brachte sie ins Erdgeschoss zum Ausgang des Präsidiums. Sabine stand in Martin Zachs Büro und betrachtete nachdenklich den Besprechungstisch. Die Durranis hatten ihren Kaffee stehen lassen. An solchen kleinen Dingen konnte man erkennen, wie groß der Stress war, dem Leute ausgesetzt waren. Sabine nippte an ihrem Kaffee und setzte sich dann an den Schreibtisch, um die Überstellung Russ' zu organisieren. Sie tippte eine Telefonnummer ein und wartete, bis der Angerufene sich meldete.

»Hier ist Sabine«, sagte sie dann. »Ich möchte dich bitten, einen Job zu erledigen. Und ich versichere dir, dass danach alle deine Probleme wegen Parcevals Flucht vom Tisch sein werden.«

45

»Wenn die Bullen so ermitteln, wie sie Kaffee kochen, wundert es mich, dass auch nur ein Knöllchen den Weg zu seinem Verursacher findet«, grollte Britta Durrani, als sie und Fayaz wieder im Wagen saßen. »Ich hab keinen Schluck von dem Gebräu runtergekriegt.«

»Das ging gerade noch mal gut«, sagte Fayaz. »Was für ein Glück, dass wir das mit dem Deal erfahren haben. Die verdammte Zecke hätte uns beinahe alles versaut. Wie hat er das bloß alles rausgekriegt?«

»Nawab«, sagte Britta. »Er muss Russ gesteckt haben, was er erschnüffelt hat. Ja, das war ein Glück. Und du kommst sehr überzeugend rüber, das muss ich dir lassen.«

»Überzeugend? Als was?«

»Als vom Schicksal gebrochener Vater.«

»Wenn uns diese Sache um die Ohren fliegt, sind wir beide nicht nur vom Schicksal gebrochen, sondern auch insgesamt erledigt. Ich muss mich nicht anstrengen, das zu spielen.«

»Ich habe alles im Griff«, sagte Britta und strich ihrem Mann über den Oberarm. »Mach dir keine Sorgen. Russ ist bereits tot, er weiß es nur noch nicht.«

»Und Parceval?«

»Den kriegen wir auch noch.«

»Noacks Leute haben Mist gebaut.«

»Ja, haben sie. Aber sie werden es kein zweites Mal tun. Noack kann es sich nicht leisten, dass sich sein Versagen rumspricht. Niemand wird ihm und seinen Leuten dann noch einen Job geben.«

»Wir müssen diesen Mist endlich vom Tisch haben. Die nächsten Pakete warten schon auf die Auslieferung. Ich will sie so schnell wie möglich aus dem Haus kriegen.«

»Ich weiß.«

Durrani blickte seine Frau nachdenklich an. »Hältst du es für Zufall, dass ausgerechnet jetzt Parceval freigekommen ist?«

»Egal, ob Zufall oder Plan – Parceval ist Schnee von gestern. Konzentrier dich auf die Auslieferung, ich erledige den Rest.«

46

Parceval marschierte nach dem Treffen mit Ksenia zurück in seine Unterkunft, ohne sich sonderlich zu beeilen. Im Kopf erarbeitete er einen Aktionsplan, und da er aus Erfahrung wusste, dass ihm das am besten gelang, wenn er sich bewegte, nahm er Umwege in Kauf und ging langsam.

Ksenia hatte sofort gewusst, was ihm durch den Kopf gegangen war, als er von Adrian Russ' Deal und von seiner bevorstehenden Überstellung an die Staatsanwaltschaft gehört hatte. Er musste *vor* der Staatsanwaltschaft erfahren, was Russ über den vermeintlichen Menschenhändlerring wusste. Und die einzige Möglichkeit dazu war, allein mit Russ zu sprechen, bevor er im Präsidium ankam.

Und dafür bot sich wiederum als einzige Möglichkeit, Russ zu entführen. Nicht für lange, nur so lange wie nötig.

Ksenia war das genauso klar gewesen wie Parceval. Deshalb hatte sie gesagt, er sei verrückt. Parceval zweifelte nicht, dass sie ihm trotzdem helfen würde. Der Plan, der in seinem Geist Gestalt annahm, stützte sich daher auch auf ihre Hilfe. Verrückt war er trotzdem.

Es gab keine Chance, Russ aus dem Gefängnis zu holen. Auf dem Weg vom Gefängnis ins Präsidium auch nicht, es sei denn, Parceval benutzte einen Panzer oder engagierte ein halbes Dutzend Söldner mit automatischen Waffen. Russ aus dem Präsidium zu holen war ebenfalls unmöglich. Es gab im gesamten Ablauf der Dinge nur einen einzigen Schwachpunkt: wenn Russ am Gefängnisausgang in die Obhut der Staatsanwaltschaft übergeben wurde.

Parceval wurde aus seinen Gedanken gerissen, als am Anfang der Straße, die zu seiner Unterkunft führte, jemand schnell auf ihn zukam: der Nachbar, der Parceval gedeckt hatte. Er hatte einen kleinen Hund bei sich, der sich so unwillig mitschleifen ließ, als sei ihm nichts mehr zuwider, als mit seinem Herrchen Gassi zu gehen. Der Nachbar wirkte aufgekratzt und sah nicht mehr so blass und zerknittert aus wie beim ersten Treffen. Er blieb vor Parceval stehen.

»Netter Hund«, sagte Parceval. Der Hund hatte sich hingesetzt und warf ihm und seinem Herrchen vorwurfsvolle Blicke zu.

»Der gehört mir nicht«, sagte der Nachbar. Er war atemlos vom schnellen Gehen. »Ich hab ihn mir ausgeliehen.«

»Um eine Ausrede zu haben, mal rauszukommen?«

»Nein, als Tarnung.«

»Als Tarnung?«, echote Parceval. In ihm begannen plötzlich alle Alarmglocken zu schrillen.

»Ja«, sagte der Nachbar. »Warten Sie …« Er drehte sich um und wies die Straße hinab. Vom anderen Ende kam jetzt Sonja Gillmeier herangelaufen, die Tochter. Vor dem Haus, in dem auch sie wohnte, bückte sie sich und strich dicht an der Wand entlang, sodass niemand, der dort zufällig aus dem Fenster schaute, sie sehen konnte. Als sie sicheren Abstand vom Haus hatte, rannte sie wieder. Sie war völlig außer Atem, als sie bei Parceval und dem Nachbarn ankam. Die Straße war nicht lang, aber die junge Frau offenbar nicht gerade in Form.

»Was geht hier vor?«, fragte Parceval.

»Sie können nicht in Frau Zieglers Wohnung zurück«, erklärte der Nachbar, und Sonja Gillmeier fügte keuchend hinzu: »Die Bullen warten dort auf Sie.«

Parceval versuchte, seine Reaktion auf diese Aussage zu verbergen. »Wer hat sie dort hinbestellt?«

Sonja seufzte. »Meine Mutter.«

»Wissen Sie«, sagte der Nachbar eifrig, »uns ist mittlerweile klar geworden, wer Sie sind. Ihr Fahndungsaufruf war im Fernsehen.«

»Meine Eltern und Jonas haben es auch gesehen«, sagte Sonja.

Parceval nickte langsam.

»Von uns beiden würde Sie keiner verpfeifen«, sagte der Nachbar.

»Bestimmt nicht«, stieß Sonja hervor. »Ich bin froh, dass Sie meinen Vater und Jonas eingeschüchtert haben. Und dass der Arsch von Justin im Krankenhaus liegt.«

»Stimmt es wirklich, dass Sie einen Polizisten bei Ihrer Flucht schwer verletzt haben?«, fragte der Nachbar und rieb sich unbewusst wieder den Hals.

»Nein«, sagte Parceval. »Ich habe höchstens seine Würde angekratzt.«

»Und das mit Afghanistan …?«

Parceval schwieg. Der Nachbar und Sonja tauschten einen Blick. Der Nachbar räusperte sich verlegen. »Äh, also … ich muss Sie etwas fragen …«

»Sie haben mich das schon gefragt. Ob Sie sich vor mir in Acht nehmen müssen.«

»Ah…«

»Nein«, sagte Parceval. »Auch jetzt nicht. Was ist passiert, dass die Polizei in Frau Zieglers Wohnung auf mich wartet?!«

»Sie haben doch heute Morgen das Handy meines Bruders mit einer neuen PIN versperrt und das Telefon unbrauchbar gemacht…«, erklärte Sonja.

Parceval fühlte das Festnetz-Telefonkabel, das er abgesteckt und mitgenommen hatte, in der Hosentasche. »Hatten Sie noch ein zweites Telefonkabel in der Wohnung?«, fragte er.

Sonja schüttelte den Kopf. »Mein Vater hat meine Mutter überzeugt, zu den Nachbarn im dritten Stock zu gehen und von dort aus die Polizei anzurufen. Er wusste, dass niemand dort ihn oder meinen Bruder reingelassen hätte. Sie sollte sagen, sie rufe Ihretwegen die Polente. Er hat sie damit überredet, dass er sagte, nachher würde alles besser werden – er würde sie und mich nicht mehr schlagen, und Jonas würde eine Lehre machen und all so was…«

»Ich hätte Ihre Mutter für schlauer gehalten«, sagte Parceval.

»Wenn sie schlau wäre, wäre sie nicht immer noch bei diesem Arschloch«, sagte Sonja bitter.

»Und Sie?«

»Ich bin so schnell wie möglich aus der Wohnung abgehauen – aber das hat meinen Vater und Jonas eh nicht gekümmert. Ich glaube, die haben nicht gedacht, dass ich zu Olli gehe.«

»Olli?«

Der Nachbar hob den Finger wie ein Schüler in der Klasse. »Das bin ich«, sagte er und wurde rot.

»Olli hat gesagt, wir müssen Sie warnen«, erklärte Sonja. »Deshalb haben wir uns an beiden Enden der Straße aufgestellt…«

»Sie wollten mich warnen, damit ich nicht wieder verhaftet werde?«

Olli zuckte mit den Schultern. »Sie haben was Gutes getan, dafür wollten wir uns revanchieren…« Sonja nickte heftig.

»Ich habe überhaupt nichts Gutes getan. Ich habe lediglich Gewalt angewendet.«

»Warum haben Sie's dann getan?«

Parceval seufzte. Er erinnerte sich an Ksenias Begrüßung. »Weil ich ein Idiot bin.«

»Nein«, widersprach Oliver. »Ich glaube, Sie sind nur jemand, dem es mit der Gerechtigkeit nicht schnell genug geht. Sonjas Vater, ihr Bruder und sein Kumpel terrorisieren das Haus seit Jahren.«

»Das Beispiel Ihrer Mutter zeigt, dass meine Einmischung überhaupt nichts genutzt hat.«

»Doch, hat sie schon«, sagte Oliver. »Sie hat Jonas und Sonjas Vater gezeigt, dass sie nicht allmächtig sind. Und mir hat es gezeigt, dass ein einzelner Mann etwas bewirken kann, wenn er seine Angst überwindet.«

»Ich warne Sie davor, sich mit denen anzulegen, wenn sie wieder gesund sind«, sagte Parceval eindringlich.

»Ich bin nicht so wie Sie, ich könnte das nicht«, erklärte Olli. »Aber ich habe Sonja ein Zimmer bei meiner Schwester in Charlottenburg verschafft. Da kann sie erstmal einziehen. Sie will nicht mehr zu ihrer Familie zurück. Ich bleibe hier wohnen – und jedes Mal, wenn es wieder Ärger gibt, werde ich die Polizei rufen. Ich werde die Tageszeitungen informieren, wenn die Polizei sich weigert einzugreifen. Ich werde Anzeige über Anzeige stellen… Wissen Sie, Sie gehen den Weg, den Sie selbst als Gerechtigkeit empfinden. Ich bin dazu zu ängstlich. Aber ich kann den Weg des Gesetzes gehen, und auch wenn ein Unterschied besteht zwischen Gesetz und Gerechtigkeit, ist er doch nicht so groß, und wenn Gerechtigkeit nicht in vollem Umfang geübt werden kann, ist das Gesetz das Nächstbeste, das es gibt.«

»Sie unterschätzen sich und Ihren Mut«, erwiderte Parceval.

»Und was tun Sie jetzt?«, fragte Sonja.

»Ich such mir eine neue Bleibe.«

»Haben Sie ein Telefon?«

»Nein.«

»Kaufen Sie sich ein Prepaid. Aber dafür brauchen Sie 'nen Ausweis. Ohne Ausweis gibt es keinen Vertrag.« Sonja zögerte, dann holte sie einen speckigen Personalausweis aus der Tasche. »Hier. Hab ich meinem Vater geklaut. Ich dachte mir, Sie könnten so etwas brauchen. Er hat sicher jede Menge Einträge in der Schufa, aber das wird beim Vertragsabschluss nicht gleich geprüft.«

»Passen Sie in Zukunft gut auf sich auf«, sagte Parceval lächelnd. »Sie sind es wert.«

47

»Du wechselst deine Handynummern schneller als das Hemd«, sagte Ksenia, als Parceval sich bei ihr meldete.

»Ich hab das Hemd noch gar nicht gewechselt.«

»Das wollte ich jetzt nicht unbedingt wissen.«

»Hast du rausbekommen, wann Russ ins Präsidium gebracht wird?«

»Morgen. Ich hab einen Kalendereintrag im internen Netz der Staatsanwaltschaft gefunden. Der Termin ist um vierzehn Uhr angesetzt.«

Parceval dachte nach. Er hatte gehofft, wenigstens zwei Tage Zeit für die Vorbereitungen zu haben. Nun hatte er ziemlich genau vierundzwanzig Stunden. Es musste reichen. »Ich brauche deine Hilfe«, sagte er.

Ksenia erwiderte nichts darauf. Sie hörte einfach zu, als er seine Überlegungen mit ihr teilte. »Das ist machbar«, sagte sie zuletzt.

»Und wir müssen uns noch einen Plan B überlegen, falls es nicht klappt«, erklärte Parceval. »Einen, der deinen Kopf aus der Schlinge zieht.«

Ksenia schnaubte. »Willst du mir erzählen, du planst schon für dein Scheitern vor?«

»Was haben die Kollegen von der US Army uns immer

erzählt? Hoffe das Beste, bereite dich auf das Schlimmste vor.«

»Seit wann bist du bei der US Army?«

»Ksenia, wir brauchen eine Geschichte, die dich vom Verdacht befreit, mir geholfen zu haben, falls ich geschnappt werde.«

»Wenn sie dich schnappen, mein Lieber, dann brauchen wir einen ganzen Haufen Geschichten, weil dann nämlich alles rauskommt. Die Handys, die Einbrüche in die Datenbanken, unsere Telefonate ... Also sieh zu, dass sie dich nicht schnappen, und alles ist gut.«

Parceval schwieg einige Augenblicke, dann sagte er: »Ich hab dich nicht verdient.«

»Da hast du so was von recht.«

»Und nachdem das geklärt ist, komm ich mit einer weiteren Bitte. Ich brauche schon heute ein Fahrzeug. Ich will mir die Verhältnisse vor Ort mal vorab anschauen.«

Ksenia seufzte. »Aufklärung ist der halbe Sieg, oder? Sagt das auch die US Army?«

»Das sagt Ralf Parceval.«

Ksenia teilte Parceval eine Adresse mit, an der sie sich mit ihm treffen und ein neutrales Fahrzeug ihrer Firma übergeben würde.

»Ich hätte es gern schon in einer Stunde«, erklärte Parceval ihr. »Ich will keine Zeit verlieren.«

»In einer Stunde?«, fragte Ksenia. »Und was mach ich die anderen fünfundfünfzig Minuten?«

Der Treffpunkt war der äußerst belebte Parkplatz eines Supermarkts am Innenstadtrand. Eine Autovermietung befand sich gleich nebenan und nutzte Teile des Parkplatzes mit. Selbst jemandem, der gezielt darauf achtete, wäre es schwergefallen, die Übergabe zu beobachten. Ksenia hatte einen silberfarbenen Opel Astra besorgt, so ziemlich das unauffälligste Auto, das auf Deutschlands Straßen herumfuhr. Sie hielt den Autoschlüssel fest, als Parceval danach greifen wollte.

»Den Wagen wechseln wir morgen«, sagte sie. »Sicher ist sicher.«

»Gut. Wie gebe ich ihn dir zurück? Treffen wir uns wieder hier? Heute Abend?«

»Nein. Ich komme mit dir.«

»Auf keinen Fall.«

»Spar dir deine Sturheit, Parceval. Du weißt so gut wie ich, dass es die beste Lösung ist.«

»Ist es nicht.«

»Vier Augen sehen mehr als zwei? Aufklärung wird immer im Team betrieben? Die Polizei sucht einen einzelnen Mann, nicht ein Paar? Die Logistik mit der Rückgabe des Fahrzeugs ist so am einfachsten? Was soll ich noch aufzählen?«

»Es ist deshalb nicht die beste Lösung«, widersprach Parceval erneut, »weil du dann morgen auch mitkommen willst.«

»Kann schon sein.«

»Darf aber nicht sein. Du steckst schon viel zu tief drin.«

»Ich stecke drin, seit ich in Kunduz den Kerl ausgeschaltet habe, der dich abknallen wollte«, sagte Ksenia ungeduldig. »Und es war ein Fehler, dass ich mich danach von dir habe abwimmeln lassen.«

»Das erklärst du mir nun schon zum hundertsten Mal. Es wird dadurch auch nicht wahrer.«

»Es braucht nicht wahrer zu werden, weil es von Anfang an wahr ist. Willst du das Auto? Es kommt nur im Doppelpack mit mir.«

Parceval wusste, dass er geschlagen war. Tief drin war er Ksenia unendlich dankbar, aber die Sorge um sie war ebenso groß. Es half auch nichts, dass sie ihn quasi erpresste, sie mitzunehmen. Er würde sich dennoch bitterste Vorwürfe machen, wenn etwas schiefging und sie zu Schaden kam oder als Helferin bei einem Verbrechen verurteilt wurde. »Na gut«, meinte er schließlich.

»Steig ein«, sagte Ksenia und zog ihm den Schlüssel weg. »Selbstverständlich fahre ich.«

48

Sabine Conrad hatte Britta Durrani am Telefon. Sie bemühte sich, professionell und nüchtern zu klingen. In Wirklichkeit spürte sie Triumph. Es war nicht einfach gewesen, Adrian Russ für die Gegenüberstellung aus der Untersuchungshaft freizubekommen. In allen Berliner Gefängnissen war man wegen der Flucht Ralf Parcevals nervöser als sonst, und außerdem war Russ für den Termin mit der Staatsanwaltschaft am folgenden Tag vorgesehen … Wozu sollte die kommissarische Kripochefin den Verdächtigen einen Tag vorher nochmals aus dem Bau holen? Konnte sie sich nicht einfach an den Termin der Staatsanwaltschaft mit dranhängen? Sabine hatte sich heftig auf etliche Leute knien müssen und wertete ihren Sieg auch als Beweis dafür, dass sie auf dem kommissarischen Posten die beste Besetzung war und das Ministerium den Nachfolger für Martin Zach schon gefunden hatte.

»Russ wird heute um sechzehn Uhr in der Keibelstraße sein«, sagte sie. »Bitte kommen Sie mit Ihrem Mann um fünfzehn Uhr dreißig zu mir ins Präsidium. Ich bringe sie dann hin.«

»Sie sind sehr gut in Ihrem Job«, sagte Britta Durrani und klang dankbar. »Wann holen Sie Russ in Moabit ab?«

Sabine holte Luft, um zu antworten, aber dann hielt der gesunde Polizistenargwohn sie gerade noch zurück. »Rechtzeitig«, sagte sie.

»Entschuldigen Sie, ich wollte nicht neugierig sein. Es ist nur … Mein Mann ist noch in Berlin wegen eines Kundentermins unterwegs, er wird es gerade so schaffen. Der Termin ist beim Hauptbahnhof. Nicht, dass er zufällig dem Polizeiauto begegnet, in dem Russ sitzt. Ich weiß ehrlich gesagt nicht, ob seine Nerven das aushalten würden.«

»Keine Sorge, wir holen Russ mit einem Kripofahrzeug ab. Das ist von außen nicht als Polizeifahrzeug erkennbar.«

»Gut.« Dieses Mal klang Britta Durrani nicht ganz so dankbar, sondern eher besorgt.

»Wir holen ihn um fünfzehn Uhr ab«, knickte Sabine ein. Was war schließlich schon dabei, Britta Durrani die Uhrzeit zu verraten? »Sie können Ihrem Mann ja sagen, dass er um diese Zeit irgendwo am Straßenrand parken und in ein Café gehen soll, wenn er tatsächlich in der Nähe der JVA unterwegs ist.«

»Sie sind wirklich sehr gut«, sagte Britta. »Ich wünschte, Sie wären schon vorher die Kripochefin gewesen, dann wäre uns einiges erspart geblieben.«

»Was Ihrer Tochter angetan wurde, hätte auch ich nicht verhindern können, Frau Durrani.«

»Ich weiß«, flüsterte Britta. »Ich weiß.«

»Wir sehen uns um halb vier in meinem Büro.«

»Danke.«

49

Nachdem Britta aufgelegt hatte, informierte sie ihren Mann telefonisch über den Inhalt des Gesprächs.

»Wo bist du jetzt?«, fragte sie, als sie ihm alles erzählt hatte.

»Noch auf dem Weg zurück. Ich hab mir erstmal irgendwo einen Kaffee geholt.«

»Wie lief das Gespräch?«

»Wie soll es schon gewesen sein? Wir haben eine Lieferung versprochen, und wir sind nicht nur die Ware schuldig geblieben, sondern wussten auch stundenlang überhaupt nicht, was los war. Ich stand mit runtergelassenen Hosen da. Den Vorschuss müssen wir zurückzahlen, und das auch noch mit Zinsen. Und sie wollen eine Ersatzlieferung. So schnell wie möglich und ohne Vorschusszahlung. Denen sitzt ihr Endkunde im Nacken, die sind im Grunde in der gleichen Lage wie wir, nur dass wir daran schuld sind. Und das hat ihnen nicht gerade viel Mitgefühl abgenötigt.«

»Wir haben nur die Ware aus Afrika«, sagte Britta. »So schnell geht das nicht mit der Ersatzlieferung. Du hast ihnen nicht die afrikanische Ware angeboten, oder?«

»Nein, wo denkst du hin. Abgesehen davon, dass sie

die gar nicht gewollt hätten, hätte ich doch nicht eine neue Baustelle aufgemacht. Die afrikanischen Pakete liefern wir wie geplant aus.«

»Gut.«

»Wie geht es jetzt weiter?«

»Mit welchem Fahrzeug bist du unterwegs?«

»Dem Audi.«

»Hast du die Magnet-Firmenschilder im Kofferraum?«

»Ja.«

»Bring sie an und fahr zur Sicherheit ein bisschen in der Nähe der JVA herum«, riet Britta ihrem Mann. »Am besten ist es, wenn unsere Tarnung keine Lücke aufweist.«

Danach bestellte sie Tobias Noack zu sich. Der Mann traf innerhalb einer halben Stunde ein. Britta empfing ihn hinter ihrem Schreibtisch, einen Besucherstuhl gab es nicht. Bei ihrer ersten Begegnung war die Situation genau die gleiche gewesen: Noack hatte stehen müssen. Er hatte es bemerkt und seinen Hintern nach einem winzigen Zögern auf der Schreibtischkante platziert. Danach hatte er sie angegrinst. Aber Britta hatte das Zögern bemerkt und daraus geschlossen, dass die Frechheit nur eine Pose war und Noack versuchte, sie zu beeindrucken, was sie ihm in kühlen, trockenen Worte exakt mitgeteilt hatte. Sie konnte man mit guter Arbeit beeindrucken und sonst mit nichts. Noack war daraufhin wortlos wieder aufgestanden und hatte den Rest des Gesprächs gestanden. Nun sahen er und Britta sich in die Augen, und Britta erkannte, dass Noack sich wie sie an die erste Begegnung erinnerte.

»Ich warte immer noch darauf, dass Sie mich endlich beeindrucken«, sagte sie.

Er ging nicht darauf ein, aber seine Haltung war verspannt. »Haben Sie die Informationen?«, fragte er.

»Russ wird um fünfzehn Uhr in Moabit abgeholt – mit einem Wagen der Kripo, also nach außen ein Zivilfahrzeug.«

»Verstehe«, sagte Noack. »Wir brauchen eine Observierung der JVA-Zufahrt ab vierzehn Uhr dreißig, damit wir wissen, welches Fahrzeug es ist.«

»So wie Sie das sagen, hört es sich einfach an.«

»Ist es auch«, sagte Noack.

»Der Zugriff am Bahnhof Friedrichstraße war auch einfach, und Sie haben ihn verbockt.«

»Diesmal passiert das nicht«, stieß er hervor.

»Postieren Sie Ihren Mann schon um vierzehn Uhr. Sicher ist sicher.«

»Wie Sie möchten.«

»Wie haben Sie sich die ganze Sache überhaupt vorgestellt?«

»7. April 1977«, warf ihr Noack einen Brocken hin.

Britta Durrani dachte eine ganze Weile nach. Schließlich gab sie es auf. »Werden Sie konkreter«, forderte sie.

»Am 7. April 1977 wurde der damalige Generalbundesanwalt Siegfried Buback von der RAF erschossen«, sagte Noack. »Er war mit seinem Dienstwagen auf dem Weg von seiner Wohnung in den Bundesgerichtshof. An einer Kreuzung musste der Fahrer des Mercedes an einer roten Ampel halten. Neben ihnen hielt ein Motorrad mit Fahrer und Sozius. Der Beifahrer eröffnete sofort das Feuer auf die Insassen des Mercedes. Er gab fünfzehn Schüsse aus einem halbautomatischen Gewehr ab. Alle drei Insassen des Mercedes – Buback, sein Fahrer und ein Personenschützer – wurden getroffen. Der Fahrer konnte noch aus dem Wagen flüchten, ihn erwischte es auf der Straße. Der herrenlose Mercedes rollte ein paar Meter weiter, bis er gegen einen Pfosten stieß und zum Stehen kam. Die beiden Täter auf dem Motorrad rasten davon. Sie wurden nie gefasst…«

Britta unterbrach ihn. »Das ist Ihr Plan?«, fragte sie ungläubig.

»Ja…«

»Sie sind ein noch größerer Idiot, als ich dachte!«, rief Britta. »Wen hat die Polizei nach so einer Aktion als Erstes im Visier? Na, was glauben Sie? Meinen Mann und mich! Genauso gut könnten Sie unsere Personalausweise neben die Leichen in den Wagen legen!«

»Ich bin kein Idiot«, sagte Noack, »und Sie haben mir nicht bis zum Ende zugehört.«

Die Art, wie er es sagte, ließ Britta aufhorchen. Zum ersten Mal hatte sie den Eindruck, dass Noack den Profi durchscheinen ließ, als der er ihr empfohlen worden war.

»Dann erzählen Sie mir das Ende«, forderte sie ihn auf.

50

Die Justizvollzugsanstalt Moabit war zugleich das Untersuchungsgefängnis Berlins. Der Bau lag wie ein fünfarmiger Krake zwischen Moabit und dem Hansaviertel. Es gab eine Besucher- sowie mehrere weitere Pforten und einen Haupteingang, der direkt an Alt-Moabit lag. Man konnte den Gebäudetrakt über diverse öffentliche Verkehrsmittel erreichen oder mit dem Auto, doch einen Parkplatz für Besucher gab es nicht.

Normalerweise wurde eine Häftlingsverlegung mit dem überregionalen Netz der sogenannten Verschubungsbusse organisiert. Es gab Busse in der Größe von Reisebussen und solche für maximal sechs Personen. Manche von ihnen hatten vergitterte Transportzellen für einen oder mehrere Gefangene eingebaut. Die Personenkabine der Kleinbusse war ein einziger großer Käfig. In der Regel fuhren drei Justizvollzugsbeamte mit. Die Verschubungsbusse pendelten nach einem festen Linienplan zwischen den Vollzugsanstalten hin und her, sodass die Verlegung eines einzelnen Häftlings meistens über mehrere Stationen hinweg geschah und Wochen dauern konnte.

Dieses System kam für die Überstellung Russ' an die Staatsanwaltschaft nicht infrage, denn sie befand sich im selben Gebäudekomplex wie die Haftanstalt. Russ würde durch das Gangsystem dorthin gebracht werden, und Parceval wiederum kam nicht in die JVA hinein. Er musste daher dafür sorgen, dass man Russ nach draußen brachte.

»Gehen wir's noch mal durch«, sagte Ksenia. Ihr Wagen stand auf einem Schrägparker vor der Kita, die dem Eingang der JVA gegenüberlag. Um dem Wachpersonal der JVA nicht aufzufallen, hatten sie das Fahrzeug verlassen und benahmen sich wie ein Ehepaar, das sich darüber klarzuwerden versucht, ob es sein Kind in der Kindertagesstätte anmelden wollte.

»Wir sind den Ablauf schon dreimal durchgegangen«, entgegnete Parceval.

»Ich will am Ende des Gesprächs sagen können, dass du ein Verrückter bist.«

»Das hast du die letzten dreimal auch schon.«

»Ich sag es immer wieder gern.«

»Ist ›Verrückter‹ nach dem Idioten eigentlich ein Auf- oder ein Abstieg?«

Ksenia schwieg. Parceval begann, Ksenia das geplante Vorgehen zu schildern. Im Grunde waren seine Klage und Ksenias schnippische Antworten nur ein Ventil für die Anspannung, die beide empfanden. Er wusste auch, dass sie den Ablauf noch mindestens dreimal durchgehen würden, bis der Plan morgen in Aktion treten würde – zum Guten oder zum Schlechten.

Während er sprach, visualisierte Parceval das Geschehen. Es war eine Kunst: Man durfte sich nicht zu sehr auf die Bilder versteifen, weil man sonst unschlüssig wurde, wenn sich die Situation dann doch anders gestaltete. Zugleich musste man die Gegebenheiten vor Ort und den

Ablauf der Dinge so sehr verinnerlicht haben, dass man nicht darüber nachdenken musste, wohin man sich wendete, wo es Hindernisse gab und wohin man sich frei bewegen konnte.

Der Zugriff auf Adrian Russ würde in mehreren Etappen erfolgen und lange vor dem geplanten Gesprächstermin des Verdächtigen um vierzehn Uhr beginnen – mit einem Einbruch in eine Personaldatenbank und einem Diebstahl von Personendaten. Der Geschädigte würde die P.S.B. GmbH sein.

09.00 Uhr. Parceval bekommt von Ksenia eine Glatze rasiert. Dann fotografiert sie ihn bei ungünstigem Licht mit einer nicht hundertprozentig fokussierten Kamera. Das Ergebnis ist ein leicht unscharfer Eierkopf, der halb im Schatten liegt und Ksenia zu unvorteilhaften Bemerkungen über Parcevals Fotogenität hinreißt.

09.15 Uhr. Parceval legt sich in einem Sonnenstudio nahe dem Firmengebäude der P.S.B. GmbH unter das Solarium und kneift dabei die ganze Zeit die Augen zusammen, sodass seine Sonnenbräune wirkt, als sei er tatsächlich im Freien unterwegs gewesen. Er bleibt so lange darunter, dass er einen leichten Sonnenbrand bekommt. Eine Überprüfung seines Spiegelbilds ergibt, dass man sich nun anstrengen muss, um in dem sonnenverbrannten Glatzkopf den überall, vor allem online, mit Fahndungsfoto gesuchten entflohenen Häftling Ralf Parceval zu erkennen. Mit diesen beiden Maßnahmen kann Parceval sich nun freier bewegen – und wird bei entsprechend vorsichtigem Verhalten von Adrian Russ erst dann erkannt, wenn es zu spät ist.

10.00 Uhr. Ksenia übergibt Parceval passende Kleidung

und einen neu angefertigten Dienstausweis, die ihn als Mitarbeiter der P.S.B. GmbH legitimieren. Der Dienstausweis trägt das unprofessionell aufgenommene Foto des frisch rasierten Parceval. Diese Maßnahme dient als Absicherung für den Fall, dass die Justizvollzugsbeamten etwas genauer hinschauen. Für sich selbst erstellt Ksenia ebenfalls einen neuen Dienstausweis auf den Namen einer im Mutterschutz befindlichen Mitarbeiterin ihrer Firma.

10.15 Uhr. Ksenia bricht mit einem in alle Richtungen abgesicherten Handy in die Datenbank ihrer eigenen Firma ein und lädt eine Reihe von Personaldaten herunter, bis eine bewusste Fehlprogrammierung des Spähprogramms den Angriff abbrechen und die Sicherheitsvorkehrungen der P.S.B. GmbH anspringen lässt. Die Daten der in Mutterschutz befindlichen Mitarbeiterin sind ebenfalls darunter.

10.17 Uhr. Ksenia meldet der IT-Abteilung der Berliner Polizei einen Angriff von außen auf ihre Daten und kündigt an, sich wieder zu melden, wenn ihr das Ausmaß des Schadens klar ist.

10.20 Uhr. Parceval ruft unter dem Namen, der auf dem Dienstausweis steht, bei einem Autoverleih an, mit dem die P.S.B. GmbH zusammenarbeitet und der kurzfristig ein Fahrzeug zur Verfügung stellen kann – ein alltäglicher Vorgang.

10.21 Uhr. Ksenia meldet der Polizei, dass wahrscheinlich Personendaten heruntergeladen wurden, sie aber nicht feststellen kann, welche, und dass sich nicht nachverfolgen lässt, woher der Angriff kam. Die Sicherheitsmaßnahmen der Firma haben den Angriff nach kurzer Zeit versiegen lassen. Sie sendet die heruntergeladenen

Ablaufprotokolle des Vorgangs an den Beamten und erstattet Anzeige gegen unbekannt.

»Damit müsste hinreichend erklärt sein, wie ich an die Ausweis- und die Personendaten einer deiner Leute komme und das Fahrzeug ausleihen kann, und wieso jemand mit dem Ausweis einer deiner Mitarbeiterinnen bei der JVA aufschlägt«, sagte Parceval. »Und du bist aus dem Schneider, was eine eventuelle Mithilfe bei einem Verbrechen angeht.«

Ksenia nickte.

12.00 Uhr. Ksenia druckt einige aus dem Datenbestand der Staatsanwaltschaft gehackten Formulare, die die Überstellung Adrian Russ' legitimieren. In den Papieren hat Ksenia statt der Staatsanwaltschaft als Gesprächsort das Verwaltungsgericht in der Kirchstraße eingetragen – ein unüblicher Ort für die Vernehmung, aber auch nicht völlig abwegig, denn dort befinden sich ebenfalls Büros der Staatsanwaltschaft. Das Verwaltungsgericht liegt zwei Straßenzüge und fünfhundert Meter von der JVA entfernt, fast direkt am Nordufer der Spree.

12.30 Uhr. Parceval übernimmt das auf die P.S.B. GmbH ausgeliehene Fahrzeug.

13.00 Uhr. Ksenia und Parceval fahren bei der JVA Moabit vor. Parceval bleibt im Wagen. Ksenia verlangt an der Pforte der Anstalt die Aushändigung Russ' unter der falschen Vorgabe, dass der Termin eine Stunde vorverlegt worden sei und man die in Berliner Polizeikreisen gut bekannte P.S.B. GmbH mit der Abholung des Verdächtigen beauftragt habe, weil niemand in der Staatsanwaltschaft Zeit dafür habe. Mit der Vorverlegung gehe auch die Änderung des Gesprächsorts einher. Sie spielt die Routine des genervten Dienstleisters, der einspringen muss, weil seine Auftraggeber zu dämlich sind, auch nur den Gang aufs Klo zu organisieren. Ihr sei gesagt worden, jemand bei der Staatsanwaltschaft habe schon in der JVA angerufen und die Vorverlegung des Termins angekündigt. Sie benimmt sich so hektisch und aufgeregt, dass sie alle diensthabenden Justizvollzugsbeamten damit ansteckt.

13.03 Uhr. Parceval ruft in der JVA an und meldet sich mit dem Namen eines Justizassistenten, den Ksenia herausgefunden hat. Er kündigt die Vorverlegung des Termins an und entschuldigt sich für den verspäteten Anruf: Seine Mittagspause habe länger gedauert, weil die Schlange an der Essensausgabe in der Kantine so lang war. Die bereits von Parceval zur Weißglut gebrachten und wie üblich unter Personalnot leidenden Justizvollzugsbeamten explodieren. Der ganze Ärger und die Hektik führen dazu, dass niemand den lästigen Vorgang genauer betrachtet und Russ an Ksenia übergeben wird. Auf die Frage, ob Ksenia sich zutraut, Russ allein zu übernehmen, weist sie auf den vor der Pforte stehenden Wagen, aus dem Parceval fröhlich winkt. Keiner der JVA-Beamten schaut genauer hin.

13.10 Uhr. Der grummelnde Russ wird von Ksenia in den Wagen gepackt. Als er entdeckt, dass der scheinbar unbekannte Sicherheitsmann am Steuer in Wahrheit Parceval ist, sind sie schon unterwegs.

13.30 Uhr. Parceval weiß alles, was Russ über den Menschenhändlerring an die Staatsanwaltschaft verraten wollte.

13.45 Uhr. Parceval parkt das mit einem gefesselten und mehr oder weniger lädierten Russ beladene Leihfahrzeug in der Nähe der JVA Moabit und setzt sich ab.

»Alles, was danach kommt, geht uns nichts mehr an«, schloss Parceval.

»Die werden nicht lange brauchen, um Russ zu finden«, entgegnete Ksenia. »Und er wird ihnen sagen, dass er von dir ausgequetscht worden ist.«

»Kein Problem. Bis er ihnen auch den Rest erzählt hat, dauert es eine Weile. Ich habe mindestens eine Stunde Vorsprung, und dann dauert es noch mal ein oder zwei Stunden, bis sie in Aktion treten. Zeit genug für mich.«

»Für uns«, sagte Ksenia.

»Für uns«, bestätigte Parceval. Er beobachtete ein Zivilfahrzeug, das direkt vor der Besucherpforte zum Halten kam. Jemand stieg aus. Überrascht erkannte Parceval, dass es Rolf Lemke war. Der Kripobeamte hinkte und ging schief. Parceval versteckte sich hinter einem der Bäume, die zwischen den Schrägparkern und der Kita standen. Aber Rolf schaute nicht über die Straße. Er verschwand nach kurzem Gespräch mit dem wachhabenden JVA-Beamten im Inneren des Gebäudes. Sein Wagen blieb im Halteverbot direkt vor dem Eingang stehen.

»Ich frage mich, was der hier will«, brummte Parceval.

»Wer war das?«

»Rolf Lemke. Einer der beiden Kriminaler, die Zach ins Vertrauen gezogen hat.«

»Der will natürlich zu Russ«, sagte Ksenia.

»Aber wozu? Der Termin mit der Staatsanwaltschaft ist doch erst morgen.«

Parceval und Ksenia wechselten einen Blick. »Lemke versucht rauszubekommen, was Russ der Staatsanwaltschaft erzählen will«, sagte Parceval. »Die Kripo versucht, die Nase vorn zu behalten. Verdammt.«

Ksenia blieb ruhig. »Denkst du, Russ singt?«

»Nicht, wenn er für fünfzig Cent Hirn hat. Die Kripo kann keinen Deal mit ihm machen. Und die Staatsanwaltschaft wird ihm keinen mehr anbieten, wenn er zuerst bei der Kripo plaudert.«

»Hat Russ für fünfzig Cent Hirn?«

»Er ist …«, begann Parceval.

»… bauernschlau. Das sagst du jedes Mal. Ich denke, in diesem Fall sollte es reichen.«

»Hm.« Parceval starrte nachdenklich in eines der Fenster der Kita, in dem sich der Eingang der JVA spiegelte. Er hoffte, dass Ksenia recht hatte. Er konnte nichts anderes tun als hoffen. Er wandte sich ab und überquerte eine ruhige Seitengasse namens Spenerstraße, immer noch im Bemühen zu wirken wie jemand, der sich die Umgebung genauer ansieht, weil er sein Kind hier unterbringen will. Ksenia folgte ihm. Die Häuserfront, die sich drüben an Alt-Moabit entlangzog, beherbergte eine Bäckerei, einen Hundesalon und eine kleine Stehkneipe. Parceval fand es merkwürdig. Zwei Welten, getrennt durch die mit ihrem mittigen Grünstreifen friedlich wirkende Straße Alt-Moabit: südlich von ihr eine unspektakuläre Wohngegend der unteren Mittelklasse, nördlich davon eine Haftanstalt, in der Gegner des Naziregimes wie Wolfgang Borchert, RAF-Terroristen und Staatsverbrecher wie Erich Honecker gesessen hatten und jetzt Untersuchungs- und normale Häftlinge ihre Strafe abbrummten. Weder als Polizist noch als Häftling hatte er sich Gedanken an die Welt rund um eine Haftanstalt herum gemacht. Als Polizist bedeutete ein Gefängnis im Idealfall etwas, das einen erledigten Fall abschloss. Als Häftling bedeutete es die Welt schlechthin, und alles außen herum war völlig gleichgültig.

Die Fahrzeuge auf den Schrägparkern vor den Geschäften waren alte Modelle, nicht gerade ungepflegt, aber auch nicht schick. In einem saß eine junge Frau am Steuer und tippte auf einem Smartphone herum. Zwischendrin putzte sie sich die Nase und die Augen mit demselben zerknüllten Papiertaschentuch. Parceval fragte sich, ob sie weinte, weil sie gerade von einem Besuch in der JVA kam oder weil sie ihn noch vor sich hatte. Aber hauptsächlich drehten sich seine Gedanken darum, was er tun sollte, wenn Russ seine Karten falsch ausspielte und sein Wissen bereits der Kripo offenbarte. Im Grunde stand er dann wieder dort, wo er gestanden hatte, als er vor Lemke geflohen war. Aber es war etwas anderes, wenn man schon einen Schritt weiter war und wieder zurück auf Start musste – und wenn man einiges an Zeit und Aufwand investiert hatte, um diesen Schritt vorwärtszukommen und einem die Zeit nun fehlte, wieder gründlich von vorn anzufangen.

»Verdammt«, sagte er.

»Was tun wir jetzt?«, fragte Ksenia.

»Wir gehen zurück ins Auto«, sagte Parceval. »Wir sind genug hier draußen rumgelaufen. Warten wir dort, bis Lemke wieder rauskommt. Wenn er länger da drin ist, dann wissen wir, dass er mit Russ gesprochen hat.«

»Und dann?«

»Keine Ahnung.«

Ksenia machte keine aufmunternden Bemerkungen von der Art, dass man ja nicht wissen konnte, was in einem solchen Fall gesprochen worden war, und noch immer alles offen war. Sie würden nicht erfahren, was Lemke von Russ gewollt oder was er ausgeplaudert hatte, bis es zu spät war.

Als sie sich setzten, holte Parceval das Fahrzeugmanual aus dem Handschuhfach und beugte sich darüber. Für jemanden, der sie observierte, würde es nun so aussehen, als ob sie Prospekte wälzten – eventuell die anderer Kitas. Parceval sah aus dem Augenwinkel, wie ein kantiger SUV herankroch und dann in den letzten Parkplatz vor der Kreuzung bog. Der Wagen fiel ihm eigentlich nur auf, weil er für die Gegend unnatürlich sauber und neu aussah.

Der Fahrer stieg nicht aus, aber Parceval konnte ihn durch die rechte hintere Seitenscheibe sehen. Er telefonierte. Der SUV war ein blauer Subaru Forester.

»Ist er das?«, fragte Ksenia.

Der Unterton in ihrer Stimme veranlasste Parceval, sich zu ihr umzuwenden. Ksenia hatte sich vorgebeugt und spähte in den Außenspiegel, in dem sie den Eingang der JVA überblicken konnte.

»Ist das Russ?«, fragte sie noch mal.

Parceval drehte sich im Sitz um und schaute zur Heckscheibe hinaus. Schockiert sah er, dass Adrian Russ, von zwei JVA-Beamten flankiert, hinter Robert Lemke aus dem Ausgang kam. Lemke hinkte zu seinem Fahrzeug und öffnete die hintere Tür. Russ blieb neben der geöffneten Tür stehen. Parceval sah ihn mit Händen gestikulieren, die mit Handschellen gefesselt waren. Er wirkte aufgebracht.

»Was läuft hier?«, fragte Parceval, immer noch schockiert und ratlos. »Haben die das Gespräch vorverlegt?«

»Dann würde er nicht von der Kripo abgeholt«, sagte Ksenia. »Schau doch. Russ ist auch nicht glücklich mit dem, was gerade passiert.«

Russ gab einem der JVA-Beamten einen Stoß mit der Schulter. Lemke drehte sich zu ihm um, packte ihn im Nacken und zwang ihn, sich vorzubeugen. Dann legte er ihm die Hand auf den Scheitel und drückte ihm den Kopf noch weiter nach unten. Gleichzeitig drängte er ihn auf den Rücksitz seines Fahrzeugs. Russ faltete sich widerstrebend hinein. Einer der beiden JVA-Beamten rutschte neben ihm auf den Rücksitz, der andere ging um das Heck des Fahrzeugs herum und setzte sich auf der anderen Seite neben Russ. Robert Lemke beobachtete, was im Inneren des Fahrzeugs vor sich ging, das etwas von den Bewegungen der drei Insassen hin und her schaukelte. Schließlich nickte der Kriminalbeamte ins Wageninnere hinein und öffnete die Fahrertür. Parceval wurde klar, dass die beiden JVA-Beamten die Handschellen Russ' gelöst und ihn damit an der Kopfstütze des Beifahrersitzes befestigt haben mussten. Lemke stieg ein.

»Was jetzt?«, fragte Ksenia.

Parceval bemühte sich, klar zu denken. »Ich weiß es nicht…«, sagte er. Lemke schlug die Fahrertür zu.

Ksenia stieß Parceval in die Seite. Sie deutete stumm auf das neu angekommene Fahrzeug, in dem der telefonierende Mann saß.

Der Mann in dem Subaru telefonierte nicht mehr. Er hatte sich über den Beifahrersitz gebeugt und fotografierte mit seinem Handy zur Seitenscheibe hinaus. Dann hielt er es ans Ohr und telefonierte wieder. Parceval sah von ihm zu Lemkes Wagen, der jetzt losfuhr, und wieder zu dem Mann zurück. Dieser schoss ein weiteres Foto und redete erneut in sein Gerät.

Parceval und Ksenia wechselten nochmals einen Blick.

Instinktiv musterte Parceval das einzige andere besetzte Fahrzeug, in dem die weinende junge Frau saß, aber sie achtete nicht auf ihre Umgebung, sondern tippte wieder in ihr Handy.

Irgendetwas war hier im Gang, auf das Parceval sich keinen Reim machen konnte. Ihm war nur eines klar – seine Planung, wie er Russ morgen abfangen wollte, war endgültig im Eimer. Ihm fiel noch etwas ein, was er gelernt hatte – auch das nicht auf der Polizeischule, sondern von den militärischen Einheiten, mit denen die deutsche Polizei in Afghanistan zusammengearbeitet hatte: Ein Plan war nur so lange gut, bis er von der Wirklichkeit eingeholt wurde.

Lemke verließ seinen Halteplatz vor dem Eingang der JVA, wendete auf der Kreuzung und fuhr dann direkt hinter Parcevals und Ksenias Wagen auf Alt-Moabit in Richtung Hauptbahnhof und Mitte.

»Wo immer die hinwollen, es ist keines der Büros der Staatsanwaltschaft«, sagte Ksenia.

»Die wollen zum Präsidium«, mutmaßte Parceval.

Der Mann im Subaru hatte weiter fotografiert. Jetzt legte er das Handy beiseite und stieß rasch rückwärts aus seinem Parkplatz, bog aus der Spenerstraße auf Alt-Moabit ein und beschleunigte.

»Wenn das hier ein Film wäre mit einer oberschlauen Heldin, würde ich Hamlet zitieren«, sagte Ksenia langsam.

»Es ist was faul im Staate Dänemark?«, fragte Parceval.

»Oberfaul«, sagte Ksenia. Sie stieß ebenfalls rückwärts aus dem Parkplatz. Ein Auto, das auf der Straße herankam, wich auf den linken Fahrstreifen aus und hupte.

»Fahr ihnen hinterher«, sagte Parceval.

»Schnall dich an.«

51

Parceval und Ksenia waren ein Fahrzeug hinter dem Subaru des mysteriösen Fahrers, der Lemkes Abfahrt von der JVA fotografiert hatte, und drei Fahrzeuge hinter dem mit vorschriftsmäßigem Tempo fahrenden Kripobeamten und seinen Passagieren. Vor der nächsten Kreuzung wurde die Straße dreispurig. Lemke ordnete sich in der mittleren Spur ein. Er hatte grün. Der Wagen, der direkt hinter Lemke fuhr, wechselte auf die rechte Spur und zog ungeduldig vorbei. Der Subaru befand sich jetzt direkt hinter Lemke. Das Fahrzeug zwischen Parceval und dem Subaru steuerte eine Frau und trug auf der Heckscheibe zwei Aufkleber: *Dennis an Bord* und *Mirja an Bord*. Sie fuhr wie Lemke vorschriftsmäßig und überholte auch nicht, als der Subaru sich zurückfallen ließ, um dem jetzt direkt vor ihm fahrenden Lemke nicht aufzufallen. Die Ampel sprang auf Gelb. Ksenia trat aufs Pedal und fuhr über die Kreuzung.

»Wenn Lemke ins Präsidium fährt«, sagte Parceval, »wie, glaubst du, fährt er?«

»Bei der nächsten links – Invalidenstraße«, erklärte Ksenia. »Dann im Norden um den Hauptbahnhof rum.«

Lemke ordnete sich tatsächlich bei der nächsten Kreuzung links ein. Die Frau mit den beiden Kind-an-Bord-

Aufklebern folgte ihm, doch zu ihrer Überraschung fuhr der mysteriöse Fahrer im Subaru geradeaus weiter.

»Was nun?«, fragte Ksenia.

Parceval hatte nur ein paar Sekunden Zeit für die Entscheidung. »Kannst du zu Lemke wieder aufschließen, wenn wir jetzt zurückfallen?«, fragte er Ksenia.

»Wenn er dorthin fährt, wo wir vermuten, ohne Weiteres.«

»Fahr ihm hinterher, aber warte dann nach der Kreuzung. Dort vorn, nach der Baustelle.«

Ksenia folgte Parcevals Anweisung schweigend. Parceval drehte sich im Sitz um, um dem Wagen mit dem mysteriösen Fahrer hinterherzuschauen. Er fuhr die mit Bäumen gesäumte Alt-Moabit geradeaus weiter und beschleunigte dabei merklich. Parceval verlor ihn aus den Augen, als Ksenia in die Invalidenstraße einbog.

Die Invalidenstraße führte in einer Verengung um die Baustelle herum und wurde dann wieder breiter. Ksenia hielt den Wagen am Straßenrand in einer der Parkbuchten unter den Alleebäumen.

»Was hast du vor?«, fragte sie.

»Kann der Typ in dem Subaru auf der Alt-Moabit irgendwo wenden?«

»Unter der Bahnüberführung.«

»Dann wette ich, dass er genau das macht. Er wird in einer Minute an uns vorbeifahren.«

»Du meinst, er hat es getan, damit Lemke nicht auffällt, dass er ihn verfolgt?«

Parceval nickte.

»Ein riskantes Manöver«, sagte Ksenia. »Dabei kann er ihn leicht aus den Augen verlieren.«

»Nicht, wenn er so wie wir ahnt oder gar weiß, wohin Lemke fährt.«

»Und warum sollte er das ahnen?«

»Die Frage ist, warum er die Abholung von Russ überhaupt observiert hat. Und woher er davon wusste. Er ist gezielt kurz vorher vor der JVA eingetroffen, unser Glück, dass wir es überhaupt mitbekommen haben. Aber er – er wusste genau, wann er eintreffen musste.«

»Und was bedeutet das?«

»Keine Ahnung. Wir werden es rauskriegen, wenn wir ihm folgen.«

»Wir folgen ihm und nicht Lemke?«

»Wenn wir ihm folgen, folgen wir auch Lemke«, sagte Parceval und war sich keineswegs sicher.

»Weißt du das so genau, wie du wusstest, wo du die Entführer in Afghanistan finden würdest?«

»Nicht so genau. Aber genau genug«, sagte Parceval.

52

Eine Minute später rollte der Subaru an ihnen vorbei. Der Fahrer telefonierte und blickte weder nach links noch nach rechts. Nach der Baustelle trat er aufs Gas. Ein Taxi kam gleich nach ihm und beschleunigte ebenfalls. Ksenia setzte den Blinker und schloss zu dem Taxi auf, in dem kein Passagier saß, aber dessen Taxischild ausgeschaltet war. Es war wohl gerade auf dem Weg zu einem Fahrgast.

»Also gut«, sagte Ksenia. »Hast du sonst noch irgendwelche Ahnungen? Etwas, das den Kerl in dem Subaru betrifft?«

»Er ist weder von der Staatsanwaltschaft noch von der Polizei.«

»Sehr klug.«

An der nächsten großen Kreuzung gabelte sich die Invalidenstraße und führte um den Europaplatz und den Hauptbahnhof herum. Der Verkehr wurde dichter. Parceval konnte Lemkes Dienstwagen weit voraus erkennen. Mehrere Fahrzeuge waren jetzt hinter ihm. Der Subaru schloss zu ihnen auf. Das Taxi bog ab und fuhr Richtung Tiergartentunnel. Einige der Wagen zwischen Lemke und dem Subaru nahmen ebenfalls die Abzweigung. Der SUV kam dadurch näher an Lemke heran; Ksenia und Parceval waren jetzt hinter dem Subaru. Parceval ließ sich tiefer in den Sitz rutschen, denn Ksenia fuhr einigermaßen dicht auf. Sie konnten erkennen, dass der Subarufahrer das Handy oben auf dem Armaturenbrett abgelegt hatte und ab und zu danach griff, um etwas hineinzusprechen. Er schien in dauernder Verbindung zu seinem Gesprächspartner zu stehen.

Ksenia blickte zu dem noch tiefer in seinen Sitz gerutschten Parceval hinüber. »Glaubst du, der Typ kennt dich?«, fragte sie.

»Sicher ist sicher.«

»Lass mich nicht dumm sterben. Du hast doch einen Verdacht.«

»Sag ich dir nachher. Die Ampel wird grün.«

»Bei mir halten sich Beifahrer mit Fahranweisungen zurück oder sie gehen zu Fuß«, sagte Ksenia.

»Die Ampel *ist* grün«, sagte Parceval und grinste.

»Danke, Papa«, sagte Ksenia, aber sie grinste auch.

Der Verkehr wurde noch dichter. Vom Friedrich-List-Ufer her schlängelte sich ein Roller mit Fahrer und Sozius durch die Wagen und bog dann halsbrecherisch ein paar Fahrzeuge vor Lemke auf die Invalidenstraße. Bremslichter leuchteten auf, ein wütendes Hupen ertönte. Der Sozius zeigte den Mittelfinger. Er und der Fahrer trugen dunkle, verspiegelte Helme, als säßen sie auf einer schweren Maschine. Der Sozius hatte eine Sporttasche auf dem Schoß und hielt sie mit einer Hand fest.

»Die haben alle einen Todeswunsch«, murmelte Ksenia.

Parceval sagte nichts. Er versuchte, das Gefühl zu ergründen, das ihn plötzlich beschlichen hatte und das dafür sorgte, dass sein Magen sich auf einmal hohl anfühlte. »Hast du eine Waffe dabei?«

»Was?« Ksenias Kopf flog herum.

»Eine Waffe. Und ich rede nicht von einem Schnappmesser.«

Ksenia musterte ihn aus dem Augenwinkel. Dann beugte sie sich nach links und griff unter die Lenkradhalterung. Parceval hörte das Geräusch, mit dem sich ein Klettverschluss löste. Ksenia warf ihm ein Pistolenhalfter herüber. Die Waffe darin war eine Glock 35. Parceval hielt sie zwischen den Knien und drehte sie hin und her.

»Fünfzehner Magazin?«, fragte er.

»Siebzehner. Sagst du mir mal, was los ist?«

»Ich weiß nicht, ob überhaupt was los ist. Aber ich hatte eine Assoziationskette. Moabit – Zweiradfahrer – April 1977.«

Ksenia starrte ihn so lange an, dass Parceval dachte, sie würde dem vorausfahrenden Subaru auf die Stoßstange prallen. Doch sie bremste gerade noch rechtzeitig und passte sich dem Verkehrsfluss an.

»Das war eine der Szenarien, die wir in Kunduz auch immer wieder durchgespielt haben«, sagte Parceval. »Erinnerst du dich? Wegen der vielen Zweiradfahrer dort…«

»Das ist doch nicht dein Ernst«, stieß Ksenia hervor.

»Wahrscheinlich liege ich auch völlig falsch«, sagte Parceval. »Aber du weißt ja – hoffe das Beste…«

»…und bereite dich auf das Schlechteste vor«, vollendete Ksenia.

Parceval nickte. Er lud die Pistole durch und hielt sie weiterhin zwischen den Knien.

Der Verkehr bewegte sich im weiteren Verlauf nur im

Stop-and-go vorwärts. Ein paar Fahrer wechselten die Spuren, ohne ihre eigene Situation oder die der anderen zu verbessern. Der Subaru kam dadurch um ein Fahrzeug näher an Lemke heran. Ksenia ließ einen anderen Fahrer vor sich auf ihre Spur wechseln, damit sich ein Auto zwischen ihnen und dem Subaru befand. Den beiden Rollerfahrern hatte ihr halsbrecherisches Einfädelmanöver auch nichts genützt. Sie fielen zurück.

Oder ließen sie sich zurückfallen? Normalerweise schlängelten sich Rollerfahrer durch jede noch so kleine Lücke im Verkehr.

Zur linken Seite öffnete sich jetzt der Invalidenpark. Die Rollerfahrer wechselten auf die Linksabbiegerspur, doch dort staute sich der Abbiegerverkehr zurück. Direkt vor dem Subaru scherten sie wieder auf die Geradeausspur ein. Sie hatten weiteren Vorsprung verloren. Parceval spannte den Körper an. Aber nichts geschah.

Lemke überquerte zwei weitere Kreuzungen und setzte dann den Blinker nach rechts.

»Er will über die Hessische Straße und die Friedrichstraße«, sagte Ksenia. »Er nimmt eine Abkürzung.«

Parceval musterte den Subaru und den vor ihm fahrenden Roller. Der Subaru nutzte eine Lücke, scherte nach links aus und schob sich an Lemke vorbei. Der Roller blinkte ebenfalls rechts.

»Verdammt«, sagte Parceval. Er hatte nun keine Zweifel mehr, was vor sich ging. »Die Typen auf dem Roller übernehmen die Aktion. Jetzt dauert es nicht mehr lange.« Er versuchte, sich auf dem lückenhaften Stadtplan vor seinem geistigen Auge zu orientieren. »Die Hessische Straße führt direkt zur Friedrichstraße? Wo treffen sie zusammen?«

»Beim Oranienburger Tor.«

»Ist dort ein Platz?«

»Eine ziemlich große Kreuzung.«

Parceval nickte grimmig. Er wechselte die Pistole von einer Hand in die andere.

»Wem soll ich folgen?«, fragte Ksenia. »Ich muss mich einordnen.«

»Lemke und dem Roller«, sagte Parceval. Er fragte sich, ob er das Richtige tat, doch mittlerweile war er überzeugt, dass seine vagen Befürchtungen von vorhin richtig waren. Und die Erinnerung, die die Assoziationskette von vorhin ausgelöst hatte.

»Glaubst du wirklich, dass die dasselbe vorhaben wie die RAF im April 1977?«, fragte Ksenia.

Parceval holte Luft. »Ja.«

»So ein Glück, dass wir das in Kunduz immer wieder durchgespielt haben, was?«

53

»Du kannst langsam zurückkommen.« Britta Durrani telefonierte mit ihrem Mann, der mit dem Auto methodisch die Straßen zwischen Moabit, Tiergarten und Mitte abfuhr. »In spätestens einer Stunde ist die Aktion abgeschlossen und unser Freund hier bei uns.«

»Sehr gut«, knurrte Fayaz Durrani. »Ich hab die Nase voll davon, im Stau zu stehen. Und wir müssen noch die Pakete versandfertig machen. Die Zeit drängt.«

»Ich habe eine Idee, wie wir beides verbinden können.«

»Wie?«

»Wenn unser Freund hier bei uns ist, befasst du dich nicht allein mit ihm, sondern lässt sie zusehen. Ich garantiere dir, wenn wir Zainab bei so etwas hätten zusehen lassen, würden wir jetzt nicht in diesem Schlamassel stecken.«

»Ich habe von Anfang an gesagt, wir hätten eine von ihnen …«

»Nein«, sagte Britta. »Nein, das hätte nur wertvolle Ware zerstört. Es war richtig, es nicht zu tun. Umso richtiger ist es, jetzt die Chance zu nutzen und ihnen zu zeigen, welche Konsequenzen der Ungehorsam hat.«

Fayaz Durrani seufzte. »Es vergeht kein Tag, an dem ich nicht froh bin, dich an meiner Seite zu haben.«

»Fahr vorsichtig«, sagte sie.

54

»Was machen wir mit dem Subarufahrer?«, fragte Ksenia, während sie in die Hessische Straße abbog. »Lassen wir ihn laufen?«

»Er ist aus dem Spiel«, sagte Parceval. »Sein Job war nur, den Wagen mit Russ und die Typen mit dem Roller zusammenzuführen. Er wird nicht mehr auftauchen.«

»Uns ist beiden klar, dass das alles nur eine wilde Spekulation ist? Ein Anschlag auf den Wagen mit einem Zweirad, so wie damals bei Buback? Warum sollte jemand Russ ermorden, während er auf dem Weg zum Präsidium ist?«

»Weil irgendjemand rausgekriegt hat, dass er Hintergrundinformationen preisgeben will, und weil dieser Jemand genau das unterbinden möchte.«

»Dann verstehe ich nicht, warum sie es heute versuchen und nicht morgen, bei Russ' offizieller Überstellung an die Staatsanwaltschaft.«

»Weil sie morgen nicht an ihn rankommen. Er verlässt das Gelände der JVA dazu nicht.«

»Und woher wussten sie dann, dass Russ heute außerplanmäßig zur Kripo gebracht werden soll?«

»Das hast du vorhin schon gefragt.«

»Du hast es noch nicht beantwortet.«

»Weil ich es auch nicht weiß.« Was nicht ganz stimmte, dachte Parceval. Ein Verdacht war in ihm aufgestiegen, aber er war zu unausgereift, dass er ihn schon hätte aussprechen wollen. Außerdem mussten sie sich auf das konzentrieren, was sich vor ihnen abspielte. Er war überzeugt, dass die Rollerfahrer auf der Kreuzung zuschlagen würden, wo die Hessische und die Friedrichstraße zusammentrafen. Es war für einen Anschlag die optimale Gelegenheit: Auf der Kreuzung würde sich sofort ein Riesenchaos entwickeln, niemand würde sie aufhalten, und sie hatten vier Richtungen zur Auswahl, in die sie sich absetzen konnten.

Der Roller fuhr mit relativ geringem Abstand hinter Lemke her. Ksenia und Parceval lagen mit etwas weiterem Abstand hinter dem Roller. Die Hessische Straße wand sich in flachen Kurven zwischen Universitäts- und Wohngebäuden dahin. Zwei Linkskurven später konnte Parceval die Kreuzung gute hundertfünfzig Meter voraus ausmachen. Der Sozius auf dem Roller drehte den Kopf hin und her, als würde er alles genau in Augenschein nehmen, wandte sich um und musterte den nachfolgenden Verkehr. Parceval war nun absolut sicher, dass die Kreuzung der Ort des Anschlags werden sollte.

»Wenn wir warten, bis die Typen auf dem Roller ihre Waffen zücken, ist es zu spät«, sagte Ksenia. Ihre Stimme klang auf einmal rau.

Parceval erwiderte nichts. Das Dilemma war ihm klar. Er musste sich entscheiden. Wenn die beiden Rollerfahrer doch harmlose Zeitgenossen waren, hatten sie nicht verdient, was gleich geschehen würde. Wenn Parceval und Ksenia zu lange warteten, hätten sie sich die ganze Verfolgung auch sparen und den Dingen einfach ihren Lauf lassen können.

»Parceval?«, fragte Ksenia.

»Fahr sie platt!«, sagte Parceval.

Ksenia gab Gas. Der silberne Opel beschleunigte und schoss auf die Kreuzung zu.

Der Sozius auf dem Roller wandte sich nicht mehr um. Er war nun auf seinen Job konzentriert. Parceval sah, wie er die Sporttasche auf seinem Schoß öffnete. Er holte eine Maschinenpistole heraus, die er mit beiden Händen festhielt, die Sporttasche immer noch auf dem Schoß, die Knie gegen die Hüften des Lenkers gepresst. Er lehnte sich mit dem Oberkörper zurück. Der Roller wurde plötzlich schneller. Der Fahrer duckte sich tief über den Lenker.

»Heckler & Koch MP5K«, rief Ksenia.

Parceval hatte die Waffe auch erkannt, eine kurzläufige Maschinenpistole, die von Militär und Polizei auf der halben Welt eingesetzt wurde. Das gebogene Magazin, das in dieser Waffe eingeführt war, enthielt dreißig Schuss. Genug, um das Innere von Lemkes Wagen auf die kurze Distanz in ein Blutbad zu verwandeln, das von den Insassen niemand überlebte.

»Schneller!«, stieß er hervor.

Er hatte die richtige Entscheidung getroffen. Sie waren nur zu langsam gewesen. Den Roller würden Ksenia und er niemals rechtzeitig erreichen.

55

Lemke wurde langsamer und setzte den Blinker rechts. Seine Bremslichter leuchteten auf. Er ordnete sich auf dem rechten Fahrstreifen ein. Die Ampel an der Kreuzung stand auf Rot. Parcevals Idee war gewesen, den Roller zu rammen, bevor der Sozius das Feuer auf Lemkes Wagen eröffnen konnte. Doch dazu hätten sie den Roller erreichen müssen, noch bevor er rechts oder links an Lemke vorbeizog. Die Zeit dafür reichte nicht. Und den Roller über den Haufen zu fahren, während er seitlich neben Lemke war, fiel als Möglichkeit ebenso weg.

Jetzt machte der Roller einen Schwenk nach rechts, fuhr zwischen den Bäumen und den Absperrpfosten hindurch auf den Bürgersteig und beschleunigte dort, um neben Lemkes Fahrzeug zu gelangen. Ksenia und Parceval konnten ihm nicht auf den Bürgersteig folgen – die Pfosten, mehrere dort angekettete Fahrräder, Fahrradständer sowie die Straßenbegleitbäume verhinderten, dass etwas so Breites wie ein PKW auf den Bürgersteig fahren konnte.

Parceval biss die Zähne zusammen. Noch während er in der Hektik nachdachte, nahm er seine Hände nach oben und richtete Ksenias Pistole gegen den Fahrzeughimmel, bereit, ein Ziel anzuvisieren und zu schießen.

Er hörte Ksenia »Mist!« zischen. Der Motor des Astra jaulte in der oberen Drehzahl.

Der Roller zog gleichauf mit dem fast schon zum Stehen gekommenen Wagen Lemkes. Der Querverkehr rollte Stoßstange an Stoßstange über die Kreuzung. Der Roller spiegelte sich in den Scheiben eines privaten Lehrinstituts, das seine Räume im Erdgeschoss des Hauses direkt an der Kreuzungsecke hatte. Das Heck von Lemkes Wagen näherte sich rasend schnell. Der Sozius auf dem Roller lehnte sich zurück und hob seine Maschinenpistole über den Rücken des Fahrers hinweg, um Lemkes Wagen zu durchlöchern.

Parcevals Gedankenprozess kam zum Ende.

»Ramm den Wagen!«, rief er Ksenia zu. Gleichzeitig stemmte er die Füße gegen den Fahrzeugboden, löste den Sicherheitsgurt, nahm die Pistole in die linke Hand und öffnete mit der rechten die Beifahrertür.

Ksenia verstand. Sie tat sogar noch mehr als verlangt. Sie hämmerte auf die Hupe des Astra, dann trat sie mit aller Kraft auf die Bremse.

Der Opel krachte, vom ABS bockend wie ein aufgeregtes Pferd, mit immer noch gut dreißig Stundenkilometern ins Heck von Lemkes Dienstwagen. Es reichte, um die beiden Airbags auszulösen und Lemkes Wagen auf den Fußgängerüberweg zu schieben. Die Hupe plärrte, Blech quietschte, Glas splitterte. Ein paar Fußgänger auf der anderen Straßenseite schrien erschrocken auf.

Die beiden Angreifer auf dem Roller fuhren herum. Der Roller kam ins Schlittern, der Sozius hielt sich mit der linken Hand instinktiv am Fahrer fest. Aus seiner Maschinenpistole löste sich ein schnurrender Feuerstoß, der das Magazin bestimmt um zehn Schuss erleichterte. Die

Kugeln jagten alle senkrecht in die Luft. Der Rollerfahrer kämpfte mit seinem schleudernden Scooter.

Parceval hatte sich mit dem Oberkörper aus der geöffneten Tür gebeugt, noch bevor der Airbag hatte auslösen können. Der Aufprall riss ihm die Beifahrertür aus der Hand. Sie schlug ganz auf und brach aus der oberen Angel. Der Airbag verhinderte, dass Parceval gegen das Armaturenbrett geworfen wurde und sich alle Rippen auf der linken Seite brach, aber es fühlte sich immer noch so an, als hätte ihn ein Pferd getreten. Halb aus dem Wagen hängend, brachte er beide Hände an die Pistole und streckte die Arme aus.

Zwei Schuss. Es brauchte immer mindestens zwei Schuss. Das hatte man ihm in der Polizeischule beigebracht. Die Militäreinheiten, mit denen sie ihn Afghanistan zusammen gewesen waren, hatten es ebenfalls so gesehen. Zwei Schuss. Der erste zielte auf den Körper des Gegners. Mit dem zweiten nutzte man den Rückstoßeffekt der Pistole, wodurch der Lauf nach oben zuckte, in Richtung des Kopfes. Man musste nur schnell genug sein mit dem zweiten Schuss, sonst ging er ins Leere – entweder weil das Korn der Pistole zu hoch ausgeschlagen hatte oder weil der Gegner vom Körpertreffer nach hinten gestoßen wurde oder zusammensackte. Man betätigte den Abzug so schnell wie möglich hintereinander.

Bang. Bang.

Parcevals Ziel saß auf dem Rücksitz eines schlingernden Rollers, zwanzig Meter voraus. Er befand sich in einer extrem ungünstigen Position als Schütze, seitlich aus einem Fahrzeug hängend, das soeben einen anderen Wagen gerammt hatte, den Talkumpuder vom Auslösen des Airbags noch um sich herum in der Luft hängend. Es brauchte einen wirklich guten Schützen, um einen Treffer zu landen. Es brauchte einen Meister. Parceval war immer gut gewesen, aber nie ein Meister. Doch er tat das, was ein Meister getan hätte: Er blieb ganz ruhig, versuchte die Bewegungen des Ziels vorauszuahnen und zielte.

Bang. Bang.

Die erste Kugel traf den Sozius mitten in den Rücken. Er bäumte sich auf. Die zweite Kugel durchschlug den Motorradhelm im unteren Bereich. Der Beifahrer fiel nach vorn gegen den Fahrer und dann vom Roller, und so wie er fiel und über den Boden rutschte, wusste Parceval, dass er tot sein musste.

Während er diese Beobachtungen machte, drückte er bereits von Neuem ab.

Bang. Bang.

Der Tod des Sozius raubte dem Rollerfahrer die Kontrolle über sein Fahrzeug, und das rettete ihm das Leben. Er stürzte im gleichen Moment, in dem Parceval zum zweiten Mal schoss. Die erste Kugel traf den Fahrer noch in die Schulter, die zweite schlug in die Hausecke an der Kreuzung ein und schlug Splitter aus der Wandverkleidung. Der Roller schlitterte funkensprühend über den Belag des Bürgersteigs und prallte gegen eine Wand, der Fahrer überschlug sich auf dem Boden und blieb dann liegen.

Parceval atmete tief ein. Vier Sekunden. Vier Schüsse. Er stieß sich ab und rollte seitlich aus dem Wagen, sprang auf die Beine, zielte mit der Glock auf die beiden still daliegenden Rollerfahrer und versuchte, den Moment zu nutzen, der ihm blieb, bevor der Adrenalinschock einsetzte und er beginnen würde zu zittern. Ein paar Fußgänger, die um die Ecke gerannt kamen, prallten zurück und schrien vor Schreck auf. Zwei duckten sich sofort auf den Boden und schützten die Köpfe mit den Armen – die instinktive Schutzhaltung von Menschen, zu deren Alltagsangst mittlerweile Terroranschläge und Schießereien zwischen Mafiabanden gehörten.

»Alles hinlegen! Polizei! Dies ist ein Polizeieinsatz!«, brüllte Parceval. Weitere Menschen warfen sich auf den Bürgersteig.

Zehn Sekunden. Elf Sekunden. Parceval spürte, wie das Adrenalin durch seinen Körper rauschte. Der Kopf war ihm leicht, er sah und hörte mit größerer Deutlichkeit als für gewöhnlich.

Er sah Ksenia auf der Fahrerseite aus dem Astra springen. Beim Kripofahrzeug öffnete sich die Fahrertür langsam und widerspenstig; der Rahmen musste sich verzogen haben.

»Die sollen im Fahrzeug bleiben. Alle drinbleiben!«, schrie er.

Ksenia schüttelte sich, dann rannte sie nach vorn, dabei ebenso laut wie Parceval »Polizei! Dies ist die Polizei!« rufend. Ihre Rufe galten Lemke und den beiden JVA-Beamten im Kripofahrzeug und sollten verhindern, dass der geschockte Kriminaler instinktiv das Feuer auf Ksenia eröffnete, die nun auf ihn zu rannte.

Der Querverkehr hatte nun rot. Die Autofahrer dort wurden auf das Geschehen aufmerksam. Türen öffneten sich. Fassungslos sah Parceval, dass Handys in die Höhe gehalten wurden, um den vermeintlichen Unfall zu filmen.

Er lief auf den Bürgersteig, auf die Rollerfahrer und ihr Gefährt zu. Er bückte sich und riss die Maschinenpistole an sich, fühlte die momentane Erleichterung des trainierten Polizeibeamten darüber, dass nun keine schussbereite Waffe mehr offen herumlag.

Dreißig Sekunden. Einunddreißig Sekunden. Parceval hielt die Glock in der linken, die Maschinenpistole in der rechten Hand und musterte die beiden behelmten Gestalten. Unter dem toten Beifahrer breitete sich eine Blutlache aus, bestürzend rot auf dem dunkelgrauen Pflaster. Der Fahrer zog immer wieder ein Bein an und streckte es aus, aber er tat es im Schock und war offensichtlich halb besinnungslos. Auch unter ihm begann eine Blutlache zu glänzen. Die .40-Kaliber-Geschosse der Glock verursachten nicht gerade kleine Wunden, wenn sie austraten.

Parceval drückte die Knie durch und atmete tief ein und aus. Der Schweiß brach ihm aus. Er spürte die verängstigten Blicke der Passanten, die sich geduckt an die Hauswand pressten und ihn anstarrten. Er sah die Handys, die von den Gaffern auf der Kreuzung auf ihn gerichtet waren. Er hörte Ksenia weiterhin rufen: »Polizei! Es ist alles unter Kontrolle! Polizei!«

Von der Kreuzung her vernahm er plötzlich Schreie und Kreischen, Hupen und das Aufheulen eines Motors. Er fuhr herum.

Auf der Kreuzung kamen die Hannoversche Straße – die dort, wo sie von der Invalidenstraße weggeführt hatte, noch die Hessische Straße gewesen war –, die Chausseestraße, die nach der Kreuzung zur Friedrichstraße wurde, und die Torstraße zusammen, die ihrerseits die Verlängerung der Hannoverschen Straße jenseits der Kreuzung darstellte. Von der Chausseestraße her schlängelte sich jetzt ein Wagen zwischen den beiden Fahrspuren durch die stehen gebliebenen Fahrzeuge, schoss auf die Kreuzung hinaus und kam mit kreischenden Reifen und in einer Neunzig-Grad-Drehung zum Stehen. Der Kühler des Wagens deutete direkt auf den Unfall, den Ksenia und Parceval verursacht hatten. Parceval in seinem überreizten Zustand schien es, als würde das gesamte Fahrzeug ungläubig auf die Szene blicken.

Es war der Subaru, der ursprünglich zusammen mit ihnen Lemke und Russ gefolgt war.

Parceval hatte einen Fehler begangen. Er hatte angenommen, dass seine Einschätzung der Lage richtig war, ohne Maßnahmen dafür zu ergreifen, falls er doch unrecht hatte.

Er hatte gedacht, der Fahrer des Subarus sei aus dem Spiel. Dabei war er auf der Invalidenstraße nur bis zur nächsten Kreuzung gefahren und dort abgebogen, um sich dem geplanten Ort des Anschlags von einer anderen Richtung her zu nähern. War er das Back-up? Sollte er für den Fall zum Einsatz kommen, dass die Rollerfahrer versagten? Würde er dann an den zum Stehen gekommenen Wagen der Kripo heranfahren und mit seiner Waffe das Fahrzeug und die Insassen durchsieben?

Fünfundfünfzig Sekunden. Sechsundfünfzig Sekunden. Der Subaru stand schräg auf der Kreuzung, der Fahrer wegen der Spiegelung des Tageslichts in der Scheibe unkenntlich. Er schien immer noch zu fassungslos zu sein, um zu reagieren.

Siebenundfünfzig Sekunden.

Parceval erkannte, dass all seine Vermutungen falsch gewesen waren. Der Subaru war nicht da, um eventuellen Überlebenden im Wagen den Gnadenschuss zu geben. Wenn das der Plan gewesen wäre, dann wäre auch der Back-up-Fahrer mit einem Zweirad ausgerüstet gewesen, und es hätte sich um ein Team gehandelt wie das erste Attentatskommando.

Es war nicht einmal ein Attentatsversuch. Wenn der Beifahrer auf dem Roller alle Insassen des Kripofahrzeugs hätte umbringen wollen, dann hätte er schon das Feuer eröffnen können, wenn der Roller gleichauf mit dem Heck des Wagens gewesen wäre. Die Geschosse hätten das Blech, den Kunststoff und die Rückenlehne mühelos durchschlagen und die drei Männer auf dem Rücksitz – Russ und die beiden JVA-Beamten – durchlöchert.

Die Rollerfahrer hatten beim ersten Angriff ein Einzelziel ausschalten wollen. Den Fahrer. Den Kripobeamten. Rolf Lemke. Den einzigen, der von den Insassen des Wagens bewaffnet war.

Danach hätten sie absteigen können, die hinteren Türen aufreißen … und dann?

Ksenia und Parceval hatten den Plan durchkreuzt, indem sie durch den Auffahrunfall das Kripofahrzeug nach vorn geschoben hatten. Die Rollerfahrer hatten in letzter Sekunde korrigieren müssen. Das hatte sie Zeit gekostet und zumindest den Sozius das Leben. Parceval machte sich keine Gedanken seinetwegen. Er war ein Ziel gewesen, das ausgeschaltet werden musste. Er hatte töten wollen und war stattdessen getötet worden. Es war Notwehr gewesen. In Parcevals Moralvorstellung war der Saldo völlig ausgeglichen.

Neunundfünfzig Sekunden. Der Subaru fuhr plötzlich mit quietschenden Reifen an, weil sein Fahrer zu viel Gas gegeben hatte. Von allen vier Pneus stieg Rauch auf. Der Subaru schoss an beiden miteinander verkeilten Unfallfahrzeugen vorbei und floh in die Hannoversche Straße hinein. Und mit ihm der Fahrer, der ursprünglich zur Kreuzung gekommen war, um Adrian Russ aufzunehmen. Parceval war sich auf einmal völlig sicher. Er sah vor seinem inneren Auge, was hätte geschehen sollen, wenn die Rollerfahrer Rolf Lemke ausgeschaltet hatten.

Sie brachten den Roller zum Stehen.

Sie sprangen ab. Einer von ihnen lief ums Heck des Wagens herum.

Sie rissen die hinteren Seitentüren auf.

Auf der Rückbank: zwei schockierte und panische JVA-Beamte und Adrian Russ. Würde er auch schockiert und panisch sein? Es kam darauf an.

Aber zuerst: Bang. Bang. Zwei Einzelschüsse aus nächster Nähe in die Schläfen, wahrscheinlich aufgesetzt. Zwei tote JVA-Beamte, die in den Sitzgurten zusammensackten, und eine Heckscheibe, die plötzlich rot war vom Blut, das aus den Austrittswunden spritzte. Auch Adrian Russ würde mit Blut und Gehirnmasse der beiden Beamten besudelt sein.

Noch einmal die Frage: Würde er schockiert sein? Und noch einmal die Antwort: Es kam darauf an.

Darauf, ob es eine Entführung oder eine Befreiung hatte werden sollen.

Sechzig Sekunden.

Es hatte nur eine Minute gedauert, um eine Situation, die alle Beteiligten im Griff gehabt zu haben glaubten, völlig auf den Kopf zu stellen.

Der Subaru röhrte an den Unfallwagen vorbei. Die Seitenscheibe auf der Fahrerseite war offen. Der Fahrer schaute zur Unfallstelle und lenkte mit der linken Hand.

Parceval reagierte, ohne nachzudenken. Er ließ die Glock fallen und brachte die Maschinenpistole in Anschlag.

Der Subarufahrer war schneller. In der Ellenbeuge des linken Arms ruhten Lauf und vorderes Griffstück einer Schnellfeuerwaffe. Gegen den dunklen Hintergrund des Fahrzeuginneren sah Parceval das Mündungsfeuer aufblitzen. Funken sprühten vom Blech des Kripofahrzeugs und vom Leihauto Ksenias, Glassplitter stoben in die Höhe. Die Einschläge der Kugeln hörten sich an wie Hagel auf einem Metalldach, der Feuerstoß selbst klang wie ein hastiges, lautes Nähmaschinengeräusch. Überall kreischten die in Deckung gegangenen Passanten. Der Subaru fuhr weiter, der Feuerstoß wanderte mit der Fahrzeugbewegung mit, die Kugeln stanzten Löcher in die Motorhaube des Astra. Parceval zog seine erbeutete HK mit der Vorwärtsbewegung des Subarus mit und visierte durch den stählernen Schutzring rund um das Korn auf dem Lauf der Waffe. Er sah den Kopf des Fahrers rechts neben dem Ring und korrigierte. Als der Schutzring den Kopf verdeckte, drückte er ab. Er hatte, ohne hinsehen zu müssen, den Feuerwahlhebel mit dem Daumen auf Feuerstoß umgestellt und nahm den Finger vom Abzug, kaum dass er ihn betätigt hatte. Drei oder vier Kugeln. Der Rückstoß ließ das Ziel aus Parcevals Blickfeld verschwinden. Er senkte den Lauf, um zur Not nachfeuern zu können, aber das war nicht mehr nötig.

Der Geschosshagel aus dem Subaru hatte aufgehört. Der Wagen wurde langsamer und bockte, als das Tempo für den gewählten Gang zu langsam wurde und niemand die Kupplung drückte. Mit einem letzten Ruck starb der Motor ab. Er blieb stehen. Durch das geschlossene hintere Seitenfenster konnte Parceval die Kopfstütze des Fahrersitzes erkennen. Er konnte erkennen, dass der Fahrer nicht mehr aufrecht darin saß. Er konnte außerdem erkennen, dass ein Teil der Windschutzscheibe von innen her mit Blut bespritzt war.

Er senkte die Waffe und holte Luft. Die Passanten schrien noch immer. Von fern vernahm Parceval das Jaulen eines Martinshorns. Er und Ksenia mussten verschwinden, so schnell es ging.

In der vergangenen Minute hatte Parceval fast ausschließlich instinktiv gehandelt. Jetzt setzte sein Denkprozess wieder ein. Er wandte sich ab, um Ksenia zu rufen.

Doch sie stand nicht mehr neben der Fahrertür des Kripofahrzeugs wie gerade eben noch. Er sah sie überhaupt nicht. Und das konnte nur eines bedeuten: dass sie neben dem Wagen auf dem Boden lag. Parceval wurde klar, dass sie in der Schusslinie des Schützen im Subaru gestanden hatte.

Aber da rutschte er schon über die durchlöcherte Motorhaube des Astra, die Maschinenpistole in einer Hand, und sah die Deutschrussin zusammengesackt an Lemkes Dienstwagen kauern. Neben ihr sickerte Blut auf den Teer. Aus dem Wageninneren hörte er jemanden panisch brüllen, dass er aussteigen wollte. Das Gejaule des Martinshorns näherte sich, es hatte sich vervielfacht. Rundherum entfernten sich Passanten voller Hektik aus der Nähe der Unfallstelle und stießen dabei mit Gaffern zusammen, die heranstolperten, die Handykameras hoch erhoben, um das Geschehen zu filmen. Parceval achtete nicht auf sie. Er blickte auf Ksenia und dann auf das kreidebleiche Gesicht Lemkes, der aus dem Seitenfenster herausstarrte und seine Pistole in der Hand hielt.

Er schwenkte sie in diesem Moment zu Parceval herum und rief mit sich überschlagender Stimme: »Lassen Sie die Waffe fallen!«

56

Parceval reagierte wieder instinktiv und richtete den Lauf der Maschinenpistole auf Lemke. Beide Männer starrten sich über ihre Waffen hinweg an. Augenblicke dehnten sich. Für Parceval hörte sich das Sirenengeheul an wie die dumpf-verzerrte Wiedergabe eines Zeitlupenfilms. Das Gebrüll von den Rücksitzen des Kripowagens klang zu ihm, als befände er sich unter Wasser.

Lemkes Lippen bewegten sich. Er brachte keinen Ton heraus. Der Lauf seiner Pistole zuckte. Parceval hingegen hielt den Lauf der HK völlig ruhig. Er brauchte den Abzug nur anzutippen. Lemke senkte seine Waffe dennoch nicht, aber war wie erstarrt. Parceval ahnte, in welchem Zustand er sich befand. Er konnte darauf keine Rücksicht nehmen. Mit jedem seiner langsamen, wuchtigen Herzschläge verlor er Zeit und Ksenia Blut.

»Machen Sie sich nicht lächerlich«, hörte er sich zu dem Kriminalbeamten sagen.

Lemke schluckte. Sein Gesicht, noch geschwollen von Parcevals Überrumpelung während seiner Flucht, sah wie eine missglückte Maske aus.

Parceval fasste einen Entschluss und legte die HK einfach beiseite. Er musste die Hände frei haben, um nach

Ksenia zu sehen. Er trat auf sie zu und ließ sich neben ihr auf ein Knie sinken. Der Lauf von Lemkes Pistole wanderte mit seinen Bewegungen mit, aber der Kripobeamte drückte nicht ab. Parceval wandte sich von ihm ab, legte die linke Hand an Ksenias Wange und hob mit der rechten Hand vorsichtig ihr Kinn an.

»Die wollten uns umbringen«, sagte Lemke. Er hörte sich an wie jemand, der versucht, etwas Unfassbares in seine Vorstellungswelt einzupassen, und kein Glück damit hat.

Ksenia hatte die Augen offen. Sie erwiderte Parcevals Blick. Ihre Lippen waren blau. Das feine Narbengespinst auf ihrer linken Gesichtshälfte trat so deutlich hervor wie nie zuvor. Sie blinzelte, und dann sagte sie zu Parcevals unendlicher Erleichterung etwas, das bewies, dass sie nicht schlimm verletzt sein konnte: »Die wollten *Sie* umlegen, Sie Idiot«, sagte sie. Sie hatte offenbar die gleichen Schlussfolgerungen gezogen wie Parceval.

»Nehmen Sie endlich die Waffe weg, Lemke«, sagte Parceval. »Ich bin nicht Ihr Gegner.« Er starrte Ksenia in die Augen. »Wo hat es dich erwischt?«

Ksenia holte tief Luft. Röte überzog ihre Wangen. Sie senkte den Blick. »Nirgends«, flüsterte sie.

»Aber…«

»Ich bin ausgeflippt, Parceval«, sagte sie kaum hörbar. »Ich sah den Typ im Subaru auf mich zielen und hörte die Kugeln neben mir einschlagen. Ich dachte, ich sei geliefert. Ich ließ mich zu Boden fallen und konnte nicht mehr aufstehen vor Angst, selbst als ich sah, dass du ihn getroffen hattest.«

»Ist schon in Ordnung«, sagte Parceval.

»Nein, ist es nicht. Du hattest recht. Ich hätte nicht mitkommen sollen. Und du hattest recht, mich damals nicht in das Dorf mitzunehmen. Ich wäre wahrscheinlich die sechzehnte Leiche gewesen. Ich hab meinen Drive verloren. Wahrscheinlich hatte ich ihn nie. Ich wäre dir damals nur im Weg gewesen.«

Parceval dachte daran, wie sie bei der Belagerung der Polizeistation kaltblütig den Schützen ausgeschaltet hatte, der auf ihn gezielt hatte. »Du liegst falsch«, sagte er. Er stand auf und hielt ihr die Hand hin. Ihre Haut war eiskalt. Er zog sie in die Höhe. Sie stand zuerst wacklig, dann drückte sie die Knie durch und atmete tief ein und aus. Parceval fühlte dem innerlichen Zittern nach, das sich in ihm ausbreitete. Er hatte wirklich gedacht, Ksenia sei tot oder schwer verletzt. Eine Welle der Erleichterung überkam ihn, aber er hatte jetzt keine Zeit für sie. Er wandte sich von Ksenia zu Lemke.

Der Kriminaler zielte noch immer auf ihn. Er wirkte einen Moment unsicher, bevor er den Lauf der Pistole senkte. Dann straffte er sich und hob die Waffe erneut. »Sie sind verhaftet«, erklärte er. Seine Stimme klang schwach.

»Lasst mich raus, ihr Drecksäue!«, brüllte Russ aus dem Wageninneren.

»Halten Sie den Mund«, murmelte Lemke. Auf seiner blassen Stirn standen jetzt Schweißtropfen. »Treten Sie zurück«, sagte er zu Ksenia und Parceval. »Ich möchte aussteigen. Treten Sie beide zurück. Sie sind beide verhaftet.«

Von der Rückbank des Kripowagens sagte einer der beiden JVA-Beamten plötzlich: »Wir haben einen Verletzten. Mein Kollege ist getroffen!«

Das Blut, das er für Ksenias gehalten hatte, dachte Parceval. Unwillkürlich musterte er die hintere Seitentür. Knapp über der unteren Kante war eine unregelmäßige Reihe von Löchern in das Blech gestanzt. Eine der Kugeln musste nach oben abgelenkt worden sein und den Beamten getroffen haben.

»Sind nur Glassplitter«, sagte der zweite JVA-Beamte im selben Augenblick.

»Treten Sie zurück«, forderte Lemke noch einmal und klang wie jemand, der mindestens fünf Bier zu viel getrunken hat. Parceval spürte Ksenias Hand am Oberarm und ließ sich von ihr einen Schritt zurückziehen. Er sah die zwei Löcher, die auch in der Fahrertür des Dienstwagens waren, und den Blutfaden, der aus dem einen ablief. Weiteres Blut war unten durch die geschlossene Tür durchgesickert und hatte sich auf dem Asphalt gesammelt, dort, wo Ksenia gesessen hatte. Als sie sich noch an die Tür gelehnt hatte, hatte Parceval die Einschüsse nicht sehen können.

»Noch weiter zurücktreten«, sagte Lemke, dann fiel ihm die Pistole aus der Hand und klapperte auf den Boden. Die Tür öffnete sich, anscheinend hatte der Kriminaler mit der anderen Hand den Türhebel betätigt. Die Tür schwang auf. Lemke fiel mit einer halben Drehung heraus, weil er sich im geöffneten Sicherheitsgurt verheddert hatte, lag zusammengekrümmt neben seinem Wagen und begann zu zittern. Er starrte zu seiner Waffe und versuchte, danach zu greifen, aber er griff ins Leere, weil Ksenia sie mit dem Fuß beiseiteschob. Dann kauerte sie sich neben Lemke und versuchte festzustellen, wo er getroffen war. Lemke hörte nicht auf zu murmeln: »Sie sind verhaftet! Sie sind …«

»Oh Scheiße, das ist ja der Wahnsinn!«, keuchte jemand neben Parceval. Der vorderste der Gaffer stand an seiner Schulter und filmte den verletzten Lemke, indem er das Handy in die Höhe hielt. »Scheiße, das ganze Blut.«

Parceval drehte sich um und hieb dem Mann aus der Drehung heraus die Faust mit voller Wucht in den Bauch. Der Gaffer krümmte sich zusammen, Parceval griff sich das Handy, trat vor den Augen des Gaffers mit aller Kraft darauf und zermalmte es mit dem Absatz.

»Scheiße, die ganzen Bauteile«, knurrte Parceval. Er richtete sich auf und sah ein halbes Dutzend weiterer Männer und eine Frau, die ihre Handys in die Höhe hielten. Sie stierten ihn alle an. Die ersten senkten ihre Geräte und stolperten rückwärts. Als Parceval auf sie zutrat, wirbelten sie alle herum und rannten davon. Der Gaffer hockte stöhnend auf dem Boden. Parceval widerstand dem Impuls, ihn in die Rippen zu treten.

Ksenia blickte zu ihm hoch. »Lemke braucht sofort einen Arzt«, sagte sie. Lemke war bereits bewusstlos. Parceval sah sich um. Das Geheul der Sirenen war so nahe, dass die ersten Streifenwagen in höchstens einer Minute hier eintrafen. Er und Ksenia mussten hier weg. Dann fiel sein Blick auf den Rollerfahrer, den er in die Schulter getroffen hatte. Jemand von den Passanten, der unerschrockener war als die meisten, war so dumm gewesen, ihn in eine sitzende Position aufzurichten und ihm den Helm abzuziehen. Der Mann war nur halb bei Sinnen. Er saß mit baumelndem Kopf da, aber Parceval erkannte ihn trotzdem. Es war, als ob eine Kamera sein Gesicht direkt herangezoomt hätte.

Der Rollerfahrer gehörte zu den Männern, die Parceval im Bahnhof Friedrichstraße aufgelauert hatten.

»Hau ab, Parceval!«, rief Ksenia. »Ich bleibe hier und kümmere mich um Lemke. Ich werde aussagen, dass ich zufällig hinter Lemke herfuhr und den Überfall durchkreuzt habe. Lemke sagt die nächsten Stunden gar nichts aus, und die beiden Schließbullen und Russ kriege ich schon dazu, ihre Klappen zu halten, was dich betrifft. Du hast ihnen allen das Leben gerettet. Hier, nimm mein Handy, damit wir in Kontakt bleiben können. Ich hab noch jede Menge von den Dingern. Es hat eine sichere Verbindung.«

In Parcevals Hirn überschlugen sich die Gedanken. Er hatte das Gefühl, dass er verstand, ohne alles zu verstehen. Er wusste, was er tun musste, ohne dass er es in den passenden Worten hätte beschreiben können.

»Nicht Russ«, stieß er hervor, dann riss er die hintere Tür auf und zerrte den erschrockenen JVA-Beamten, der von diversen Glassplittern im Gesicht getroffen worden war und leicht blutete, von der Rückbank. Russ brüllte entsetzt auf, als er erkannte, dass Parceval sich vorbeugte und nach ihm griff. Bevor er ihn abwehren konnte, hatte Parceval schon eine Hand in seinem Stiernacken und die andere am Vorderteil der Gefängniskleidung. Er lehnte sich zurück und zog Russ mit sich heraus.

Russ brüllte um Hilfe und schrie: »Entführung!«, doch als Parceval seinen Nacken lange genug losließ, um ihm einen Faustschlag in den Solarplexus zu versetzen, verstummte er.

»Lassen Sie den Mann los!«, rief der verletzte JVA-Beamte und unternahm einen halbherzigen Versuch, sich

Parceval in den Weg zu stellen. Parceval schob ihn beiseite und zog ihm gleichzeitig ein Set Handschellen aus einer Tasche am Gürtel. Russ stolperte würgend neben Parceval her und leistete keinen Widerstand, als er ihn zu dem Subaru zerrte. Dort angekommen, hämmerte Parceval den massigen Mann mit der Stirn gegen das Chassis. Russ knickten die Knie ein. Parceval öffnete die hintere Tür, warf den halb betäubten Mörder in den Fußraum vor der Rückbank, schlug die Tür zu und öffnete die Fahrertür.

Der Fahrer war tot. Mindestens zwei von den Kugeln, die Parceval abgefeuert hatte, hatten ihn links hinten in den Kopf getroffen, sein Gesicht war verschwunden. Parceval hätte gewettet, dass er es wiedererkannt hätte. Die Windschutzscheibe war rot verschmiert und geborsten.

Der Fahrer war nicht angeschnallt gewesen. Er war halb aus dem Fahrersitz auf die Beifahrerseite gefallen. Parceval schob ihn ganz hinüber. Der Tote rutschte wie eine Puppe mit zu vielen Gliedern in den Fußraum. Seine Waffe, ebenfalls eine HK MP5K, wurde sichtbar, sie hatte unter ihm auf dem Beifahrersitz gelegen. Zwei volle Bananenmagazine, militärmäßig mit Klebeband gegeneinander umwickelt, lagen daneben. Parceval nickte zufrieden. Feuerkraft genug für einen Mann, der erkannt hatte, dass er eine Mission hatte und sie erfüllen würde – für ihn selbst.

Er schlug die Windschutzscheibe mit dem Lauf der Maschinenpistole nach draußen, pflanzte sich in den Fahrersitz und startete den Motor. Er blickte sich zu Ksenia um, die anscheinend den verletzten JVA-Beamten dazu gebracht hatte, Lemke aus seinem Gurt zu befreien. Der zweite JVA-Beamte kletterte eben aus dem zerstörten Kripofahrzeug. Die Martinshörner der sich nähernden Streifenwagen waren so laut, sie mussten jeden Moment um die Ecke biegen. Eigentlich hätten sie schon längst da sein müssen. Parceval wurde klar, dass der Stau auf der Friedrich- und Chausseestraße sie behinderte, weil wahrscheinlich nur die wenigsten eine Rettungsgasse gebildet hatten. Er sah den verletzten Gaffer auf allen vieren davonkriechen und dachte, dass er sich beim nächsten Mal besser etwas zurückhielt. Aber geschehen war geschehen.

Ksenia blickte auf und wandte sich gleich wieder Lemke zu. Parceval trat aufs Gas und fuhr los.

»Wo bringst du mich hin?«, lallte Russ. Parceval fuhr den Fahrersitz so weit zurück, dass er Russ einklemmte. Russ schrie vor Schmerz auf.

»Zu deinen Arbeitgebern«, sagte Parceval. »Du sagst mir die Adresse, und wenn sie falsch ist, schieße ich dir beide Kniescheiben weg und frag dich dann noch mal. Alles klar?«

Russ schwieg, doch schließlich stieß er eine Adresse hervor. Parceval fuhr den Sitz nach vorn und wieder nach hinten, diesmal mit noch mehr Wucht als zuvor. »Kleiner Vorgeschmack.«

»Die Adresse stimmt!«, kreischte Russ. »Steht in jedem Firmenverzeichnis. Wer bist du? Du gehörst doch gar nicht zu denen, oder?«

Parceval schwieg. Er hätte gern etwas Markiges geantwortet, aber ihm fiel nichts ein. Er konnte das überschüssige Adrenalin, das nach der überstandenen Aktion noch in seinem Körper war, nicht länger ignorieren. Schwitzend und frierend gleichzeitig, die Zähne fest zusammengebissen, damit sie nicht klapperten, und das Lenkrad mit feuchten Händen umklammernd, steuerte er den Subaru durch den Berliner Verkehr und ignorierte die überraschten Blicke der anderen Verkehrsteilnehmer über den Zustand des Fahrzeugs, der sogar das in Berlin übliche Maß an lädierten Rostbeulen überstieg. Er fuhr ein Rennen gegen die Zeit und gegen die mittlerweile berlinweit aufgeschreckte Polizei. Es war absurd, jetzt auf einmal unter Zeitdruck zu sein wegen einer Geschichte, die vor sechs Jahren begonnen und seitdem stillgestanden hatte.

Der Gurt drückte gegen Ksenias Handy, das er in die Brusttasche geschoben hatte. Er nahm es heraus und legte es in der Mittelkonsole ab. Als er das Lenkrad wieder mit beiden Händen nahm, waren die Finger seiner rechten Hand nassfeucht. Er hob sich die Hand vors Gesicht.

An seinen Fingern klebte Blut.

57

Die Berliner Polizei, alarmiert durch Notrufe, die von einem Terrorüberfall sprachen, rollte mit einem Dutzend Streifenwagen und einem Fahrzeug des Sondereinsatzkommandos auf die Kreuzung. Hinter sich ließen sie einige zerschmetterte Außenspiegel, verbeulte Heckpartien und verkratzte Seitenflanken an den Autos von Fahrern, die die Polizei nicht oder nur erschwert durchgelassen hatten. Mehrere Gaffer, die die Situation mit ihren Handys filmten, wurden rein aus Versehen von den Männern und Frauen in ihren schweren Kampfanzügen umgerannt. Mobiltelefone im Gesamtwert von mehreren Tausend Euro waren dabei unter Einsatzstiefeln zermalmt worden oder beim Aufprall auf den Asphalt zerbrochen. Den Schaden würde später niemand übernehmen. Den Schaden an den Fahrzeugen, die die Polizei behindert hatten, würden die Gerichte anerkennen, aber aufrechnen gegen den finanziellen Aufwand, der durch die Behinderung der Einsatzkräfte und die Dellen am Fahrzeug des SEK entstanden war. Dieser Aufwand würde deutlich größer sein als die Kompensation des durch den Einsatz entstandenen Schadens. Anzeigen wegen Körperverletzung durch die Gaffer, die Zähne verloren oder Schürfwunden erlitten hatten, würden ins Leere laufen, weil niemand einen der SEK- oder Polizeibeamten benennen konnte, der daran schuld gewesen war, und sich jeder Beschwerdeführer aus irgendwelchen Gründen den Nummerncode auf dem Einsatzanzug falsch gemerkt hatte. Bei der kurzen, hastigen Einsatzbesprechung war den Beamten mitgeteilt worden, dass sie sich auf die Rückendeckung seitens der Behörden verlassen konnten.

Die Streifenpolizisten hielten die Leute zurück, während die SEK-Beamten zum Tatort stürmten, ihn mit vorgehaltenen Waffen sicherten und versuchten, Überblick über die Situation zu bekommen: zwei nach einem Auffahrunfall zusammengeschobene Fahrzeuge; neben dem vorderen eine Gruppe von drei Männern und einer Frau, von denen einer schwer verletzt schien. An einer Hausecke ein havarierter Roller mit einer reglosen, behelmten Person in einer Blutlache sowie ein weiterer Verletzter, der an die Hauswand gelehnt saß und im Schockzustand schien. Dazwischen Passanten, die mit den Händen über dem Kopf dalagen oder sich vorsichtig halb aufgerichtet hatten, um das Geschehen zu verfolgen. Und überall: Glassplitter und leere Patronenhülsen.

Der Anführer des SEK starrte durch seine Schutzbrille. »Das sieht ja aus wie auf einer Scheißkreuzung in Kabul«, murmelte er. Dann hob er das Megafon vor den Mund und rief in Richtung der Personengruppe: »Legen Sie Ihre Waffen weg und heben Sie die Hände.«

»Wir haben einen Verletzten. Wir brauchen dringend einen Notarzt!«, rief die Frau der Gruppe. Der Verletzte bewegte sich nicht. Die beiden anderen Männer, in denen der SEK-Chef jetzt JVA-Beamte erkannte, hoben beide die

Arme über den Kopf. Die Frau hatte nur einen gehoben – ihre andere Hand lag auf der Brust des Verletzten.

»Legen Sie die Waffen weg!«, rief der SEK-Chef.

»Wir sind unbewaffnet.«

»Jemand wird zu Ihnen kommen und sich überzeugen. Sollten Sie Widerstand leisten, werden wir das Feuer eröffnen.«

»Wir brauchen nur ärztliche Hilfe, das ist alles.«

Durch den Kopf des SEK-Chefs gingen alle möglichen Bilder – von Filmaufnahmen aus dem Zweiten Weltkrieg, auf denen japanische Kriegsgefangene sich zusammen mit den Soldaten, die sie festnehmen sollten, in die Luft gesprengt hatten; von überwältigten Terroristen, die noch auf die Einsatzkräfte gefeuert hatten, als sie schon tödlich getroffen auf dem Boden lagen; von versteckten Körperbomben, die von angeschossenen Suizidattentätern gezündet wurden, als die Notärzte versuchten, sie zu versorgen. All das dauerte nur eine halbe Sekunde, dann fällte er eine Entscheidung und beorderte zwei seiner Leute zu der Gruppe beim Auto, wissend, dass er sie damit vielleicht in den Tod schickte. Seine Hand krampfte sich um den Griff des Megafons.

Die zwei SEK-Beamten rannten gebückt und mit vorgehaltenen Waffen auf Ksenias Gruppe zu. Sie liefen einen Slalom, um ihren Kollegen immer freies Schussfeld zu ermöglichen und eventuellen Scharfschützen des Gegners das Zielen zu erschweren. Auf das geringste Angriffszeichen seitens der Gruppe würden sie das Feuer eröffnen. Vor ein, zwei Jahren wäre ein so aggressives Vorgehen noch nicht denkbar gewesen, doch seither war viel passiert: Charlie Hebdo, die Pariser Kneipen, Nizza, der Berliner Weihnachtsmarkt, die Westminster Bridge und der Borough Market. Überall in den Städten, in denen sich Terrorakte ereignet hatten, musste die Polizei lernen, dass es Feinde gab, bei denen man zuerst schießen und dann fragen musste. Denn die zu erwartenden Antworten bestanden immer nur aus Gewalt und Tod.

Die beiden SEK-Beamten rannten, ihr Einsatzleiter verfolgte sie mit den Blicken, und er wusste, dass sie das Gleiche dachten wie er: wie sehr es ihnen zuwider war, dass sie sich schon so weit weg vom beschützenden Polizisten hin zum angreifenden Soldaten gewandelt hatten.

58

»Bleibt es dabei, was wir besprochen haben?«, fragte Ksenia hastig die beiden JVA-Beamten.

»Ja«, stießen beide gleichzeitig hervor.

»Sie und Parceval haben uns das Leben gerettet, das ist uns klar«, sagte der eine.

»Viele von uns haben gut gefunden, was er damals getan hat. Er wollte nur die Entführten retten.«

»Behalten Sie das mal lieber für sich«, warnte Ksenia, dann waren die SEK-Beamten herangekommen. Der eine behielt sie im Auge, während der andere mit seinem Blick alles abscannte. Dann nickte er seinem Kollegen zu und ließ die Waffe sinken, doch der behielt die Waffe weiterhin oben.

»Alles gesichert«, hörte Ksenia den ersten SEK-Beamten melden. »Keine sichtbaren Waffen am Mann. Eine Handfeuerwaffe am Boden außer Reichweite.«

»Meine Waffe liegt irgendwo dort drüben auf dem Bürgersteig«, sagte Ksenia. »Ich habe sie fallen lassen.«

»Ihre Waffe?«, fragte der SEK-Beamte scharf.

»Meine Waffe«, erwiderte Ksenia erschöpft.

»Diese Frau hat uns allen das Leben gerettet«, sagte einer der Justizvollzugsbeamten eifrig. »Sie hat zwei Attentäter ausgeschaltet.«

»Die anderen sind geflohen«, sagte der zweite. »Wir konnten nicht verhindern, dass sie unseren Gefangenen befreit haben.«

»Das war eine Gefangenenbefreiung?«, wiederholte der SEK-Beamte ungläubig. »Chef, hörst du mit?«

»Positiv«, hörte Ksenia den Einsatzleiter durch das Helmfunkgerät des SEK-Beamten sagen. Seine Stimme klang elektronisch verzerrt, trotzdem glaubte sie so etwas wie Überraschung darin zu vernehmen. »Medizinischer Status?«

»Zwei Verletzte, einer davon ohne Bewusstsein.«

»Personenfeststellung?«

»Zwei Männer in JVA-Uniform, eine Frau und ein Mann in Zivil. Der Mann in Zivil ist der Schwerverletzte, die zweite Verletzung …«

»Die paar Glassplitter sind nebensächlich«, verkündete der JVA-Beamte mit dem blutigen Gesicht großzügig.

»Wer redet von Ihnen?«, blaffte der SEK-Mann ihn an.

Ksenia ließ sich ächzend zurücksinken. Endlich konnte sie damit aufhören, sich zusammenzureißen. »Ich hab mir was an der Seite eingefangen«, stöhnte sie. Sie hielt einen Ellbogen an ihren Körper gepresst; jetzt hob sie ihn, und auf ihrer Bluse wurde ein großer Blutfleck sichtbar. »Ich glaube nicht, dass es schlimm ist, aber es zieht wie die Hölle.«

»Einsatzkommando?«, fragte der SEK-Beamte. »Ihr könnt den RTW und NEF durchlassen, hier ist alles im Griff.«

»Danke, Jungs«, sagte Ksenia, zog ein zweites Handy aus der Hosentasche und tippte eine Nummer aus dem Gedächtnis ein.

59

Parceval hatte nur eine vage Ahnung, wo die Adresse war, die Russ ihm genannt hatte, doch der Subaru war neu und besaß ein Navi. Er kämpfte ein paar Sekunden mit sich, ob er die Zeit hatte, die Anschrift einzuprogrammieren. Über das Brausen des Fahrtwindes durch die zerstörte Scheibe und das Motorengeräusch konnte er das Wummern eines Hubschraubers hören. Soweit er wusste, verfügte die Hauptstadtpolizei über exakt einen Helikopter, und der war jetzt in der Luft. Noch würde niemand gezielt eine Fahndung nach dem Subaru herausgegeben haben, aber es konnte nicht mehr lange dauern.

Aber wenn er ziellos herumfuhr, verschwendete er noch mehr Zeit, also tippte er die Adresse mit fliegenden Fingern in das Suchfeld des Navis ein. Dann wählte er die kürzeste Route aus – an der nächsten Kreuzung hieß es links abbiegen.

»Wenn du nicht weißt, wo das ist, *kannst* du keiner von denen sein«, bekräftigte Russ seine vorherige Vermutung. Er klang zugleich erleichtert und noch beunruhigter. Parceval antwortete nicht.

»Was war das für 'ne Scheiße da auf der Kreuzung? Warst du das?«

»Nein«, sagte Parceval. »Oder nur der Teil, bei dem dein Fell gerettet wurde.«

»Was?«

»Es sah aus wie ein Befreiungskommando. Aber das war es nicht, sondern eine Entführung. Du solltest entführt werden.«

»Scheiße, Mann, machst du Witze?«

»Ich glaube, Britta und Fayaz Durrani stecken dahinter. Entweder weil sie sich das Vergnügen vorbehalten wollten, dich bei lebendigem Leib zu kastrieren, anstatt dich der deutschen Justiz zu überlassen …«

»Und du bringst mich direkt zu denen?«, unterbrach Russ ihn. Er begann zu zappeln, konnte sich aber nicht befreien. »Bist du irre? Lass mich raus, du Scheißkerl!«

»… oder weil dein geplanter Deal mit der Staatsanwaltschaft – dein Wissen gegen Straferleichterung – ihnen nicht behagte; und nicht wegen der Straferleichterung, sondern weil du etwas ausplaudern könntest, was niemand wissen soll.«

Russ hörte auf zu zappeln.

»Das Ergebnis«, fuhr Parceval leichthin fort, »ist aber in jedem Fall das gleiche: Sie ziehen dir die Haut in Streifen ab und stopfen dir deine abgeschnittenen Eier in den Mund, während du noch lebst.«

Russ zappelte jetzt wieder stärker und brüllte. Parceval wurde im Sitz nach vorn geworfen, aber Russ konnte sich nicht befreien. Alles, was er tun konnte, war, sich zu winden wie ein Fisch auf dem Trockenen.

»Erzähl es mir«, sagte Parceval. »Erzähl mir, was wirklich hinter den zwei Toten im zubetonierten BMW steckt. Erzähl es mir, und lass mich entscheiden, ob du lebst oder stirbst. Wenn du stirbst, stirbst du schneller als in den Händen der Durranis, das kann ich dir versprechen.«

Russ' Antwort war ein Strom von Verwünschungen und Beleidigungen. Parceval wechselte auf Aufforderung durch das Navi die Fahrspur. »In einer Viertelstunde sind wir da, sagt das Ding«, erklärte Parceval. »Wenn du länger als eine Viertelstunde zum Erzählen brauchst, solltest du schnell zu den spannenden Stellen kommen, dann fahre ich vielleicht langsamer.«

Russ stöhnte. Er musste wissen, dass er seinen einzigen Trumpf aus der Hand gab, wenn er sein Wissen Parceval eröffnete. Gleichzeitig musste ihm bewusst sein, dass er in den Händen der Durranis einen Tod erleiden würde, der selbst bei den abgebrühtesten Forensikern ein Kopfschütteln hervorriefe.

Parcevals spürte, dass es Russ fast zerriss. Er musste sich vorsagen, dass dieser Mann einen ehemaligen pakistanischen Polizisten getötet und ein sechzehnjähriges Mädchen vergewaltigt und ermordet hatte. Er hatte vielleicht eine menschliche Behandlung verdient – Parceval war sich da nicht so sicher –, aber keinesfalls Mitleid.

»Okay«, stieß Russ hervor. »Ich sag's dir, und du lässt mich laufen, wenn du alles weißt.«

»Bleib mal realistisch, Russ«, sagte Parceval. »Ich schwanke nur zwischen zwei Möglichkeiten: Werfe ich dich den Durranis zum Fraß vor oder bringe ich dich zurück zur Polizei. Freiheit ist keine Option, nur dein Leben. Und selbst da bin ich mir nicht sicher.«

»Der Kanake Nawab war's, der das Mädchen entführen und von den Durranis Lösegeld erpressen wollte«, begann Russ nach einer kurzen Pause. »Ich hab nur mitgemacht, weil er mich am Arsch hatte – er hat mitgekriegt gehabt, dass ich 'n paar Liter Beton für 'nen Kumpel abgezweigt habe, und er hat gedroht gehabt, es den Scheiß-Durranis zu erzählen, und die hätten mich nicht nur rausgeschmissen, sondern auch angezeigt, und dann wär ich erst recht am Arsch gewesen. Der Scheißkanake hat das alles geplant, und ich musste mitmachen.«

»Was solltest du tun?«, fragte Parceval.

»Was ich gemacht hab – den BMW mit Beton vollaufen lassen und damit die Bullen auf die falsche Fährte locken. Nawab war 'n Bulle gewesen in Pakistan, der hat gewusst, was er tat.«

»Was ist schiefgegangen?«

»Ich sollte Nawab und die Kleine mit dem Betonlaster zu 'ner anderen Karre bringen, die Nawab in der Nähe geparkt gehabt hat. Aber dann sagte er mir, dass das mit der anderen Karre nicht geklappt hätte und dass ich die Kleine und ihn in meiner Bude verstecken sollte. Ich wollte das nicht, Mann, ich bin doch eh schon bis zum Hals in der Scheiße dringesteckt, und da gab's dann Zoff, und er zog 'n Messer, und ich hab's ihm abgenommen, und bis ich so richtig nachgedacht gehabt hab, lag er schon da und die halben Eingeweide hingen ihm raus. Ich dachte nur: Scheiße, was mach ich …?«

»Und da bist du dem ursprünglichen Plan gefolgt, soweit es ging?«, unterbrach ihn Parceval.

»War ja kein schlechter Plan«, sagte Russ.

Sie fuhren eine kleine Weile schweigend dahin. Das Navi hatte sie mittlerweile aus dem Innenstadtbereich herausgeleitet, und der Verkehr wurde ruhiger. Parceval checkte den Rückspiegel. Hinter ihm war die Straße frei.

»Du hast Zainab vergewaltigt«, begann er von Neuem.

Russ schwieg zunächst. »Die war 'ne Schnitte, Mann«, rechtfertigte er sich dann. »Du hättest das auch getan. Nawab hat die sowieso schon die ganze Zeit gevögelt, das hat er mir sogar erzählt.«

»Ich hätte das nicht getan.«

»Dann hast du keinen Schwanz«, erklärte Russ abfällig.

»Ich habe dafür 'ne Bremse.« Er blickte nochmals in den Rückspiegel und trat dann mit voller Kraft auf das Bremspedal. Der Subaru verfügte zwar über ABS, aber er bremste trotzdem abrupt ab. Russ wurde unter den Fahrersitz gepresst und schrie vor Schmerz auf. »Und ein Gaspedal hab ich auch«, sagte Parceval und gab wieder Gas. Der Subaru machte einen Satz und schoss noch vorn. Parceval wiederholte dieses Spielchen einige Mal, sodass Russ hin und her geworfen wurde und gegen die scharfen Kanten der Sitzhalterung prallte; sein Kopf schlug gegen die Metallschienen, ohne dass er sich schützen konnte, weil seine Arme hinter seinem Rücken gefesselt waren. Er brüllte wie am Spieß. Schließlich hörte Parceval auf und fuhr wieder ruhig weiter. Russ brüllte immer noch.

»Halt die Klappe!«, befahl Parceval, »sonst fang ich noch mal an.«

»Meine Nase«, stöhnte Russ. »Scheiße, ich blute wie 'n Schwein. Ich hab mir alles Mögliche gebrochen.«

»Solang du dir den Hals nicht gebrochen hast, ist es noch nicht genug.«

»Du Drecksau!«

Parceval spähte auf das Navi und folgte einer Richtungsänderung, die das Gerät anzeigte. »Du hast mir 'ne Geschichte erzählt«, sagte er über die Schulter zu Russ.

»Jetzt erzähle ich dir eine. Der Unterschied ist: Meine ist wahr.«

Russ stöhnte, ohne etwas zu sagen.

»Es stimmt, Nawab wollte Zainab Durrani entführen. Aber nicht, um Lösegeld zu verlangen. Er wollte sie in Sicherheit bringen. Er war in Pakistan Polizist gewesen und hat dort schon mal ohne Rücksicht auf Verluste versucht, einem Mädchen in Gefahr zu helfen. Er hatte fünftausend Euro auf seinem Girokonto angespart. Die wollte er abheben, sobald Zainab in Sicherheit wäre, und sie damit außer Landes bringen. Keine Ahnung, wohin. Aber irgendwohin, wo er ihr einen Neuanfang ermöglichen konnte. Ich kenne seine genauen Beweggründe nicht, ich weiß nur, dass er einem Muster folgte, das seinem Charakter entsprach. Um seine Spuren anfangs zu verwischen, brauchte er dich und den Beton. Die Idee war so bizarr wie außergewöhnlich – allein schon dadurch versprach sie Erfolg. Ich nehme an, er hätte dir von seinem Ersparten etwas abgegeben. Es gibt eine Aussage von dir, dass du dir Nawabs Freundschaft erarbeitet hättest. Ich glaube, es war umgekehrt – er hat sich dich ausgesucht. Aber du hattest deine eigenen Pläne. Nawabs Idee hat dich wahrscheinlich darauf gebracht; du hast nicht genug Hirn, um dir selber so etwas auszudenken, außer Geschichten, die du am laufenden Band erfindest, um dich rauszuwinden. Du wolltest Nawab ausschalten, Zainab entführen und für sie Lösegeld verlangen – und bis die Durranis gezahlt hätten, ein bisschen Spaß mit ihr haben.«

Russ sagte nichts, auch das Stöhnen hatte er eingestellt. Ksenias Telefon summte. Parceval ignorierte es. Nach einiger Zeit hörte das Summen auf. Ein Glockenton erklang kurz darauf. Jemand hatte angerufen und auf die Mailbox gesprochen. Parceval interessierte sich nicht dafür. Er konnte sich jetzt keine Ablenkung leisten.

»Laut Navi sind wir in sieben Minuten am Ziel«, erklärte Parceval. »Erinnerst du dich an das, was ich dir über die pakistanischen Frauen erzählt habe? Britta Durrani ist mindestens zu den gleichen Dingen fähig, darauf wette ich. In sieben Minuten sind wir dort, in zehn Minuten kannst du schon an einem Bettgestell hängen und zusehen, wie sie lange Streifen aus deiner Haut schneidet.«

»Das kannst du nicht machen, Mann«, flehte Russ ihn an. »Du bist doch kein Kanake wie die.«

»Was steckte hinter Nawabs Plan?«, fragte Parceval. »Was hatte Zainab von ihrem Vater und ihrer Stiefmutter zu befürchten? Sollte sie mit jemandem verheiratet werden, den sie nicht wollte? Sollte sie nach Pakistan zurückgeschickt werden, weil sie lästig war oder unfolgsam?«

»Lass mich laufen«, stöhnte Russ. »Bitte!«

»Und wieso hast du die Polizei benachrichtigt und auf den BMW hingewiesen, Russ? Ich verstehe das nicht. Damit hast du nur Druck auf dich selbst ausgeübt. Mir ist klar, dass du dämlich bist wie 'ne Stange Brot, aber auch nicht *so* dämlich. In jedem Entführungsfall werden die Angehörigen zuerst kontaktiert und davor gewarnt, die Polizei einzuschalten, weil es dem Opfer sonst sofort an den Kragen geht. Das übt noch zusätzlichen Druck auf die Angehörigen aus und zermürbt. Nichts von dem, was du sagst oder gemacht hast, passt zusammen…« Parceval hörte auf zu sprechen, als ein Gedanke begann, sich in ihm zu formen.

»Du hast die Polizei eingeschaltet, *weil* du Druck auf

die Durranis ausüben wolltest. Du warst dir sicher, dass das Einbetonieren der beiden Leichen dir genügend Zeit verschafft, was die Ermittlungen der Polizei betrifft. Aber die Durranis sollten dadurch unter Druck gesetzt werden. Du warst nur blöd genug, dich bei der Geldübergabe schnappen zu lassen.«

»Hör auf damit, mich dauernd blöd zu nennen!«, schrie Russ.

»Dann beweis mir, dass du nicht blöd bist. Beweis mir, dass du dir bei all dem was gedacht hast.«

Plötzlich erklang der Rufton eines Mobiltelefons. Parceval zuckte zusammen und starrte Ksenias Handy an, aber es war stumm. Die elektronische Melodie klang gedämpft. Der erschossene Subarufahrer musste auf der Beifahrerseite ein Handy in der Tasche haben. Parceval ignorierte auch dieses Klingeln. Nach einer Weile hörte es von allein auf.

»Zainab war gar nicht Durranis Tochter«, gab Russ zu. »Durrani hat überhaupt keine Kinder, weder hier noch in Pakistan. Das weiß ich von Nawab.«

Parceval fuhr ein paar Hundert Meter schweigend dahin, der Aufruhr in seinem Hirn war so groß, dass er keinen klaren Gedanken fassen konnte. Russ missverstand das Schweigen als Aufforderung weiterzureden.

»Verstehst du nicht, du Arschloch?«, fragte er. »Hier geht's um Menschenhandel. Das wollte ich der Staatsanwaltschaft stecken!«

60

Tobias Noack hörte gleichzeitig den Verkehrs- und den Polizeifunk ab. Als die ersten Meldungen über einen Vorfall mit Schusswaffen auf der Kreuzung eintrafen, die er als Zugriffspunkt definiert hatte, lächelte er. Seitdem hatten sich die Meldungen überschlagen und Berlin-Mitte sich im Chaos aufgelöst. Nur die ersehnte Erfolgsmeldung von seinem Team kam nicht. Von seinem Team kam überhaupt nichts. Eine Viertelstunde nach Beginn der ersten Meldungen war sein Lächeln verschwunden, und er versuchte, sich mit der Möglichkeit anzufreunden, dass etwas schiefgegangen war. Er verfluchte die Polizei, aus deren Kommunikation über Funk er nicht so recht schlau wurde. Doch dann hörte er etwas von zwei verletzten Rollerfahrern und einem angeschossenen Kriminalbeamten, und ihm war klar, dass sein Team tatsächlich versagt hatte. Aber hatte es auf der ganzen Linie versagt? Nirgendwo wurde der Subaru erwähnt. Hieß das, dass wenigstens die Entführung von Russ geklappt hatte? Schließlich hielt er es nicht mehr aus und rief, obwohl er Mobilfunkstille angeordnet hatte, seinen Mann im Subaru an. Das Telefon klingelte, doch niemand ging ran. Ratlos saß Noack da und versuchte zu verstehen, was geschehen war. Wo war der Subaru samt Fahrer? Und – saß Russ in dem Subaru oder nicht? Wo war Russ?

Was zum Teufel war schiefgegangen?

Noack saß mehrere Sekunden lang bewegungslos da, das Mobiltelefon noch in der Hand. Er bildete sich viel darauf ein, ein Profi zu sein – und von allen Profis der beste, weil es Profis waren, die er führte. Zwölf Jahre beim KSK, bis ihn eine private Sicherheitsfirma abgeworben hatte. Nach weiteren zwei Jahren dort hatte er erkannt, wo das wahre Geld zu holen war – nämlich nicht in der Verteidigung der Sicherheit von Banken, Unternehmen oder Einzelpersonen. Das wahre Geld verdiente man, wenn man sich auf die Seite derer schlug, gegen die man die Banken, Unternehmen und Einzelpersonen verteidigt hatte. *Facit omnia voluntas:* Der Wille entscheidet. Noack hatte das Motto des KSK auf seine ganz eigene Weise umgesetzt.

Das war ein halbes Jahr her. Seitdem hatte er seine Expertise und das Können seines Teams zum Nutzen eines ungarischen Schleusernetzwerks eingesetzt, dessen Manager von einem Hinterhalt der ungarischen Polizei gegen einen ihrer Transporte erfahren hatten. Der Hinterhalt war daraufhin quasi in einen weiteren Hinterhalt geraten, und der Transport fand unbehelligt statt; der Tod von sechs ungarischen Polizisten eines Sondereinsatzkommandos war in den staatlich beeinflussten Medien Ungarns totgeschwiegen worden.

Der Job hatte Noack und seinem Team eine Empfehlung eingebracht. Diese Empfehlung hatte zu einem Anruf von Britta Durrani und einem neuen Job geführt. Und dieser Job ging gerade grandios in die Hose. Noack fühlte eine Mischung aus Wut, Ratlosigkeit und Angst, die er so noch selten gespürt hatte.

Er musste etwas unternehmen. Was sein Team da draußen betraf, konnte er nichts tun, solange er nicht wenigstens irgendeine belastbare Meldung über deren Status hatte. Immerhin bestand die Möglichkeit, dass Russ bereits auf dem Weg hierher war, ordnungsgemäß eingepackt und versorgt, und dass nur das Handy seines Mannes im Subaru nicht funktionierte. Es war unwahrscheinlich, aber man hatte schon Pferde kotzen sehen, oder nicht?

Nach ein paar Augenblicken wurde ihm klar, dass er sich etwas vormachte. Der Subarufahrer ging nicht ans Telefon, weil er nicht rangehen *konnte*, und das bedeutete, dass auch Russ' Entführung fehlgeschlagen war. Rumzusitzen wie jemand, der ein Brett vorm Kopf hatte, löste das Problem nicht. In Situationen wie dieser war es nötig, stets etwas zu tun, selbst wenn es das Falsche war. Hoffe das Beste und bereite dich auf das Schlimmste vor. Was konnte Tobias Noack jetzt tun, um vorbereitet zu sein?

Er tat das, was ihm als einzige Option blieb: Er setzte sich ins Auto und alarmierte seine Auftraggeberin.

Britta Durrani starrte ihn schweigend an. Nach einer Weile sagte sie: »Ich hätte wirklich Erkan & Stefan den Job geben sollen.«

»Hören Sie mich an«, erklärte Noack. »Ja, wir haben eine Schlappe erlitten ...«

»Erneute Schlappe«, sagte Britta eisig.

»... aber bevor Sie mich und den Rest meines Teams jetzt feuern, denken Sie bitte daran, dass wir die Einzigen sind, die Sie auf die Schnelle verteidigen können.«

»Verteidigen? Wollen Sie mir mitteilen, Sie und Ihre Chaoten sind solche Pfeifen, dass die Polizei die Spur bis hierher verfolgen kann? Und dann? Wollen Sie sich mit den Bullen eine Schießerei liefern? Sind Sie völlig übergeschnappt?«

Noack schüttelte den Kopf. Es fiel ihm schwer, die nächsten Worte auszusprechen, aber es musste sein. »Ich glaube nicht, dass die Polizei die Aktion gestört hat. Ralf Parceval steckt dahinter.«

»Woraus ziehen Sie diese Erkenntnis? Weil Parceval um zwei Uhr morgens und völlig unvorbereitet immer noch besser ist als Sie und Ihr Team zusammen?«

Noack beschwor sich innerlich, geduldig zu bleiben. »Ich habe den Polizeifunk noch etwas abgehört, bevor ich zu Ihnen gekommen bin. Erstens: Bis jetzt wird in keiner Meldung der Subaru erwähnt, in dem ich Russ hierherbringen lassen wollte; das heißt, der Subaru ist nicht mehr am Tatort. Wenn die Polizei oder ein SEK unmittelbar eingegriffen hätten, wäre das unmöglich. Dann stünde er mitten auf der Kreuzung, mit zerschossenen Reifen. Und mein Mann wäre wahrscheinlich tot.«

»Ihr Fahrer hatte die Hosen voll und ist abgehauen.«

»Nein, das ist er nicht. Meine Leute fliehen nicht kopflos aus einer Situation, egal was Sie von uns halten. Wenn er sich hätte strategisch zurückziehen müssen, würde er sich melden, und dann wüsste ich, was los ist. Zweitens: Meine Leute auf dem Roller sind nur teilweise ausgeschaltet – ein Mann ist tot, einer verwundet. Es sind offenbar mehrere Schüsse auf sie abgefeuert worden. Wären die beiden einem SEK-Scharfschützen zum Opfer gefallen, wären sie beide tot, und jeder hätte eine einzige Kugel im Kopf. SEK-Schützen sind Präzisionskiller mit komplizierten Scharfschützengewehren, die in aller Ruhe abdrücken, wenn die Lage es erfordert. Wer auf die Rollerfahrer geschossen hat, war jedoch überrascht und hatte es eilig.«

»Ich glaube eher, Ihre Leute haben wild zu ballern angefangen, ohne zu merken, dass zufällig ein Streifenwagen in der Nähe stand, und haben so das Feuer der Beamten auf sich gezogen.«

»Nein. Aus dem Polizeifunk geht klar hervor, dass die Behörden erst Streifenwagen zum Tatort sandten, nachdem Notrufe von Zeugen eingingen. Ich sage Ihnen, es war Parceval.«

»Operieren Sie jetzt auf der Basis Ihrer eigenen Paranoia?«

Noack hatte genug. Er und seine Leute hatten zweimal Mist gebaut, aber es waren beides keine unkomplizierten Situationen gewesen. Die Durranis mussten erstmal jemanden finden, der nicht in noch größerem Stil verkackt hätte – oder der so wie Noack in der Lage war, die ganze Scheiße noch zu einem positiven Ende zu führen.

»Ich operiere auf der Basis«, erklärte er scharf, »dass man sich auf das Schlimmste vorbereitet – und dass ich mit meinen Mutmaßungen recht habe und Parceval auf dem Weg hierher ist.«

»Wieso auf dem Weg hierher?«, fragte Britta Durrani überrascht.

»Weil er eins und eins zusammengezählt haben dürfte, wenn er die Gesichter meiner Männer gesehen hat. Zwei von den dreien waren die, die Parceval im Bahnhof Friedrichstraße zusammengeschlagen hat. Selbst wenn er beim ersten Mal noch dachte, wir wären von der Kripo, ist ihm spätestens jetzt klar, dass wir Söldner sind. Und dann ist ihm auch klar, dass unser Auftraggeber nur Sie sein können. Sie haben ihn zum Bahnhof Friedrichstraße gelockt. Niemand außer Ihnen wusste, dass er dort sein würde.«

Britta schwieg einen Augenblick. Dann überraschte sie Noack, indem sie murmelte: »Diese Ratte kommt uns jetzt schon zum zweiten Mal in die Quere. Damals hat er die Sache selbst vermasselt, weil er nicht genug nachgedacht hat. Und trotzdem war es verdammt knapp ... wirklich verdammt knapp.«

»Was war damals?«, fragte Noack. »Hat es was mit Parcevals Amoklauf in Afghanistan zu tun?«

Britta erwachte aus ihrer Versunkenheit. Sie ignorierte Noacks Bemerkung und fragte stattdessen selbst: »Wie kann er hierherfinden? Ach, verdammt ... Internet, Firmeneinträge, was weiß ich. Jeder kann uns finden.«

»Ich nehme an«, sagte Noack und hoffte, dass die Durranis sich weiter auf ihn verließen und ihm ermöglichten, die beiden Schlappen wiedergutzumachen, »dass er Russ in seiner Gewalt hat. In den ersten Meldungen über den Polizeifunk war immer nur von drei Personen im Kripofahrzeug die Rede.«

Britta starrte ihn an. Sie wurde sichtbar blass im Gesicht.

»Russ kennt natürlich Ihre Adresse«, sagte Noack.

»Russ kennt auch noch alles andere«, sagte Britta. »Und wenn Parceval ihn im Wagen hat, dann singt er bestimmt gerade. Scheiße.«

»Wenn Parceval hier auftaucht, ist er ein toter Mann. Dafür garantiere ich«, erklärte Noack.

Britta musterte ihn. Sie hatte ihre Fassung wieder zurückgewonnen. Nach kurzem Zögern und ohne auf Noack einzugehen, griff sie zum Telefon und wählte. Als sich jemand meldete, sagte sie einen kurzen Satz in einer Sprache, die Noack nicht verstand. Nachdem sie aufgelegt hatte, wendete sie sich an ihn.

»Ich habe soeben jemanden angerufen, den ich gleich hätte engagieren sollen. Unsere Wege trennen sich.«

Noack hatte das Gefühl, gleich kotzen zu müssen. Ihm blieb nichts anderes übrig, als zu betteln. »Bitte geben Sie mir und meinen Männern noch eine Chance«, sagte er. »Denken Sie daran, wie tief wir schon in dieser Sache drinstecken.« Er erkannte an Brittas Reaktion, dass sie ihn missverstanden hatte. Ihre Miene wurde hart.

»Wollen Sie mir drohen, dass Sie zur Polizei gehen?«

Noack erstarrte innerlich. Wenn Britta auch nur eine Sekunde glaubte, dass er versucht hatte, sie zu erpressen, waren Noack und der Rest seines Teams aus dem Geschäft. Mit der Drohung, zur Polizei zu gehen, erpresste man in seinem Gewerbe den Auftraggeber nur ein einziges Mal. Danach hatte man kein Gewerbe mehr. Meistens auch keinen Puls. »So war das nicht gemeint«, sagte er hastig. »Ich wollte damit sagen, dass Sie jemand Neuen erst briefen müssen – und dafür haben Sie gar keine Zeit.«

»Wer redet davon, dass ich jemand Neuen suche?«, sagte Britta kalt. »Ich überlege, Sie und Ihre Schwachköpfe durch *ihn* und sein Team zu ersetzen.«

Die Tür öffnete sich, und ein Mann trat ein, der Noack voller Verachtung angrinste. Und dieser hatte zum ersten Mal wirkliche Furcht vor einem anderen Menschen.

Britta sagte erneut ein paar Sätze in der Sprache, die Noack nicht verstand, und der Neuankömmling nickte. Dann sagte sie zu Noack: »Gehen Sie mit Rul und trommeln Sie Ihre Männer zusammen. Ich lasse Sie wissen, ob ich Ihnen noch eine Chance gebe.«

61

Nachdem Noack weg war, rief Britta ihren Mann und informierte ihn über die neue Entwicklung. Fayaz erlangte nach einem Wutanfall nur mühsam die Fassung wieder – und auch nur, als Britta ihn kühl darauf hinwies, dass jetzt denken angesagt war und nicht brüllen.

»Egal, wie das ausgeht und ob Parceval dahintersteckt oder Noacks Leute nur zu dämlich für alles waren – wir sind kompromittiert«, sagte Fayaz.

»Wie meinst du das?«

»Wir müssen das Geschäft hier auflösen. Das ist ein Verlust, aber die Bauaufträge haben uns sowieso nie fett gemacht. Reines Glück, dass wir überhaupt etwas Gewinn damit gescheffelt haben; die Firma war immer nur als Tarnung gedacht gewesen. Der Flughafenbau hat uns Geld in die Taschen gespült, mit dem wir gar nicht gerechnet haben.«

»Die Maschinen und Geräte sind geleast«, sagte Britta. »Wenn wir uns absetzen und die Zahlungen einfach einstellen, holen sich die Leasingfirmen das Zeug einfach wieder.«

»Wie viele Leute arbeiten für uns, die nicht Bescheid wissen? Zehn?«

»Nicht mal«, sagte Britta. »Nawab und Russ gehörten dazu, bis Nawab zu schnüffeln begann.«

»Wo sind diese Leute im Moment?« Fayaz gab sich selbst die Antwort: »Auf den beiden Baustellen in Potsdam, richtig?«

»Richtig.« Die Durranis hatten es sich zur Angewohnheit gemacht, in den Tagen kurz vor der Übergabe oder Übernahme von Paketen alle uneingeweihten Mitarbeiter so weit wie möglich vom Firmengelände entfernt einzusetzen. Es war eine einfache Sicherheitsmaßnahme, um alle illegalen Aktivitäten unter der Decke zu halten.

»Gut. Von den anderen such dir diejenigen aus, die am zuverlässigsten sind – und fangt an, alle Unterlagen zu vernichten.«

»Was ist mit den Paketen?«

»Wir müssen sie verfrüht ausliefern. Das wird den Preis drücken.« Fayaz fluchte. »Das Schlimme daran ist, dass wir damit endgültig den Ruf verlieren, stets absolut zuverlässig zu sein. Zuerst die Geschichte mit Zainab, und dann das hier. Ich werde mit dem Preis noch weiter runtergehen, damit die Kunden die Klappe halten. Ich übernehme sie, sobald ich zurück bin, und liefere sie aus.«

»Wir verlieren hier alles wegen Nawab und Russ«, sagte Britta tonlos. »Ich hoffe, Nawab hat gebrüllt wie ein angestochenes Schwein, bis er tot war. Und ich hoffe, dass Zainab, die kleine Schlampe, viel Zeit hatte, ihren Verrat zu bereuen. Ich wünschte mir nur, ich würde Russ noch in die Finger kriegen.«

»Wir hätten die Firma früher oder später ohnehin aufgelöst«, sagte Fayaz, der seine Ruhe wiedergefunden hatte. »Wir machen was Neues in Ungarn oder Slowenien auf –

da tun wir uns von der Gesetzeslage her ohnehin einfacher als hier.«

Britta atmete tief durch, dann war sie wieder ihr altes Selbst. »Ich kümmere mich selbst darum, dass die Pakete sofort auslieferungsfertig gemacht werden.«

»Gut.«

»Noack und seine Leute behalte ich hier. Zur Not können sie als Kanonenfutter dienen.«

»Was erwartest du denn?«, fragte Fayaz perplex.

»Ich erwarte Parceval«, sagte Britta. »Ich erwarte, dass er das gleiche Ding durchzieht wie damals in Afghanistan.«

62

»Ich weiß das alles von Nawab«, sagte Russ. »Durrani und seine Alte schmuggeln junge Mädchen, die Durrani jeweils als seine Tochter ausgibt. Ich meine die richtig guten, süßen Schnitten, die an irgendwelche perversen Saudis weitervermittelt werden; die normalen Mädchen, die als Sklaven in Diplomatenhaushalte gehen, schmuggelt er auch – indem er sie bei sich anstellt und dann weiterschiebt, sobald sich ein Käufer gefunden hat. Da schaut keine Sau hin, kein Arbeitsamt und keine Ausländerbehörde. Und wie gesagt – die Mädchen, die richtig gutes Geld bringen, gibt er als seine Tochter aus, die er versucht, zu sich nach Deutschland zu bringen. Und dabei gibt es immer irgendwelche erfundenen Schwierigkeiten ... die Tochter will wieder zurück, oder Papiere stimmen nicht ... auf diese Weise kann er mit derselben erfundenen Tochter drei, vier Mädchen ins Land bringen ... und natürlich hat er auch nicht nur *eine* Tochter, die er nach Deutschland holen will ...«

»Das funktioniert nicht«, sagte Parceval. »Irgendwann fliegt das auf.«

»Wenn's pro Jahr nur ein-, zweimal passiert? Glaubst du, den Sesselfurzern in den Behörden fällt das auf? Soweit ich weiß, bringt jeder von diesen Deals 'ne Unmenge Kohle. Die Durranis müssen das nicht oft tun. Alles klar, Arschloch?«

»Wenn du mich noch einmal Arschloch nennst, halte ich an und brech dir das Genick«, sagte Parceval, aber er sprach es fast geistesabwesend aus. Das Navi verkündete, dass er die Adresse der Durranis in vier Minuten erreichen würde. Er drosselte das Tempo, denn er musste erst verdauen, was er gerade erfahren hatte. Und er musste die Erinnerung, die sich jetzt meldete, hochkommen lassen und noch einmal durchleben, sonst würde er sich nicht konzentrieren können auf das, was er zu tun beabsichtigte.

Was beabsichtigte er eigentlich? Das Gleiche wie damals? Er spürte, wie der Gedanke daran ihn mit grimmiger Entschlossenheit erfüllte. Aber nichts von dem, was er getan hatte, hatte jenen geholfen, für die er es getan hatte. Es hatte nur fünfzehn Leichen gegeben – und das Ende seines Lebens bedeutet, wie er es bisher gekannt hatte.

Wäre er damals überlegter vorgegangen, hätte er vielleicht die Hintermänner zu fassen bekommen und nicht die Ausführenden; zumindest hätte er eine fassbare Spur vorzuweisen gehabt anstatt Gerüchte und Mutmaßungen, die während seines Prozesses erbarmungslos zerpflückt worden waren.

»Weißt du, welche Funktion die Durranis in diesem Menschenhändlerring haben?«

»Sie sind 'ne Relaisstation, aber eine ziemlich wichtige. Über sie läuft das ganze Geschäft mit den Entführungsopfern und den verkauften Mädels aus Afghanistan, Pakistan und Nordindien. Und das mit den Flüchtlingen aus dieser Gegend. Und ab und zu noch irgendein anderer Deal, der ihnen in die Hände fällt.«

»Was für verkaufte Mädels?«

»Mensch, bist du blöd? Glaubst du, die ganzen Überfälle und Entführungen bringen genug Beute für das Business? Die meisten von den Mädels werden direkt von ihren Familien an die Menschenhändler verkauft. Für die Eltern sind die Töchter nur 'ne Belastung. Früher oder später schicken sie sie auf den Strich oder verheiraten sie mit einem Typen, der zwanzig Jahre älter ist und sie verprügelt, bevor er sie fickt. Und nachher auch noch mal. Nur, dass die Eltern in so einem Fall auch noch 'ne Mitgift zahlen müssen. Also verkaufen sie sie lieber gleich, das bringt ein paar Dollar. Für die Mädels ist es einerlei. Sind sie hässlich, arbeiten sie sich in Fabriken oder als Hausmädchen zu Tode, sind sie hübsch, fickt sie irgendein Geldsack aus China oder ein saudischer Prinz zu Tode. Zainab haben sie mit sechs Jahren verkauft, als sie alt genug war, in einer Fabrik zu arbeiten. Als sie zwölf war, ist jemandem aufgefallen, dass unter dem ganzen Dreck ein hübsches Ding steckt, und sie wurde aus der Fabrik rausverkauft. Als sie vierzehn und gut ausgebildet war, hat Durrani sie übernommen und ihr den letzten Schliff beigebracht – du weißt schon, wie man mit Messer und Gabel isst und dass man sich nach dem Scheißen den Arsch mit Papier abwischt und nicht mit der Hand. Er wollte sie verkaufen, nachdem …«

Parceval hielt es nicht mehr aus. »Hast du sie deshalb vergewaltigt? Weil du dachtest, dass es keinen Unterschied macht, und selbst da hast du dir eingeredet, dass es Vorgänger gab, die viel brutaler waren als du? Hast du gedacht, es macht nichts, wenn du sie tötest, weil du keinen Menschen zerstörst, sondern nur eine Ware?«

»Mensch«, seufzte Russ, »du laberst doch nur und hast keine Ahnung.«

Vielleicht hatte Russ recht. Vielleicht hatte Parceval wirklich keine Ahnung. Mittlerweile war das Ziel nur noch zwei Minuten entfernt, und er musste eine Entscheidung treffen. Nachdem ihm klar geworden war, dass die Durranis hinter den beiden Überfällen auf ihn und auf Russ' Gefangenentransport steckten, hatte er gedacht, Russ zu ihnen zu bringen, die Wahrheit zu erfahren und die Durranis zu zwingen, ihre Geschäftsverbindungen zu verraten. Wenn sich ihm dabei jemand in den Weg stellte, würde er ihn erschießen. Jetzt war er sich nicht mehr sicher. Es lag nicht an Russ' Erklärungen. Es lag daran, dass die Erinnerung, was er in dem Dorf getan hatte, sich nicht mehr verdrängen ließ, und damit auch die Erinnerung daran, dass er, indem er seinem Impuls gefolgt war, mit seinem Leben grandios gescheitert war.

Das Dorf sah aus, als hätte es zwanzig Jahre als Zielscheibe für Schießübungen der Artillerie gedient. Vielleicht hatte es das auch. Die Häuser hatten keine Dächer. Wer von den Bewohnern sich vor Sonne und Regen schützen wollte, hatte Plastikplanen über Teile der abgedeckten Wohnräume gespannt. Jetzt war es Nacht, die blauen Farben der Planen schimmerten schwarz und die roten wie altes Blut.

Die Dorfbewohner hatten Parceval erwartet. Oder vielleicht hatten sie nicht ihn erwartet, aber jedenfalls waren sie auf Besuch eingestellt. Plötzlich stand ein Bewaffneter vor Parceval und richtete sein Schnellfeuergewehr auf ihn. Der Mann und seine Waffe erfüllten alle Klischees –

er trug einen ausladenden Turban, dessen herunterhängendes Ende um sein Gesicht gewickelt war, und eine lange Tunika. Über der Brust lagen zwei Patronengurte über Kreuz; seine Waffe war ein russisches AK-74 und auf Parceval gerichtet, aber Parceval war auf der Hut gewesen und hatte sich dem Dorf nur mit vorgehaltener Waffe genähert. Nun zielten beide Männer aufeinander. Im schwachen Licht, das die Sterne und der Mond verbreiteten, sah Parceval die Lider seines Gegners zucken. Er wusste, dass seine Lider nicht zuckten. Der Afghane ballte unsicher die Faust um den Griff seiner Waffe.

»Geh heim, deutscher Polizist«, grollte der Mann schließlich auf Russisch.

»Wo sind die Frauen und Kinder?«, fragte Parceval, ebenfalls auf Russisch. Er hatte es gelernt, weil es die einfachste Art war, mit den Menschen auf dem Land zu kommunizieren. Die Sprache der einstigen Unterdrücker war zur Lingua franca Afghanistans geworden.

»Geh heim, Polizist«, wiederholte der Mann.

»Vergiss es«, sagte Parceval.

Er sah, wie nicht nur die Lider, sondern die gesamte Augenpartie des Mannes zuckten. Sein Finger wollte gerade am Abzug der AK-74 ziehen, doch Parceval war schneller. Mit einem einzigen Schuss traf er den Afghanen in die Stirn und sprengte seinen Hinterkopf samt Turban ab. Der Mann sackte zusammen wie eine leere Kleiderhülle. Der Schuss hallte zwischen den Felsen wider.

Parceval brachte sich mit einem langen Satz hinter Felsen in Deckung. Und er wusste, dass der Mann nicht allein gekommen war. Zwei seiner Stammesgenossen tauchten nach einer Schocksekunde an verschiedenen Stellen aus ihren Verstecken auf und feuerten im Reflex dorthin, wo Parceval eben noch gestanden hatte. Staub und Steinsplitter prasselten an den Felsen, an den Parceval sich kauerte, die Schüsse fanden ein hässliches Echo in der Nacht, eine Kugel jaulte als Querschläger davon. Die Afghanen stellten das Feuer ein und versuchten herauszufinden, ob sie etwas getroffen hatten. Sie hatten entlang ihrer Gewehrläufe ins Dunkle gezielt, ihre Nachtsicht war vom Mündungsfeuer ruiniert. Parceval hatte die Augen geschlossen gehabt und sich die Position der beiden Männer eingeprägt. Jetzt kam er mit einer schnellen Drehung hinter seiner Deckung hervor und schoss auf die Männer, die mit ihren hellen Tuniken ein hervorragendes Ziel abgaben. Noch während er seine HK hob, legte er den Feuerwahlhebel auf Dauerfeuer um. Er drückte zweimal kurz den Abzug – genug für zwei kurze Feuerstöße.

Bang. Bang.

Bang. Bang. Bang.

Parceval sprang wieder in Deckung. Die zwei Feuerstöße dröhnten in seinen Ohren. Er hatte die Männer fallen sehen. Er hörte keine Hilferufe oder Schmerzgeschrei. Er hatte sie ausgeschaltet.

Er wusste, was nun kommen würde. Er kannte seine Gegner gut. Sein Vorteil war, dass sie ihn nicht kannten. Sie kannten die deutschen Soldaten und die deutschen Polizisten und hatten sie als Männer und Frauen kennengelernt, die nur im äußersten Notfall zur Waffe griffen und auch nur, nachdem sie ordentlich unter Beschuss lagen. Wenn sie Parceval auch so eingeschätzt hatten, waren sie jetzt zumindest verwirrt. Wenn sie ihn weiterhin so einschätzten, würde ihr Erwachen böse sein.

Was nun kam, war der Versuch, mit einem Gegner, der sich überraschend als tödlich herausgestellt hatte, zu verhandeln. Während der Verhandlungen würde man versuchen, ihn zu überlisten. Parceval hatte nicht vor, es so weit kommen zu lassen.

»Deutscher Polizist?«, rief nach einer langen Minute Stille eine Stimme, die einem älteren Mann gehören musste. Parceval nickte im Stillen. Die Verhandlungen führte immer der Dorfälteste. Die jungen Männer versuchten derweil, sich an die Stellung des Feindes heranzupirschen.

Parceval würde nicht gestatten, dass seine Widersacher das Tempo bestimmten. Das Tempo dieser Mission bestimmte er, und er würde nicht nachlassen.

»Gebt die Frauen und Mädchen raus!«, rief er, ohne sich blicken zu lassen.

»Deutscher Polizist, lass uns reden wie Männer!«, erwiderte der Dorfälteste.

»Ich gebe dir eine Minute, die Entführten hierherzubringen«, rief Parceval. »Sind sie in einer Minute nicht da, schicke ich euch alle in die Hölle.«

»Wie willst du das ganz allein machen?«, fragte der Dorfälteste.

»Ich hab 'nen Raketenwerfer«, log Parceval.

»Zwei Minuten«, sagte der Dorfälteste und klang resigniert.

Parceval nickte erneut. In zwei Minuten würden die Männer, die sich an ihn heranpirschten, bei ihm sein. Der Dorfälteste wusste, dass er bezüglich des Raketenwerfers gelogen hatte. Aber er wusste nicht, dass Parceval es wusste; und dass Parceval wusste, was sein Gegner plante.

»Einverstanden. Ich möchte, dass du laut zählst! Bei hundertzwanzig blas ich euch alle weg, wenn ich die Entführten nicht sehe!«

Der Dorfälteste begann zu zählen. »Eins, zwei, drei…« Er schrie dabei unnötig laut. Parceval wusste, dass der Alte grinste. Er ging davon aus, dass der deutsche Polizist ein Narr war, der nun keine Chance mehr hatte, die leisen Geräusche zu hören, die die sich nähernden Angreifer machten.

Die Angreifer ihrerseits würden aber auch nicht die leisen Geräusche hören, die Parceval machte.

Parceval verließ die Deckung und huschte seitlich davon, der einen Hälfte seiner Widersacher entgegen. Ihm war klar, dass sie sich in zwei bogenförmigen Bewegungen wie die Backen einer Kneifzange von der Position des Dorfältesten auf ihn zuarbeiteten. Er vollzog die Bewegung in umgekehrter Reihenfolge.

Auf den ersten Mann traf er eher, als er erwartet hatte. Er sah seinen Kopf gegen den Sternhimmel abgebildet, als er ihn über die Kante des Felsens schob, gegen den sich Parceval presste.

»Dreißig, einunddreißig…« Die heisere Stimme des Dorfältesten hatte die erste Hälfte der ersten Minute heruntergezählt.

Parceval hob die Pistole, die er zusammen mit der HK mitgeschleppt hatte, drückte sie dem vollkommen überraschten Mann unters Kinn und drückte ab.

Mündungsblitz war keiner zu sehen. Der Schuss klang gedämpft. Eine AK-74 polterte über die Felskante und fiel Parceval vor die Füße. Der tote Dörfler rutschte auf der anderen Seite des Felsens hinunter. Parceval hob die

AK-74 auf und schlug sich seitlich zwischen andere Felsen. Der Dorfälteste stockte mittlerweile beim Zählen. Parceval hätte am liebsten voller Triumph »Nummer vier!« gebrüllt, aber er wollte seine Position unter keinen Umständen verraten. *Vier von deinen Leuten hast du schon verloren, du Mistkerl,* dachte er grimmig. *Mit den zweien in der Polizeistation sind es bereits sechs. Und die zwei Minuten sind noch nicht mal rum. Du hast die Schützlinge des falschen Mannes entführt.*

»Was machst du da, scheiße noch mal?«, stöhnte Russ.

Parceval starrte über die Motorhaube des Subarus ins Leere. Er hatte angehalten, ohne es zu merken. Zwei Minuten? Zwei Minuten hatte das Navi vorhin als verbleibende Zeit angegeben, bis er die Adresse der Durranis erreicht hätte. Er schüttelte die Erinnerung an seinen Alleingang in das afghanische Dorf ab.

»Halt die Klappe, Russ«, sagte er. »Und wenn du leben möchtest, hältst du sie so lange, bis das hier vorüber ist.«

»Was hast du vor?«, kreischte Russ.

»Einen Job zu Ende bringen«, sagte Parceval. Er fuhr wieder los.

»Was wird das?«, schrie Russ.

Parceval antwortete nicht. Er rieb die Finger mit dem eingetrockneten Blut von Ksenias Handy gegeneinander, dann verdrängte er den Gedanken daran.

Das Navi gab ihm mit sanfter Frauenstimme zu verstehen, dass er noch einmal rechts abbiegen musste, dann lag das Ziel direkt voraus. Die Straße führte zum Eingang des Bauhofs der Durranis.

Parceval lächelte grimmig. Diese Lage kam ihm gerade recht.

63

Die Firma der Durranis war seit den Fünfzigern ein Bauunternehmen gewesen; als sie bankrottging, konnte Fayaz Durrani sie günstig übernehmen. Das Areal war riesig. Auf ihm standen ein dreistöckiges Verwaltungsgebäude, dessen oberstes Geschoss als Loft ausgebaut war, eine große, L-förmige Maschinenhalle, die eine Längs- und die Breitseite des gesamten Anwesens einrahmte, und ein Lagerschuppen. Zur Straße hin grenzte es sich durch eine hohe Klinkermauer ab, in der ein mannshohes Gittertor eingelassen war. Direkt nach der Zufahrt befand sich ein ausgedehnter Parkplatz für die Autos der Mitarbeiter und für Baufahrzeuge, die zu groß für die Maschinenhalle waren oder ständig genutzt wurden. Der Arm eines Ladekrans ragte zwischen ihnen nach oben heraus.

Das Gelände besaß aber noch eine Überraschung, die Fayaz und Britta Durrani seinerzeit überzeugt hatte, die marode Firma zu übernehmen. Da die Firma in den Fünfzigern, mitten im Kalten Krieg, entstanden war, und der Firmengründer offensichtlich fest entschlossen gewesen war, nicht vor Ablauf seiner Zeit zu sterben, hatte er ein ausgedehntes, zweistöckiges Kellersystem unter dem Verwaltungsgebäude erbauen lassen, womit er eine erneute

Bombardierung Berlins zu überleben glaubte. Er hatte sogar daran gedacht, mehrere Ausgänge graben zu lassen, für den Fall, dass der Hauptzugang verschüttet wurde. Die Ausgänge lagen weit voneinander entfernt, einer endete außerhalb des Geländes. Nun nutzten die Durranis das Kellersystem für ganz andere Zwecke als zum Überleben in einem Bombenkrieg. Sie verwendeten es zur Aufbewahrung der auszuliefernden Pakete.

Britta Durrani lief die Treppe hinunter. Im Eingang des Verwaltungsgebäudes stand einer von Ruls Männern. Er wirkte genauso wie Rul in seiner Kleidung aus Hose, Hemd und Basecap fehl am Platz, aber deshalb um nichts weniger gefährlich. Er deutete auf das offene Tor.

»Schließen?«, fragte er.

Britta überlegte in Sekundenschnelle. Wenn ihre Annahme zutraf und Parceval hierher unterwegs war, dann gab es zwei Möglichkeiten.

Die erste war, es so zu machen wie die Dörfler vor sechs Jahren in Afghanistan. Sie hatten versucht, Parceval vor dem Dorf abzufangen, und dafür mit ihrem Leben bezahlt. Nur durch schieres Glück hatte Parceval sein eigenes Missionsziel nicht vollendet.

Die zweite war, es so zu machen, wie es damals hätte laufen sollen: Parceval herein- und dann die Falle zuschnappen lassen, in die er sich freiwillig begeben hatte. Aber die Männer, die Parceval abzufangen versucht hatten, waren keine erfahrenen Krieger, sondern nur voller Zuversicht, dass ein deutscher Polizist ihnen auf jeden Fall unterlegen war. Ein Fehler, den Britta nicht begehen würde.

»Nein«, sagte sie. »Lasst es offen.«

Dann wandte sie sich ab und lief die Kellertreppe hinunter. Als sie sich auf dem Absatz ein letztes Mal umdrehte und nach oben spähte, sah sie den Mann mit der Basecap noch immer so dastehen wie zuvor. Aber der andere Blickwinkel zeigte ihr jetzt die Maschinenpistole, die innerhalb des Eingangs neben ihm an der Mauer lehnte. Sie lächelte.

Im Keller traf sie auf Rul und Tobias Noack.

»Sie sind wieder im Dienst«, sagte sie zu Noack. »Ab sofort unterstehen Sie und Ihre Leute Rul. Er wird Ihnen Ihre Anweisungen geben.«

»Ich spreche nicht Kisuaheli«, knurrte Noack.

»Aber ich Deutsch«, sagte Rul verächtlich, dessen Muttersprache nicht Kisuaheli, sondern Paschtu war, die offizielle Sprache Afghanistans.

»Bilde zwei Verteidigungslinien«, sagte Britta zu Rul und wechselte dabei ins Paschtu. »Parceval muss irgendwo reinkommen. Noack und seine Leute sollen versuchen, ihn dabei abzufangen. Mit etwas Glück schaffen sie es, aber ich denke, er wird sie alle ausschalten. Du und deine Leute verteidigen den Keller. Er wird, nachdem er Noack und seine Trottel überwunden hat, hierherkommen. Baut eine Falle für ihn auf. Ich will seine Leiche sehen.«

»Was haben Sie zu ihm über mich gesagt?«, fragte Noack. »Sie haben meinen Namen genannt.«

»Ich habe ihm gesagt, er soll Sie erschießen, wenn Sie oder Ihre Männer auch nur einen einzigen Fehler begehen«, erwiderte Britta kalt.

64

Parceval bog um die Kurve und hielt dann überrascht wieder an. Die Straße, die sich mindestens dreihundert Meter lang vor ihm erstreckte, ähnelte keiner Straße, die er bisher in Berlin gesehen hatte. Auf der linken Seite befanden sich halbhohe Gebäude, von denen die meisten leer standen; in den anderen versuchten sich erfolglose Gewerbe über Wasser zu halten. Auf der rechten Seite wechselten sich alle Arten von Zäunen und Mauern mit niedrigen Schuppen und fensterlosen Gebäudefronten ab. Reifenstapel, die über die Mauerkronen hinausragten, unordentliche Haufen von Europaletten, in der Sonne bleich gewordene Müllsäcke, ein halbes Dutzend Autos ohne Nummernschilder. Anders als in den meisten Straßen Berlins säumten hier keine Bäume die Straßenränder. Der Belag war rissig und aufgesprungen.

Parceval starrte über die Motorhaube auf die Straße, die mitten in Kabul hätte sein können. Oder in Kunduz. Sie hätte die Straße sein können, über die er damals in Richtung Berge gerast war. Ganz am jenseitigen Ende sah er eine Klinkermauer, die die Straße abschloss, und in ihr ein offen stehendes Tor. Er blickte auf das Display des Navis. Die vorgegebene Strecke endete genau dort. Er holte tief Luft.

Dreizehn Tote in dem Dorf in Afghanistan. Das war die Bilanz seines Alleingangs gewesen. Als Letzten hatte er den Dorfältesten aus einem Versteck herausgezogen und ihn angebrüllt, wo die Entführten seien. Der Dorfälteste hatte ängstlich die Hände vors Gesicht gehalten und immer wieder gerufen, dass er nicht wisse, wovon Parceval spreche. Als Parceval ihm die Hände vom Gesicht gezogen hatte, hatte der Alte den Kopf gehoben und ihn angespuckt. Daraufhin hatte Parceval ihm die Pistole an die Schläfe gehalten und ihm erklärt, er habe fünf Sekunden Zeit, sich zum Reden zu entschließen.

Bei vier hatte der Alte höhnisch gesagt, dass Parceval zu spät sei, Frauen und Kinder seien bereits weggebracht worden. Man habe sie nicht entführt, um Lösegeld zu erzwingen oder die Polizei einzuschüchtern, sondern sie verkauft. Die erwachsenen Frauen konnten als Zwangsarbeiterinnen in Firmen eingesetzt werden, die Billigware für den Westen produzierten – der Kaufpreis für diese Frauen kam die Fabrikbesitzer mittelfristig billiger, als Arbeiterinnen zu bezahlen, und sei es zu einem noch so niedrigen Hungerlohn. Die Kinder konnten entweder ebenfalls arbeiten oder, wenn sie vielversprechend aussahen, nach einer kurzen Ausbildung in Diplomatenhaushalte vermittelt werden – als Hausmädchen oder als Sexsklavinnen, je nachdem, was der Hausherr wünschte.

Meine Schwester und meine Nichte sind unter den Entführten, hatte Parceval gesagt.

Du wirst sie nie wiedersehen, deutscher Polizist, hatte der Alte gesagt und erneut ausgespuckt.

Parceval hatte ihn erschossen.

Dann hatte er die unsäglichen Ruinen des Dorfs durchsucht. Er hatte die Entführten nicht gefunden. Er war geschlagen abgezogen. Kinder hatten ihm Steine hinterhergeworfen.

Mit den beiden Männern in der Polizeistation hatte er fünfzehn Männer getötet, doch Birgit und Miray blieben verschollen, so wie die Frauen und Kinder der ermordeten afghanischen Kollegen.

Und nun? Sechs Jahre hatte er auf eine Chance gewartet, freizukommen und ihre Spur wieder aufzunehmen, sie zu finden, so viele von ihnen zu befreien, wie er nur konnte. Die Chance lag dort vorn, am Ende der Straße, hinter der Klinkermauer, hinter dem geöffneten Tor. Wie musste er sich verhalten, um sie nicht wieder zu vertun?

Wie musste er, Ralf Parceval, sich verhalten, um auch nur die geringste Aussicht auf Erfolg zu haben?

Er holte erneut tief Luft und hörte Russ von hinten ächzen. Der Mörder hatte seine Schuldigkeit getan. Er hatte Parceval dorthin gebracht, wo dieser vor sechs Jahren gescheitert war – zum Anfang einer Spur. Menschenhandel war ein globales, gut vernetztes Business. Es war wie ein vielfarbiger gewebter Teppich. Er bestand aus Dutzenden von einzelnen Fäden, aber einem entschlossenen Mann war es möglich, ihn nach und nach aufzudröseln, wenn er ein loses Ende fand. Russ war nun jedenfalls überflüssig. Er hatte Nawab Adnan ermordet, er hatte Zainab vergewaltigt und ermordet. Hatte Parceval die Pflicht, ihn trotzdem zu schützen?

Er atmete erneut tief durch. Er erkannte, dass er sich bereits entschieden hatte, wie er vorgehen wollte.

»Was machst du da?«, flüsterte Russ. »Du kannst mich

doch nicht zu denen bringen, die schneiden mich in Stücke! Das ist unmenschlich.«

»Was ich dir erzählt habe von den Frauen, die ihre Gefangenen zu Tode quälen: War 'ne alte Geschichte, die vielleicht sogar erfunden ist«, sagte Parceval. »Trotzdem bist du darauf angesprungen. Obwohl du wusstest, dass Zainab gar nicht die Tochter der Durranis war, sondern ein Stück Ware.«

»Bei dem Geschäft geht's nicht nur um Geld. Sondern um Zuverlässigkeit. Um Gesichtswahrung. Darum, dass die Lieferkette funktioniert. Davon hängt alles ab. Von der Ehre.«

»Menschenhändler haben keine Ehre«, widersprach Parceval.

»Ich hab gesehen, was von einem Typen übrig war, der den Durranis in die Quere gekommen ist«, murmelte Russ. »Egal, wie du das siehst mit der Ehre und so – die meinen es jedenfalls ernst.«

Parceval stieg aus und öffnete die hintere Türe des Subarus. Russ wand sich, um sich umdrehen und Parceval anschauen zu können, aber er schaffte es nicht. Parceval zog den schweren Mann unsanft aus dem Auto. Russ saß auf der Straße und starrte Parceval mit großen Augen an. Parceval hievte ihn auf die Beine und drängte ihn dann auf den Fahrersitz. Mit den Handschellen, die er dem JVA-Beamten abgenommen hatte, fesselte er Russ ans Lenkrad.

Russ zerrte daran und stierte Parceval dann ratlos ins Gesicht. »Was wird das jetzt?«

»Ich geb dir eine Chance«, erklärte Parceval. »Du fährst mich auf das Gelände der Durranis. Dort steige ich aus. Danach kannst du meinetwegen wegfahren. Falls du versuchst, mich zu linken, puste ich dir die Birne weg. Verstanden?«

»Und was machst du?«, fragte Russ perplex.

Parceval nahm die Waffe des toten Subarufahrers an sich. Er antwortete Russ nicht. Er hätte sagen können, dass er das Einzige tat, was er tun konnte.

Parceval zu sein.

65

Tobias Noack ahnte, dass er und seine verbliebenen sechs Männer den weniger wichtigen Part bei der Verteidigung der Firma übertragen bekommen hatten – und gleichzeitig den gefährlicheren.

Rul, der trotz seiner westlichen Gangsta-Klamotten so aussah, als trage er eigentlich einen Turban und einen langen Burnus und einen Raketenwerfer über der Schulter statt eines G-36, hatte verächtlich gegrunzt. Noack hatte diese Verachtung nicht nachempfunden. Ihm war klar, dass man Parceval nicht unterschätzen durfte. Er traute dem ehemaligen Polizisten mittlerweile zu, sich aus einem versperrten Tresor zu befreien und dabei ein Blutbad unter seinen Gegnern anzurichten, wobei er sich einredete, dass diese Befürchtung nur einer gesunden taktischen Vorsicht entsprang und nicht etwa einer tiefen Verunsicherung.

Zwei seiner verbliebenen sechs Männer hatte er links und rechts des offenen Tors postiert, zwei zwischen den geparkten Baufahrzeugen gleich nach der Einfahrt, zwei im Torbereich der Maschinenhalle. Er selbst lag auf dem Deckel eines Schrottcontainers, von wo aus er einen guten Überblick über den vorderen Bereich des Geländes hatte.

Rul hatte ihm zu verstehen gegeben, dass die Bewachung des Verwaltungs- und Wohngebäudes ihm und seinen Steinzeitkriegern oblag. Noacks Aufgabe war zu verhindern, dass Parceval überhaupt so weit kam. Noack hatte sich geschworen, dass die Afghanen keinen Finger würden rühren müssen, oder höchstens, um Parcevals Leichnam vom Boden zu kratzen.

Als er das sich nähernde Motorengeräusch hörte, sprang er auf, um über die Mauer auf die Straße hinausblicken zu können. Er sah einen blauen Subaru herankommen, dessen Motor laut röhrte. Ungläubig erkannte Noack, dass es der Mietwagen seines getöteten Mannes war. Die Windschutzscheibe fehlte. Im hellen Sonnenlicht wirkte das Interieur des Wagens dunkel, doch er konnte erkennen, dass jemand am Steuer saß. Es musste Parceval sein.

Die beiden Posten am Tor und die zwischen den Baufahrzeugen blickten fragend zu ihm herauf.

»Er kommt!«, rief er und deutete auf die Straße. »Wenn er durchs Tor fährt, macht ihn fertig.«

Die zwei Männer beim Tor der Maschinenhalle hatten ihn nicht verstehen können. Noack deutete zur Einfahrt und mimte dann einen Schützen, der auf etwas schießt. Einer der Männer hielt den Daumen hoch.

Sie waren bereit.

Noack kauerte sich wieder auf dem Containerdeckel nieder, damit Parceval ihn nicht zu früh entdeckte. Er überprüfte mit dem Daumen den Feuerwahlhebel seines G-36. Er stand auf Feuerstoß. Das Magazin enthielt dreißig Schuss; er besaß drei volle Magazine, genauso wie seine Männer. Neunzig Schuss pro Mann summierten sich auf sechshundertdreißig Schuss insgesamt. Es müsste schon mit dem Teufel zugehen, wenn man Parcevals Leichnam nicht mit Eimer und Schaufel aus dem Wagen kratzen müsste bei so viel Feuerkraft. Falls Parceval dachte, dass der Wagen ihn schützte, war er schiefgewickelt. Noack begann seine alte Selbstsicherheit wiederzuerlangen.

Der Subaru röhrte heran. Er schlingerte ein bisschen auf dem unebenen Straßenbelag und schoss dann durch das offene Tor auf das Firmengelände. Noack sprang vor Aufregung auf.

»Feuer!«, brüllte er, aber seine Männer hatten ohnehin bereits begonnen zu schießen und hörten ihn gar nicht.

Es sah aus, als sei der Subaru in einen Hagelschauer und einen Tornado gleichzeitig geraten. Glas splitterte und bildete eine Wolke rund um das fahrende Auto. Sie feuerten alle auf die Fahrerkabine. Sämtliche Scheiben zersplitterten. Funken sprühten. Löcher wurden in das Blech gestanzt. Plastikteile wirbelten davon. Der Wagen wurde langsamer und begann zu bocken, wie es ein Fahrzeug tut, dessen Fahrer den Fuß nicht mehr auf dem Gaspedal hat, aber auch die Kupplung nicht betätigt. Er kam vom Kurs ab, hüpfte und ruckte vorwärts, dann stieß er beinahe sanft gegen einen LKW und starb ab. Die Männer hörten zu feuern auf. In der Stille klingelten Noacks Ohren. Er starrte die Spur aus Glassplittern an, die der Subaru hinter sich hergezogen hatte. Der Motor des Wagens zischte und dampfte. Unter ihm breitete sich eine Lache aus.

Noack ließ die Waffe sinken. Er hatte keinen einzigen Schuss abgegeben. Die Männer waren auf ihren Posten geblieben und sahen zu ihm hoch. Er gestikulierte, dass vier von ihnen sich dem Subaru nähern sollten, während die anderen beiden Deckung gaben.

Aus dem Subaru ertönte kein Geräusch. Die Stille auf dem Gelände war beinahe greifbar. Noack hörte, wie sich Fenster in den belegten Stockwerken von Nachbargebäuden öffneten und erschrockene Rufe der Menschen laut wurden. Was man sich wohl bei der Berliner Polizei denken musste, wenn ein zweites Feuergefecht gemeldet wurde, kaum dass die Überlebenden und Toten des Überfalls auf der Kreuzung auseinandersortiert waren? Man würde höchste Terrorwarnstufe ausrufen.

Noack beobachtete seine vier Männer, die sich dem Subaru näherten, die Gewehre im Anschlag. Der erste von ihnen erreichte das Fahrzeug und richtete die Waffe sofort durch die zerstörte Seitenscheibe in den Innenraum. Sein Kollege näherte sich von rechts und zielte durch die Scheibe auf der Beifahrerseite. Die anderen beiden Männer gaben ihnen vom Heck des Subarus aus Feuerschutz. Die Bewegungen waren aus dem Lehrbuch und fehlerfrei exerziert.

Der Mann am Fahrerfenster drehte sich zu Noack um und hielt zwei Finger hoch. Dann fuhr er sich über die Kehle. Noack verstand. Zwei Tote im Wagen. Der eine musste Parceval sein. Der andere der Fahrer des Subarus. Die Gesichter seiner beiden Männer, denen trotz des Sieges kein Triumph anzumerken war, bestätigten diese Annahme. Noack wünschte sich, dass Parceval noch am Leben wäre – für den Tod all seiner Mitarbeiter hätte er den ehemaligen Polizisten gerne leiden lassen.

Der Schütze auf der anderen Seite des Subaru zog den Lauf der Waffe aus dem Wageninneren zurück. Der Mann auf der Fahrerseite öffnete die Tür und trat dann zurück, um Noack freies Sichtfeld zu geben. Noack sah eine Gestalt halb auf dem Fahrer-, halb auf dem Beifahrersitz liegen. Er gestikulierte, dass man sie herausziehen solle.

Der Mann auf der Fahrerseite beugte sich in den Wagen und zerrte darin herum. Dann prallte er so heftig zurück, dass er sich den Kopf am Türrahmen stieß, und wich einen Schritt vom Wagen weg. Noack zuckte zusammen. Der Mann, der auf der Beifahrerseite stand, starrte in den Wagen und fuhr ebenfalls zurück.

Der Tote auf dem Fahrersitz war nicht Parceval.

Der Tote war Adrian Russ.

Noack verstand nicht. Dann verstand er doch, aber es war zu spät.

66

Parceval stieß die Heckklappe des Subarus auf, die er während der Fahrt mit der Hand festgehalten hatte, und schlug gleichzeitig die Kofferraumabdeckung beiseite. Der Kofferraum des Wagens und Parceval selbst waren trotz der Abdeckung übersät mit Glassplittern. Nun war es an der Zeit, das Überraschungsmoment auszunutzen.

Als er gesagt hatte, er wolle Russ eine Chance geben, hatte er gelogen. Russ hatte in seinen Augen keine Chance verdient. Aber Parceval hatte jemanden gebraucht, der ihn bis auf das Gelände der Baufirma brachte, und damit gerechnet, dass ihn ein Feuersturm empfangen würde. Er hatte sogar einkalkuliert, dass er getroffen würde, auch wenn er sich im Kofferraum verkroch. Er hatte gepokert. Er hatte sich auf seine Überzeugung verlassen, dass die Männer, die auch den Überfall auf Russ' Gefangenentransport durchgezogen hatten, Profis waren. Und Profis feuerten dorthin, wo das vermeintliche Ziel lag: gezielt in die Fahrerkabine des Subarus. Sie verschwendeten keine Kugeln, indem sie blind alles durchlöcherten. Russ war vermutlich tot. Parceval weinte ihm keine Träne nach.

Die Heckklappe schwang auf. Parceval sah in die verblüfften Gesichter zweier Männer, die beim Heck des

Subarus standen und Sturmgewehre im Anschlag hielten, aber damit auf den Boden zielten. Die Gewehrläufe kamen hoch. Viel zu langsam.

Parceval wendete das Prinzip an, mit dem er die beiden Rollerfahrer außer Gefecht gesetzt hatte. Zweimal zwei Schuss. Die Männer hier standen dicht nebeneinander, er konnte sie gar nicht verfehlen. In Hals und Stirn des zweiten Mannes wurden zwei Einschusslöcher sichtbar, noch während der erste tot in sich zusammensackte.

Er war aus dem Kofferraum, als der zweite Mann auf dem Boden aufschlug.

Dass sich zwei weitere Männer im Fahrzeuginneren zu schaffen gemacht hatten, hatte er in seinem Versteck gehört. Sie standen beidseits der Vordertüren. Einer von ihnen hatte seine Überraschung noch nicht überwunden und stierte Parceval mit offenem Mund an. Der andere stolperte rückwärts, um freies Schussfeld zu bekommen. Etwa zwanzig Schritte entfernt standen zwei weitere Bewaffnete im Tor einer Maschinenhalle. Einer zog sich in die Halle zurück, der andere rannte mit seiner Waffe im Anschlag auf den Subaru zu.

Parceval feuerte auf ihn. Bang. Bang. Der Mann ging zu Boden. Parceval schwang den Lauf seiner Waffe herum und schoss auf den, der versucht hatte, freies Schussfeld zu bekommen. Bang. Bang. Die Einschläge der Kugeln warfen den Mann nach hinten, dann fiel er in sich zusammen. Der Bewaffnete, der an der Beifahrertür stand, feuerte über das Autodach hinweg auf Parceval. Es war ein kurzer Feuerstoß, dessen Rückstoß den Lauf nach oben riss. Der Schütze war zu hektisch. Die Kugeln pfiffen harmlos über Parceval hinweg.

Parceval duckte sich hinter das Heck, drehte sich dabei einmal um sich selbst und feuerte dann blind um die rechte Flanke des Fahrzeugs herum. Er hörte ein Keuchen. Der Subaru schaukelte leicht, als der Schütze gegen die offene Beifahrertür fiel. Parceval spähte um das Heck des Wagens. Der Bewaffnete wand sich jetzt auf dem Boden, die Hände gegen seine linke Hüfte gepresst. Seine Waffe lag neben ihm.

Parceval huschte zu ihm und nahm sein G-36 an sich. Der Mann stöhnte und starrte zu ihm hoch, ein weiteres Mitglied des Teams, das ihn am Bahnhof Friedrichstraße hatte schnappen sollen. Die Augen des Mannes weiteten sich, als Parceval das G-36 hob. Die ausgeklappte Schulterstütze traf ihn gegen die Stirn. Sein Kopf rollte zur Seite. Er war bewusstlos.

Parceval atmete heftig. Mindestens ein Gegner war noch in der Maschinenhalle, und er glaubte, auf einem der Container vorhin aus dem Augenwinkel eine Bewegung wahrgenommen zu haben. Weit voraus, im rückwärtigen Bereich des Geländes, stand ein Bürogebäude. Das obere Stockwerk hatte größere und schönere Fenster – es war vermutlich zu einem Wohnbereich ausgebaut. Parceval ahnte, dass er die Durranis, wenn überhaupt, dort finden würde. Aber er konnte sich nicht dorthin in Bewegung setzen, wenn ihm noch Gegner im Nacken saßen. Er musste die verbliebenen Schützen ausschalten.

Der Mann auf dem Containerdeckel machte es ihm einfach. Er stand plötzlich auf und feuerte auf Parceval. Er war so nervös, dass seine Schüsse nicht einmal den Subaru trafen. Parceval stand einfach auf und feuerte zurück. Er sah Funken rund um den Mann herum sprühen, wo die

Kugeln auf das Metall des Containers trafen. Von Weitem kam es ihm so vor, als sei sein Gegner der Teamleiter vom Bahnhof Friedrichstraße, der Mann mit dem Rap-Industry-Bart. Er verschwand vom Deckel des Containers, als hätte er nie dort oben gestanden.

Der Feuerstoß des Teamleiters veranlasste den in der Maschinenhalle verborgenen Schützen, herauszukommen und die Gelegenheit zu nutzen, um Parceval anzugreifen. Er rannte mit dem Gewehr im Anschlag und feuerte in kurzen Stößen.

Parceval ging hinter der linken hinteren Tür des Wagens in Deckung. Russ saß in sich zusammengesackt auf dem Fahrersitz, seine Hände hingen schlaff in den Handschellen, sein Kopf baumelte herab. Von seinem Schädel fehlten Teile. Er war blutüberströmt und so tot, wie er nur sein konnte.

Der Subaru zuckte unter den Einschlägen der Kugeln. Parceval zog den Kopf ein. Glas und Plastikteile regneten auf ihn herab. Der heranstürmende Schütze gab Feuerstoß um Feuerstoß. Parceval riss die hintere Tür auf und schob sich in das Fahrzeuginnere, als die Lautstärke von Gebrüll und Feuerstößen ihm sagte, dass sein Gegner beim Subaru angekommen war. Im selben Moment ging der Wagen schon in die Knie, als der Schütze in vollem Lauf auf die Motorhaube sprang und die Stelle unter Feuer nahm, an der Parceval eben noch gelegen hatte. Die Kugeln prallten jaulend vom Boden ab. Parceval feuerte im Liegen zwischen den Sitzen und durch die Windschutzscheibenöffnung hindurch auf die Beine des Mannes, der schwer auf die Motorhaube fiel und seine Waffe verlor. Er rollte herunter, fiel auf den Boden und schrie vor Schmerzen.

Parceval kam aus dem Subaru und rutschte über die Motorhaube zu dem Verletzten. Dieser hörte auf zu schreien und hob die Hände vors Gesicht. Parceval schüttelte den Kopf und wandte sich ab. Der Mann war keine Gefahr mehr, er würde auch nie wieder laufen oder Fußball spielen oder auf einen Berggipfel wandern. Parceval wandte sich ab.

Er sammelte alle herumliegenden Waffen auf, dann rannte er gebückt zum Container, um nachzusehen, ob auch der Schütze von dort tot war. Er fand sein G-36, aber der Mann war nicht zu sehen. Parceval blickte sich um. Er konnte nach dem Mann suchen oder seinen Weg zum Bürogebäude fortsetzen. Er hatte keine Zeit für eine Suche. Mittlerweile würde die Polizei ein Dutzend Notrufe aus den Gebäuden entlang der Straße erhalten haben. Mit viel Glück blieben ihm noch zehn Minuten. Wissend, dass er gegen das taktische Gebot verstieß, keinen Feind im Rücken am Leben zu lassen, klaubte er auch das letzte G-36 auf, klinkte das Magazin aus und schob es in die Hosentasche, bevor er es bei den anderen Waffen gleichtat. Er behielt seine HK MP5K und ein G-36, schleuderte die anderen Waffen außer Reichweite auf das Dach der Maschinenhalle und lief dann, jede Deckung ausnutzend, auf das Bürogebäude zu.

67

Im Keller unter dem Firmengelände stand Britta zusammen mit Rul und einem seiner Männer in dem Raum, in dem sich die auszuliefernden Pakete die letzten paar Tage befunden hatten. Die Pakete – das waren zwei junge Mädchen aus Somalia. Sie hatten Angst und hielten sich gegenseitig im Arm. Als die Tür zu ihrem Versteck geöffnet worden war, war der Lärm von Waffenfeuer in den Keller gedrungen, und die Mädchen hatten Panik bekommen. Britta vermutete, dass Feuerstöße aus automatischen Waffen auch den Überfall der Sklavenhändler auf ihr Dorf angekündigt hatten. Auch wenn so ein Ereignis ein paar Jahre zurücklag, gewisse Erinnerungen blieben für immer dicht unter der Oberfläche. Ohrfeigen hatten die Panikattacken beendet. Jetzt schluchzten die Mädchen und wagten es nicht, Britta ins Gesicht zu sehen. Ihnen war aufgegangen, dass all das, woran sie in den letzten Wochen geglaubt hatten – dass die Durranis ihnen zu einer Karriere als Models in Deutschland verhelfen wollten und sie nur deshalb die meiste Zeit in den Kellerräumen versteckt hielten, weil sie illegal hier waren, eine Lüge gewesen war.

»Der Kerl, den wir aufhalten sollen?«, fragte Rul. »Ist das wirklich der Polizist, der vor ein paar Jahren ein halbes Dorf in den Bergen oberhalb von Kunduz ausradiert hat?«

»Das ist er«, sagte Britta. »Über ein Dutzend Männer im Alleingang.«

Rul machte ein verächtliches Geräusch. »Tadschiken«, stieß er hervor. »Das sind keine Männer. Kleine Jungs erschlagen sie mit Stöcken.«

Britta lächelte kalt. »Diese Tadschiken waren vielleicht unerfahrene Krieger, aber sie haben einen der größten Coups der letzten Jahre durchgezogen. Sie haben sich Polizeiuniformen besorgt, haben eine Feier in der Polizeistation infiltriert, für die Parceval verantwortlich war, alle Polizisten und ihre Söhne erschossen, und während alle dachten, es handle sich um einen Terroranschlag, ging es eigentlich um die Frauen, Schwestern und Töchter der Polizisten. Es war zugleich ein Raubzug und eine Warnung. Soweit ich weiß, hat man die Polizeistation in der Gegend aufgegeben, weil sich keine Bewerber mehr für den Polizeidienst fanden.«

»Parceval hat sie dennoch erwischt.«

»Die Männer, die man ihm entgegenschickt hat, ja. Aber nicht die Entführten. Dabei waren sie ihm zum Greifen nah.«

»Er ist also dumm. Wir werden ihn in die Falle locken, die wir vorbereitet haben.«

»Mir ist alles recht, solange ihr ihn aufhaltet.«

»Gut.« Rul deutete auf eines der beiden Mädchen. »Ich brauche sie dazu.«

Das Mädchen schreckte zurück.

»Wozu?«, fragte Britta. »Der Amir wird sie nachher holen.«

Rul schien sie nicht gehört zu haben. »Sie soll sich ausziehen.«

68

Tobias Noack kauerte sich im Schrottcontainer zusammen. Er hatte sich durch den Spalt gezwängt, um den der Deckel auf einer Seite offen stand, voller Panik, als Parceval auf ihn geschossen hatte. Er war sich bewusst, dass Parceval ihn getroffen hätte, wenn er sich nicht blitzschnell hätte fallen lassen. Noack war dem Tod nur durch eine Unmenge Glück entgangen, und jetzt fehlte ihm die Kraft, sich zusammenzureißen und sich wieder in Aktion zu setzen. Vage hörte er Schüsse, die sich gedämpft und weit entfernt anhörten und innerhalb des halb vollen Containers ein merkwürdig schwingendes Echo hatten. Er erwartete jeden Moment den Lauf einer Maschinenpistole, die sich durch den Spalt hereinschob und dann zu feuern begann, alles im Inneren des Containers durchlöchernd; er nahm ein Winseln wahr und wusste im gleichen Augenblick, dass es von ihm selbst kam, hasste sich dafür und konnte nicht aufhören zu winseln.

Er war Zeuge geworden, wie Parceval das verbliebene Einsatzteam ausgeschaltet hatte – sechs Mann gegen einen, und der eine hatte gesiegt! Mindestens vier waren tot. Noack wusste, dass es seine Pflicht als Anführer war, nach seinen Männern zu sehen und dann zu versuchen, seinen Vorteil zu nutzen und Parceval von hinten auszuschalten. Aber wie oft er auch seinem Körper den Befehl gab, sich zu bewegen und aus dem Schrottcontainer herauszuklettern – seine Arme und Beine verweigerten den Befehl.

Er brachte sich schließlich dazu, den Container zu verlassen, weil die Polizei hier bald anrückte und ihn ansonsten schlotternd aus dem Versteck ziehen würde. Dass nach dem Geballere in spätestens einer Viertelstunde ein komplettes SEK-Team samt schwerem Geschütz hier auf der Matte stünde, stand für Noack fest.

Er kletterte aus dem Container und lief gebückt zu seinen Männern; bei fünf war kein Puls tastbar. Der sechste hatte einen unregelmäßigen, aber gut fühlbaren Herzschlag. Er blutete stark. Noack zog zwei Erste-Hilfe-Päckchen aus der Beintasche, drückte sie auf Ein- und Austrittswunde und wickelte in rasender Hast eine Mullbinde darum, um die Päckchen zu fixieren. Dabei konzentrierte er sich weniger auf seine Tätigkeit als auf die offene Tür des Verwaltungsgebäudes. Wenn Parceval dort wieder herauskam, saß Noack auf dem Präsentierteller. Aber der Eingang blieb dunkel. Schwitzend und keuchend zog Noack seine Pistole aus dem Halfter und lief dann so stark gebückt, als stünde er bereits unter Feuer, auf den Eingang zu.

Auf halbem Weg merkte er, dass er die Pistole nicht durchgeladen hatte. Er brauchte drei Anläufe, bis es ihm gelang. Danach war die Waffe überall feucht von seinem Schweiß. Mit einem Herzschlag wie der Trommelwirbel eines Erschießungskommandos presste er sich an die Seitenwand des Verwaltungsgebäudes und versuchte, genug Mut zu sammeln, den Kopf zu drehen und um die Ecke und zum Eingang des Baus zu spähen.

69

Parceval hatte wenige Augenblicke vorher ebenso Mut fassen müssen, gegen das helle Viereck der offenen Tür für jeden Schützen im Inneren des Gebäudes ein hervorragendes Ziel abzugeben. Er hatte es gelöst, indem er ein halbes Magazin geopfert und blind um den Türstock herum geschossen hatte. Die Kugeln hatten Wandfliesen zerschlagen und Putz aus den Wänden gehämmert. Parceval war dem Feuerstoß gefolgt. Er hatte sich in den dunklen Eingang hineingerollt und dann gegen die letzte Treppenstufe gepresst. Von oben kam kein Abwehrfeuer. Sicherheitshalber schickte er einen weiteren Feuerstoß hinauf. Er hörte die Geschosse einschlagen. Keuchend lag er da und versuchte, sich über sein weiteres Vorgehen klar zu werden. Es war schwer, sich daran zu erinnern, wozu er überhaupt hierhergekommen war. Seit dem Gefecht draußen am Subaru liefen sein Körper und seine Gedanken auf Steinzeitmenschniveau: fressen, bevor man gefressen wurde. Er fragte sich, ob er in eine Falle lief, aber er konnte sich nicht vorstellen, dass man das Team draußen geopfert hätte, nur um ihn hereinzulocken.

Die Gegner nahmen ihm die Entscheidung ab. Anscheinend hatten sie sich in den ersten Stock des Gebäudes zurückgezogen, weil sich das Treppenhaus von dort einfach verteidigen ließ. Jetzt flog von dort eine Flasche herunter und zerplatzte auf dem Steinfußboden. Wasser und Scherben spritzten davon. Im ersten Augenblick befürchtete Parceval einen Molotow-Cocktail und spannte alle Muskeln an. Es wäre ein guter Trick gewesen, um ihn aus seiner Deckung zu locken und von oben zu beschießen, während er versuchte, den Flammen zu entkommen. Aber es war nur eine volle Mineralwasserflasche gewesen. Schon flog eine zweite hinunter und zersplitterte, Parceval bekam einige Spritzer ab. Hatten die dort oben keine Waffen? Wer befand sich im oberen Stockwerk? Verschanzten sich dort Angestellte der Durranis? Oder waren noch ein paar Männer von der Gruppe übrig, die er am SUV niedergekämpft hatte? Aber hätten sie mit Flaschen geworfen? Er zielte blind die Treppe hoch und gab einen weiteren Feuerstoß ab.

»Hören Sie auf!«, brüllte jemand von oben. »Aufhören mit dem Schießen!«

»Wer ist da oben?«, schrie Parceval.

»Die Mitarbeiter aus dem Verwaltungsbüro. Hören Sie auf, wir wollen nur hier raus.«

»Wo sind die Durranis?«

»Keine Ahnung! Wir wissen nicht, was hier läuft. Bitte, hören Sie mit dem Geballer auf.«

»Wie viele seid ihr?«

»Fünf.«

»Kommt alle auf den obersten Treppenabsatz, damit ich euch sehen kann. Hände in den Nacken. Sehe ich eine Hand irgendwo anders, eröffne ich das Feuer.«

»Ist gut. Bitte nicht schießen.«

Parceval holte tief Luft, presste das G-36 und die HK an sich, dann stieß er sich von der Treppenstufe ab und rollte sich einmal um die eigene Achse. Einige Scherben schnitten in seine Haut, und das Mineralwasser tränkte sein Hemd. Die Schnittwunden schmerzten, aber er hatte nun im Liegen freies Schussfeld nach oben. Er ließ die Maschinenpistole los, zielte mit dem G-36 nach oben und überschlug im Kopf, dass er noch ungefähr zehn Schuss im Magazin haben musste.

Der Treppenabsatz war eng. Wenn seine Gegner eine Dummheit planten und doch bewaffnet waren, würden sie sich nur gegenseitig behindern. Selbst wenn sie mehr als fünf waren, würde ihnen das nichts nützen. Parceval hingegen würde sie innerhalb eines Augenblicks unter Feuer nehmen können. Zehn Schuss reichten in dieser Situation vollkommen. Er versuchte, ruhig zu atmen und den Schmerz zu ignorieren. Eine Scherbe hatte sich mitten zwischen seine Schulterblätter gebohrt.

Es waren fünf Männer in normaler Zivilkleidung, die – so wie Parceval es ihnen befohlen hatte – vortraten. Sie blieben auf dem Treppenabsatz stehen und starrten herunter. Einer von ihnen, ein Mann mit Basecap, die sein halbes Gesicht verdeckte, bewegte die Lippen, als würde er beten.

»Wir wollen nur hier raus!«, rief einer der Männer.

Parceval richtete sich auf die Knie und stand dann auf, ohne den Lauf der Waffe zu senken. Die HK zog den Schultergurt straff und schlug dann gegen seine Hüfte. Die Schnittwunden brannten.

»Einer nach dem anderen, dicht hintereinander«, befahl Parceval und winkte.

Sie kamen im Gänsemarsch herunter, die Hände im Nacken. Der zweite Mann von vorn starrte Parceval so intensiv an, als wollte er ihm irgendwas signalisieren. Parceval verstand nicht, aber all seine Muskeln spannten sich instinktiv an. Der Basecapträger murmelte hektisch vor sich hin.

»Da sind noch welche oben!«, platzte der zweite Mann heraus. »Die haben ein Mädchen …«

Er kam nicht weiter, weil Basecap ihm einen Stoß gab und auf Paschtu schrie: »Fahr zur Hölle, du Hund!« Der Gestoßene kam die letzten Treppenstufen heruntergestolpert, direkt auf Parceval zu. Er brachte auch den Mann vor sich ins Stolpern.

Parceval reagierte sofort. Er gab einen kurzen Feuerstoß ab und wich gleichzeitig den beiden Männern aus, die auf ihn zugetorkelt kamen.

Der Feuerstoß traf Basecap, der in der kurzen Zeitspanne erstaunlich nahe an Parceval herangekommen war und die Hände schon hinter seinem Nacken hervorgeholt hatte. In einer Faust steckte eine klobige automatische Pistole. Parcevals Feuerstoß traf ihn unter dem Kinn. Die Basecap flog in einem roten Nebel davon. Die beiden anderen Männer prallten neben Parceval an die Wand neben der Eingangstür. Basecap purzelte tödlich getroffen die letzten Stufen herunter. Die zwei Männer hinter ihm standen wie erstarrt und stierten Parceval mit offenen Mündern an. Von ihren Gesichtern tropfte das Blut herunter, an der Stelle der Wand, vor der Basecap gestanden hatte, tropfte es ebenfalls.

Parceval riss mit der Linken die HK hoch und zielte auf die zwei Männer auf der Treppe, die aufschrien und sich duckten. Mit der rechten Hand richtete er das G-36 auf die zwei, die gegen die Wand gerannt waren.

»Es war seine Idee!«, schrie einer und deutete auf den Toten. »Er hat gesagt, dass wir versuchen sollen, uns auf Sie zu stürzen!«

Parceval zuckte mit den Schultern und hob das G-36 höher. »Adios, ihr Vollidioten«, sagte er.

Die Männer schrien und fielen auf die Knie. Sie hoben die Arme schützend über die Köpfe.

Parceval stieß in schlechtem Paschtu hervor: »Ihr seid die Söhne von Ziegen und stinkt noch ärger als eure Eltern. Ich schicke euch jetzt alle in die Hölle.«

Die Männer reagierten nicht. Sie verstanden kein Wort. Basecap hingegen hatte Paschtu gesprochen. Seine blutigen Klamotten sahen aus, als gehörten sie jemand anderem.

Dann ertönte von oben ein lang anhaltendes Kreischen, das in einem Schluchzen endete und dann wieder von Neuem begann. Parceval erstarrte. Die beiden Männer auf der Treppe zuckten zusammen, während die Männer an der Tür sich aufrappelten und gemeinsam nach draußen stürzten. Parceval schluckte.

»Die haben da oben wirklich ein …«, stotterte einer der zwei verbliebenen Männer auf der Treppe.

Parceval sprang über den Toten und rannte die Treppenstufen hinauf. »Haut ab!«, brüllte er die zwei Männer an, als er an ihnen vorbeikam. Die warfen sich herum und setzten in hektischer Flucht die Treppe hinunter.

Während Parceval so schnell wie möglich die Stufen hinaufrannte, beide Waffen an ihren Schultergurten vor sich ausgestreckt im Anschlag, waren seine Gedanken von seltsamer Klarheit.

Es ist völlig ausgeschlossen, dass das Mädchen dort oben Miray ist, sagte seine innere Stimme, die nun ein Zwiegespräch mit sich selbst führte.

Aber Miray und die anderen sind von Leuten entführt worden, die mit Menschenhändlern wie den Durranis zusammenarbeiten.

Ja, aber der Zufall wäre viel zu groß, fuhr die innere Stimme fort.

Aber es könnte sein, oder nicht?

Es könnte sein, wird aber nicht so sein, erklärte die innere Stimme.

Aber stell dir mal vor…

Großer Gott, sagte die innere Stimme, *stell dir bloß mal vor…!*

Parceval sah ein Kleid auf dem Boden liegen und sprang darüber. Er folgte dem Schluchzen in einen Büroraum hinein und blieb schlagartig stehen.

70

»Das ist nur eine«, sagte Fayaz betroffen, als Britta und einer von Ruls Paschtunen das sich sträubende Mädchen in den Mercedes schoben.

»Die andere kommt gleich«, sagte Britta. »Ich habe sie Rul kurz überlassen.«

»Rul stellt dem deutschen Polizisten eine Falle, Amir«, sagte der Paschtune ehrerbietig.

»Parceval?«, echote Fayaz. »Seid ihr verrückt geworden?«

»Nein«, erklärte Britta. »Rul bringt Parceval zur Strecke, verlass dich drauf. Was möchtest du, dass ich dir von ihm bringe? Seinen Kopf? Seine Ohren?«

»Bring ihn mir lebend«, sagte Fayaz. »Zusammen mit einem Messer.«

Brittas Handy summte. Sie nahm das Gespräch an, nickte und lächelte. »Danke«, sagte sie. Und zu Fayaz gewandt: »Rul hat Parceval geschnappt. Ich bringe ihn dir persönlich.«

Sie wandte sich ab und stieg die Treppen hinunter, zurück in den Schacht, der vom Keller des Verwaltungsgebäudes hierherführte.

71

»Verstehst du Paschtu, deutscher Polizist?«, fragte der Mann. Er hatte sich die Bartmatratze abrasiert und das Haar gestutzt, und er trug T-Shirt und Jeans statt Tunika und Turban, aber das waren nur Äußerlichkeiten. Parceval hätte nicht einmal die Anrede in Paschtu gebraucht, um ihn als das zu erkennen, was er war – ein paschtunischer Stammeskrieger. Er hatte genügend von ihnen in Afghanistan zu Gesicht bekommen, um sicher zu sein.

»Ja«, antwortete Parceval.

Das Mädchen war nicht Miray. Es war eine Afrikanerin. Somalia, dachte Parceval. Sie trug nur Unterwäsche und Schuhe. Der Stammeskrieger hielt sie wie einen lebenden Schutzschild vor sich, ihren Arm dabei fest das Handgelenk umklammernd. Mit einem Messer hatte er ihr nebeneinander auf der Innenseite des Unterarms zwei Schnitte angebracht, zwar nicht tief, aber Blut lief trotzdem heraus. Gerade setzte er an einer dritten Stelle an. Das Mädchen starrte die Klinge mit verzerrtem Gesicht an. Tränen liefen über ihr Gesicht.

»Schluss damit«, sagte Parceval. Er ließ die Maschinenpistole am Gurt baumeln und hob das G-36. Damit visierte er den Paschtunen an. Für das Mädchen musste es so aussehen, als ziele Parceval direkt auf sie. Sie begann hysterisch zu keuchen.

Der Paschtune zog den Kopf ein, aber er war groß und breitschultrig und das afrikanische Mädchen dünn und zierlich.

»Du kannst dich nicht hinter ihr verstecken«, sagte Parceval und korrigierte sein Ziel. »Auf die Entfernung treffe ich dich auf jeden Fall, ohne dass dem Mädchen was passiert.«

Dann spürte er, dass sich etwas Hartes, Rundes in seinen Nacken presste – der Lauf einer Waffe. Er hatte sich übertölpeln lassen! Dies war die eigentliche Falle, und nicht die Situation eben auf der Treppe. Er zielte weiter auf den Paschtunen mit dem schluchzenden Mädchen, doch ihm war klar, dass er verloren hatte. Der Paschtune brauchte nur seine Position geringfügig zu verändern; mit dem Lauf der Waffe im Nacken würde Parceval nicht nachjustieren können.

Der Paschtune stellte sich anders hin. »Nimm die Waffe runter, deutscher Polizist«, befahl er.

»Der Kerl hinter mir hat nur ein Eisenrohr«, erwiderte Parceval. »Darauf fall ich nicht rein.«

»Du bist schon drauf reingefallen, und du weißt genau, dass es eine echte Waffe ist. Das Bluffen ist vorüber, deutscher Polizist. Jetzt erweist sich, wer die größere Ziegenherde hat.«

»Deine Ziegenherde ist vorhin um einen Geißbock kleiner geworden«, erwiderte Parceval. »Das Bürschchen, das du mit den anderen runtergeschickt hast, hat sich überschätzt. Du kannst ihn vom Boden kratzen, wenn du willst. Und sein Gehirn von der Wand.«

»Lass das Gewehr sinken«, knurrte jemand in sein Ohr.

Parceval reagierte nicht.

Der Paschtune mit der Geisel setzte einen dritten Schnitt auf der braunen Haut des Mädchens. Blut quoll hervor, und das Mädchen schrie.

Parceval ließ die Waffe sinken. Das G-36 und die HK wurden ihm abgenommen, dann zwang man ihn auf einen Bürostuhl. Er blickte von einem Gegner zum anderen. Beide waren Paschtunen, die versucht hatten, sich für Berlin unauffällig auszustaffieren. Beide grinsten. Ein dritter Mann kam herein, er grinste nicht. »Kari liegt tot dort unten«, sagte er.

Der Paschtune, der die Geisel gehabt hatte, stieß das Mädchen nun dem Neuankömmling in die Arme.

»Bring sie runter und verarzte sie«, sagte er. »Der Amir will sie. Und was Kari angeht – unser Freund wird dafür bezahlen.«

»Der Amir?«, fragte Parceval. »Der *Fürst*? Wer soll das sein? Etwa Fayaz Durrani?«

Der Paschtune ignorierte ihn. Er nahm ein Handy heraus und tippte eine Nummer im Speicher an. »Hier ist Rul«, sagte er. »Wir haben Parceval.«

In der Stille des Büroraums hörte Parceval eine Frauenstimme »Danke« sagen. Die Stimme gehörte Britta Durrani.

»Fayaz ist gar kein Pakistani«, sagte Parceval. »Hab ich recht? Er ist ein Paschtune wie du. Er hat es nur geschafft, sich als Pakistani auszugeben, weil er so leichter eine Erlaubnis bekam, in Deutschland zu bleiben.«

»Halt den Mund, deutscher Polizist«, sagte Rul gelassen. »Zum Brüllen hast du nachher noch genügend Gelegenheit.«

72

Tobias Noack sah zu seiner Überraschung vier Männer aus dem Eingang des Verwaltungsgebäudes kommen und zum Ausgang des Firmengeländes rennen. Kurz vorher hatte er Feuerstöße, Klirren und Stimmen aus dem Gebäude gehört. Vorsichtig schlich er näher und spähte schließlich, so tief zusammengekauert wie möglich, um den Türstock herum in den Eingang.

Er sah Scherben glitzern und einen Toten. Der Tote war einer von Ruls Leuten, der Hinterkopf fehlte. Noack schluckte. Vage hörte er von oben Stimmen herunterdringen.

Mit trockenem Mund und immer noch trommelndem Herzen schlich Noack in den Eingang und dann die steinerne Treppe hinauf, den Stimmen hinterher. Der große sternförmige Blutfleck an der Wand ließ ihn erneut schlucken. Am oberen Treppenabsatz angekommen, drückte er sich gegen die Wand. Er hörte Stimmen in der heiseren Sprache Ruls und seiner Leute. Er fragte sich, wo Parceval steckte.

Von unten kamen andere Stimmen. Noack erstarrte vor Schreck. Dann huschte er in eines der Büros auf dem Gang und presste sich dort flach atmend gegen die Wand hinter der Tür.

73

Parceval blickte auf, als Britta Durrani hereinkam. »Ihr Mitarbeiter hier hat Ihre Ware beschädigt«, sagte er und deutete auf Rul. Er wusste, dass er äußerlich ruhig klang, doch in ihm schrie und tobte alles. Sein Hirn arbeitete auf Hochtouren auf der Suche nach einem Ausweg. Sein Herz hämmerte im bitteren Rhythmus der Enttäuschung darüber, so weit gekommen zu sein und wieder versagt zu haben.

Britta zuckte mit den Schultern. »Sie ist nur fürs Arbeiten gedacht. Keiner hat sie wegen ihrer glatten Haut gekauft.«

»Interessiert es Sie zu wissen, wie ich Ihnen auf die Schliche gekommen bin?«

»Nein«, sagte Britta. »Mich interessiert nur, wie lange Sie brüllen werden, bis mein Mann sich gnädig zeigt und Ihnen das Messer ins Auge stößt. Aber Sie dürfte etwas interessieren.«

»Mich interessiert, wo meine Schwester und meine Nichte sind.«

Britta lächelte. »Da besteht durchaus ein Zusammenhang.«

»Was meinen Sie damit?«

»Ich meine, es gibt einen Zusammenhang, von dem ich glaube, dass er Sie auch interessiert.«

Parceval sagte nichts. In ihm stieg plötzlich die Angst auf, dass Britta Durrani ihm gleich Beweise dafür liefern würde, dass Birgit und Miray tot waren. Er wusste, dass seine Angst sich auf seinem Gesicht gespiegelt hatte.

Britta Durrani lächelte erneut. »Wie die Situationen sich gleichen«, begann sie. »Sie haben sich bis hierher durchgekämpft, und ich möchte sagen, Sie haben sich nicht übel geschlagen. Und kurz vor dem Ziel scheitern Sie, weil Sie Ihrem Herzen gefolgt sind und nicht Ihrem Hirn.«

»Welche Situationen?«, fragte Parceval.

»Sie mussten sich doch denken, dass das mit der Kleinen eine Falle war. Aber Sie sind ihr trotzdem zu Hilfe geeilt und mitten hineingetappt. Rul hat Sie ganz gut eingeschätzt. Ein Krieger. Kein Hirn, nur ein großes Herz. Ich habe Sie überschätzt.«

»Welche zwei Situationen?«, wiederholte Parceval.

Britta stellte sich dicht vor ihn hin. Der Paschtune, der Parceval bewachte, drückte ihm den Lauf seiner Waffe – eine AK-74 – gegen die Schläfe, damit er nicht auf irgendwelche Gedanken kam. Britta legte die Hände auf die Armlehnen von Parcevals Bürostuhl und beugte sich vor. Es sah aus, als wollte sie ihn küssen.

»Vor sechs Jahren«, sagte sie leise, »waren die Frauen und Mädchen, die Sie befreien wollten, ganz, ganz nahe. Sie waren zusammen mit ein paar Bewachern in einer engen Senke versteckt, keine zweihundert Meter vom Dorf entfernt. Die Bewacher mussten sich zusammenreißen, als sie die Schüsse hörten, mit denen Sie die Männer des Dorfältesten ausschalteten; sie hätten sich nur zu gern um Sie gekümmert. Aber wissen Sie was? Selbst diese verlausten Tadschiken waren schlauer als Sie. Sie bewahrten nämlich kühlen Kopf und blieben bei ihrer Beute. Sie hingegen wissen überhaupt nicht, was ein kühler Kopf ist. Sie erledigten Ihre Gegner einen nach dem anderen, dann stellten Sie das Dorf auf den Kopf, ließen sich von den Frauen anspucken und von den Kindern mit Steinen bewerfen und zogen schließlich unverrichteter Dinge wieder ab. Dabei hätten Sie nur kurz innehalten müssen, um draufzukommen, dass man die Entführten auf keinen Fall im Dorf festhielt. Geschäft und Privatleben gehören nicht zusammen. Zweihundert Meter, Parceval«, flüsterte Britta. »Zweihundert Meter, und Sie hätten Ihre Schäfchen alle wieder einsammeln können. Ich zweifle nicht daran, dass Sie die restlichen Dörfler, die die Frauen und Mädchen bewachten, auch noch erledigt hätten. Wenigstens im Schießen und Töten sind Sie gut.«

»Woher wollen Sie all das so genau wissen?«, fragte Parceval rau.

»Einige von den Frauen und Mädchen sind durch unsere Hände gegangen«, sagte Britta leichthin. »Mein Mann ist nicht gerade ein Niemand in diesem Geschäft.«

»Birgit und Miray?«, fragte Parceval und hasste sich dafür, dass er es fragte und dass seine Stimme so hoffnungsvoll klang.

»Wer weiß?«, sagte Britta. »Aber was nützt es Ihnen, wenn ich Ihnen sage, ob es so ist oder nicht? Sie sind tot, Parceval. Weil Sie dumm sind. Sie haben dumme Gedanken, dumme Moralvorstellungen, dumme Ziele. Sie haben sogar, wenn ich es recht bedenke, ein dummes Gesicht.«

»Verstehe«, sagte Parceval. »Ich bin ein Dümmling.«

Er ließ seinen Kopf nach vorn schnappen und gab Britta einen Kopfstoß. Er fühlte die Mündung des AK-74 an seiner Schläfe entlangschrappen und eine Furche hineinziehen, und er fühlte die Scherbe, die noch in seinem Rücken steckte. Aber er fühlte auch, wie Brittas Nasenbein brach, und das war es wert.

Durranis Frau schrie auf und prallte zurück, die Hände erhoben. Rul brüllte etwas. Parceval wurde gepackt und in den Sitz zurückgestoßen. Er ließ seine Anspannung entweichen, indem er ebenfalls brüllte. Der Paschtune, der ihm die Waffe an Kopf gehalten hatte, brüllte mit.

»Sind Sie wahnsinnig?«, kreischte Britta.

Dann kam die Kavallerie.

74

Tobias Noack schrak zusammen, als im Raum gegenüber plötzlich gekreischt und geschrien wurde. Gerade eben hatte er noch die Stimme Britta Durranis murmeln gehört und mehrfach Parcevals Namen, sodass er annahm, dass der ehemalige Polizist, Noacks Auftraggeberin und Rul in diesem Raum waren. Hatte Parceval sich befreit und bedrohte jetzt Britta Durrani? Noack hielt, was Parceval betraf, nichts mehr für unmöglich. Und erkannte, dass das Schicksal ihm eine Chance in die Hände spielte. Er war bewaffnet. Er brauchte nur über den Gang zu stürmen, in das andere Büro hinein, und Parceval ausschalten. Dann wäre er in letzter Sekunde der rettende Held statt des Losers, der sein ganzes Team verloren hatte.

Er warf sich herum, riss die Tür auf, rannte über den Gang und platzte – die Pistole im Anschlag – in das andere Zimmer hinein. »Waffe fallen lassen, Parceval!«, schrie er, so laut er konnte.

75

Parceval sah den Anführer des Einsatzteams durch die Tür platzen, die Pistole in den ausgestreckten Händen. Im ersten Moment dachte er, dass es doch ein Riesenfehler gewesen war, nicht nach dem Mann zu suchen, als er vom Container verschwunden war. Dann erkannte er, dass der unerwartete Auftritt ihm die Möglichkeit gab, das Blatt zu wenden.

»Waffe fallen lassen, Parceval!«, donnerte der Mann.

Britta, Rul und der Mann mit der AK-74 fuhren herum.

Parcevals rechte Hand schoss nach oben, krallte sich in den Schritt des Mannes mit dem Sturmgewehr und drückte mit aller Kraft zu. Mit der linken riss er dem Mann die Waffe aus den erlahmenden Händen, sprang auf und jagte dem zwei Schritt entfernt stehenden Rul einen langen Feuerstoß in den Oberkörper. Rul wurde förmlich von den Füßen gehoben und fiel in einen Tornado aus zerplatzenden Monitoren, aufwirbelnden Plastikstücken und Papierfetzen, den die seinen Körper durchschlagenden Kugeln hinter ihm anrichteten.

Parceval fuhr herum und erschoss den anderen Paschtunen, der sich vor Schmerz über dem Bürostuhl krümmte, aus nächster Nähe mit einem weiteren Feuerstoß. Die Kugeln richteten Verheerungen an und fetzten handtellergroße Stücke Schaumstoff und Leder aus der Rückenlehne des Bürostuhls. Rote Blutspritzer sprenkelten das Linoleum und die Wände.

Die Waffe klickte.

Parceval drehte sich zu Britta und dem Neuankömmling um, wissend, dass er die Chance, die sich ihm geboten hatte, nur teilweise genutzt hatte. Er hatte in der Hektik das Magazin leergeschossen. Er hob die Waffe trotzdem. Sie schien auf einmal Tonnen zu wiegen.

Der Leiter des Einsatzteams starrte mit offenem Mund. Er hatte die Pistole halb sinken lassen.

»Knallen Sie ihn ab, Sie Narr!«, schrie Britta, die noch immer beide Hände vors Gesicht hielt. Blut sickerte zwischen ihren Fingern hindurch.

Die Pistole kam wieder hoch. Der Teamleiter schien sich genauso langsam zu bewegen wie Parceval. Beide Waffen würden gleichzeitig in Schussposition sein, nur dass Parceval nicht mehr schießen konnte, der Teamleiter hingegen aller Wahrscheinlichkeit nach schon. Und seinem Gesicht war anzusehen, dass er sich nicht würde bluffen lassen. Er hatte Pech gehabt, aber er war kein Amateur. Seine Augen waren weit vor Schreck und Stress, doch er hatte das Klicken gehört, dass das leere Magazin der AK-74 anzeigte. Auf seinem Mund erschien ein großes, breites Grinsen.

Das Grinsen war immer noch da, als die Kugel, die aus seiner Stirn austrat, einen Teil seiner vorderen Schädeldecke mitnahm und hinter Parceval Putz von der Wand sprengte. Es blieb, selbst als der Teamleiter zusammensackte und das Blut, das aus seiner Wunde pumpte, über den Linoleumboden spritzte.

Britta starrte nach unten, ihre Augen riesig über ihren

blutbesudelten Händen. Parceval ließ die AK-74 fallen, trat wie im Traum einen Schritt nach vorn und schnappte sich die Pistole des Toten. Mit ihr im Anschlag kam er wieder hoch und zielte auf die Gestalt, die durch die Tür trat, ebenfalls eine Waffe im Anschlag.

Der Neuankömmling war eine Frau. Ihr Blick und Parcevals begegneten sich. Eine Sekunde lang zielte die Frau auf ihn, dann schwenkte sie die Pistole herum und zielte auf Britta Durrani.

Parceval ließ die Waffe sinken.

Die Frau wandte sich an Britta. »Frau Durrani, Sie sind hiermit festgenommen. Lassen Sie die Hände sinken, damit ich Ihnen Handschellen anlegen kann.«

»Sind Sie eigentlich schon befördert worden oder sind Sie immer noch Hauptkommissarin Conrad?«, fragte Parceval.

»Halten Sie die Klappe, Parceval«, sagte Sabine. »Und danken Sie Ihrer ehemaligen Kollegin Ksenia, die mich hierhergeschickt hat. Wo ist Russ? Oder ist er eine der Leichen, die Sie hier hinterlassen haben?«

»Russ chillt draußen in dem durchlöcherten SUV«, erklärte Parceval. »Für immer.«

»Legen Sie die Waffe weg, Parceval.«

Parceval schüttelte den Kopf.

»Legen Sie die Waffe weg!«

Parceval ließ die Pistole sinken, was Sabine Conrad fürs Erste zu genügen schien. Sie zielte auf Britta Durranis Beine und nahm eine Hand von der Waffe, um Handschellen aus dem Hosenbund hinter ihrem Rücken zu ziehen. »Geben Sie mir Ihre Hände, Frau Durrani. Jetzt!«

Britta Durrani, die die Hände hatte sinken lassen, musterte Parceval, dann Sabine. Ihr Gesicht war geschwollen, die untere Hälfte voller Blut, ihre Nase verformt.

»Parceval hat die Firma meines Mannes überfallen«, sagte sie. »Er hat ein Blutbad angerichtet. Wieso verhaften Sie mich? Verhaften Sie ihn!«

»Hören Sie auf zu quatschen. In ein paar Minuten ist das SEK da. Mit denen wird auch Sanitätspersonal kommen, das sieht sich Ihr Gesicht an. Aber erst lege ich Ihnen die Handschellen an.«

»Ich muss mit Frau Durrani reden«, bat Parceval. »Ich brauche Informationen.«

»Sie brauchen gar nichts«, erwiderte Sabine. »Was immer Frau Durrani zu erzählen hat, erzählt sie der Staatsanwaltschaft.« Damit wandte sie sich an Britta Durrani. »Leisten Sie keinen Widerstand, Frau Durrani. Lassen Sie sich die Handschellen anlegen.«

Britta ließ den Kopf hängen und streckte die Hände aus. Sabine Conrad schnappte eine Handschelle um ihr Handgelenk. Britta riss plötzlich die gefesselte Hand zurück und brachte Sabine, die die freie Handschelle hielt, aus dem Gleichgewicht. Gleichzeitig griff sie nach der Pistole der Kripobeamtin und wand sie ihr aus der Hand. Sie stieß Sabine zurück, wechselte den Griff, hatte die Waffe auf einmal in beiden Händen, richtete sie mit einer blitzschnellen Bewegung auf die Kommissarin und drückte ab.

Doch Parceval drückte ebenfalls ab und war um einen Lidschlag schneller. Der Schuss traf Britta Durrani unter der Achsel und wirbelte sie herum. Ihr Finger krampfte sich um den Abzug. Ein weiterer Schuss löste sich und zerschmetterte einen der bereits ruinierten Monitore nun vollständig. Sie torkelte einen Schritt nach hinten und fiel dann in sich zusammen wie eine Marionette, deren Fäden durchtrennt worden waren. Sabine Conrads Pistole glitt aus ihren Händen. Parceval senkte die Waffe.

Sabine Conrad war beim Knall der Schüsse zusammengezuckt, als hätten die Kugeln sie getroffen. Sie blickte an sich herunter, stellte fest, dass sie unverletzt war, und starrte dann Parceval mit großen Augen an. In ihrem Gesicht zuckte ein Muskel.

»Scheiße«, sagte sie schließlich.

»Jetzt erzählt sie auch der Staatsanwaltschaft nichts mehr«, sagte Parceval. Er fühlte sich, als hätte die Kugel aus seiner Waffe ihn und nicht Britta Durrani getroffen.

Sabine Conrad kauerte sich neben Britta auf den Boden und fühlte den Puls an ihrem Hals. Ihre Finger zitterten so sehr, dass sie mehrere Anläufe brauchte. Dann schüttelte sie den Kopf. »Tot«, sagte sie und schluckte. »Wenn Sie sie nur angeschossen hätten, wäre sie noch am Leben.«

»Dafür wären aller Wahrscheinlichkeit nach Sie tot.«

»Was für Informationen hätten Sie von ihr gewollt?«

»Sie wissen, um welche es geht.«

»Sie jagen einer vergeblichen Hoffnung nach, Parceval.«

Parceval erwiderte nichts. Sabine seufzte.

»Das SEK wird jeden Moment hier sein. Bis dahin haben Sie Zeit zu verschwinden. Ich werde Sie deutschlandweit zur Fahndung ausschreiben, aber dazu werde ich erst morgen früh kommen. Wenn Sie klug sind, sitzen Sie da schon in einem Flix-Bus und steigen erst wieder aus, wenn er am Stiefelabsatz in Italien anhält. Hauen Sie ab, Parceval. Ich hoffe, ich sehe Sie niemals wieder.«

»Wie geht es Lemke?«

»Wird wieder. Bei ihm können Sie sich übrigens bedanken. Er hat ein gutes Wort für Sie eingelegt, sonst wäre ich nicht allein hierhergeeilt.«

Parceval nickte. Er fühlte sich wie in Watte gepackt. Er hatte erneut verloren. Er war so nahe dran gewesen und hatte wieder nichts erreicht. Auf dem Gelände der Firma lagen fast ein Dutzend Tote, und keiner von ihnen hatte ihm weitergeholfen. Birgit und Miray und die anderen Entführten waren so weit entfernt und ihre Lage weiterhin so hoffnungslos wie eh und je.

»Ich schulde Lemke noch Geld«, sagte er.

»Überweisen Sie's an den Witwen- und Waisenfonds der Polizei.«

»Möglicherweise treiben sich hier noch ein paar von seinen Kameraden herum«, sagte Parceval und deutete auf den toten Rul.

»Ich werde mich hier drin verschanzen, bis die Kollegen kommen«, erklärte Sabine.

Dann sagte sie nichts mehr, und Parceval verließ das Gebäude. Er trottete nach draußen auf die Straße. Aus ein paar Fenstern gafften Leute, andere standen auf der Straße.

»Polizei«, rief Parceval, als er an ihnen vorbeijoggte. »Gehen Sie zurück in die Gebäude. Hier gibt es nichts zu sehen. Gehen Sie zurück.«

»Was war'n das für'n Geballer, Herr Wachtmeister?«, rief ein älterer Mann. »Hörte sich ja an, als ob die Russen kämen.«

Parceval erwiderte nichts. Als er um die Ecke bog, wurde ihm bewusst, dass sein Hemd blutbespritzt war. Er riss es sich vom Leib und ließ es fallen. Einem Jogger mit freiem Oberkörper blickte niemand hinterher, einem mit blutverschmiertem Hemd schon. Wahrscheinlich hatte er auch Blutspritzer im Gesicht. Und die Schnittwunden von den Scherben im Rücken. Eigentlich hätte er das Hemd anlassen können. Aber jetzt lag es schon auf dem Boden. Er spuckte sich in die Hände und rieb sich im Laufen über die Blutspritzer im Gesicht. Er wusste nicht, wohin er lief, er wusste nur, dass er trotz allem am Ende doch versagt hatte.

Etwas summte und vibrierte in seiner Hose. Er zog im Laufen Ksenias Handy heraus und meldete sich.

»Du lebst also noch«, stellte Ksenia fest.

»Und du hast tatsächlich mehr als ein Handy.«

»Wie ist die Lage?«

»Britta Durrani ist tot. Sabine Conrad hat mich gerettet.«

»Komm bloß nicht auf die Idee, mir zu danken.«

»Was sind das für merkwürdige Geräusche im Hintergrund? Wo bist du?«

»Im Krankenhaus«, sagte Ksenia.

»Zu Besuch?«

»Ja.«

»Ich hab die Spur erneut verloren, Ksenia.« Ksenia war nicht zu Besuch im Krankenhaus, sondern verletzt. Er dachte an das Blut auf ihrem Handy. Er wusste aber auch, dass es nichts Ernsthaftes sein konnte, wenn sie mit ihm telefonieren konnte. Genauso wie er wusste, dass sie es gehasst hätte, wenn er sich bestürzt nach ihrem Befinden erkundigt hätte. »Ich stehe wieder bei null.«

»Die Kripo wird aus den Unterlagen der Durranis genügend rausfinden, damit die Spur wieder warm wird«, sagte Ksenia leichthin. »Und was die Kripo weiß, weiß auch ich. Hack hack.«

»Irgendwas von Fayaz Durrani gehört?«

»Nein. Du?«

»Nichts. Er ist entkommen.«

»Wir werden ihn finden«, sagte Ksenia.

»Wir?«, dehnte Parceval.

»Du kriegst doch nicht mal ein Handy richtig eingestellt, wenn ich dir nicht helfe«, sagte Ksenia. »Wie viel Zeit hast du, bevor Sabine deine Visage an Interpol meldet?«

»Bis morgen früh.«

»Ich sende dir meine Adresse und die PIN für mein Türschloss. Du kannst bei mir untertauchen. Morgen in aller Früh nimmst du einen Zug. Irgendwohin. Wir bleiben in Verbindung.«

»Ich kann wohl nicht damit rechnen, dass man dich heute noch aus dem Krankenhaus entlässt?«

»Wenn man das täte, würde ich dich nicht zu mir in die Wohnung einladen«, sagte Ksenia, dann unterbrach sie die Verbindung. Kurz darauf erhielt er eine SMS mit einer Adresse und einem sechsstelligen Zahlencode.

Ein paar Sekunden war Parceval versucht, das Handy samt diesen Informationen einfach wegzuwerfen. Dann steckte er es doch wieder ein und begann erneut zu joggen, aber er kam nicht weit, bevor er eine Gehpause einlegen musste.

Durch ein paar Straßenzüge von ihm getrennt waren das Martinshorn und die auf Hochtouren laufenden Motoren der SEK- und Streifenfahrzeuge zu hören, die in Richtung des Durrani-Firmengeländes unterwegs waren. Instinktiv begann er wieder zu joggen, obwohl er völlig außer Atem war.

Erst als er wieder anhalten und sich diesmal an eine Hauswand lehnen musste, fiel ihm ein, dass er nicht völlig versagt hatte.

Er war frei!

Er stand zwar wieder bei null, aber die Jagd hatte gerade erst begonnen.